PATRICIA HOLLAND MORITZ

Mordzeitlose

DIE WURZEL DES BÖSEN Margrit Kunkel war als Kind schon seltsam. Kein Wunder, bei einem Vater, der seit dem Tod der Mutter den Tisch weiterhin für drei Leute deckt und die dritte Mahlzeit selbst verspeist. Everding von der Kriminalpolizei ist ihr auch keine Hilfe, weil er hinter dem Tod der Mutter einen Mord vermutet. Als Tochter eines Gärtners vertraut Margrit nur ihren pflanzlichen Freunden, mit denen sie so offen reden kann wie mit keinem Menschen. Geradezu triebhaft verfolgt sie ihren Weg aus dem Gewächshaus väterlicher Obhut hinaus bis an ihr Ziel: Unauffällig wie ein Mauerblümchen, ihr Dasein wie Efeu im Schatten fristend, dabei unermüdlich wie eine Weinrebe arbeitend und noch dazu mit der Weisheit einer Eiche gesegnet, ist Margrit wie geschaffen für die Stelle als Direktorin der Holländischen Gartenakademie. Als sie dort im Kakteenfeld eine grauenvolle Entdeckung macht, entscheidet sie, die Sache selbst in die Hand zu nehmen und nicht die Polizei zu informieren. Denn würde Everding nun auch noch in Botanischen Gefilden ermitteln, käme er dahinter, dass gerade die verlockendsten Pflanzen von unheimlichen Wurzeln genährt werden.

Patricia Holland Moritz wurde im heutigen Chemnitz geboren, arbeitete in Leipzig als Buchhändlerin, verließ die DDR und heuerte in Paris als Speditionskauffrau an, studierte in Berlin Nordamerikanistik, wurde Bookerin für Bands und arbeitet heute in einem Verlagshaus. Sie ist Bloggerin und Ghostwriterin. Für ihre Romane erhielt sie Arbeitsstipendien des Berliner Senats und des Mörderische Schwestern e.V. Auf ihren Tourneen las sie bereits mit renommierten Autoren wie Håkan Nesser, Arne Dahl und Ulrich Wickert. Ihr Krimi »Kältetod« aus dem Crystal Meth-Milieu Berlins wurde vom »Tip« 2015 für die »ausgefallenste Mordmethode« geehrt. »Mordzeitlose« ist ihr dritter Roman im Gmeiner-Verlag.

www.patriciahollandmoritz.com

Bisherige Veröffentlichungen im Gmeiner-Verlag:
Die Einsamkeit des Chamäleons (2014)
Kältetod (2015)

PATRICIA HOLLAND MORITZ

Mordzeitlose

Kriminalroman

GMEINER SPANNUNG

Gedicht auf Seite 6: Gisela Steineckert, Die nicht geliebt sind als Kind
aus: Gisela Steineckert, Mehr vom Leben. Gedichte

Personen und Handlung sind frei erfunden.
Ähnlichkeiten mit lebenden oder toten Personen
sind rein zufällig und nicht beabsichtigt.

Besuchen Sie uns im Internet:
www.gmeiner-verlag.de

Im Ehnried 5, 88605 Meßkirch
Telefon 07575/2095-0
info@gmeiner-verlag.de

1. Auflage 2018

Lektorat: Christine Braun
Herstellung: Julia Franze
Umschlaggestaltung: U.O.R.G. Lutz Eberle, Stuttgart
unter Verwendung eines Fotos von: © Josef Zingg/fotolia.com
Druck: CPI books GmbH, Leck
Printed in Germany
ISBN 978-3-8392-2236-2

Dieses Buch ist Inge Neubert-Boonen gewidmet.
In loving memory of Johannes »Jacques« Boonen
(1962 – 2002)

Die nicht geliebt sind als Kind
Halten sich nie für geliebt
Erkennen nicht Liebe
Traun sich Liebe nicht zu
Fast alles kann man später noch lernen
Nicht auch, sich lieben zu lassen
Geliebt zu sein, liebend.

Gisela Steineckert

KAPITEL 1

Der Schmerz im Nacken war beispiellos. Ihre Beine trugen sie nicht mehr, und sie prallte auf dem Steinfußboden auf. Niemand, der ihr zu Hilfe kam. Ratten um sie herum, die es hier vorher nie gegeben hatte. Sie krochen aus Löchern auf sie zu, die über Nacht gegraben schienen. Ein Säuseln, Flöten, Quieken und Finsternis und dieser schlimmer werdende Schmerz wie ein schlingender Wurm immer tiefer in ihrem Hirn.

Alles, was sie an diesem Ort und ihrem Leben hier gehasst hatte, schien sich in diesem einsamen Moment gegen sie zu verbünden. Erde rieselte in ihre Augen. Fäulnisgeruch drang in ihre Nase. Aus Angst und Ekel presste sie die Lippen aufeinander. Etwas war hier zusammen mit ihr, und es wollte ihr den Garaus machen. Es war erdig. Es war böse. Und es stank. Und nun war es über ihr, drückte etwas Weiches auf ihr Gesicht, verschloss ihr die Augen, die Nasenlöcher und den Mund, presste sich in alle Poren, alle Öffnungen, versiegelte ihre Sinne, machte sie taub und blendete sie, bis sie auch die Erde in ihrem Mund nicht mehr schmeckte und die Fäulnis der Luft nicht mehr roch. Lediglich der letzte ihrer Sinne blieb ihr erhalten. Sie fühlte. Sie fühlte, wie ihr Atem erlahmte und das Leben aus ihrem Körper wich; sie fühlte, dass der letzte Moment, von dem kein Mensch eine Vorstellung hatte, genau dieser war.

Das Schauspiel der Herbstzeitlosen war beeindruckend, wenn sie in den ersten Tagen des Herbstes an die Erdober-

fläche kroch und den nahenden Winter ankündigte. Ganz plötzlich und über Nacht war sie da und bereitete das Feld, auf das sich kurz darauf ein langer, gnadenloser, alles verzehrender Winter legte.

KAPITEL 2

»Margrit, kommst du?«

Er fragt, als ob er eine Antwort erwartet, als ob er eine Antwort erlauben würde. Margrit duckt sich und hält still. Heute macht er ihr Angst.

Mit den Pflanzen kann sie reden, dem Hartriegel, dessen rote Triebe sie umschließen wie Adern ein pulsierendes Herz, den Blütenkätzchen des Haselnussbaums, die ihre Haut zart streicheln im Wind, mit der wild wachsenden Pfefferminze und ihrem mystischen Duft, der schon in den Pharaonengräbern wehte zum Schutz der Reise ins Jenseits. Mit ihrem Vater jedoch kann sie nicht reden. Er ist es, der mit ihr redet. Der sie zum Essen ruft, der ihr Aufträge gibt, wie Setzlinge umtopfen und Gewächshäuser aufräumen, der ihr sagt, dass sie im Unterricht aufmerksamer sein soll.

Das war nicht immer so. Als die Mutter noch lebte, war Margrits Leben schöner als das, was sie jetzt hat. Ihre Mutter hat sich zwar immer seltsam benommen, ist abweisend gewesen und nahm Margrit selten in den Arm. Sie schimpfte eigentlich immer über irgendetwas, ob es nun einen Grund gab oder nicht, denn am Wetter waren weder Margrit noch ihr Vater schuld. Aber Margrits Leben fühlte sich anders an. Es war vollständiger und auf seltsame Weise beruhigend wie der Anblick von Wäsche, die im sanften Sommerwind trocknet. Je abweisender die Mutter zu ihr war, umso mehr Zuneigung bekam Margrit vom Vater. Nun, da es ihre Mutter nicht mehr gibt, hofft Margrit auf seine volle Zuwendung. Und täuscht sich damit. Mit den anderen Kindern darf sie immer noch nicht spielen. Sie könnte sich mit Krankheiten anstecken oder sich zu Streichen verleiten lassen. An diese komische Angst der Eltern, die nun der Vater streng weiterpredigt, hat sie sich längst gewöhnt. Die Gärtnerei vor der Haustür ist ohnehin der schönste Spielplatz auf der Welt.

Margrit lebt mit ihrem Vater in einer brandenburgischen Gemeinde mit Konsum, Dorfkrug, einem Friseur, bei dem sich die Frauen unter ihren Trockenhauben allerhand Geschichten erzählen, mit knorrigen rundgeschnittenen Platanen am Straßenrand, mit Kopfsteinpflaster, auf dem man jedes Fahrrad klappern hört, und mit Horden von Kindern, die immer auf der Suche nach neuen abenteuerlichen Orten im angrenzenden Wald und seinen Mulden sind.

Margrits Großvater hat die Gärtnerei Kunkel gegründet. Am Ende des Zweiten Weltkriegs lag die Region brach, hatte eine halbe Million Menschen verloren und konnte dem Neuanfang danach nicht viel beisteuern. Hier gibt es keine nennenswerten Bodenschätze, keine Rohstoffe wie Erz oder Steinkohle. Hier ist der Boden der Schatz. Und hier legte Heinrich Kunkel in den ersten Monaten nach Kriegsende einen Garten an, mit dem er zuerst die Familie ernährte und bald schon das ganze Dorf.

»Margrit, komm!«

Eine dunkellilafarbene Clematis rankt sich um eine kleine Birke, die wild aus einem angewehten Samenkorn gewachsen ist. Die zarte Nähe zwischen diesen beiden bringt Margrit beinah zum Weinen. Als Kind zweier Menschen, die sich nie berührt haben, hat sie einen Sinn für die kleinen Zärtlichkeiten der Natur entwickelt, die neben Rauheit aus Lochfraß und Verrottung existieren.

Es ist Juni. Die Blumenknospen auf der kleinen Wiese zwischen den Gewächshäusern sind zu einem bunten Teppich aus Blüten aufgeplatzt. Hinter dem hochgewachsenen Rittersporn kann der Vater Margrit nicht sehen. An seinem Blick, der auf die wuchtige Staude gerichtet ist, erkennt sie allerdings, dass er weiß, wo sie sich versteckt hält. Sie duckt sich noch etwas mehr und wartet. Er wird gleich nochmal rufen.

»Margrit! Komm rein!«

Der Rittersporn schaut Margrit aus blitzblauen Augen an. Sie entdeckt ein schelmisches Funkeln in seinen Augenwinkeln und wendet beruhigt den Blick ab zur Haustür, vor deren Treppe der Vater auf sie wartet. Sie kann die Furchen auf seiner Cordhose erkennen. Er hat die gute Hose an, wird also am Abend noch einmal in den Dorfkrug gehen und Margrit allein lassen. Beim Einschlafen wird sie wieder nur die Amsel hören und später dann die Schritte und die Stimmen im Haus, die immer dann zu hören sind, wenn der Vater nicht da ist. Wieder wird Margrit nach ihrer Mutter rufen, erst leise, dann immer lauter. Und genau das werden die Nachbarn dem Vater auch erzählen am nächsten Tag, wie sie es immer tun. Der Vater wird sich nicht trauen, Margrit dafür auszuschimpfen. Aber er wird auch seine Kneipenabende nicht aufgeben. Und so wird sie ihre Mutter rufen, bis eines Tages die Polizei kommt oder jemand vom Kinderheim. Dann wird er schon sehen, dass man so etwas nicht macht, sein Kind nachts in einem großen Haus ganz allein zu lassen. Aus Traurigkeit ein paar Biere und Schnäpse trinken kann er auch zu Hause. Dafür muss er nicht weggehen. Und Freunde hat er auch nicht, die er in der Kneipe treffen könnte. Nur der Wirt kommt manchmal vorbei zum Fußballgucken. Aber auch nur, weil der Vater Farbfernsehen und gutes Westbild hat. An der Antenne auf dem Dach schraubt er fast jeden Tag herum. Wahrscheinlich denkt er, dass ihn ohne das gute Westfernsehen überhaupt niemand mehr besuchen würde.

Seine Gummistiefel versinken im weichen Boden. Er ist ein großer Mann. Dort steht er, die Hände, runzelig wie Dahlienzwiebeln, tief in den Hosentaschen vergraben. Und nun wird er ein letztes Mal rufen.

»MARGRIT!«

Heute macht er ihr Angst. Sie beendet das Spiel früher als sonst, damit er nicht wütend wird. »Ja, Papa!«

Margrit richtet sich auf und schaut ihn erwartungsvoll an, bis das breite Lächeln kommt, mit dem die Sonne aufgeht in seinem Gesicht. Wie jedes Mal.

»Komm jetzt. Essen steht auf dem Tisch.«

»Gleich!«

»Gleich ist gleich und jetzt ist jetzt!«

Margrit nimmt ihren Mut zusammen, um zu Ende zu bringen, was sie gerade begonnen hat. Ihren Schatz hält sie mit einer Hand umklammert. Das Stück Metall birgt ein

Geheimnis. Es zeugt von den Geschehnissen jenes Abends. Seit jenem Abend sucht ihr Vater danach. Margrit beobachtet ihn jeden Tag dabei, wie er immer wieder im Schuppen ein Gerät nach dem anderen beiseiteschiebt, über die Fensterbretter streicht, als traue er seinen Händen mehr als seinen Augen, wie er Kisten mit leeren Pflanztöpfen hochhebt und wieder abstellt und auch ihren Inhalt aufs Neue inspiziert. Und wie er in seiner Hilflosigkeit selbst wie ein Kind wirkt. Margrit wünscht sich, dass jene Momente, in denen er nicht der rechthaberische und strenge Mann ist, sondern ein Kind wie sie selbst, noch lange andauern mögen.

Was das seltsame Tun des Vaters zu bedeuten hat, ist das erste Geheimnis um diesen Schatz, den Margrit nun nicht mehr unter ihrem Bett verstecken, sondern hier vergraben wird.

Mit einer Schippe hebt sie ein kleines Loch in der Erde aus. Regenwürmer winden sich zwischen Erdklumpen. Manchen Wurm teilt der Schnitt in zwei Hälften. Eine der beiden Hälften wird weiterleben, weiß Margrit, darum hat sie kein schlechtes Gewissen.

Hier wird ihren Schatz ganz sicher niemand finden. Hier kennt sie sich aus wie niemand sonst.

Sie legt die metallene Klinke einer Tür – einer Tür, die es wahrscheinlich nicht mehr gibt, einen wahren Schatz also – in das Loch und schiebt mit der Schaufelspitze Erde darüber. Es wimmelt von halben Regenwürmern, kleinen, fadendicken Tausendfüßlern, Asseln und Milben. Nur wenn es darin wimmelt, ist der Boden gesund, hat ihr der Vater erklärt und mit einem Spatenstich fünf fette Würmer aus der Erde gepuhlt. Sein Gesicht hellte sich dabei auf, und der Bart um seinen Mund bekam vom Lächeln Furchen. Das war ein guter Tag gewesen, denn der Vater lächelt eigentlich nur, wenn er Margrit zum Essen ruft.

Harald Kunkel verdient sein Geld mit der Gärtnerei, und seine Launen schlagen um wie das Wetter. Beginnt er einen Tag in guter Stimmung, kann es am Abend großen Streit geben. Lobt er Margrit in einem Moment noch dafür, dass sie ihm beim Unkrautjäten hilft, kann er sich nur Minuten später furchtbar über das wilde Beet aufregen, das sie nach ihrem eigenen Geschmack angelegt hat. Er schimpft, dass sie und ihr Beet sich immer breiter machen würden im Garten und dass das Unkraut längst auf die ganzjährigen Lilienstauden übergegriffen habe, die daneben wachsen. Also macht auch sie sich breiter in seinen Augen, das hat Margrit herausgehört. Dabei ist das hier draußen doch ihre Welt, und weil es so ist, kümmert sie sich rund um das Jahr um die Winterquartiere der Pflanzen in den Gewächshäusern, um die Nistkästen der Vögel in den Bäumen, um die Sauberkeit der Geräte im Schuppen, um den Rebschnitt beim Wein an der Hauswand und um die bunte Bepflanzung der Baumscheiben an den Obstbäumen.

Lustlos pflückt sie seitdem das Unkraut vom Beet, bevor es tatsächlich auf die Lilienstauden übergreifen kann.

An den Garten vor dem Haus schließen sich neben einem breiten Ackerstreifen aus Buchweizen in langen Reihen Gewächshäuser an, die weit in Richtung der Kornäcker führen, auf denen die Mähdrescher der LPG bei der Ernte Roggen und Weizen zerhacken, Staub vom trockenen Boden aufwirbeln und wie Tausende Schreibmaschinen in der Ferne hallen. In einem kleinen Holzhaus an der Straße verkauft Harald Kunkel Schnittblumen und Gemüse, an dem noch Erde klebt. Kartoffelknollen und Kohlrabi.

Selbst die Möhren sind hier größer als im Dorfkonsum auf der anderen Straßenseite.

Das zweite Geheimnis um die vergrabene Klinke wird eines Tages durch das Experiment ans Licht kommen. Margrit will herausfinden, ob das Metall den Boden verändert und die Krumen an dieser Stelle rosten und sich rot oder grün oder orange verfärben wie die Gartenstühle auf der Terrasse. In Brandenburg gibt es keine Schätze im Boden wie zum Beispiel im Erzgebirge, das weiß jedes Kind, das hier aufwächst. Aber in der Gärtnerei Kunkel gibt es nun wenigstens einen.

Sie tritt die Erde fest und dreht sich zur Haustür um, wo der Vater noch immer auf sie wartet. Zögernd winkt sie ihm.

»Ich komme!«

Neben dem Busch aus Rittersporn ragt eine Tomatenstaude aus der Erde. Bald werden sich die Zweige biegen unter der Last ihrer Früchte. Bald wird Margrit eine Tomate vom Stängel zupfen und hineinbeißen können, dass die Kerne nur so auf den Boden spritzen. Genau deshalb wächst hier immer wieder eine neue Tomatenpflanze, und das freut Margrit wie eine gute Tat. Bald wird ihr kleines wildes Beet komplett sein.

Mit Rittersporn und Tomatenpflanzen unterhält sich Margrit am liebsten. Der Rittersporn erzählt gern davon, wie es ihn als Unkraut vom Getreidefeld nebenan ausgerechnet auf Margrits Beet geweht hat und wie glücklich er nun ist, endlich in seiner ganzen ritterlichen Pracht blühen zu können. Nach jeder Blütezeit muss der Busch bis zum Boden zurückgeschnitten werden. Margrit bringt es ihm jedes Jahr schonend bei und stellt die Stängel noch für ein paar Tage in eine Vase aufs Fensterbrett. Auch in diesem

Frühling dankt er es ihr mit noch mehr blauen, traubenartigen Blüten als je zuvor. Jetzt streicht sie ihm über das Haupt. »Ich bin gleich zurück.«

Der Vater geht wieder ins Haus.

Margrit reibt die Hände aneinander, dass die Erdkrumen nur so rieseln. Dann geht sie ihm nach.

Sie sitzen am Tisch. Auf drei Tellern liegt kalter Braten mit Pellkartoffeln. Der Vater hat seinen Teller wie immer als Erster geleert und tauscht ihn gegen den dritten, noch vollen Teller aus. Margrit schaut ihm beim Kauen zu.

»Ich bin fertig«, sagt Margrit, die nicht mehr warten will. »Ich geh nochmal raus.«

»Dafür ist es zu dunkel. Außerdem zieht ein Gewitter auf, wie du hören kannst.«

Ein Donnergrollen lässt Margrit aufhorchen. Der Vater hat magische Kräfte. Er spricht vom Gewitter, und der Donner gehorcht.

»Aber der Buchweizen …« Aufgeregt steht Margrit auf und greift nach ihrer Strickjacke. »Er wird vom Blitz getroffen, wenn ich ihn nicht warne!«

Diesmal lächelt der Vater, ohne sie auszulachen.

Margrit ist schon fast an der Tür und kommt seinen Worten zuvor. Sie muss nach draußen, um vor dieser Traurigkeit zu fliehen, die sie plötzlich wieder überkommt. Dass alles umsonst geschehen ist und sich auch nach dem Tod der Mutter für sie nichts ändern wird.

»Ich muss ihn warnen, er muss sich dem Wind beugen und darf nicht in den Himmel schauen! Sonst trifft ihn der Blitz, und er und alle seine Geschwister verbrennen!«

Der Vater pariert wie so oft Margrits Geschichten. »Wer hat's dir erzählt?«

»Der Weidenbaum, und der sagt, er habe es vom Sperling erfahren, der ein schwarzes, verbranntes Feld aus Buchweizen überflogen hat!«

Der Vater steht auf und zieht ihr die Strickjacke wieder aus.

»Und wer hat's geschrieben?«

»Hans Christian Andersen«, gibt Margrit klein bei. »Bitte lass mich nochmal raus.«

Wie auf sein Kommando prasseln Regentropfen lautstark auf das Fensterbrett. Der Vater kann zaubern. Margrit ist sich sicher.

»Es ist schon spät, mein Kind. Du bleibst hier«, befiehlt der Vater. »Morgen musst du zeitig raus. Wir gehen zum Arzt. Der soll sich deine Ohren anschauen.«

Die Ohrenschmerzen haben längst nachgelassen, die Zwiebelumschläge haben gewirkt, jetzt sind ihre Ohren noch etwas geschwollen, aber unter den krausen roten Locken kann das eh keiner sehen. Margrit will nicht zum Arzt. Aber eine Widerrede wagt sie nicht.

»Du stehst auf, wenn ich aufgegessen habe«, sagt der Vater drohend. Für seinen zweiten Teller nimmt er sich immer besonders lange Zeit. »Du trödelst doch gerne. Also kannst du jetzt auch warten, bis ich fertig bin.«

Seine Worte tun ihr weh. Aber Margrit hält den Mund. Für einen Erwachsenen benimmt sich der Vater seltsam. Erst tut er streng, sie müsse pünktlich zum Essen am Tisch sitzen, auch wenn sie keinen Hunger hat, und bei Ohrenschmerzen müsse sie zum Arzt gehen, auch wenn die Ohren nicht mehr wehtun. Aber immer noch für jemanden den Tisch zu decken, der gar nicht mehr da ist, das hält er für normal. Margrit kommt das komisch vor. Sein merkwürdiges Verhalten macht ihr immer mehr Angst.

Mutter wird nie wieder mit am Tisch sitzen. Und sie hat auch keine Pellkartoffeln gegessen, weil sie nur geschältes Obst und Gemüse mochte. Sie starb ganz still in jener Herbstnacht. So hat es ihr der Vater erzählt, während die Mutter mit wächsernem Gesicht nebenan auf dem Bett lag. Seitdem muss auch Margrit still sein und stillhalten, und seitdem herrscht Stille im Haus. Nur sonnabends läuft das Radio mit Schlagern und Sport.

Überall im Haus riecht es noch nach der Mutter. Es duftet nach ihrem Shampoo, das Margrit an Maiglöckchen erinnert, und nach der Mischung aus Arnika und Aloe Vera, die Mutter aus den dicken Pflanzen quetschte und sich immer auf Knie und Stirn rieb, vor allem wenn sie über die Migräne schimpfte. Margrit hält Migräne für einen dunklen, schlangenförmigen Fisch mit einer Geisterfratze als Kopf, der sich durch die Gehirnwindungen frisst. Im Haus riecht es noch immer nach dem Parfüm, das der Vater der Mutter jedes Jahr zum Geburtstag schenkte und die Mutter, wann immer sie es trug, zu einer Fremden machte.

Die Mutter ist jetzt ein Engel. Das hat der Pfarrer dem Kind in der Christenlehre erzählt. Aber Margrit weiß, dass Menschen so wenig auf Wolken sitzen, wie Bäume bis in den Himmel wachsen. Margrit glaubt dem Pfarrer nicht und muss jetzt auch nicht mehr zur Christenlehre gehen.

Und nun isst der Vater jeden Abend den Teller für die Mutter leer und wird dabei immer dicker.

»Jetzt darfst du auf dein Zimmer.« Er legt das Besteck beiseite und schenkt ihr einen strengen Blick.

Margrit steht auf und nimmt sich ein Glas Saft. Sie trägt das Glas vorsichtig die Stufen hinauf, die in diesem alten Haus schmal und hoch sind und knarren. Das Bett ist frisch bezogen. Das Fenster ist leicht geöffnet. Eine Amsel singt auf dem Dach. Hinter dem Wald dämmert ein Frühlingshimmel.

Die Mutter starb nicht still im Bett. Dorthin trug sie der Vater, als sie schon tot war. Sie starb nach einem Schrei, der Margrit aus dem Schlaf riss. Margrit setzte sich im Bett auf, presste ängstlich ihr Kopfkissen an sich und lauschte. Nach dem Schrei wurde die Stille im Haus unheimlich. Margrit stieg aus dem Bett, drückte das Kissen noch immer wie ein Schutzschild an sich und machte sich auf die Suche nach den Eltern. Sie fand ihre Mutter reglos im Schuppen liegend. Margrit weiß nicht, wie sie zurück in ihr Bett kam. Aber wie sie am nächsten Tag die Türklinke auf dem Boden im Schuppen entdeckte, hat sich fest in ihre Erinnerung gegraben. Margrit wird von der Klinke erzählen, wenn sie danach gefragt wird.

Und warum Blut daran klebt, das ist das dritte Geheimnis, welches ihren vergrabenen Schatz umgibt.

KAPITEL 3

»Margrit, kommst du?«

Holm Schieber war ein junger, gepflegt aussehender Mann. Er war ein angehender Journalist, arbeitete als Volontär in der Redaktion der Gartenzeitschrift »Zu Hause im

Grünen«. Die Büros der Redaktion lagen am Alexanderplatz im Zentrum von Berlin.

Holm Schieber duzte jeden gleich vom ersten Gespräch an, und auch Margrit hatte sich seinem Charme nicht widersetzt und sich ebenfalls das Du aufdrängen lassen. Eigentlich siezte sie Menschen gern so lange wie möglich. Sie hielt ein freundliches »Sie« für ein Zeichen von Respekt. Bei Holm machte Margrit mit der Duzerei eine Ausnahme. Sie setzte alles daran, gemocht zu werden. Ein Streben, das sie aus der Kindheit mit hinüber in ihr Leben genommen hatte. Kam auf den letzten Drücker noch ein Auftrag für eine Recherche rein, wie seit 1985 regelmäßig zum Thema der anhaltenden Hungersnot in Äthiopien, dann saß Margrit so lange am Schreibtisch, bis ihr Artikel fertig geschrieben war, und wenn sie die Nacht durchmachen musste. Den Artikel über Äthiopien, wo nach einem Ernteausfall vor zwei Jahren acht Millionen Menschen vom Hunger betroffen waren und noch immer keine Verbesserung der Lage in Aussicht war, hatte sie so verfasst, dass Chefredakteur Müller schon glaubte, Margrit habe selbst Verwandte dort. In Wahrheit beschäftigte sie sich schon seit geraumer Zeit mit dem Thema der Nutzung von Giftpflanzen als Nahrungsmittel. Diese Zukunftsvision weckte nicht nur Begeisterung, sondern rief auch Skepsis hervor, sowohl unter Wissenschaftlern als auch bei ihren Kollegen in der Redaktion. Aber gerade wegen dieses Zweifels, den sie selbst durchaus teilte, machte sie sich auch an den Wochenenden immer wieder auf den Weg zur Staatsbibliothek im Univiertel. Dass man in einer hungernden Welt wertvollen Boden ungenutzt aufgeben musste, ließ Margrit nicht gelten. Die einfallsreiche Flora lieferte nun wirklich genügend Beispiele für extrem resistente Gewächse.

»Komme!«, sagte Margrit.

Holm Schieber war längst wieder draußen auf dem Flur. Lungerte dort wahrscheinlich herum, bis der Chefredakteur zur Sitzung kam.

Margrit goss sich ein Glas Limonade ein und ordnete dann die Blätter in ihrer Schreibmappe. In den Büchern der Bibliothek hatte sie nichts Zukunftsweisendes gefunden. Alte Ideen, auf Papier gebannt und vergessen, führten zu einem großen Handlungsvakuum. Alles, was sie zur Widerstandsfähigkeit von Pflanzen gefunden hatte, betraf gefährliche Insekten, Krankheiten und Unkraut und wie das alles bekämpft werden konnte. Aber es war das Klima, das die Ernten in Afrika tötete. Damit befasste sich niemand. Pflanzen wie die Alraune und Herbstzeitlose galten gemeinhin als giftig und damit als unbrauchbar, weil sie auf die todbringende Dosis ihrer Bestandteile reduziert wurden. Dabei war ihre Unverwüstlichkeit gerade unter permanentem Wassermangel und in ausgelaugten Böden das Mittel gegen den Hunger in der Welt.

Müller erschien immer erst zur Sitzung. Margrit vernahm seine blecherne Stimme durch die angelehnte Tür des Büros. Papierknappheit und eine Magenverstimmung hatten ihm den Morgen verhagelt, so viel konnte sie heraushören.

Sie nippte am Limonadenglas und schaute aus dem Fenster. Ein trüber Tag. Zwischen zwei überdimensionalen Nussknackern leuchtete der Schriftzug »Berliner Weihnachtsmarkt«.

»Wir wären jetzt so weit!«, rief Holm noch mal ins Büro.

»Schön«, sagte Margrit und blickte weiter aus dem Fenster.

Die Dürre in Äthiopien hatte auf das Hochland übergegriffen und damit auf die letzte nutzbare Fläche jenseits der ausgedorrten Ebenen. Der Reflex, zu helfen, kam weltweit in Gang, jedoch blieben Geld, Nahrungsmittel und Milchpulver wieder in Kanälen hängen, die nicht in die Dörfer, sondern weit davon wegführten. Und mit den Lebensmittellieferungen kamen Schädlinge auf den Kontinent, die selbst Afrika noch nicht kannte. Was die Dürre nicht geschafft hatte, brachten diese dann zu Ende.

Margrit goss sich das Limonadenglas voll und leerte es in großen Zügen. Ausgerechnet sie, eine kleine pummelige Gartenbaustudentin in Ost-Berlin, wollte die Dinge nun selbst in die Hand nehmen, wenn es schon kein anderer tat.

Mit ihrem Artikel über Äthiopien hatte sie Müller beeindruckt, auch wenn er diese Gefühlsregung am Anfang selbst nicht wahrhaben wollte. Vielleicht lag es an Müllers Anerkennung, dass sich Margrit nun auch einmal Gedanken um ihr Aussehen machte. Meist war sie etwas nachlässig gekleidet. Der fliederfarbene Pullover, den sie auch an diesem Tag wieder trug, war vor Jahren sehr schön gewesen. Nun leierte er an den Ärmeln aus. Die verwaschene Jeans war ihr zwei Nummern zu klein. Ihre Nägel trugen den üblichen Trauerrand aus Blumenerde – dank eines Frühbeetes im halbdunklen Flur ihrer Wohnung konnte Margrit auch im Winter in der Erde wühlen –, und das trockene Haar ihrer roten Naturkrause trug sie ständig zu einem schmucklosen Dutt geknotet.

Holm lungerte noch immer in ihrer Tür herum. Er zum Beispiel war einer, der sich trotz seiner Jugend sehr geschmackvoll kleidete, das fiel Margrit auf, weil er gleich alt war wie sie. Mit 22 sah Margrit aus wie 30, Holm hingegen wirkte noch wie ein Teenager, noch dazu wie ein Teenager aus gutem Hause.

Margrit lächelte ihn an. »Ich komme gleich.«

Gleich ist gleich und jetzt ist jetzt, dachte sie. Aber einen Moment gönnte sie sich noch und blieb sitzen. In Ruhe legte sie in eine Mappe, was sie in der Nacht zuvor zu Ende getippt hatte. Als Volontärin in der Redaktion lieferte sie Texte, die so ausgefeilt und fundiert wie die erfahrener Journalisten waren. Das jedenfalls hatte Müller eines Tages vor versammelter Runde gesagt. Und dass sie immer pünktlich lieferte und auch so verfasst, dass die Redakteure kaum noch Arbeit damit hatten.

Auch heute blätterte sie zufrieden die Seiten ihres Artikels durch und war in Gedanken schon wieder in ihrer kleinen Wohnung im Prenzlauer Berg am Kollwitzplatz. Dort auf dem Flur, in dem selbstgebauten Frühbeet, widmete sie sich ihrem eigentlichen Faible: der Kreuzung zweier Pflanzen, die den Hunger in der Welt eines Tages in ein großes Sättigungsgefühl verwandeln würde. Und sie vermied es tunlichst, irgendjemandem davon zu erzählen.

Holm stand immer noch in der Tür und tippte mit den Fingern auf den Ordner, der unter seinem Arm klemmte.

»Wir fangen ungern ohne dich an.«

Margrit lächelte. »Natürlich.«

Zu Beginn wurde doch sowieso immer die letzte Ausgabe diskutiert. Eigentlich müsste sie hier nicht dabei sein, dafür waren ihre Artikel viel zu unwichtig. Sie verkniff sich die Bemerkung und lächelte, als sie das Büro des Chefredakteurs betrat.

Vier Männer und eine Gartenzeitung. Ihre anfänglichen Zweifel hatte Margrit längst abgelegt. Sie machten eine ausgezeichnete Arbeit, und die Zeitschrift war ein sehr gut recherchiertes und trotzdem unterhaltsames Blatt. Aber es war eben nur ein Blatt.

Margrit hatte auf diese Weise ein kleines Einkommen neben ihrem Stipendium. Aber so gern sie auch in dieser verrauchten Runde aus philosophierenden Botanikern saß, freute sie sich jedes Mal ganz besonders auf den Moment, in dem sie das Büro verlassen und im Paternoster wieder nach unten fahren konnte. Die anderen mussten bleiben und sich jeden Tag mit Zensur und Papierknappheit abfinden. Erst jüngst war es Müller, dem Chefredakteur, verboten worden, über die Bundesgartenschau im Westen zu schreiben, als könnte er von dort subversives Saatgut in die DDR einschmuggeln. Dabei hatte er nicht mal um eine Reiseerlaubnis gebeten, sondern war bereit gewesen, sämtliche Informationen aus zweiter Hand von den Kollegen drüben zu übernehmen. Selbst das war unerwünscht.

Margrit wollte mit alldem nichts zu tun haben. Osten, Westen, Norden, Süden. Das waren Himmelsrichtungen, mehr nicht. Ein Kompass, nach dem sich die Natur ausrichtete.

Chefredakteur Müller saß am Kopfende des Tisches. Er bat Margrit, sich zu setzen und reichte ihr eine leere Kaffeetasse, dazu die volle Kanne und einen Teller Gebäck. Er war zuvorkommender als sonst, stellte Margrit fest. Es lag etwas in der Luft. Interessiert musterte sie die Flasche Cognac auf dem Tisch.

Müller schien erfreut. »Ein Gläschen, Frau Kunkel?«

»Nein danke, ich muss noch fahren.« S-Bahn nämlich, dachte Margrit, und zwar so bald wie möglich, damit ich den Brief heute noch zu Ende bringen kann.

Müller lächelte in die Runde und nickte dann anerkennend. »Überraschend, liebes Fräulein Kunkel, wie lebhaft Sie über Rittersporn schreiben, besonders da, wo es an den *Totalrückschnitt* geht!«

Er betonte das Wort, als redete er von einer militärischen Aktion und nicht von einer Schnittform im Gartenbau.

»So entstehen beim Lesen Bilder im Kopf und ein bitterer Geschmack auf der Zunge. Ganz anders als andere Fachartikel. Sie schreiben leidenschaftlich, einfach toll.«

Holm blickte betreten nach unten. Vor ihm auf dem Tisch lag ein Zeichenblock. Immerzu war er am Kritzeln und Malen, zeichnete sogar seine Notizen. Nie waren es Menschen, immer nur Pflanzen, Gegenstände, Landschaften, die er malte. Seine Bilder hatten es bis in die Zeitschrift geschafft.

Margrit nahm Müllers Worte als das Kompliment, das sie waren. Er war nicht gerade dafür bekannt, eine andere als seine eigene Arbeit hervorzuheben.

»Ich bin mit Pflanzen aufgewachsen«, sagte sie fast entschuldigend und konnte sich mit Blick auf Holms Zeichenblock gerade noch verkneifen, dass Pflanzen die einzigen Wesen waren, denen sie vertraute. »Meine Eltern hatten …«

»Eine Gärtnerei, ich weiß«, unterbrach Müller sie herablassend.

Das Letzte, das Margrit wollte, war, jemanden zu langweilen. Nach seiner Lobhudelei musste Müller wohl das Gleichgewicht wiederherstellen. Einfallsreich wie er war, griff er auf seine Arroganz zurück. Das gepflegte graumelierte Haar mit Helmut-Schmidt-Scheitel und die schwarze Hornbrille verliehen ihm ein Ansehen, das er vielleicht gar nicht verdiente, dachte Margrit jedes Mal, wenn sie ihm gegenübersaß. Sie war nicht geübt in psychologischen Analysen, aber die neurodermitischen Stellen zwischen seinen Fingern sprachen Bände über den Allgemeinzustand dieses Mannes. Öl aus Johanniskraut wäre die unkomplizierteste Lösung für sein Problem, dachte Margrit, und dabei kam ihr sofort ihre

Mutter in den Sinn, die darin gebadet hatte in der antiken Wanne, die auf vier Blechtatzen in der Waschküche stand.

»Meine Mutter liebte den Rittersporn in unserer Gärtnerei«, fuhr sie unbeirrt fort. »Von ihr habe ich gelernt, dass das, was wehtut, am Ende zum Erfolg führt.« Margrit puhlte Müllers süffisante Bemerkung noch einmal hervor. »Der *Totalrückschnitt* beispielsweise. Man trennt sich vom schönen Anblick der Pflanze, schneidet sie kurz über dem Boden ab und wird mit neuer, manchmal doppelt so reicher Blütenpracht belohnt.«

Sie hatte es wieder getan. Hatte von der Mutter gesprochen, die doch nur ein Phantom war, das der Vater mit seinen Fressattacken am Leben erhielt.

»Manchmal führt die Trennung von Dingen, die noch nützlich erscheinen, zu etwas viel Vollkommenerem«, fügte sie noch etwas selbstbewusster hinzu.

Müller schien irritiert.

»Fräulein Kunkel, Sie reden von Trennung, dabei möchte ich Sie gern als feste Mitarbeiterin unserer Redaktion gewinnen. Nach dem Abschluss Ihres Studiums nächstes Jahr im Sommer hätten wir eine Planstelle für Sie frei.«

Er musterte Margrit prüfend von der Seite.

»Ich ahne, dass Sie das vielleicht nicht als Ihren ersten Berufswunsch angekreuzt haben damals beim Abitur. Und ich ahne, dass Sie sich hier unterfordert fühlen könnten, doch glauben Sie mir –«, jetzt hielt er kurz inne. Er wollte herausfinden, ob er in die richtige Richtung dachte.

Margrit blieb ungerührt und schaute ihn weiter offen an.

»Wir haben hier eine sehr gute Perspektive für Sie. Und in die Partei müssen Sie dafür auch nicht eintreten. Das ist doch schon etwas.«

Müller grinste breit. Ohne Parteibuch war es in diesem Land nahezu unmöglich, erfolgreich im Boden zu graben. Er fragte sich wohl, ob sein Witz an Margrits Gesichtsausdruck irgendetwas verändern würde.

Schlagfertigkeit gehörte nicht gerade zu Margrits Talenten. Ihre Langsamkeit erstickte jede Spontanität im Keim. Aber dass sie neben ihrer Fachlektüre auch einen Ausflug in die fruchtbare Literaturszene des Landes gemacht hatte, zahlte sich nun aus.

»Kennen Sie die wunderbare Anekdote über den Archäologen, der zuerst eiserne Waffen freilegt, dann Bronzebeile und Keramikscherben?«

»Die Geschichte eines Archäologen und dessen, was man von ihm erwartet«, antwortete Müller lakonisch.

»Richtig«, entgegnete Margrit in wohliger Erinnerung an den kleinen Erzählband, den Frieder ihr geschenkt hatte, um ihren Horizont zu erweitern, wie er betont hatte. »Nur dass dieser Archäologe zuletzt Faustkeile findet und man ihm den Spaten nimmt, als sich zuunterst noch der Fund von Eierbechern ankündigt.«

»Was nicht gepredigt wird, darf auch nicht sein, ich verstehe.«

Müller lachte schallend und schaute beifallheischend in die Runde. Klasse Mädchen, sagte sein Blick. Die Kollegen, Holm eingeschlossen, schienen einhellig seiner wortlosen Meinung zu sein.

»Darüber müssen Sie sich in diesem Büro keine Sorgen machen, liebes Fräulein Kunkel. Statt Roter Garde kultivieren wir hier Rote Beete, und unter meiner Leitung wird das auch so bleiben. Da Sie den Sprung ins Studium ohne Parteibuch geschafft haben, werden Sie auch danach keins mehr brauchen.«

Margrit wusste das Stellenangebot zu schätzen. Holm Schieber war mindestens genauso gut für die Stelle geeignet. Er war vor der Einberufung zur Armee wegen eines Wirbelsäulenschadens ausgemustert worden, hatte nach dem Abitur das Studium begonnen und würde es zeitgleich mit Margrit beenden. Außerdem war er ein Mann und stand somit schon mal nicht im Verdacht, gleich mit einer Babypause einzusteigen, die dann wieder mit einem Ersatz überbrückt werden musste.

Auch Margrit hatte keine Ambitionen, ein Kind zu bekommen. Sie hatte ja noch nicht einmal einen Mann dafür. Mit Frieder war es nur ein Jahr lang gut gegangen.

Sie waren der Frieder und das Katherlieschen gewesen. Sie die Schusselige, die nicht kochen konnte und nicht schön war. Er der Praktische, der sie liebte, und dem der Rest egal war. Sie liebte ihn auch, soweit sie mit 18 schon etwas verstand von diesem großen Gefühl. Und sie mochte seinen Namen: Frieder klang nach Frieden. Dass er auch noch fliederfarbene Hemden trug, sprach nicht unbedingt für seinen Geschmack, aber doch für Humor.

Frieder war Schreiner. »Wie ein Schreiner kann's keiner« war ein Spruch, der Margrit gefiel. Frieder schreinerte für Margrit den schönsten Pflanztisch der Welt. Das edle Stück stand nun auf ihrem Balkon. Sie strich noch immer jedes Mal zärtlich darüber, wenn sie daran vorbeiging.

Und dann war er weg gewesen. Von einem Tag auf den anderen. Wie ihre Mutter. Als die Mutter starb, hatte sich Margrit gerade an deren ständiges Geschimpfe gewöhnt. Das Leben sei nun mal so, hatte Margrit ihren Vater zu trösten versucht. Es sei wie eine Pflanze, die wurzelte und Blüten trieb und Blätter fallen ließ und manchmal, wenn sie keinen

Halt mehr hatte, wie eine Ranke eigene Wege ging. Diese Erinnerungen verursachten bei Margrit auch nach all den Jahren noch Übelkeit.

Margrit war so jung gewesen, und Frieder war der erste Mann, mit dem sie geschlafen hatte. Warum machte man so etwas, wenn man es nicht ernst miteinander meinte? Mit 19 hatte er doch bereits genug erlebt. Den Rest des Lebens hätten sie also durchaus zusammen verbringen können und sich die Schmach weiterer Verliebtheiten, die sowieso in Verrat und Trennung endeten, erspart.

Nach einem Jahr – sie hatte ihrem Vater bereits angekündigt, auszuziehen, um sich mit Frieder eine gemeinsame Wohnung zu suchen, und dafür ein Riesentheater mit ihm gehabt – war Frieder plötzlich unzufrieden geworden. Unzufrieden! Wie sie das hasste, wenn Menschen unzufrieden waren. Blickte sie in ein solches Gesicht, dann dachte Margrit unwillkürlich an ihre Mutter. Diese Mundwinkel, die ständig von der Schwerkraft nach unten gezogen schienen. Diese steile Falte zwischen den Augen, wo noch gar keine Falte hingehörte. Dieser ewig nörgelnde Ton, um vom eigenen Unglück eine gehörige Portion an andere abzugeben, an die nämlich, die gerade noch gelächelt hatten und glücklich waren oder wenigstens zufrieden. Noch jetzt, Jahre später, fehlte Margrit jegliches Verständnis für die Unzufriedenheit der Menschen.

Zur gemeinsamen Wohnung mit Frieder war es gar nicht erst gekommen. Eines Abends war er einfach verschwunden. Nur sein alter Trabant stand noch vor der Tür seiner Datsche. Margrit hatte die letzten Reparaturen bezahlt. Vielleicht war das sein letztes, zynisches Zeichen des Dankes.

Irgendwann hieß es dann, Frieder Loth sei mit seinen Schreinerfreunden über Polen, Slowakei, Ungarn in den

Westen abgehauen. Frieders Mutter glaubte nicht daran, und schon gar nicht, dass ihr pragmatischer Sohn den langen Weg über den unsicheren Osten mit seinen bewachten Grenzen genutzt hätte, statt gleich vor der Tür in Berlin über die Mauer zu springen. Aber Margrit bestätigte gegenüber der Polizei die Vermutung. Er hatte immer von Größerem geträumt, nur nicht von ihr. Sie hatte ihm keine Träne nachgeweint.

»Fräulein Kunkel, Sie sagen ja gar nichts!«

Mit ihrem Privatleben, was keines war, ging sie ganz bestimmt nicht hausieren.

»Fräulein Kunkel?«

Dem lieben Holm hatte die ganze Duzerei nichts genutzt. Müller bot Margrit die Stelle an, auf die Holm so sehr gehofft hatte. Sie musste nun irgendwie darauf reagieren. Also wandte sie sich dem Chefredakteur zu, der mit hochgezogenen Augenbrauen auf ihre Antwort wartete.

»Ich würde gern hier arbeiten«, sagte Margrit ruhig. »Danke, dass Sie mir das Angebot machen, obwohl ich nicht mal Journalismus, sondern Gartenbauwissenschaften studiere.«

»Eine Zusage klingt anders«, warf Müller ein. Holm hob unmerklich den Blick von dem Blatt, auf dem gerade ein Feld aus Krokussen entstand.

»Das ist auch keine Zusage, bis zum Sommer ist ja noch Zeit. Und im Fall der Fälle«, sie schaute zu Holm, dann zu Müller, »finden Sie ja auch adäquaten Ersatz für mich.«

»Selbstverständlich«, sagte Müller zerknirscht, was Holm wieder betreten auf seinen Zeichenblock blicken ließ.

Margrit schaute aus dem Fenster auf den Fernsehturm mit seiner beleuchteten Antennenspitze. Abenddämmerung legte sich auf den Alexanderplatz, wo sich vereinzelte Grüppchen auf dem Weihnachtsmarkt tummelten. Sie würde auf dem Weg zur S-Bahn noch einen Glühwein trinken und dann endlich nach Hause gehen.

Auch wenn Müllers Angebot ihr schmeichelte – sie war noch Studentin und wurde schon wie eine Fachkraft behandelt –, wäre doch kein Büro groß genug, ihr eine berufliche Zukunft geben zu können. Sie alle, wie sie hier saßen, sie hatten doch keine Ahnung, wozu eine Margrit Kunkel tatsächlich in der Lage war.

KAPITEL 4

Mühsam suchte sein Blick den Waldweg ab. Sein Auto stand in Sichtweite und war doch unerreichbar. Geschwächt und einer Ohnmacht nah lehnte er an einem Baum. Wie ein Liegestuhl fing der gebogene Stamm seinen Körper auf. Wie oft hatte er hier so gelegen in einem anderen Leben, wie es ihm schien.

Die Kontur des einzigartigen Waldes mit den krummen Bäumen verschwamm zu einer einzigen Woge. Hier herrschten Stille und Einsamkeit, in der ihn niemand finden würde. Die Nacht senkte sich als finsterer Kreis über die Wipfel der Bäume. Eisige Kälte kam auf.

Das Brennen im Mund trieb ihn schier zum Wahnsinn. Bei jedem Schlucken glühte sein Hals, von außen, von innen, bis ihm übel wurde. Mit kaltem Schweiß auf der Stirn übergab er sich. Sein Magen gab nichts her außer Galle.

Bald stand sein ganzer Körper innerlich in Flammen. Jede Faser wehrte sich gegen diesen barbarischen Schmerz, den irgendetwas in ihm anfeuerte. Von unkontrolliertem Zittern geschüttelt, hielt er sich nur mühsam auf den Beinen. Alle Poren wie versiegelt mit Pech. Alle Sinne und Glieder allmählich erlahmend. Und nun hielten ihn auch die Beine nicht mehr. Die Taubheit, sie nahm sich einen Teil seines Körpers nach dem anderen. Entriss ihm, was ihn gerade noch so am Leben hielt und vielleicht halten würde bis jemand käme, um ihn zu retten. In grausamer Langsamkeit starb alles in ihm ab. Tausende Schatten lösten sich von den Bäumen. Formten eine einzige, furchteinflößende Gestalt. Aus unsichtbaren Händen rieselte Erde auf sein Gesicht. Er wurde lebendig begraben. Wurde zurückgelassen in dieser Finsternis. Tief im Boden allein mit der Nacht. Mit Verlorenheit und ekelerregendem Getier.

Mit einem letzten, tiefen Atemzug sog er einen Brodem aus Moder in seine Lunge. Sein Kopf schlug hart auf. Er sah seine Mutter, die liebevoll auf die Uhr an der Wand wies und sagte, es sei nun Zeit für ihn zu gehen …

Medea kochte den Geliebten in Stücken. In den Kessel seiner Wiedergeburt gab sie hinzu das Kraut der ewigen Jugend. Ein Tropfen des Sudes benetzte den Boden und besiegelte die Geburt einer Herbstzeitlosen in Vollkommenheit.

KAPITEL 5

Was hatte Mozart in seine Musik eingebaut, dass Margrit beim zweiten Satz des Klarinettenkonzerts weinen musste? Nichts verband sie mit diesem Stück. Kein Bild. Keinen Kuss. Keinen Schmerz. Außerdem war es 200 Jahre alt. Es war doch nicht möglich, dass ein fremder, längst verstorbener Mensch sie immer wieder zu Tränen rühren konnte mit einer Aneinanderreihung von Noten in A-Dur. Und doch saß sie weinend, in eine Wolldecke gehüllt, auf dem verschneiten Balkon ihrer kleinen Wohnung. Vielleicht würden wir Mozart anders hören, wäre er 80-jährig wohlgenährt im Lehnstuhl gestorben, dachte Margrit.

Sie fröstelte.

Letzter Stock. Über ihr nur schneeverhangener Abendhimmel. Der Schall von Schritten auf dem Pflaster hinter der Brüstung und eine Mischung aus Kohlengeruch und mit Nelken gespickten Apfelsinen lagen in der Luft. Die Früchte aus Kuba gab es nur zur Weihnachtszeit zu kaufen. Es war schön und dekadent zugleich, wie sie damit die Wohnung und den Balkon dekorierte. Der Orangenbaum überwinterte im Treppenhaus. Im kommenden Jahr würde er Früchte tragen.

Margrit lauschte der Musik aus dem Kassettenrekorder. Der Kopfhörer wärmte ihre Ohren. Plötzlich ein Knacken. Auf Mozart folgten Verdis »Vier Jahreszeiten«.

Margrit liebte das Jahr und seine Gezeiten, wie sie sie nannte. Den Winter mochte sie besonders. Bei Verdi kam er wie ein jauchzendes Kind daher, um sich bald in einen fluchenden Alten und schließlich in eine Armee zu verwandeln, die unerbittlich durch Frost und eisigen Wind mit umherwirbelnden Flocken marschiert. Die raue Zeit des Jahres empfand Margrit als besonders schön, weil sie sich dann nach dem Frühling sehnen konnte. Sie genoss den kleinen Schmerz dieser endlos scheinenden Kälte. Betrachtete die nackten Bäume und ihren Balkon mit Frieders Pflanztisch, vollgestellt mit Blechbüchsen und Weinkisten mit trockener Erde. In wenigen Wochen, wenn alles von vorn begänne und sie ihr Refugium wieder zu einem kleinen Stück Italien machte, der Kübel mit dem Orangenbaum in der Sonne glänzte und Radieschen, Salat und Kapuzinerkresse zu einem dicken Pflanzenteppich heranwuchsen, dann wäre der Winter der Freund, den sie im Frieden für einen anderen verlassen hatte.

In wenigen Wochen wäre sie dem Patent einen Schritt näher.

Sie setzte die Kopfhörer ab. Atmete tief durch und griff nach dem Kassettenrekorder. Es war kalt hier draußen. Sie würde sich jetzt einen Glühwein zubereiten und dazu ein Honigbrot.

Es war bereits nach Mitternacht. Die letzten Nachtschwärmer waren in den Häusern verschwunden. Das Viertel lag in wohltuender Stille.

Margrit ging zurück in die Wohnung und stellte die Musik auf volle Lautstärke. Verdi läutete bereits den Frühling ein, als sie im Ofen Kohlen nachlegte. Die Familie unter ihr war in den Weihnachtsurlaub gefahren. Die Wohnung neben ihr stand leer. Sie nutzte die Chance, um laut Musik zu hören. Sie setzte sich an den Schreibtisch am Fenster und schaute auf die kahlen Baumwipfel vor dem mondhellen Nachthimmel.

Den geschlossenen Brief hielt sie ein paar Minuten lang in den Händen. Ihre Adresse war mit Schreibmaschine geschrieben. Das zweite »r« in ihrem Vornamen mit einem Kugelschreiber ergänzt, zwischen dem »g« und dem »i« eingequetscht wie eine Fliege. Vielleicht würde er sie aus Versehen Marg*it* nennen, wie so viele es taten, statt Marg*rit*, die Perle; eine Bezeichnung, von der auch die zarte Aster namens Margerite profitierte. Dabei lag die Möglichkeit, ihn zu treffen, überhaupt jemals seine Stimme zu hören, ihn leibhaftig vor sich zu haben, in unerreichbarer Ferne, obwohl sie nur wenige Kilometer trennten. Doch solange sie zu lesen bekam, was er veröffentlichte, war es sowieso zweitrangig, ihm persönlich zu begegnen.

Einen Brief aus seinen Händen in den eigenen zu halten, genügte Margrit vollkommen.

Er hatte ihr wieder geschrieben. Ausgerechnet ihr, von der er nicht einmal wissen konnte, ob sie die Briefe auch wirklich bekam und wenn ja, ob sie sie überhaupt verdient hatte. Dieser Mann hatte sich wieder die Zeit für ein paar Zeilen genommen, an sie, die Gärtnerstochter mit noch nicht mal einem Abschluss in der Tasche. Er, der Artikel verfasste, die weltweit in Dutzenden Sprachen erschienen. Er war ihr Idol, das sie anhimmelte wie andere Frauen in ihrem Alter Michael Jackson. Seine Fachartikel waren eine Offenbarung.

Der letzte Mensch, zu dem sie aufgeschaut hatte, um von ihm zu lernen und zu werden wie er, war ihr Vater gewesen. Der Tod der Mutter hatte ihn verändert und schließlich in eine andere Welt abdriften lassen, aus der Margrit im letzten Moment geflohen war. Die Weinranke am Haus, der Schuppen, das wilde Beet und dahinter auf dem Feld die Mähdrescher – das alles fügte sich nun zu einem einzigen Bild, das Margrit gedanklich rahmte und mit Kindheit überschrieb. Das sie weglegte und wieder zur Hand nahm, wann sie wollte. Das nicht verblassen würde hinter der Glasscheibe, die sie von ihrer Erinnerung trennte.

Sie strich über den Briefumschlag. Sie öffnete ihn und faltete das Papier auseinander.

Sehr geehrtes Fräulein Kunkel,

ich danke Ihnen für Ihr Schreiben und möchte Ihnen versichern, daß Ihre Ideen zur Nutzbarmachung von Giftpflanzen alles andere als abwegig sind. Sie wissen das natürlich selbst, sonst hätten Sie mich weder an Ihrem Wissen noch an Ihren Ambitionen teilhaben lassen. Trotzdem sollten Sie sich dessen bewußt sein, daß Sie das Rad nicht neu erfinden werden und auch keine geschlossenen Türen einrennen müssen.

Sie bringen den Begriff der »Nachhaltigkeit« ins Gespräch, deshalb ist es mir eine Freude, Ihnen an dieser Stelle einen meiner Artikel beizulegen. Dank der dort erwähnten Weltkommission der Vereinten Nationen für Umwelt und Entwicklung ist dem Begriff seit diesem Jahr eine allgemeingültige Definition zuerkannt worden, was nichts anderes bedeutet, als daß unserer Forschung ein neues Prädikatssiegel hinzugefügt worden ist. Und wer hier der Erste ist, liebes Fräulein Kunkel, der wird die nachhaltigen Früchte ernten und in die Geschichtsbücher eingehen, oder zumindest in die Lexika der Botanik.

Ihre Artikel in der Gartenzeitung lese ich mit – um in der Botanik zu bleiben – wachsender Begeisterung, auch wenn ich vermute, daß Sie damit eigentlich unterfordert sind. Aber

Sie sind noch jung, Sie studieren ein wunderbares Fachgebiet, und ich bin mir sicher, daß Sie früher oder später den Wert Ihres Wissens und den Vorteil Ihrer Neugier noch nutzbringender, wenn nicht sogar nachhaltig, einsetzen werden.

Halten Sie mich auf dem Laufenden über das, was Sie tun. Eine aktuelle Ausgabe des Strasburgers habe ich Ihnen mit separater Post gesendet. Bitte nehmen Sie es als mein Weihnachtsgeschenk an, so es Sie jemals erreicht.

Hochachtungsvoll, Claus Steiner. Dezember 1987

An dieser Stelle stutzte Margrit. Er schenkte ihr das Standardwerk der Botanik. Hielt er sie vielleicht doch für eine naive Studentin mit Flausen im Kopf? Er war keine zehn Jahre älter als sie. Gerade mal 30.

Sie las den Brief noch einmal mit wachsender Unruhe.

… daß Sie früher oder später den Wert Ihres Wissens und den Vorteil Ihrer Neugier …

Tatsächlich. Er behandelte sie wie ein Kind.

Lustlos faltete sie den beigelegten Artikel aus »Plant Breeding Abstracts« auseinander. Margrit glaubte nicht an Zufälle. Auch in der Natur gab es keine zufälligen Kreuzungen. Es gab nur Vorbestimmung und Rationalität. Aber dass Steiner ihr seinen druckfrischen Artikel mit Fakten zur Hungerhilfe und dem verschwenderischen Kreislauf des Elends schickte, musste Zufall sein. Alles andere hieße, dass es Berechnung war. Und das war ein Gedanke, der Margrit überhaupt nicht gefiel.

Ihre Artikel in der Gartenzeitung lese ich mit – um in der Botanik zu bleiben – wachsender Begeisterung …

Ganz offensichtlich auch, um sich mit wachsender Begeisterung an ihren Ideen zu bedienen.

Margrit hatte Steiner detailliert geschrieben, womit sie sich gerade befasste. Hatte für ihn die Quellenangaben ihrer Bücher aus der Bibliothek abgeschrieben. Hatte all das getan, weil sie in ihm einen Verbündeten sah. Postwendend konnte sie nun in seinem Artikel von den Gefahren lesen, die zusammen mit den importierten Lebensmitteln, dem Getreide und den Nutzpflanzen in die Dürregegenden eingeschleppt wurden. Unter der Überschrift »Invasive Species« war so ziemlich alles nachzulesen, was sich Margrit in den letzten Wochen an Wissen angeeignet hatte. Nur stand darunter nicht ihr Name, sondern der von Dr. agr. Claus Steiner, Berlin, Germany.

Wenn Neid die höchste Form der Anerkennung war, dann war Ideenklau wohl ihre Krönung, dachte Margrit und faltete Brief und den Artikel zusammen. Sie legte die anderen Briefe Steiners dazu und umwickelte alles mit einem Stoffband, wie sie es in alten Filmen gesehen hatte. Ein kleiner feiner Stapel seiner Anerkennung lag nun gebündelt vor ihr. Sie würde nie wieder an seinem Respekt für ihre Ideen zweifeln. Er schrieb ihr Briefe. Das war doch etwas. Niemand zwang ihn dazu. Im Gegenteil. Er schien es gern zu tun und machte sich richtig Arbeit damit. Er war eine Koryphäe auf seinem und damit auch ihrem Gebiet. Er war einer der Wenigen, die das Wesen des Wachstums und damit das Wesen des Werdens und der Welt begriffen hatten. Eine Pflanze war für Steiner nicht einfach ein Gewächs, das es zu veredeln und für die Bedürfnisse des Menschen auszuquetschen galt. Steiner war der Philosoph unter den Botanikern. Er war einer, der vertikal dachte, und nicht platt, dessen Gedanken in die Tiefe gingen und zugleich unerreichbare Höhen erklommen. Natürlich durfte er sich an ihren Ideen bedienen. Denn er war der Direktor der Holländischen Gartenakademie in West-Berlin.

KAPITEL 6

An einem Sonntagmorgen klingelt es an der Haustür.

Margrit liegt noch im Bett und blättert in der Pflanzenfibel von Hieronymus Bock. Die Tür ihres Kinderzimmers im ersten Stock ist nur angelehnt. Es sind Sommerferien. Die langen Ferien, die Margrit als Einzige aus ihrer Klasse ohne Wegfahren verbringt. Wegfahren heißt bei den anderen Campingplatz oder Ostsee oder Ferienlager. Bei Andrea aus der Parallelklasse heißt Wegfahren Bulgarien, Zlatni Piassatsi oder so ähnlich. Andrea behauptet, das hieße übersetzt Goldstrand. Natürlich sei jedes Sandkorn dort aus Gold.

In wenigen Wochen beginnt für Margrit die vierte Klasse. Sie kann es nicht erwarten, endlich zu den Großen in der Schule zu gehören und in der Arbeitsgemeinschaft »Junge Naturforscher« mitmachen zu dürfen. Dort präpariert man Pflanzenteile. Es gibt echte Mikroskope, unter denen man die Zellen der Stängel betrachten kann. Es wird Zeit, denkt Margrit sehnsüchtig, dass die Schule wieder losgeht.

Eine Hummel sucht panisch den Ausgang aus dem angelehnten Fenster. Sommerhimmel, das wird ein schöner Tag. Margrit ist guter Stimmung.

Endlich wird sie die Klinke ausgraben. Seit mehr als zwei Jahren liegt sie in der Erde. Margrit hat auf den richtigen Zeitpunkt gewartet. Heute ist es soweit. Gleich nach dem Frühstück will sie schauen, ob sich der Boden ringsum verändert hat. Ihre Neugier wurde geweckt, als sie im Kinderlexikon den Abschnitt über die Völkerwanderung las. Menschen wurden damals in der Erde bestattet. Voll bekleidet. Zusammen mit ihrem Schmuck und ihren Waffen. Das Metall und feuchter Boden gingen eine Verbindung ein, aus der sich Salzkristalle bildeten. Ob Margrits Schatz lange genug vergraben war für eine Reaktion mit dem Boden, wird sie nun sehen. Auf dem Pflanztisch im Schuppen liegt Pergamentpapier für das Experiment bereit. Die Jungen Naturforscher werden staunen. Vielleicht bekommt sie sogar die Erlaubnis, die Bodenkrumen im Chemielabor untersuchen zu dürfen, wo es Reagenzgläser und Bunsenbrenner gibt.

Margrit blättert weiter in der Pflanzenfibel.

Als es unten klingelt und klopft, bleibt sie im Bett liegen. Es ist immer der Vater, der die Tür öffnet. Für Margrit klingelt sowieso niemand. Vielleicht sind es Nachbarn, die überraschend Besuch bekommen haben und Gemüse für den Eintopf brauchen. Schon lange hat sie niemand mehr besucht. Schon lange wurde nicht mehr in größerer Runde am Esstisch im Wohnzimmer gegessen, wo nun zur Dekoration ein prächtiger Hibiskus bis zur Decke wächst.

Vielleicht sind es Bauern von der LPG nebenan, die am Sonntag einen Subbotnik machen, weil es am Sonnabend geregnet hat, und den Vater um Hilfe auf dem Feld bitten wollen oder Werkzeug für die Reparatur an einem Mähdrescher benötigen, denen ein Gartengerät fehlt oder die einfach einen Rat wollen, von denen Vater viele parat hat.

Margrit legt die Kräuterfibel beiseite und schaut sich ein anderes Buch mit Zeichnungen an. Seite für Seite eine Vielzahl von Gräsern, in feinen Linien vom Blütenkorb bis zur Wurzel dargestellt und bunt ausgemalt. Albrecht Dürer heißt der Maler. So will sie zeichnen können. So will sie die Sprache der Pflanzen eines Tages zu Papier bringen können. Sie übt jeden Tag. Selbst jetzt, noch im Bett, greift sie sich ein Brett als Unterlage und die Federmappe mit Buntstiften. Doch die Linien, die sie auf Zeichenkarton zieht, gleichen unterernährten Ackergäulen mehr als den verzauberten Wesen, die Pflanzen für sie sind. Obwohl sie den Pflanzen beim Wachsen zuschaut und sogar mit ihnen redet, bringt Margrit kein annähernd gutes Portrait von ihnen zustande, wie sehr sie sich auch bemüht und wie oft ihr die Lehrerin in Kunsterziehung auch sagt, das sei schon sehr gut. Margrit tröstet sich damit, dass man eine Pflanze wohl nie so malen kann, wie sie wirklich ist und dass auch die von Albrecht Dürer auf den Bildern nur wie ein Abklatsch wirken.

Unten im Haus öffnet der Vater die Tür. Margrit vernimmt zwei männliche Stimmen. Dann hört sie, wie ihr Vater »Kommen Sie herein« sagt.

Margrit schleicht aus ihrem Zimmer die knarrende Treppe hinunter. Im Badezimmer macht sie eine Katzenwäsche. Zieht ein Nicki und eine Latzhose an. In der Küche schaut sie auf einen leeren Tisch. Der Vater hat also auch noch nicht gefrühstückt. Sie bereitet ihm ein Spiegelei zu, während er mit den Männern im Wohnzimmer gegenüber der Küche sitzt und redet.

Trotz des breiten Flurs und der geschlossenen Zimmertür versteht Margrit jedes seiner Worte. Er klingt nicht streng, sondern eher schüchtern. So, als würde er sich für irgendetwas entschuldigen. Die beiden Männer hingegen sprechen nuschelnd. Margrit kann nicht ausmachen, worum es geht. Will aber auch nicht an der Tür horchen. Würde sie entdeckt, wäre ihr das peinlich vor den Polizisten und ihrem Vater.

Gebratenes Spiegelei auf einer Scheibe Butterbrot mit Salz isst er sehr gern. Margrit will ihn damit überraschen.

Das zerschlagene Ei brutzelt in der Pfanne. Immer wieder fügt sie Butter hinzu. Der Vater mag das Ei leicht angebrannt mit flüssigem Dotter. Sie bemüht sich, das gebratene Ei so vorsichtig wie möglich aus der Pfanne auf das Brot gleiten zu lassen, ohne dabei das sattgelbe Dotter zu beschädigen.

Das Essen wird ihn trösten. Das Gespräch mit den Männern war kein schönes. Margrit sieht es an seinem Gesichtsausdruck, der nach Zahnschmerzen aussieht, als sich die Wohnzimmertür öffnet und der Vater die Männer zur Haustür begleitet. Die beiden Männer tragen Lederjacken, obwohl es ein sommerlicher Tag ist. Sie schauen streng.

Margrit deckt in Sekundenschnelle den Tisch. Der Vater lässt sich erschöpft auf einen Stuhl fallen. Die Uhr an der Wand tickt in die Stille hinein. Margrit denkt kurz daran, das Radio einzuschalten. Doch sie lässt es bleiben. Es ist Sonntag. Es muss Ruhe sein im Haus.

»Hast du das gemacht?«, fragt der Vater.

Er zieht den Teller mit dem Spiegelei zu sich heran. Er dreht sich zum Herd um und sieht dort die Pfanne und einen Kochlöffel liegen. Bevor Margrit auf seine, wie sie findet, dumme Frage antworten kann, beginnt er schon zu schimpfen.

»Wir haben dir doch schon tausendmal gesagt, du sollst nicht allein an den Herd gehen!«

Wir!, als gäbe es die Mutter noch, denkt Margrit traurig. Die Wut auf ihren Vater nimmt noch etwas zu. Schon seit Jahren spürt sie dieses kleine Gären in sich. Mittlerweile kann sie es kaum noch unterdrücken. Wie oft muss sie Andrea aus der Parallelklasse noch belügen? Margrit hätte sie gern als Freundin und muss sich immer neue Ausreden einfallen lassen, warum sie sich nach dem Unterricht oder an den Wochenenden und in den Ferien nicht treffen können. Die strenge Regel der Eltern lautet, dass Margrit direkt nach dem Unterricht nach Hause kommen, Hausaufgaben machen und in ihrer Freizeit in der Gärtnerei mithelfen soll. Hat sie dazu mal keine Lust, soll sie lesen, sich ausruhen oder etwas malen. Eine Staffelei, Farbkreiden, Temperafarbe und Naturhaarpinsel haben sie ihr nach und nach gekauft. Zu jedem Geburtstag und auch zu Weihnachten bekommt Margrit Märchenbücher, bunt illustrierte Sagen und Kinderlexika geschenkt, die es im Buchhandel nicht zu kaufen gibt. Ihr Zimmer ist bunt, einladend und gemütlich. Im Garten mit all seinen Züchtungen und fruchtbaren Beeten hat sie alle Freiheiten. Außerhalb dieser Welt ist Margrit eine Außenseiterin, ein seltsames Mädchen, mit dem die anderen Kinder Mitleid haben. Sie kann noch so viel davon erzählen, wie schön es ist, immer frische Früchte essen, hausgemachtes Kompott und frischgebackene Obstkuchen nicht nur sonntags genießen zu können und mit Pflanzen und Erde zu experimentieren. In den Augen der Kinder sind der Wald und seine abenteuerlichen Orte, die Lichtungen, Hochsitze und das Gemäuer einer alten, längst verlassenen Villa viel spannender als alles, was Margrit umgibt.

Sie hat so gehofft, alles würde schöner werden nach dem Tod der Mutter und dass sie endlich die Welt da draußen sehen könnte. Vielleicht würde sie nach einem einzigen Ausflug mit den Kindern aber auch enttäuscht zurückkehren. Wahrscheinlich würde ihr es gar nicht gefallen, mit denen im Wald Verstecken zu spielen. Die waren doch eh alle miteinander befreundet und würden sie außen vor lassen. Aber sie würde es eben gern ausprobieren. Und die einzigen, denen sie von ihrer Enttäuschung erzählen kann, sind ihre pflanzlichen Freunde.

»Ich wollte dir eine Freude machen mit dem Ei!«, sagt Margrit vorwurfsvoll.

»Hast du«, entgegnet der Vater versöhnt und schmatzt dabei.

Von der Küchenlampe baumelt eine Kleberolle, der ein Käfer auf den Leim gegangen ist. Sein spitz zulaufender Kopf ähnelt dem eines Rehs, die langen Fühler dem Gehörn einer Bergziege. Sein Panzer und die Beine sind gelb. Und doch ist es kein Kartoffelkäfer. Margrit ist sich nicht sicher. Von sechs Beinen sind ihm nur fünf geblieben. Die Glieder der Füße sind schwarz, als wäre er vor seinem grausamen Fanal zu nah an eine brennende Kerze geflogen. Drei der fünf verbliebenen Beine zucken noch mit der Kraft, die eine Feder einem Ziegelstein entgegensetzen kann. Sein letzter Versuch, die am süßen Leim haftenden Flügel zu bewegen, zu befreien und noch einmal davonzukommen. Oder nur die Reflexe des armseligen Geschöpfs, aus dem das Leben weicht und damit jede Aussicht auf eine weitere Sommerwiese.

Margrit schaut dem Käfer beim Sterben zu. Dieses Wesen ist in seinem letzten Moment ihren ungenierten Blicken ausgesetzt. Margrit kommt der Verdacht, dass ihr Vater die Fliegenfalle aufgehängt hat, um ihr Angst zu machen. Jetzt, da schon wieder jemand mit Fragen zum Tod der Mutter im Haus gewesen ist.

Margrit stellt sich ahnungslos. »Was wollten die Männer?«

»Das war die Polizei.«

Damit scheint für den Vater alles gesagt. Gerade so, als wäre ein Sonntagsbesuch von zwei Polizisten die normalste Sache der Welt.

»Aber sie trugen keine Uniform«, versucht Margrit das Gespräch weiterzuführen.

»Die Kriminalpolizei hat keine Uniform. Sonst erkennt sie ja jeder beim Schnüffeln.«

»Und wonach haben sie hier geschnüffelt?«

Der Vater schiebt sich den letzten Bissen in den Mund. Dann legt er das Besteck beiseite und wischt sich mit einem Papiertaschentuch Eikrümel aus dem Bart. »Sie haben nach Mama gefragt«, sagt er sanft.

Das Wort »Mama« verwendet der Vater sonst nie. Sie heißt »meine Gisela« oder »deine Mutter«, wenn er von ihr redet.

Margrit fühlt, wie Angst in ihr aufsteigt. Es ist eine andere als die vor ihrem Vater und seinem seltsamen Verhalten in letzter Zeit. »Was wollten sie denn wissen?«, fragt sie weiter.

»Sie wollten wissen, was sich zugetragen hat, damals, an dem Abend, an dem sie gestorben ist.«

Die Art, wie ihr Vater sie jetzt anschaut, gefällt Margrit nicht. »Warum guckst du so böse?«, fragt sie vorsichtig. Er hat ein Geheimnis. Aber nur Kinder dürfen Geheimnisse haben. Erwachsene haben ehrlich zu sein. Damit die Kinder es ihnen nachmachen.

»Ich bin traurig, nicht böse«, sagt der Vater, schaut sie dabei aber weiter eindringlich an.

»Was hat sich denn zugetragen an dem Abend, an dem Mama gestorben ist?«, fragt Margrit. »Du hast doch gesagt, sie ist eingeschlafen und nicht wieder aufgewacht.« Margrit erinnert sich an jedes Detail des Gespräches, obwohl es fast drei Jahre zurückliegt.

»Weißt du, mein Kind, eingeschlafen ist sie erst später. Vorher hatte sie einen Unfall. Im Schuppen. Sie hat die Geräte aufgeräumt und ist hingefallen.«

Margrit hört aufmerksam zu.

Während er weiterredet, nimmt der Vater ein Glas aus dem Schrank und dann eine Flasche Schnaps vom Regal. Das macht er sonst nur abends. Jetzt steht die Sonne an ihrem höchsten Punkt. Es ist Mittag. In ein, zwei Stunden wird Margrit das Rollo herunterziehen, bevor das Sonnenlicht sie blendet.

Der Vater schenkt sich einen Schnaps ein. »Der Schuppen sah damals furchtbar aus. Ständig borgten sich Leute von der LPG Geräte und Maschinen bei uns aus, aber sie wieder ordentlich einzuräumen, wenn sie sie zurückbrachten, daran dachten sie nicht.«

Er nimmt einen großen Schluck. Lässt ihn nachdenklich auf der Zunge zergehen. Auch dabei blickt er Margrit unverwandt an.

Margrit fühlt sich nicht wohl in seiner Gegenwart. Dass sie noch nicht gefrühstückt, sondern nur ihn versorgt hat, hat er nicht einmal bemerkt. Trotzdem will sie seine Erzählung nicht unterbrechen und hält seinem Blick tapfer stand.

Er ist ihr Vater. Auch wenn sie ihn nicht für den guten Vater hält, den andere Kinder haben, ist er trotzdem nicht böse. Väter sind nie böse, sagt sie sich. Nur mit Müttern haben Kinder oft Probleme. Das ging nicht nur Margrit so. Das Gleiche hört sie auch von Andrea, die von ihrer Mutter sogar als »die Alte« spricht. So etwas zu sagen hätte Margrit nie gewagt. Sie war nur unglücklich darüber, dass die Mutter nie zu nörgeln aufhörte und sich ständig Sorgen um alles machte. Margrit hatte manchmal in ihrer Gegenwart das Gefühl, keine Luft mehr zu bekommen. Nur draußen im Garten fühlt sie sich wirklich frei. Und das schon immer und bei jedem Wetter. Erst die abendliche Gutenachtgeschichte und der Maiglöckchenduft ihrer Haare haben Margrit immer wieder mit der Mutter versöhnt. Jeden Abend aufs Neue.

An dem Abend, an dem sie gestorben ist, hat sie Margrit keine Geschichte vorgelesen. Sie wollte lieber den Schuppen aufräumen. Das Vorlesen hat deshalb der Vater übernommen. Er konnte es nicht ganz so gut wie die Mutter. Aber für Margrit war das in Ordnung.

»Und inmitten dieses Durcheinanders im Schuppen ist deine Mutter gestürzt. Sie trat auf eine Harke, der Stiel traf sie am Auge und sie fiel gegen die alte Tür, die war kaputt und hatte eine lose Klinke, ich hatte die Tür ausgehängt und in die Ecke gestellt. Die neue Tür war bereits eingebaut, ich hätte das alte Ding längst wegwerfen können …«

Der Vater beginnt zu schluchzen, Margrit reißt schnell ein Stück Zellstoff von einer Rolle und reicht es ihm.

»Und das habe ich einen Tag später auch getan, dann endlich habe ich das verfluchte Brett zum Brennholz geworfen, als hätte es nichts …«

Er klingt verzweifelt und sucht nach Worten. So hat Margrit ihren Vater noch nie erlebt. Nicht einmal an dem Tag, an dem ihre Mutter gestorben ist, hat er so geweint.

»… als hätte es nichts Wichtigeres gegeben in diesem Moment! Verdammt!« Er schlägt mit der Hand auf die Tischplatte.

Margrit steht auf und geht um den Tisch herum zu ihrem Vater. Er sitzt zusammengesunken auf seinem Stuhl, das Schnapsglas in seiner Hand. Margrit nimmt es behutsam und stellt es weg. Wenn er weitertrinkt, befürchtet sie, wird sie bald ganz allein sein.

Die Leere in diesem Haus mit dem liebevoll eingerichteten Kinderzimmer ist schon so schwer genug zu ertragen. Ohne den miesepetrigen Vater wird alles nur noch schlimmer sein. Und ist er betrunken, dann ist er nicht mehr ansprechbar. Margrit will verhindern, dass es so weit kommt und ist immer noch neugierig darauf, was die Polizisten gefragt haben.

Der Vater wischt sich übers Gesicht und schüttelt den Kopf, als würde er gerade erst wach werden. Margrit setzt sich wieder.

»Warum war denn die Polizei erst heute da? Es ist doch schon so lange her?«

Er zögert.

»Das verstehst du vielleicht noch nicht. Ich versuche mal, es dir zu erklären.«

»Ich verstehe viel. Ich habe auch schon viel gelesen. Auch die Kriminalromane in eurem Bücherregal …«, sie räuspert sich, »in deinem Bücherregal.«

»Ich weiß«, sagt der Vater. »Ich merke das, auch wenn du die Bücher unter deinem Bett versteckst.«

Zum ersten Mal an diesem Tag lachen sie. Zum ersten Mal seit einer Ewigkeit, wie Margrit findet.

»Na, dann kann ich ja mit dir reden wie mit einer Erwachsenen.« Der Vater wird wieder ernst. »Bei der Polizei gibt es eine Abteilung für Todesfälle, die nicht ganz klar sind. Deine Mutter war nicht krank, außerdem war sie noch jung, und wie das Loch in ihren Kopf gekommen ist, weiß man halt nicht genau. Es ist seltsam. Deshalb fragt die Polizei immer mal wieder nach. Aber irgendwann werden sie damit aufhören.«

Margrit wird hellhörig. »Warum ist das seltsam?«

»Nun, weil das ungewöhnlich ist. Deine Mutter war ja nicht betrunken. Also könnte es auch sein, dass jemand dabei war, ein fremder Mann oder eine fremde Frau oder …«

Margrit zuckt innerlich zusammen. »Oder?«

»Oder …«, er schaut sie plötzlich wieder so böse an, »oder ich. Das wollten sie jetzt nach fast drei Jahren nochmal genau wissen.«

»Und was hast du ihnen gesagt?«, fragt Margrit, ihre Stimme zittert.

»Weißt du, Margrit«, er rückt ganz nah an sie heran und Margrit kann seinen Schnapsatem riechen, »es kann sein, dass sie nochmal wiederkommen. Es kann sein, dass sie auch dir ein paar Fragen stellen. Dann sagst du alles, woran du dich erinnerst.«

Margrit nimmt ihren ganzen Mut zusammen. Sie wartet schon lange auf diesen Moment.

»Ich erinnere mich an vieles. Ich kam aus der Schule. Ich hatte eine Eins im Rechnen. Dann habe ich die Nistkästen saubergemacht. Und abends lag Mama tot im Schlafzimmer. Sie hatte ein Gesicht wie aus Wachs.«

Der Vater nimmt ihre Hände in seine. »Ich weiß. Das war auch für dich alles sehr schwer. Ich habe mich nicht richtig um dich gekümmert, obwohl dir doch deine Mutter genauso sehr fehlt wie mir, wenn nicht noch mehr.«

»Ich habe keine Angst davor, dass die Polizei mir Fragen stellt. Und ich kann mich an noch etwas erinnern, nämlich daran, dass ihr euch an dem Tag gestritten habt.«

Der Vater zieht seine Hände zurück.

Plötzlich hat Margrit keine Angst mehr vor ihm. Spürt keine Furcht mehr vor seinem seltsamen Benehmen. Vor seinen anklagenden Blicken. Vor dem Alleinsein in diesem Haus. Mit einem Mal fühlt Margrit sich frei.

Sie lächelt ihn an. Und dieses Lächeln gilt nur ihr selbst, als sie fragt: »Darf ich jetzt mit Andrea spielen?«

KAPITEL 7

Der Glühwein auf dem Weihnachtsmarkt am Alexanderplatz hatte gutgetan und seine Wirkung nicht verfehlt. Margrit war den Weg von der U-Bahn Dimitroffstraße bis nach Hause geschlendert. Ihre Gedanken waren immer wieder zu Steiner gewandert. Sein Brief wartete zu Hause wie ein Geliebter auf sie. Sie konnte es kaum erwarten, sich zu ihm zu setzen und eine Antwort zu schreiben.

Im Schreibwarenladen kaufte sie einen Bogen Geschenkpapier. Sie gab der Verkäuferin 50 Pfennig Trinkgeld, so glücklich und beschwingt fühlte sie sich gerade. Zu Hause angekommen kochte sie Wasser für Tee. Dann legte sie eine Schallplatte auf mit dem flirrenden »Hummelflug« von Rimskij-Korsakov.

Lieber Claus Steiner,

Er nannte sie Fräulein, gut, aber sie würde ihn nie Doktor nennen. Zumindest nicht im Brief.

den Strasburger habe ich gern als Weihnachtsgeschenk angenommen. Zumal es das einzige war, das ich in diesem Jahr bekommen habe.

Beinah hätte sie hinzugefügt, dass sie dann wohl kein braves Mädchen war, bemerkte aber rechtzeitig die Zweideutigkeit einer solchen Bemerkung und blieb lieber sachlich.

Im Austausch schicke ich Ihnen gern die antiquarische Ausgabe von Strasburgers »Streifzüge an der Riviera«.

Margrit legte den Stift zur Seite. Wirkte dieses Angebot vielleicht zu persönlich? Sie müsste ihn wissen lassen, dass das Buch nur geliehen war. Es stammte aus der Bibliothek ihres Großvaters und wäre das Letzte, was sie leichtfertig verschenken würde. Aber sie wollte es auf einen Versuch ankommen lassen, ihm einen Schritt näherzukommen. Seit Steiner ihr zum ersten Mal geschrieben hatte, spürte Margrit ein wohltuendes Kribbeln bei dem Gedanken an ihn. Somit war es an der Zeit, die Dinge etwas voranzutreiben.

Sie nahm das Geschenkpapier und wickelte das Buch darin ein.

Wer weiß, ob wir uns jemals persönlich begegnen werden, dies scheint mir so weit entfernt wie der Weltfrieden und ebenso utopisch. Doch auf ganz wunderbare Weise fühle ich mich Ihnen durch Ihr Wissen verbunden, das Sie so freizügig mit mir teilen und zu dem ich immer nur versuchen kann, etwas Sinnvolles beizusteuern.

Nun hatte sie ihm genug gehuldigt. Alles Weitere würde Steiner von selbst erkennen, wenn er denn Strasburgers Reisebeschreibung tatsächlich las und bei den »jungen Knospen mächtiger Bambusen«, die »Wasser zwischen ihren Blattscheiden hervorpressten« und damit »den umgebenden Boden befeuchteten« auch ein bisschen an Margrit dachte.

Gerne halte ich Sie auf dem Laufenden, was meine eigenen, relativ bescheidenen Forschungen betrifft. Mit denen übrigens lasse ich mir Zeit, weil ich weiß, daß gute Dinge Weile brauchen und – wie Sie so treffend feststellten – ich noch jung bin und mein Wissen ein nachhaltiges sein soll.

Diesen kleinen Seitenhieb würde er hoffentlich als kokette Erwiderung auf seine herablassende Art verstehen und Anmerkungen zu ihrem Alter künftig bleiben lassen. Und wenn er nicht mal zehn Jahre älter war als sie, war das doch nur ein Fliegenschiss, wie Margrit fand.

Also lese ich Hermann Hesse, der mit seiner Erzählung über den Garten so wunderbar zu Papier gebracht hat, was dem Besucher eines Gartens, dem Flaneur in der Natur so selbstverständlich erscheint, daß nämlich »alles zur rechten Zeit« kommt und treibt und blüht und sich der Betrachter weder Gedanken um Schädlinge noch um Frost machen muß. Es reicht, wenn Leute wie wir das tun und uns auch die Schädlinge zu Freunden machen. Wahrscheinlich haben Sie in Ihrem Garten sämtliche Tücken der Natur bereits durchschaut und ein ganzjährig blühendes Feld erschaffen, dem sich die Gesetze der Natur bereitwillig als Lakaien anbieten.

Den romantischen Strasburger habe ich Ihnen mit separater Post gesendet. Bitte akzeptieren Sie ihn als einen Blick in meine Gefühlswelt, so er Sie jemals erreicht.

Mit freundlichem Gruß, Ihre Margrit Kunkel. Dezember 1987

Seine Dreistigkeit, sich an Margrits Recherchen zu bedienen, ließ sie unerwähnt. Es würde sich eine bessere Gelegenheit dafür bieten.

KAPITEL 8

Dr. agr. Claus Steiner hatte keinen leichten Stand bei den Kollegen. Von einem 30-Jährigen ließen sich die Angestellten der Holländischen Gartenakademie nur ungern etwas sagen. Dabei gab es viel zu sagen. Auch Gutes. Aber eben auch viel Schlechtes.

Steiner hatte die Attitüde eines Oberlehrers. Das machte die Sache nicht einfacher. Gefühlte 80 Prozent der Angestellten beurteilten einen neuen Chef erst einmal mit großer Skepsis. Bei Steiner waren es 100. Das entsprach der Stimmung, die Steiner jeden Morgen entgegenschlug, wenn er das Gelände der Holländischen Gartenakademie betrat. Gespräche endeten abrupt. Sein freundlicher Gruß wurde mürrisch oder gar nicht beantwortet. Nur seine Sekretärin, Erni Schnitzler, versuchte, seinen Arbeitsalltag angenehm zu gestalten.

Erni Schnitzler erschien überpünktlich zu allen Terminen, die zudem immer perfekt vorbereitet waren. Das Wort »Problem« schien ein guter Geist aus ihrem Wortschatz verbannt zu haben. Der Kaffee, den sie kochte, war ein Gedicht.

»Wenn ich Sie nicht hätte, liebe Erni«, pflegte Steiner die morgendliche Begrüßung lächelnd ins Leere laufen zu lassen.

»Dann hätten Sie eine andere«, beantwortete Erni den Gruß routiniert.

Diese Antwort war so verlässlich wie die Twinsets, die Erni Schnitzler trug. Im Sommer die pastelligen. Im Winter die anthrazitfarbenen zu bunten Tüchern oder Broschen.

Eine Perlenkette am Hals und zwei goldene Eheringe an ihrem linken Ringfinger waren ihr einziger Schmuck. Das Parfüm, das sie trug, erinnerte Steiner an Lavendel und Pfefferminze in einer Mischung, in der jede der Pflanzen in voller Pracht zur Geltung kam.

»Sie könnten es mal mit etwas auffälligerer Kleidung versuchen«, riet ihm ausgerechnet seine Twinset-besessene 50-jährige Sekretärin eines Morgens. »Dann würden die Leute Sie vielleicht ganz anders sehen. Neu, irgendwie, und offen.«

Neu und offen sollte er sich in bunter Papageienpracht präsentieren, wo Schlampereien und Missstände zu diskutieren waren. So etwas durfte tatsächlich nur jemand wie Erni Schnitzler zu Steiner sagen. Von jedem anderen Menschen hätte er eine solche Anmerkung als Affront aufgefasst.

»Und mit ›den Leuten‹ meinen Sie meine mich liebenden Mitarbeiter?«

»Das sind keine Mitarbeiter, lieber Herr Doktor Steiner, sondern Ihre Angestellten. Sie sind nicht deren Kollege, sondern deren Chef!«

Diese Frau würde die Welt diszipliniert und hochgeschlossen verlassen, vermutete Steiner. Und auch dann hätte sie noch das letzte Wort. »Wenn ich morgen meine neuen Ideen mit Stirnband, in Karottenjeans und Hawaiihemd vortrage, wird man mich endlich akzeptieren? Glauben Sie das wirklich, Frau Schnitzler?«

Erni errötete. »Ich wollte Ihnen nicht zu nahe treten.«

»Tun Sie nicht. Sie haben ja recht.«

Unter ihrem belustigten Blick betrachtete Steiner sein Spiegelbild in der Glastür des Bücherschranks. Mit 30 sah er aus wie 40. Und das lag in erster Linie an seinem hochgradig nachlässigen Kleidungsstil. Jeans, T-Shirt und ein Hemd darüber. Dazu Herrenhalbschuhe, mal in dunkelbraun, mal in schwarz. Eine Popeline-Jacke, die bei Wind und Wetter das Gröbste abhielt. Er fiel nicht auf, weder in der S-Bahn noch auf seinen Rundgängen im Garten. Er verschwand geradezu ungesehen in jeder Menschenmenge und war nur wenigen in seiner Umgebung ein Begriff oder gar ein Name. Sein Gesicht hatte die Ausstrahlung eines müden Nachtwächters. Dazu die Farbe und Struktur beiger Raufasertapete. Seine Haarfarbe glich dem weit verbreiteten Braun des gemeinen Straßenköters.

»Ich werde meine Freundin bitten, mir ein Hemd zu bügeln. Und vielleicht schaffe ich es heute noch zum Friseur«, sagte Steiner schließlich resigniert, woraufhin Erni ihn mütterlich anlächelte.

Auf seinem Tisch lag stapelweise bedrucktes Papier, das der nagelneue IBM Personalcomputer ausgespuckt hatte. Darauf Zahlenkolonnen, in denen sich die schlechte Wirtschaftlichkeit des Gartens spiegelte.

»Danke, Frau Schnitzler. Ich geh das mal eben durch. Bitte halten Sie mir alles an Anrufen vom Hals, was Sie verantworten können. Ich muss mir bis morgen ein Bild gemacht haben.«

Mit besorgtem Blick schenkte Erni Kaffee nach.

»Natürlich. Ihre Post, Herr Doktor Steiner.« Sie legte einen Brief neben die Kaffeetasse. »Und wenn Sie etwas brauchen, ich bin am Platz.«

Doch das hörte Steiner schon nicht mehr. Zu vertieft war er in die Masse von Papier, die wie Bälge einer Ziehharmonika vor ihm lag. Von Blatt zu Blatt wurde das Desaster deutlicher.

Unter Professor Ranz, dem langjährigen Direktor des Hauses, war hier ein feuchtfröhliches Biotop von selbstgefälligen Hobbygärtnern herangezogen worden. Einst eine der umfangreichsten Pflanzensammlungen der Welt, war dieser Ort nun zu einem biederen Gärtchen verkommen, an dem nicht viel mehr geboten wurde als Pflanzen, die sich in jedem Gewächshaus ziehen ließen und die es mittlerweile in jedem Gartenmarkt zu kaufen gab. Hierher kamen Schulklassen mit gelangweilten Kindern und Rentner, die ihre einsamen Stunden lieber hier als zu Hause verbrachten. Steiner fand keinen Arbeitsplatz vor, sondern einen erodierten Acker, den es nun neu zu bestellen galt. Er würde seinem Namen alle Ehre machen und keinen Stein auf dem anderen lassen. Dass er sich für die Bauerntölpel von Angestellten verkleiden würde, das konnte Frau Schnitzler vergessen.

Steiner bebte innerlich.

Er warf die Papiere in eine Ecke. Er griff zu dem Brief, den Erni Schnitzler neben die Kaffeetasse gelegt hatte. Auf der Briefmarke eine Zeichnung der Dresdner Semperoper. Darunter Steiners Name in leicht geschwungener Schrift. Er lächelte. Sie hatte seinen Brief beantwortet.

So ging das seit drei Monaten. Genau seit dem Tag, an dem die Ankündigung seiner neuen Stelle im Magazin »Horticultural Abstracts« erschienen war. Für eine kleine Botanikerin im Ostteil der Stadt und dieses Landes hatte Fräulein Kunkel einen erstaunlich schnellen Zugang zur internationalen Fachpresse. Er stellte sie sich vor. Leicht übergewichtig. Mit einem beeindruckenden Variantenreichtum an Strickjacken ausgestattet. Beeindruckend für Leute, die so etwas an einer Frau sehen wollten, zu denen er aber nicht gehörte. Immer in Bücher vertieft, die sie auf dem

Boden neben ihrem Schreibtisch stapelte in der überaus unspektakulären kleinen Studentenbude, die sie im grauen Ostteil der Stadt bewohnte.

Sie war inspirierend. Doch das auf ganze andere Art, als sie es sich wahrscheinlich erhoffte.

Steiner lehnte sich entspannt zurück. Er öffnete den Brief mit dem zweischneidigen Brieföffner in Form eines Dolches und freute sich auf die erste gute Nachricht dieses Tages.

KAPITEL 9

Margrit fühlt sich nach dem Gespräch mit ihrem Vater so frei wie noch nie in ihrem Leben. Sie hat nun keine Angst mehr davor, dass die Polizei noch einmal kommen und ihr Fragen stellen könnte.

Sie kann sich nicht daran erinnern, worüber ihre Eltern an jenem Tag stritten. Wenn sie es taten, dann taten sie es lautlos. Sie weiß nur so viel, dass es ein Freitag war, der schönste Tag der Woche, der die Tür ins Wochenende öffnet. An jenem Freitag kam sie von der Schule und es lag in der Luft. Einfach so. Am Morgen war noch alles gut gewesen. Und plötzlich war sie wieder da, diese Stimmung im Haus, die alles beschwerte, unter der alles litt. Selbst die

Dahlien, Astern und Hundsrosen im Garten schienen ihre Blüte zusammen mit dem Wachstum ihrer Früchte einzustellen. Auch die Sonne, die gerade noch den Wein an der Hauswand in leuchtendes Rot getaucht hatte, wendete sich lange vor dem Untergehen von diesem Haus ab. Die Amseln hatten schon im Juli ihre Nistkästen verlassen, die Margrit an den Obstbäumen befestigt hatte. Im Garten herrschte eine Ruhe, die nichts Gutes verhieß.

Sie erinnert sich, dass sie an diesem Nachmittag vorhatte, die Kästen auszubürsten und mit kochendem Wasser auszuspülen, um sie von Milben zu befreien. Und dass vom Schulanfang noch kleine Zuckertüten an den Zweigen der Weide vor dem Küchenfenster hingen. Ihr Schulanfang lag vier Wochen zurück. Seitdem war jeder Tag ein Wunder.

Wie ein sauber gestaltetes Beet liegt der Gedanke an jenen Freitag im Oktober vor ihr. In der Schule legte sie an jenem Tag beim Rechnen aus den bunten Holzstäbchen eine Wiese mit einem Haus und daneben ein Kreuz. Auf die Frage der Lehrerin, was das denn sei, erzählte Margrit fröhlich von der Stelle zwischen den Ranken der Clematis und der Jungfernrebe, an der sie tote Tiere vergräbt, die sie übers Jahr im Garten findet. Damit sie es gut haben. Ein Rotkehlchen plus ein Feldhamster plus zwei Maulwürfe plus zwei Spatzen ist gleich sechs Tiere, die an der Stelle mit dem Kreuz begraben waren. Dafür bekam Margrit eine Eins.

Kurz darauf dröhnte die Schulklingel. Der Unterricht war für diese Woche zu Ende. Die Kinder standen noch in Grüppchen auf dem Schulhof. Margrit winkte nur und lief voller Vorfreude nach Hause. Sie bog vom Hoftor aus in die kleine Straße mit dem Backsteinpflaster ein. Links und rechts Platanen. Zwei plus zwei plus zwei ist gleich sechs

Bäume. Dann nach links in die große Straße, die Hauptstraße heißt und die sie zum Glück nie überqueren muss. Sie ließ Fleischer, Kindergarten, Dorfkonsum, Friseur und Toreinfahrt hinter sich und kam aufgeregt auf dem Hof an.

Und niemand war da, dem sie von ihrer Eins erzählen konnte.

Nur dieser Streit lag in der Luft und darunter Margrits Freude wie ein Samenkorn auf nacktem Beton.

KAPITEL 10

Welchen »romantischen Strasburger« dieses Fräulein Kunkel in ihrem Brief gemeint hatte, war Steiner ein Rätsel.

Eduard Strasburger, Sohn eines Konditors, hatte ausgerechnet im Jahrhundert der Industriellen Revolution das Grundlagenwerk der Botanik verfasst, dessen Inhalt heute jeder Laie mit Löffeln fraß, um angeben zu können, bevor er auch nur einen einzigen Spatenstich getan hatte.

Das angekündigte Buch jedenfalls hing bestimmt noch zwischen den beiden Mauern der Stadt fest. Ein devoter Grenzer forstete es sicher gerade Seite für Seite nach subversiven Inhalten durch. Blieb nur zu hoffen, dass Strasburgers Poesie nicht die Romanze des Flammenden Käthchens mit dem Kriechenden Günsel beinhaltete, damit die beflissene Hildegard von Bingen des Prenzlauer Berges am Ende keine Probleme bekam. Nun wollte sie ihm also auch noch Einblick in ihre Gefühlswelt geben.

Steiner konnte zum ersten Mal lächeln an diesem Tag. Was für eine Wohltat!, dachte er noch, als sich seine freudigen Gedanken wieder mit den sorgenvollen vereinten.

Er würde nicht umhinkommen, Leute zu entlassen. Allein der Verwaltungsapparat für die Botanik-Ausstellung fraß einen Großteil des Gewinnes der Holländischen Gartenakademie auf. Außerdem würde er die Abteilung für Kulturelle Aktivitäten abschaffen. Das hier sollte kein Rummel werden, sondern eine ernst zu nehmende Institution, die sich mit dem am meisten unterschätzten und am wenigsten geschützten Rohstoff befasste, der dem Menschen am Ende als einziger auf diesem Planeten den Arsch würde retten können: der Flora. Und zwar dann, wenn alle Tierrassen ausgerottet und der Rest als Gammelfleisch verdorben wäre. Wenn alle Ölquellen versiegt wären und kein Loch der Erde mehr Erdgas furzen würde.

Verfolgte Steiner sein Programm so konsequent, wie bisher alles, was ihm wichtig war, dann wäre er in 35 Jahren zum Renteneintritt nicht nur ein gemachter Mann, sondern nobelpreisgekrönter Wissenschaftler, dem endlich die Aufmerksamkeit zuteilwürde, die er bereits jetzt verdient hatte. Leute wie die kleine Ost-Berliner Pseudowissenschaftlerin sollten sich ruhig an seiner Seite ihre Sporen verdienen. Jeder kleine Trieb einer Wurzel trug zur Standhaftigkeit des ganzen Baumes bei. Dass diese unsichtbar unter der Erde lagen, hielt Steiner für eine günstige Laune der ihm wohlgesonnenen Natur.

In den Räumen der abgewickelten Abteilungen würde er weitere Pflanzenlabore installieren. Dafür eines Tages Leute wie Margrit Kunkel mit wenig materiellem Anspruch und hohem idealistischen Vorsatz für einen Apfel und ein Ei zu gewinnen, dürfte das kleinste Problem sein. Nichts war vielversprechender, als einen von Neugier getriebenen Menschen mit der Chance zu füttern, die Frau, der Mann der ersten Stunde zu sein bei einem einzigen, großen Experiment, zu dem nur Auserwählte zugelassen waren.

Die Verbindung zum Institut für Biologie an der Freien Universität musste intensiviert werden. Dort gab es Doktoranden und wissenschaftliche Mitarbeiter, die ganz heiß darauf waren, ihr noch frisches Wissen, das nah am Puls der Zeit lag, an einer wichtigeren Stelle einzubringen, als es die eigene Uni war. Steiner erinnerte sich nur zu gut an seinen eigenen Frust, den er in der engen Auslegung seines Studienfaches empfunden hatte. Die Universität verfügte zudem über einen Presseverteiler aus hochkarätigen Fachjournalisten, wie ihn sich Steiner erst in vielen Jahren erarbeiten könnte.

Er hatte die ganze Nacht damit zugebracht, auf simplem Rechenpapier Pläne zu zeichnen. Er genoss diese weißen Nächte, in denen er einfach wach blieb. Getrieben von einer Idee und am Morgen danach so energisch und gut gelaunt, dass er die ganze Welt nicht nur verändern, sondern sogar umarmen könnte. Schon aus diesem Grund war es ihm wichtig, allein zu leben. Seine Freundin, die er gegenüber Erni Schnitzler erwähnt hatte, hatte er schon vor zwei Monaten aus seinem Leben verabschiedet. Frauen um die 30 trugen diesen strengen Zug um den Mund, wenn sie anfingen, nach zwei, drei gemeinsam verbrachten Nächten, dem ersten romantischen Wochenende oder dem zweiten Blumenstrauß, den ein Mann ihnen schenkte, von der Zukunft zu reden. Dabei hatte keine von ihnen – jedenfalls keine, die er kennengelernt hatte – auch nur einen blassen Schimmer davon, was das Wort Zukunft tatsächlich bedeutete. Für sie waren das die kommenden Jahre. Diese magere Dauer bis zu ihrem Lebensende und die Sicherheit, eine weitere Generation ihrer Gene auf diesen Planeten zu spucken. Für ihn war die Zukunft eine Aufgabe, die es zu bewältigen galt. Und dafür brauchte er sowohl in seinem privaten als auch im beruflichen Leben Menschen an seiner Seite, die bereit waren, die Drecksarbeit mitzumachen und im richtigen Moment in die zweite Reihe zurückzutreten.

Vielleicht hatte Erni Schnitzler tatsächlich recht, wenn sie meinte, allein über sein Äußeres könne er die Sympathie seiner Mitarbeiter erringen, die sie ihm bisher verwehrten.

Vielleicht hielt sie ihn ja tatsächlich für dermaßen beschränkt, dass sie dachte, er wäre selbst noch nicht auf diese Idee gekommen.

Seine Sekretärin kam herein und stellte eine Tasse Kaffee auf den Schreibtisch.

»Bleibt es bei 10 Uhr?«, fragte sie freundlich.

»Natürlich«, antwortete Steiner ebenso entgegenkommend.

Er zog seinen Westover gerade und die Hemdsärmel über die Handgelenke. Bevor er sie fragen konnte, gab Erni – deren kirschrotes Twinset eine Neuanschaffung war und Steiners Augen guttat – ihre Meinung zu seinem heutigen Aussehen ab.

»Wenn ich es mir erlauben darf …«

»Sie dürfen alles, liebe Erni.«

»Ich freue mich, dass Sie meinen Rat befolgt haben. Der Westover und das Hemd, beides steht Ihnen ausgesprochen gut.«

Sein 70er-Jahre-Mix passte zwar leider nur für Farbenblinde zusammen und wirkte statt kultig einfach nur altmodisch, doch Erni Schnitzler war viel zu gut in der menschlichen Psyche von Vorgesetzten geschult, als dass sie ihm die furchtbare Wahrheit sagen würde. Er sah aus wie ein Clown.

»Dann ist es ja gut. In einer halben Stunde im Aufenthaltsraum. Ich freue mich auf meine …«, er zögerte, »wie nannten Sie sie so passend?« Er streckte den Zeigefinger in die Luft. »Meine Angestellten, richtig?«

Erni Schnitzler lächelte freundlich und nickte. Dann wandte sie sich zur Tür.

Steiner hätte gewettet, dass ihr Lächeln in diesem Moment erstarb und einem verunsicherten Gesichtsausdruck Platz machte.

KAPITEL 11

Manfred Everding hatte Musiker werden sollen. Das Klavierspiel lag ihm, seine Stimme war auch nach dem Stimmbruch noch auffallend klar geblieben und Noten konnte er lesen und schreiben wie Worte.

Everdings Eltern waren einfache Leute wie der Großteil der Brandenburger. Gerade deshalb schwebte ihnen für ihren

Erstgeborenen ein Werdegang vor, der ihn aus dieser Einöde in die große Welt brachte. Oder zumindest bis an ihre Grenzen. Staatsoper Berlin. Internationale Gastspiele als Pianist. Vielleicht eine Solokarriere als Sänger und Conférencier am Friedrichstadt-Palast. Alles wäre ihnen lieber gewesen als das, wofür sich ihr Sohn entschloss: zur Polizei zu gehen.

Everding war in Brandenburg geblieben. Er hatte seine Jugendliebe Cornelia geheiratet und mit ihr zwei wunderbare Jungs gezeugt. Die kleine Familie war in sein großelterliches Erbe eingezogen. Ein flaches Haus aus Feldsteinen, umgeben von Platanen und urgemütlich mit seinen dicken Wänden.

Cornelia hatte im Gegensatz zu ihm einen guten Geschmack in Einrichtungsdingen. Sie färbte die Tapeten selbst und malerte auch. Das hingegen wie ein Mann. Auch Brennholz konnte sie hacken. Der Garten war mit seinen Blumenbeeten eine Augenweide für jeden Spaziergänger. Ihr liebevolles Wesen trug sie von ihrer Arbeit als Krippenerzieherin mit nach Hause. Sein Leben kam Everding manchmal vor wie ein Geschenk, das er gar nicht verdient hatte. Hinzu kam, dass der beschauliche Landkreis Brandenburg an der Havel nicht eben ein Hort des Verbrechens war. Es gab die regelmäßigen Prügeleien in Kneipen und hier und da mal eine Sabotage am Fließband. Davon erschien kaum etwas in der Presse. So lebte es sich hier ganz gut und in gefühlter Sicherheit.

Und nun war dieser junge Mann aus Everdings Dorf verschwunden. Zwar hatte der Junge ab und an im Suff über eine abenteuerliche Route durch die Ostblock-Länder bis in den Westen palavert, aber das hieß noch lange nicht, dass er abgehauen war. Schon hatte Everding zwei ungeklärte Fälle in seinem Revier. Er hielt es für eine zynische Bestätigung dessen, was ihm sein Vater mit auf den Berufsweg gegeben hatte: »Machst du einen Musiker zum Ermittler, dann rechne mit Kantate statt Täter.«

Ungeklärte Fälle wurden in seiner Dienststelle nach dem System des Modus Operandi abgelegt. Das war Everdings Idee gewesen. Die Art und Weise des Handelns unterschied die Menschen so deutlich, wie ihre DNA es hoffentlich eines Tages tun würde.

Auf diese Weise konnte Everding jeden ungeklärten Fall mit jedem neuen Fall hinsichtlich möglicher Übereinstimmungen in der Tatausführung prüfen. Gab es Anhaltspunkte für eine Verbindung, dann wurde die alte Akte wieder hervorgeholt und mit der neuen verglichen, um eine Täterschaft endlich begründen oder ausschließen zu können.

Das alles klang logisch, schlüssig und geradezu vielversprechend. Für Everding aber gab es dieses eine, absolut unbefriedigende Detail in den netten Formulierungen seiner Arbeitsweise. Es war das Wörtchen »ungeklärt«, das er weder hören, lesen noch wahrhaben wollte.

Everding war nicht Ermittler geworden, um ungeklärte Fälle vor sich herzuschieben. Den Tod von Gisela Kunkel hatten bereits seine Vorgänger zu den Akten gelegt. Es war gut möglich, dass es sich um einen Unfall und damit nicht um einen ungeklärten Mordfall handelte. Aber davon wollte er sich schon gern selbst überzeugen. Und weil es außer der Verwaltung nicht begangener Verbrechen für Manfred Everding, Leutnant der Kriminalpolizei im Bezirk Brandenburg, gerade nicht viel mehr zu tun gab, suchte er die Akte Gisela Kunkel heraus.

Harald Kunkel, der verbiesterte Witwer in seiner Gärtnerei, der dort mit seiner bald 19-jährigen Tochter lebte, war Everding ein Dorn im Auge. Kunkel hatte das Imperium über

Schnittblumen, Gemüse und Obst im Ort. Die desolate Versorgungslage machte es ihm leicht. Die Natur lieferte ihm kostenlos alles, was die sozialistische Marktwirtschaft mit ihrer 110-prozentigen Planübererfüllung nicht zustande brachte. Den Rest der Arbeit erledigte seit Jahren seine Tochter Margrit. Selbst jetzt noch, da sie nach bestandenem Abitur ihre letzten Sommerferien genoss.

Auch Cornelia kaufte bei Kunkel, weil der Laden auf ihrem Arbeitsweg lag. Everding musste aufpassen, seinen Argwohn gegenüber jeder Tomate und jedem Kohlrabi auf seinem Teller nicht zu deutlich werden zu lassen. Jedes Mal horchte er Cornelia aus, in welcher Stimmung Kunkel gewesen war und ob es seiner Tochter gut ging, mit der sie manchmal ins Gespräch kam.

Heute wollte er sich selbst ein Bild verschaffen. Es war fast zehn Jahre her, dass die Polizei zum letzten Mal nachgehakt hatte. Also wurde es Zeit, bevor über die Sache Unkraut gewachsen war, dachte Everding, und setzte sich in seinen Wartburg.

Vor Kunkels Gemüseladen stand eine Schlange von etwa einem Dutzend Leuten. Ein Kilo Tomaten einpacken, entgegennehmen, bezahlen, passend oder nicht passend, und noch drei, vier gewechselte Sätze pro Nase machte etwa eine Viertelstunde Wartezeit. Everding entschied, den Ausweis stecken zu lassen und sich hinten anzustellen.

Zu seiner Enttäuschung sah er, dass Margrit an der Kasse stand, die Tochter von Harald Kunkel. Sie reichte ihm eine Tüte Tomaten über den Ladentisch, doch Everding winkte ab und fragte die junge Frau nach ihrem Vater.

Sie reagierte überaus freundlich, jedenfalls so, wie er es nicht gewohnt war.

»Kommen Sie mit, ich bringe Sie zu ihm.«

Den Wartenden in der Reihe gab sie ein Zeichen. Dann führte sie den im Dorf bekannten Polizisten durch die hintere Ladentür in den Hof neben dem Haus.

»Nehmen Sie Platz.« Margrit und rückte ihm einen Gartenstuhl an den Tisch. »Ich klingle oben.«

»Moment noch«, sagte Everding. »Wissen Sie, wo Ihr Freund abgeblieben ist? Sie und Frieder Loth waren doch ein Paar, nicht wahr?«

Das Gesicht der jungen Frau verfinsterte sich kurz. »Er hat mich verlassen.«

Everding legte den Kopf schräg. »Und das macht Ihnen so gar nichts aus?«

Margrit hob die Schultern und seufzte. »Wissen Sie, ich war wohl von Anfang an nicht die Richtige für ihn. Und wenn Sie meinen Vater fragen, dann wird er es Ihnen bestätigen.«

Sie schaute zur Haustür, als wünschte sie, ihr Vater käme genau jetzt die Treppe herunter.

»Herr Loth ist seit einer Woche nicht bei der Arbeit erschienen. Und seine Mutter hat auch nichts von ihm gehört. Sie war es, die eine Vermisstenanzeige bei uns gestellt hat. Machen Sie sich denn gar keine Sorgen um ihn?«

»Ich sage Ihnen etwas«, sagte die junge Frau nun und klang dabei sehr entschieden. »Er ist bestimmt mit einer Anderen durchgebrannt. Da meldet man sich nicht. Da schmiedet man Pläne und lässt alles andere hinter sich. Verwandte und Ex-Freundinnen sind da nur im Weg. Und die Arbeit sowieso. Aber es war mein Vater, den Sie sprechen wollten?«

»Ja«, sagte Everding kleinlaut.

Zwei Minuten später kam Harald Kunkel aus dem Haus. Margrit verschwand wieder im Laden, noch einmal freundlich grüßend.

»Wieso nochmal Polizei?«, fragte Kunkel statt einer Begrüßung. Auch er kannte den Dorfpolizisten vom Sehen, der in das Feldsteinhaus der alten Everdings, seiner Großeltern, eingezogen war.

Everding roch seinen Bieratem. »Nochmal?«, fragte er mit gespieltem Erstaunen.

»Ja. Vor … weiß nicht …« Harald Kunkel überlegte angestrengt.

Der frühe Alkoholkonsum hatte die wichtigsten Synapsen im Hirn wohl schon gelähmt, mutmaßte der Ermittler.

»Vor etwa zehn Jahren waren Ihre Kollegen schon mal da. Und ich dachte, die Sache hätte sich erledigt. Hatten angekündigt, sich wieder zu melden und …«

»Und nun bin ich da.« Everding verschränkte die Arme, eine Körperhaltung, die er bei gern bei Verhören einnahm.

»Wollen Sie mich auf den Arm nehmen?«, fragte Kunkel sichtlich genervt.

»Natürlich nicht. Aber ich möchte nochmal hören, wie Ihre Frau ums Leben gekommen ist. Und bevor Sie es erwähnen: Ja, Sie haben alles zu Protokoll gegeben und ja, ich kann lesen. Bitte erklären Sie mir trotzdem noch einmal mit Ihren eigenen Worten, wie Ihre Frau sich die Verletzung am Hinterkopf zugezogen hat.«

Kunkel wackelte mit dem Kopf, als wäge er eine Wahrheit gegen die andere ab.

Everding wusste aus seiner beruflichen und seiner eigenen Erfahrung, dass sich Erinnerung über Jahre hinweg in verschiedene Wahrheiten wandelte und dass dabei die eine so wahr wie die andere erschien. Auf Kunkels Wahrheit war er gespannt.

»Ich kann nicht durch Mauern sehen«, sagte Kunkel, »und ich war ja nicht dabei im Schuppen. Fragen Sie meine Tochter, sie war sieben damals.«

Everding horchte auf. »Aber Ihre Tochter war doch ebenso wenig dabei?«

»Richtig, sie lag schon im Bett und sollte schlafen. Ich hatte ihr zuvor eine Gutenachtgeschichte vorgelesen, was sonst ihre Mutter machte. Aber Gisela wollte an dem Abend partout den Schuppen aufräumen. Und dabei ist es passiert. Sie fiel gegen eine alte Tür und rammte sich die Klinke in den Hinterkopf. Ich fand sie, lief rüber zu unserem Hausarzt …«

»Moment!«, unterbrach ihn Everding. »Warum haben Sie keinen Krankenwagen gerufen?«

»Weil unser Arzt, Doktor Schmale, unser Nachbar ist. Ich war genauso schnell bei ihm, wie ich am Telefon gewesen wäre. Aber warum fragen Sie das alles?«

»Dieser Doktor Schmale hat ja auch den Tod Ihrer Frau festgestellt …« Everding ließ die Bemerkung absichtlich ins Leere laufen.

Trotz seiner Bierlaune roch Kunkel die Fährte und nahm sie auf. »Schmale hat den Tod meiner Gisela festgestellt und sofort die Polizei gerufen. Daran sehen Sie, dass es hier absolut nichts zu verbergen gibt.«

Hier konnte Everding einsetzen. Er hatte gehört, was er wollte. »Ich hake auch nur nach, um zu erfahren, ob die Totenschau ordnungsgemäß verlaufen ist. Das geht aus den Akten nicht 100-prozentig hervor, und allein aus diesem Grund wird dieser Vorgang ständig wieder als ungelöster Fall auftauchen, und immer wieder wird jemand bei

Ihnen vorbeikommen und Fragen stellen. Wollen Sie das? Über Jahre?«

»Natürlich nicht.« Nun war es Kunkel, der kleinlaut klang.

»Na also. Was macht er denn jetzt, Ihr Freund und Helfer, der Hausarzt Schmale?«, hakte Everding nach.

»Längst in Rente, und außerdem, warum sagen Sie das so spöttisch? Wittern Sie ein Komplott?« Kunkel stand auf.

Die Drohgebärde kam als Slapstick bei dem Ermittler an, denn sein Gegenüber konnte sich kaum noch auf den Beinen halten. Es war 14 Uhr und der Mann schien schon seit Stunden zu trinken.

Everding fühlte Mitleid für Kunkels Tochter, die hier nicht nur den Laden und die Gärtnerei am Laufen hielt, sondern dabei auch noch einen ordentlichen Schulabschluss hingelegt hatte. Sie schien den Verlust ihrer Mutter und das Verhalten ihres Vaters ohne jene Ausraster hinzunehmen, die schon für weniger schicksalsgeprüfte junge Menschen ihres Alters typisch waren. Er überlegte gerade, ob er sie beim Rausgehen nach ihrem Studienwunsch fragen sollte, als Kunkel geräuschvoll wieder auf seinen Stuhl fiel. Seine Stimme und seine Worte waren dennoch erstaunlich klar.

»Die Polizei kam, dann wurde die Leiche meiner Gisela zur Bestattung freigegeben und …«

»Eingeäschert, wie praktisch«, frotzelte Everding.

»JETZT REICHT ES MIR ABER!«, brüllte Kunkel und schlug mit der Hand auf den Tisch.

Der Ermittler hob beschwichtigend die Hände.

Kunkel beruhigte sich. »Meine Frau hatte es selbst so verfügt. Lieber Urne als Grab, hat sie immer gesagt. Weniger Pflanzen, weniger Arbeit. Und das als Frau eines Gärtners!«

Everding legte den Kopf schräg und rechnete kurz. »Aber sie war doch noch jung, und hatte schon diese Art von Gedanken?«

Kunkel atmete hörbar aus. »Wir waren beide jung, ja. Aber nicht zu jung, um schon eine eigene Gärtnerei mit Laden zu betreiben. Als verantwortungsbewusster Mensch kümmert man sich rechtzeitig um den Nachlass der Sachen, die man sich schafft. Vor allem, wenn man Familie hat. Wir hatten beide unser Testament gemacht, gleich nach der Hochzeit. Immerhin gehörte mir die Gärtnerei, die seit mittlerweile zwei Generationen in Familienbesitz war und es heute noch ist. Allein dafür ist ein Letzter Wille nötig.«

Everdings Taktik war es gewesen, Kunkel zu provozieren und damit impulsive Äußerungen aus ihm herauszuholen. Nach einem Ereignis, wie es dieser Todesfall gewesen war, blieben Angehörige mit ihrem Kopfkino allein zurück. Dabei spielte keine Rolle, ob diejenigen schuldig waren oder nicht. Die Gedanken waren frei und machten in jedem Fall, was sie wollten.

Diese Gedanken, die sich über die Jahre hinweg wiederholt und eigene Wahrheiten geformt hatten, hatte Everding von Harald Kunkel hören wollen. Und er hatte alles gehört.

»Verstehe. Ich danke Ihnen für Ihre Zeit«, sagte Everding und schickte sich zum Gehen an.

Kunkel hielt ihn plötzlich am Arm fest. »Es hatte alles seine Richtigkeit an dem Abend, außer, dass meine Gisela plötzlich tot war.« Harald Kunkel war von einer Trauer belegt, die auch mit den Jahren nicht weniger geworden war.

Dieser Mann war unschuldig, wusste Everding mit einem Mal. Und dass er ihn fortan in Ruhe lassen würde.

Margrit Kunkel steckte ihren Kopf durch die Ladentür. »Alles in Ordnung?«

»Ja. Alles in Ordnung«, sagte Everding und verabschiedete sich.

Kunkel nun auch noch nach dem Verbleib von Frieder Loth zu fragen, brachte Everding einfach nicht fertig.

KAPITEL 12

Er hatte sich auf den ersten Blick in sie verliebt. Vielleicht gerade, weil sie so gar nicht hierher gepasst hatte mit ihrer Eleganz und der Ausstrahlung, wie sie von Hauptstädtern damals automatisch ausging. Es reichte schon, wenn sich von jemandem herumsprach, er oder sie sei nicht von hier, um großstädtisch zu wirken. Und Gisela war ganz bestimmt nicht von hier. Das hatte er gesehen. Das hatte er gerochen. Und bald auch geschmeckt.

Sie hatte die Eleganz einer Gazelle. Den Duft frischer Maiglöckchen. Den Geschmack, den ein heißer Sommertag auf der Haut hinterließ. Ihre wunderschönen Beine hatte ein geblümter Rock umspielt an jenem Abend. Ihre blütenweiße Bluse hätte an jeder Frau bieder gewirkt. An ihr jedoch war sie so verlockend wie ein Versprechen.

Ihr Vater war der neue Chef der LPG. Ihre Mutter war Friseurin und genau die Sorte Frau, die ein Mann gern als Mutter der Begehrten sah. In ihr spiegelte sich, wie Gisela Nitz altern würde: ebenmäßig, strahlend und mit der Gelassenheit eines beginnenden Tages.

Sie hatten im Dorfkrug getanzt an jenem Abend. Und nach dem dritten Tanz bat sie ihn zu sich und ihren Freunden an den Tisch. Eine muntere Truppe. Alle zu Besuch aus Berlin. Nur dass Gisela bleiben musste und die anderen schon am nächsten Tag wieder auf ihre Motorräder steigen und in die Stadt zurückfahren konnten, nach der Gisela sich vom ersten bis zum letzten Tag sehnen sollte.

Gisela Nitz war 18 Jahre alt, Harald Kunkel 20 und fest entschlossen, diese Frau zu heiraten. Heinrich, sein Vater, warnte den Sohn, sich eine Städterin zu nehmen. Die hätten zwei linke Hände, die sie sich nur ungern schmutzig machten. Außerdem nur Flausen im Kopf, die im Gartenbau nichts zu suchen hatten, denn an Jahreszeiten und Fruchtfolge gab es nun mal wenig herumzufabulieren. So eine Frau wäre gedanklich immer auf dem Absprung zurück in ihr altes Leben. Mit 18 habe man noch kein so altes Leben, gab Harald seinem Vater zu bedenken. Der hörte gar nicht mehr hin. »Dann bring sie mit.«

Das erste Treffen im Haus seiner Eltern lief dann auch relativ kühl ab. Gisela hatte sich hübsch angezogen. Trug eine edle Dreiviertelhose mit einem ärmellosen Rollkragenpulli. Man sah sofort, dass sie ihre Kleidung aus dem Westen bekam. Sie zeigte großes Interesse an der Gärtnerei und hing an Heinrich Kunkels Lippen, wenn er von den schwierigen Zeiten der Nachkriegszeit erzählte. Karla, die Mutter, saß schweigend und lächelnd daneben und schien einfach nur glücklich zu sein, dass ihr einziger Sohn eine so attraktive Braut gefunden hatte.

Harald Kunkel bewohnte damals die kleine Wohnung unter dem Dach seines Elternhauses. Seine Eltern bewirtschafteten die Gärtnerei. Waren beide Mitte 40 und sahen um einiges älter aus. Wie alle damals. In ihrem Leben war keine Veränderung mehr vorgesehen. Es war ein gleichförmiger Fluss ohne Stromschnellen. Montags bis freitags gab es etwas Abwechslung beim Klatsch mit den Leuten, die in dem kleinen Laden am Haus Obst, Gemüse und Schnittblumen kauften. Freitagabends wurde gebadet. Samstags wurde im Haus, in den Gewächshäusern und im Schuppen aufgeräumt und saubergemacht. Man traf sich zu festen Mahlzeiten am Tisch. Vor Ostern wurden alle Gardinen und Vorhänge im Haus gewaschen, die Fenster geputzt und Winterreifen gegen Sommerreifen ausgetauscht. Sonntags hatte Ruhe zu herrschen.

Die Kunkels waren mit dem Dorfpfarrer befreundet. Jesus Christus war für die kleine Familie zwar nichts weiter als eine große Holzfigur am Altar, die Harald, seit er Kind war, beim Putzeinsatz in der Kirche einmal im Monat abstaubte, während die Mutter je nach Jahreszeit Laub vom Rasen harkte oder Grassamen dort ausstreute. Aber als Treffpunkt war die kleine Dorfkirche neben dem Dorfkrug ein beliebter Ort. Am Heiligabend ging man zur Christmette. Ansonsten traf man sich dort zu Hochzeiten, Taufen und Beerdigungen. War eine Ehe vorher ordentlich auf dem Standesamt geschlossen, dann störte es hier auch niemanden, wenn ein bisschen weihrauchgeschwängertes Ritual die sozialistische Formalität aufhübschte.

Die Menschen arbeiteten auf die Rente hin und warteten dann auf den Tod. Dazwischen vielleicht Enkel und die eine oder andere Reise ins sozialistische Ausland. Alles in allem hatte Familie Kunkel keinen Grund zur Unzufriedenheit. Wer den Krieg überlebt hatte, war vom Leben zur Genüge beschenkt worden.

Haralds Einberufung zur NVA, der Nationalen Volksarmee, stand an. Anderthalb Jahre später sollte er als Kfz-Schlosser zurückkommen, seinen Arbeitsplatz in der LPG antreten und seine Eltern in der Gärtnerei unterstützen, die er eines Tages übernehmen würde.

Heinrich Kunkel hielt es also für den denkbar ungünstigsten Augenblick, in dem sein Sohn sich hatte verlieben können. Dass die kleine Nitz ganz hübsch war, konnte auch er nicht bestreiten. Ihr Vater leitete seit Kurzem die LPG, was für Harald von Vorteil sein könnte, wenn der nach seiner Armeezeit dort anfing. Aber wenn sie sich nun zerstritten, diese beiden frischverliebten Täubchen? Dann wären die Kunkels das Dorfgespräch, und sein Sohn bekäme sein privates Versagen jeden Tag bei der Arbeit vor Augen geführt.

Während Heinrich Kunkel diesen Gedanken nachhing, plapperte die junge Frau an seinem Tisch ohne Unterlass und wirkte dabei ziemlich aufgekratzt.

Es war Frühsommer. Alle Pflanzen in der Gärtnerei standen in voller Blüte. Den verlockenden Anblick hielt Gisela wohl für das Abbild ihrer Zukunft. Die Kunst des Gärtnerns jedoch zeigte sich erst im Herbst und am Ende des Winters. Wenn die rauen Arbeiten zu tun waren. Seine Klara war vielleicht keine Schönheit, aber sie vertrat ihn angemessen, wenn ihn dreimal im Jahr die Männergrippe ans Bett fesselte. Sie beherrschte die fachgerechte Schnittführung an den Trieben der Obstbäume und damit deren Erziehung so perfekt wie die ihres eigenen Sohnes. Außerdem hielt sie Haus und

Wäsche sauber. Und den Sauerbraten, den sie sonntags auf den Tisch zauberte, konnte auch der Palast der Republik in Berlin nicht bieten.

Harald Kunkel hatte schnell begriffen, dass er vor allem seinen Vater von seiner großen Liebe würde überzeugen müssen. Jede gute Schulnote, den Abschluss, die Ausbildung und auch die Zusage, eines Tages die Gärtnerei zu übernehmen, hatte Harald bisher seinem alten Herrn zuliebe erbracht. Nun war es für ihn an der Zeit, auch einmal an sich selbst zu denken.

Gisela war genau die Frau, die seinem Gemüt guttat. Mit der falschen wäre er ein Miesepeter geworden, wie sein Vater es hin und wieder war. Sie sprühte vor Ideen. Gab ihre Lehre als Kosmetikerin auf und lernte Verkäuferin. Sie wohnte noch bei ihren Eltern, die Harald sehr viel offener empfingen, als es andersherum gewesen war. Doch selbst das fand bei ihr keine Erwähnung. Sie ging über das ablehnende Verhalten seines Vaters hinweg, als handele es sich um eine vorübergehende Schlechtwetterfront. Am Ende sollte sie recht behalten. Heinrich Kunkel akzeptierte die Freundin seines Sohnes, und er genoss es mit sichtbarer Überraschung, wenn die beiden ihn und seine Klara auf den Weihnachtsmarkt nach Brandenburg mitnahmen oder zum Baumblütenfest nach Werder.

Im Februar 1965 heiratete Harald Kunkel das Fräulein Nitz in der Dorfkirche. Das Fest fand mit 50 Leuten im Dorfkrug statt. Es endete mit einer Schlägerei (weil sich einer nicht als Berliner Großschnauze hatte beschimpfen lassen wollen), nach welcher sich beide Streithähne volltrunken in den Armen lagen. Unter Giselas wollweißem Kleid wölbte sich ein Bauch. Das nächste frohe Ereignis stand für den Sommer an.

Harald hatte seinen Grundwehrdienst bei der NVA hinter sich gebracht und konnte nun als Kfz-Schlosser vom Fahrrad bis zum Lkw alles reparieren. Nur für die hochkomplizierten Mähdrescher bekam er noch eine Ausbildung zum Landmaschinenschlosser obendrauf, die Genosse Nitz, der Chef der LPG, wohlwollend unterstützte. Kurz nach der Geburt von Margrit im August 1965 überließen die alten den jungen Kunkels das Haus und zogen in eine kleine Wohnung gegenüber. Klara half im Laden, während sich Gisela um das Baby kümmerte. Heinrich überließ seinem Sohn die Gärtnerei und arbeitete dort weiter, meist mit seiner kleinen Enkeltochter in Blickweite, was ihn so oft wie noch nie zuvor in seinem Leben lächeln ließ.

Wann es begann, dass Gisela sich veränderte, konnte Harald Kunkel im Nachhinein nicht mehr festmachen. Es war ein schleichender Prozess gewesen. Anfangs als Launenhaftigkeit abgetan und irgendwann zu unerträglicher Bösartigkeit geworden. Eine der ersten Äußerungen des Vaters, dass ein Mensch aus der Stadt hier auf dem Land doch immer auf dem Absprung in sein altes Leben war, schien sich nun, Jahre später, zu bewahrheiten.

Nichts konnte sie mehr erfreuen. Nicht das Lächeln, die ersten Worte oder Schritte ihrer Tochter Margrit. Keine Blüte im Garten. Kein besonders schöner Nachmittag auf der Hollywoodschaukel bei Holunderbowle. Nichts. Irgendwer schien das Licht in ihrem Leben ausgeschaltet zu haben. Ausflüge nach Brandenburg oder Werder waren ihr kein Anreiz mehr für etwas Freude am Leben. Ein Wochenende in Berlin, das er als Überraschung organisiert hatte, traten sie gar nicht erst an, da Gisela just an dem Tag der Abreise unter Migräne litt.

Margrit war noch kein Jahr alt, als Gisela begann, ihre depressive Art auch an dem Kind auszulassen. Wenn die kleine Margrit schrie, dann legte Gisela ihrem Mann das Kind in den Arm. Sie schien seltsam unbeteiligt. Gerade so, als habe sie weder mit dem Kind etwas zu tun, noch mit der Entscheidung, als verheiratete Frau in diesem Haus zu leben.

Harald Kunkel versuchte alles, um die Probleme vor seinen Eltern zu verbergen. Seine Schwiegereltern reagierten nur mit ratlosem Achselzucken und waren ihm keine Hilfe. Gisela sei schon immer speziell gewesen, sagte der Schwiegervater. Vielleicht habe es ja mit der Umstellung auf das Landleben zu tun. Mit den ihr fehlenden Freunden und der Verantwortung für ein eigenes Kind. Dabei ignorierten sie geflissentlich, dass Gisela von den vier Jahren, die sie bereits hier lebte, immerhin drei Jahre lang sehr glücklich gewesen war. Trotz der scheinbaren Sorglosigkeit kam es Harald Kunkel so vor, als würde Genosse Nitz ihn auf der Arbeit schneiden und nur, wenn es unumgänglich war, ein paar Floskeln auf dem Flur mit ihm wechseln.

Haralds Eltern nahmen die Sache etwas ernster. Der alte Kunkel zeigte dabei eine gewisse Genugtuung, mit seinem anfänglichen Misstrauen gegen Gisela eben doch den richtigen Riecher gehabt zu haben.

Was anfangs Niedergeschlagenheit gewesen war, die in Bösartigkeit umschlug, gipfelte plötzlich in ständigem Nörgeln und Schimpfen. Gisela hatte zwischenzeitlich entspannter gewirkt. Sogar darauf bestanden, Margrit jeden Abend die Gutenachtgeschichte vorzulesen. Harald hatte die Veränderung darauf geschoben, dass sie seit wenigen Wochen einmal im Monat eine Psychiaterin aufsuchte. Die verschrieb ihr Medikamente, die sie hin und wieder in einen erträglichen Menschen verwandelten. Doch diese kleine Hoffnung hatte ihr erster Wutausbruch erstickt, in dem sie so weit ging, ihrer mittlerweile dreijährigen Tochter eine Ohrfeige zu verpassen.

»Was ist los mit dir?«, brüllte Harald seine Frau an. »Was hat sie dir getan?«

»IHR!«, schrie Gisela, und mit ihrem Arm zeigte sie panisch abwechselnd auf das weinende Kind und auf ihren Mann wie der Zeiger eines Metronoms. »IHR habt mir was getan! Vielleicht habe ich mir mein Leben ja anders vorgestellt als das, was ich hier bekomme? Aber immer, wenn ich müde bin oder traurig, heißt es von dir nur, ich solle einfach weiter zum Psychiater gehen!«

Harald setzte immer wieder zu einer Erwiderung an. Doch mit ihren Armbewegungen, tack, tack, tack, von links nach rechts und rechts nach links zu ihm und ihrer kleinen Tochter, die sie mit großen, vom Weinen geröteten Augen anstarrte, unterbrach Gisela jeden seiner Versuche.

»Was soll ich mit deinen netten Ausflügen? Was soll ein Wochenende in Berlin mit mir machen, wenn ich dann doch von dort wieder wegfahren muss, zurück in dieses dunkle Haus mit seiner langweiligen Gärtnerei, zurück in diesen endlos quellenden Fluss aus Arbeit, Arbeit, Arbeit! Erst bringst du hier alles zum Blühen, dann sorgst du dafür, dass es rechtzeitig Früchte bringt, dann kehrst du den Müll dieses Prozesses zusammen, dann schützt du die Reste vor der Kälte des Winters, damit im Frühjahr das ganze Elend von Neuem sprießt, dir wieder Arbeit macht und jede Idee von Urlaub verhindert!«

Damit hatte sie den Lauf der Natur, den Harald Kunkel wie den Lauf seines eigenen Lebens betrachtete und über den er noch nie wertend nachgedacht hatte, aber den er nun, in diesem Moment, für seine Verlässlichkeit zu schätzen wusste, als eine Last beschrieben. Alles, was Schönheit und immer neues, frisches, Hoffnung machendes Leben war, schien für seine Frau nichts als Ballast ihres eigenen Lebens zu sein, das sie aber doch mit ihm teilte.

Harald Kunkel gab auf. Immer öfter bat er nun seinen Vater, ihm in der Gärtnerei zu helfen. Seine Mutter Klara betreute den kleinen Laden am Haus. Ohne ein Wort der Kritik. Weder an der Arbeit, noch an ihrer Schwiegertochter. Es schien sich alles zu fügen.

Die Großeltern nahmen die kleine Margrit immer öfter unter ihre Fittiche. Den Rest der Zeit verbrachte sie im Kindergarten. Gisela arbeitete im Kosmetiksalon des Dorfes, was ihr einiges an Abwechslung brachte, die sie zu Haralds Ermüdung beim Abendessen ohne Unterlass plappernd mit ihm teilte. Aber wenigstens redete sie dann ohne diesen jammernden Unterton. Außer, wenn es sich um einen neuen Moskwitsch oder Lada handelte, den eine Kundin sich aufgrund ihres gut gefüllten Sparbuchs oder eines gut verdienenden Ehemannes nun leisten konnte. Irgendwann kam es Harald so vor, als habe er mit der Bösartigkeit seiner Frau viel besser leben können als mit ihrer Unzufriedenheit und der ständigen Nörgelei, die ihn doch permanent als Verlierer hinstellte.

Doch er war kein Verlierer. Er war ein Mann, der seine Familie ernährte und seiner Tochter ein guter Vater war. Und wenn dies jemandem nicht gefallen sollte, dann sollte dieser jemand sein Glück ganz einfach woanders suchen. Niemand hatte das Recht, ihn zu beleidigen oder vorzuführen. Und wer seine Tochter schlug, der schlug auch ihn und musste mit ihm rechnen.

KAPITEL 13

Vor der Tür der Gärtnerei Kunkel stand ein eierschalenfarbener Barkas. Im Inneren eine Matratze, Kartons, eine Stehlampe, ein Stuhl, ein Pflanztisch und jede Menge Kübel mit Pflanzen, die bis unter die Decke reichten.

»Das Auto bringe ich dir am Wochenende wieder.«

»Fahr vorsichtig, Margrit. Soll ich nicht doch mitkommen?«

»Nein, das schaffe ich allein.«

»Willst du nicht doch noch die Möbel aus deinem Zimmer mitnehmen?«

»Nein, das Zimmer brauche ich, wenn ich dich besuchen komme.«

»Hast du das Essen eingepackt? Wenn du ankommst, haben doch die Läden zu!«

»Habe ich eingepackt.«

»Nimm dir noch ein paar Tomaten mit, komm!«

»Ich muss los, Vater. Und das Auto bringe ich dir am Wochenende wieder.«

»Soll ich nicht doch mitkommen?«

»Mach's gut.«

»Fahr vorsichtig, mein Kind.«

Im Rückspiegel beobachtete Margrit, dass der Vater noch lange auf dem Gehsteig stand und ihr nachschaute. Das Bild hatte etwas Verlorenes. Vielleicht spürte er jetzt, was es bedeutete, einsam zu sein. Margrit hatte sich längst eingerichtet in ihrer inneren Abgeschiedenheit. Dort gediehen zauberhafte Wesen, die noch kein menschliches Auge erblickt hatte. Er hingegen hatte nur Ödland dort, wo seine Gedanken in Zukunft wandeln würden.

KAPITEL 14

Ihm blieb noch eine halbe Stunde, bevor er im Aufenthaltsraum zum ersten Mal auf die komplette Belegschaft, seine Angestellten, traf. Erni Schnitzler steckte noch einmal den Kopf zur Tür herein und hob mit fragendem Blick ein Päckchen in die Höhe.

»Kommen Sie rein. So viel Zeit muss sein.«

Sie legte ihm das Päckchen auf den Tisch. »Mal ganz andere DDR-Briefmarken als die auf den Briefen. Ich wette, das sind Sondermarken. Wie schön. Darf ich die für meinen Sohn haben?«

Steiner riss den Umschlag auf und trennte das Feld mit den Marken ab. »Bitteschön, Erni. Für den jungen Philatelisten. Ich hoffe, er hat noch mehr Hobbys als dieses. Soweit ich weiß, schauen sich Frauen bei einem Mann lieber die Plattensammlung an als Briefmarkenalben.«

Erni Schnitzler war seinen zynischen Humor gewohnt und blieb ungerührt an seinem Tisch stehen.

»Ich sag's auch nicht weiter, aber ist die Frau, die Ihnen da immer schreibt, vielleicht eine Spionin? Haben Sie darüber schon einmal nachgedacht?«

Das hatte Steiner noch gefehlt. »Na klar! Die Mata Hari der Botanik! Tief verwurzelt im Kommunismus, um dem Kapitalisten Fallstricke aus Lianen zu flechten, und das hier ...«, Steiner lachte schallend, während er Strasburgers romantische Reiseerzählungen auspackte, »ist dann wohl ihr Manifest?«

Erni Schnitzler nahm die Briefmarken und drehte sich zur Tür. »Ich dachte ja nur.«

»Denken Sie jetzt einfach nur daran, dass hier in 20 Minuten eine wenig weihnachtliche Veranstaltung beginnt, liebe Frau Schnitzler, danach können Sie Gerüchte über mich verbreiten und die Belegschaft wissen lassen, dass ich nicht der böse Kapitalist, sondern tatsächlich ein verkappter Leo Trotzki bin. Vielleicht macht mir das die Dinge etwas einfacher.«

»Ich verbreite gar nichts, lieber Herr Doktor.«

Erni schloss die Tür hinter sich. Steiner überkam das Gefühl, dass sie wohl die einzige ehrliche Haut unter den Mitarbeitern war.

Er hielt das Buch in der Hand, das Margrit Kunkel ihm geschickt hatte. Daneben lagen die Zettel mit den Stichpunkten seiner vorbereiteten Rede vor der Belegschaft.

Das Buch war in hellbraunes Leinen gebunden und sah abgegriffen aus. Schön abgegriffen, wie Steiner fand. Es hatte Patina und war offensichtlich liebevoll behandelt, dutzendfach verliehen und hundertfach gelesen worden. Wahrscheinlich sammelten sich Kulturen von Fingerabdrücken in seinen Poren. »Verlag von Gebrüder Paetel 1895«, las

Steiner auf der ersten Seite. Wie kam diese Kunkel dazu, ihm etwas so Wertvolles zu schenken?, fragte er sich. Und kannte die Antwort.

Meiner Tochter Anna Tobold gewidmet. Welch ein Glück, daß auch an trüben Tagen die Phantasie uns über die Wolken zu erheben vermag. So mögen denn diese Zeilen auch in fremder Seele Frühlingsempfinden wecken, während es draußen noch schneit und friert.

Nun denn, Frau Kunkel, dachte Steiner, wünschen Sie mir Glück.

Er nahm seine Notizen und verließ das Büro. Draußen schlug ihm ein schneidender Wind entgegen. Er klappte den Kragen seines Mantels hoch und ging im Laufschritt die etwa 200 Meter zum Aufenthaltsraum, der an die Räume der Botanik-Ausstellung grenzte. Kein Mensch war zu sehen. Entweder sie kamen alle zu spät oder waren alle schon da. Keine der beiden Möglichkeiten war erfreulich.

Die Belegschaft fand sich ein. Der Aufenthaltsraum war weihnachtlich geschmückt. Hier wurde sich tagsüber auf ein Fertiggericht aus der Mikrowelle oder auf einen Kaffee getroffen. Hier durfte geraucht und auch mal ein Nickerchen gehalten werden. Vielleicht war es ungünstig, ausgerechnet hier die Umstrukturierung des Ladens bekannt zu geben, dachte Steiner noch, als er sich unter den amüsierten Blicken aus gut drei Dutzend Augenpaaren ungelenk auf eine Bierkiste stellte.

Er begann seinen Vortrag routiniert. Stellte sich noch einmal ausführlich vor und umriss seinen Werdegang vom Pseudochemiker, der als Kind zu Hause regelmäßig Putzmittel zum Explodieren gebracht hatte, über ein Architekturstudium, das er kurzentschlossen gegen Agrarwissenschaften getauscht und mit einer Doktorarbeit über die Chancen und Herausforderungen im Anbau und der Nutzung von Energiepflanzen abgeschlossen hatte.

Steiner wollte herausfinden, wer von den Anwesenden mit ihm zusammen ein Forschungsteam aufbauen und dafür die passenden Köpfe aus der angeschlossenen Universität rekrutieren könnte. Er redete von der Zukunft der Biomasse als Energieträger. Malte das Szenario einer Verknappung von Erdöl und Erdgas in den dunkelsten Farben aus. Wagte sogar einen politischen Abstecher in die Abhängigkeit von Importen und zeigte deren Kehrseite auf: steigende Lebensmittelpreise durch den Ausbau einer Biokraftstoff-Produktion.

»Wir haben hier viel mehr als einen Botanischen Garten zu verwalten! Wir haben die Möglichkeit, bezüglich unser aller Versorgung mit Wärme, Strom und Kraftstoff neue Wege zu erschließen!«

Doch er schaute nur in mehr und mehr verständnislos dreinblickende Gesichter. All das interessierte hier so sehr wie der aktuelle Wasserstand der Havel.

Also kam Steiner direkt auf die Notwendigkeit eines Abbaus von Personal zu sprechen. Jetzt erst kehrte so etwas wie Leben in diese Truppe ein. Seine klar hervorgebrachten Worte sorgten für reichlich Unmut, der ihn während seines wohlstrukturierten Vortrags in Form einer Tomatenpflanze, an der noch der Pflanztopf hing, an der Schulter traf.

Steiner konnte sich nur mühsam auf der Bierkiste halten, während er sich die Erde vom Westover klopfte. Einige Krümel waren im Ausschnitt seines Hemdes gelandet. Erni Schnitzler sah nur tatenlos zu. Steiner gönnte ihr einen abschätzigen Blick, den sie erstaunlich trotzig erwiderte.

Sie war bereits 50 Jahre alt. Allzu rosig sah der Arbeitsmarkt für Frauen in ihrem Alter und mit der Qualifizierung, die gerade zur Sekretärin reichte, nicht mehr aus. Ihre ungewisse Zukunft hatte sie sich nun selbst zuzuschreiben. Etwas mehr Loyalität hatte er erwartet. Wer nicht für ihn und für seine Ideen war, der war dagegen. Das stand für ihn fest. Und wenn nun einige hier ihr Madenleben im Speck aufgeben mussten, dann lag es ja wohl an genau diesem Leben und nicht an Steiners neuen Ideen.

»Frohe Weihnachten also«, schloss Steiner seinen Vortrag. Er stieg von der Bierkiste und ging hinaus.

Die Legende, dass an jenem Abend im Aufenthaltsraum das größte Besäufnis der Firmengeschichte seinen Lauf nahm, sollte sich noch über Jahre halten.

KAPITEL 15

Margrit hatte sich gemütlich eingerichtet. Die Matratze lag auf einem Bettgestell. Die Bücher standen geordnet im Regal. Die Schallplatten auf dem Boden neben dem Plattenspieler. Der Pflanztisch und die Blumenkübel auf dem Balkon und ein Tapeziertisch, den sie zum Schreibtisch umfunktioniert hatte, am Fenster. Weiße Wände. Albrecht Dürers

Schöllkraut, gerahmt und umringt von ihren eigenen Versuchen aus ihrer Phase der Pflanzenmalerei, rundeten das Ganze ab. Hier erkannte sie sich wieder. Das war ihre erste eigene Wohnung. Und nun war schon wieder Weihnachten.

Die Bibel der Botaniker lag unter einem kleinen Weihnachtsbaum, den sie so belassen hatte, wie er war. Seine grünen Nadeln dufteten noch immer, behutsam füllte sie täglich etwas Wasser in den Ständer, um ihn so lange wie möglich am Leben zu halten.

Natürlich unterschätzte Steiner Margrit nicht. Das hier war der Beweis. Er hatte ihr eine antiquarische Ausgabe von 1906 geschickt, die 8. Auflage von mittlerweile mehr als 30. Ihr Vater hatte Margrit zum Abitur die 32. Auflage geschenkt. Orangefarbener Einband mit moderner Schrift. Alles im Stile eines Lehrbuchs. Steiners Ausgabe hingegen war in helles Leinen gebunden. Mit altrosa Ornamenten verziert und mit einer Schrift versehen, die Margrit an Plakate von Toulouse-Lautrec erinnerte. In Seidenpapier eingewickelt und mit einem roten Band verschnürt. So etwas tat keiner, der Margrit unterschätzte oder ihre offensichtliche Zuneigung missbilligte.

Wehmütig nahm Margrit das Lehrbuch in der 32. Auflage aus dem Bücherschrank. Ihr Vater hatte in krakeliger Schrift eine Widmung für sie hineingeschrieben.

Liebe Margrit, das Feld hast Du bestellt. Es wird Dich durch die Jahreszeiten Deines Lebens hindurch mit reichen Ernten belohnen. So Du nicht das Wässern und das Düngen aus dem Auge verlierst, wird es Dir an nichts mangeln. Gut gemacht! Ich gratuliere Dir herzlich zum Abitur, Dein Vater. Juni 1984

Er hatte sie voller Stolz in die Arme genommen, als sie mit dem Abiturzeugnis in der Hand nach Hause gekommen war. Noch am selben Tag hatte sie ihm eröffnet, sich an der Humboldt-Universität in Berlin für das Studium der Gartenbauwissenschaften beworben zu haben.

»Du brauchst es gleich eine Nummer größer, oder?«

Diese Herablassung war für Margrit auch jetzt noch, drei Jahre später, körperlich spürbar. »Nicht einfach nur Gartenbau? Oder Landwirtschaft?«

Sie hatte ihn reden lassen. Eine Strategie, die sie sich von ihm abgeschaut hatte. Die vorwurfsvollen Predigten der Mutter hatte er ebenso wortlos über sich ergehen lassen.

»Nicht dass dein Wunsch nach Wissenschaft nichts wäre, aber die Gärtnerei kannste dann ja wohl nicht nebenbei machen. Wenn ich mal nicht mehr bin, meine ich.«

»Darüber reden wir beide, wenn du mal nicht mehr bist, Vater!«, hatte Margrit amüsiert entgegnet.

Erwartungsgemäß war er wieder etwas heruntergekommen von seinem hohen Ross. Er hatte sich am Bart gekratzt und über die breiten Furchen seiner Cordhose gestrichen. Die Erde unter seinen Fingernägeln machte ihn menschlich und irgendwie verletzlich in seiner kindlichen Sturheit, sich einmal im Leben die Nägel zu reinigen.

»Einfach Gartenbau zu lernen wäre doch praxisnaher als diese ganze verquaste Gartenphilosophie!«

Ihr Vater stammte wirklich aus einer anderen Zeit. Das hatte Margrit ihm wohlwollend zugestanden. Studiert hatten weder er noch der alte Kunkel, ihr Großvater.

»Vater, das alles steckt doch drin in dem Studium. Mach dir keine Sorgen. Und was die Philosophie betrifft, die interessiert mich wirklich. Unsere Gärtnerei zum Beispiel hat eine sehr schöne Philosophie.«

Tatsächlich war es Margrit damit gelungen, ihn wieder etwas fröhlicher zu stimmen.

»Ich weiß. Du redest mit den Dingern. Alles Philosophen, deine Pflanzen.«

Er war aufgestanden. Hatte sie in den Arm genommen und lange festgehalten. Margrit konnte sich nicht daran erinnern, überhaupt jemals so viel Nähe mit ihrem Vater erlebt zu haben. Sie war glücklich. Wie von einer schweren Last befreit.

»Und jetzt komm, mein Mädchen. Wir gehen zum Abendessen in den Dorfkrug. Ich führe dich aus.«

Er hatte die gute Cordhose bereits am Morgen angezogen. Als hätte er gewusst, dass seine Tochter mit guten Nachrichten nach Hause kommen würde.

Am nächsten Tag hatten sie den Barkas mit Margrits Sachen vollgepackt.

Margrit nahm noch ganz in Gedanken versunken den Strasburger ihres Vaters und legte ihn in die Kiste im Flur, die für den Keller bestimmt war. Sobald der Frühling kam, verbannte Margrit Winterjacken und Stiefel aus den Schränken und Dinge, die sie angesammelt hatte und nicht mehr gebrauchen konnte, aus ihrer Wohnung. Den 80 Jahre alten Strasburger platzierte sie so auf dem Bücherregal, dass sie ihn von allen Seiten des Zimmers aus sehen konnte.

Dann wickelte sie eine Flasche Smoky Springs-Whisky in Weihnachtspapier und band eine rote Schleife drum. Eigentlich schenkten sie sich nichts mehr, seit Margrit ausgezogen war und nur noch zu Besuch kam. Diese Flasche würden sie zusammen leeren über die Weihnachtsfeiertage. Vielleicht kämen Erinnerungen auf. Vielleicht wären sie endlich in der Lage, vernünftig über das zu sprechen, was damals wirklich geschehen war.

Die U-Bahn von der Dimitroffstraße hinunter zum Alexanderplatz war halbleer. Das Besondere des Heiligabends war zu spüren. Jetzt sah jeder zu, dass er irgendwo ankam. Das war kein Abend, den man allein verbrachte. An diesem Abend ging man nicht mit unbestimmtem Ziel aus dem Haus.

Margrit schaute in erwartungsvolle Kindergesichter und auf Baumwollbeutel mit verpackten Geschenken, die an den Armen der Erwachsenen baumelten. Ein Volkspolizist in Uniform saß da mit einem Alpenveilchentopf in der Hand. Die Aktentasche zwischen den Beinen abgestellt schaute er verloren aus dem Fenster. Ihm gegenüber saßen zwei Punker mit einem Schäferhund, die sich ganz offensichtlich auf eine Fete freuten, die wenig Weihnachtliches versprach.

Zwei Stunden später schlenderte Margrit auf das Haus zu. Das Haus ihrer Kindheit kam ihr von Mal zu Mal kleiner vor.

Eine hauchdünne Schicht frisch gefallener Schneekristalle glitzerte im Licht einer Straßenlaterne. Die Luft war rein und klar und roch nach nichts als Winter. Im Gemüseladen war das Schild auf »Geschlossen« gedreht. An den Neonröhren im Schaufenster hingen Bündel aus roten Weihnachtskugeln. Ihre Mutter hatte sie noch zusammengebunden. Der Anblick der schlichten und so zeitlosen Dekoration wärmte Margrit wie auf Knopfdruck das Herz. Wo auch immer sie solche Kugeln sah.

Das Tor stand offen. Margrit ging auf den Hof. Die Gärtnerei lag wie mit einem weißen Laken bedeckt in der Dunkelheit. In der Küche brannte Licht, das in einem warmen, gelben Viereck auf einen kleinen Weihnachtsbaum im Garten fiel. Den Kiefersamen hatte der Wind an den Rand von Margrits Beet geweht. Da war sie noch ein Kind gewesen. Nun stand da ein stattlicher kleiner Baum, den der Vater mit silbernen Kugeln und Lametta behängt hatte. Der Wind hatte die silbernen Fäden auf die Büsche ringsum verteilt.

Margrit lächelte. Sie kam nach Hause. Dieses Gefühl hatte zum ersten Mal etwas Beruhigendes. Sie kramte nach dem Schlüssel. Entschied sich dann aber doch, an der Haustür zu klingeln.

»Warum klingelst du?«, begrüßte sie der Vater. »Ist doch dein Zuhause!«

Für Mitte 40 war er schon sehr grauhaarig. Aber er sah ausgeruhter und gepflegter aus als beim letzten Mal, das nur ein halbes Jahr zurücklag.

»Ich freue mich auch, dich zu sehen«, sagte Margrit.

Sie drückte ihn sanft und trat ein. Stellte ihr Gepäck ab. Im Ofen brutzelte ein Braten. Das Haus wirkte sauber und aufgeräumt.

»Frohe Weihnachten, Vater.«

»Frohe Weihnachten, Margrit.«

Seine Hand wies auf das Küchenfenster. Er war stolz wie ein Kind. »Hab für dich den Weihnachtsbaum geschmückt.«

»Den habe ich schon gesehen. Er ist wunderschön. Danke, Papa.«

Sie gab ihm einen Kuss auf die Wange. Irgendetwas schien ihn diebisch zu freuen. Überhaupt fielen Margrit in letzter Zeit mehr und mehr kindliche Züge an diesem Mann auf, wenn sie telefonierten oder er ihre Briefe beantwortete.

Die Gärtnerei lief nun auch ohne ihre Hilfe sehr gut. Die Einsamkeit, die dem Vater seit Margrits Weggang zu schaffen gemacht hatte, schien verflogen. Margrit hatte einen Verdacht.

»Sag mal, Vater, gibt es wieder eine Frau in deinem Leben?«

»Wo denkst du hin?«, entgegnete er energisch. »Wen soll ich denn hier kennenlernen? Im Dorfkrug saufen immer dieselben, und von der Gärtnerei komme ich nicht mehr weg, seit du zum Studium gegangen bist.« Schnell wiegelte er ab: »Ist kein Vorwurf!«

Margrit hatte trotzdem das Gefühl, dass irgendeine Frau ihrem Vater schöne Augen machen musste, so aufgeräumt wie er und das ganze Haus auf sie wirkten. Sie setzte sich an den gedeckten Tisch. Neben Tellern, Besteck und Servietten lagen all die Briefe, die sie ihrem Vater zusammen mit den Durchschlägen ihrer Hausarbeit zum Thema Rieselfelder geschickt hatte. Dazu Zeitungsausschnitte ihrer Artikel in »Zu Hause im Grünen«.

Der Vater setzte sich zu ihr. Das Œuvre seiner Tochter ausgebreitet vor sich.

»Deine Ohrringe sind schön.«

Margrit schaute ihn verdutzt an. »Wie bitte?«

»Sind schön, die Dinger«, wiederholte er noch eine Nuance liebevoller.

Margrit kam sich vor wie die Künstlerin, die inmitten ihrer Werke für ihren Schmuck gelobt wurde. Die Ohrringe aus Silber hatte sie sich von ihrem ersten Honorar der Gartenzeitung gegönnt. Asymmetrisch zueinander hängende Linien, die sich irgendwo in der Unendlichkeit berühren würden. Sie hatte die Ohrringe auf dem Flohmarkt am Helmholzplatz den Leuten einer Modetruppe abgekauft. Vermutlich handelte es sich um Unikate. Das alles jedoch war kein Grund, die Scheißohrringe über ihre Arbeit zu stellen.

»Hast du auch nur einen meiner Artikel gelesen, Vater?«, fragte Margrit missmutig.

»Nicht nur einen, sondern alle«, entgegnete er mit Genuss. War wieder ganz Herr der Lage in diesem Haus.

»Und?«

»Rieselfelder. Ich hätte nie gedacht, dass man so viel über Abwasser schreiben kann.«

»Dann scheint ja ein ganzes Jahrhundert Berliner Gartenbautechnik an dir vorbeigegangen zu sein.« Trotzig blickte Margrit vor sich hin.

»Ich meine das doch nicht böse. Habe den Leuten von der LPG deine Hausarbeit gezeigt. Wenn du Pech hast, verdient sich einer damit deine Lorbeeren und bringt das als Neuerervorschlag ein. Die könnten brachliegende Äcker mit Pflanzen bestücken, welche mit belastetem Abwasser gut überleben und dann auch noch gut verwertbare Pflanzenmasse liefern können. Ich meine, du bist da auf dem richtigen Weg, mein Kind. Ich habe ein kleines Genie großgezogen.«

»Und eine fleischfressende Pflanze. Der Braten dürfte so weit sein. Ich habe Hunger«, sagte Margrit versöhnt.

Warum musste ihr Vater immer so viele Umwege nehmen, wenn er am Ende eben doch stolz auf sie war? Sie saßen sich gegenüber und aßen schweigend, bis Margrit stutzte.

»Wo ist Mutters Teller? Es ist Heiligabend.«

Der Vater legte das Besteck beiseite. Er räusperte sich und legte seine Hand auf Margrits Arm.

»Ich weiß selbst, wie lächerlich das war. Irgendwie habe ich mir deine Mutter auf diese Art am Leben erhalten, anfangs zumindest.« Er hob die Augenbrauen, als Margrit aufstand und einen Teller aus dem Schrank holte.

»Was wird das?«, fragte der Vater.

»Es ist Heiligabend. Mutter hat an dem Abend immer einen Teller mehr auf den Tisch gestellt, falls ein armer Mensch von der Straße an der Tür klingelt. Für all die Menschen, die nichts haben ist er gedacht, dieser Teller. Symbolisch eben.«

»Symbolisch eben, klar. Ich erinnere mich. Aber der Teller wird das Elend in der Welt nicht beenden«, sagte der Vater mürrisch.

Die Herablassung in seiner Stimme erinnerte Margrit an Chefredakteur Müller. Kleinliches Verhalten ratloser Menschen, denen nichts Besseres einfiel, als ihre Schwächen in Arroganz zu verpacken.

»Nein«, entgegnete Margrit. »Deine Anwandlung, noch Jahre nach ihrem Tod für Mutter den Tisch mitzudecken, hat dir deine Gisela ja auch nicht wiedergebracht. Aber die Geste macht das Elend auch nicht schlimmer, sondern macht es uns bewusst. Und gegen das wirkliche Elend in der Welt habe ich bereits einen Plan.«

»Sowas bringt man euch an der Uni bei?«, fragte der Vater und schien mit den Gedanken woanders.

Margrit legte den Kopf schräg und schaute ihn an. »Du bist verändert, Vater. Was ist los?«

»Nichts. Es wundert mich nur«, er deutete auf die Briefe und Margrits Artikel, »dass dich das Thema nicht loslässt.«

»Der Boden, die Erde und alles, was darin wächst, ja – das alles fasziniert mich.«

Margrit stand auf und stellte die Whiskyflasche auf den Tisch. »Frohe Weihnachten, Papa. Wenn du sie gleich auspackst, trinken wir einen und ich erzähle dir mal ein bisschen was davon, wie ich ticke.«

Wohlig brummend packte der Vater sein Geschenk aus. »Fein. Lass uns den probieren.« Er deutete auf den Küchenschrank.

Margrit nahm ein Glas heraus, schenkte ein und reichte es ihm. Er trank es aus, füllte es erneut und schob das Glas zusammen mit der Flasche über den Tisch zu Margrit.

»Der Boden fasziniert dich also und alles, was darin wächst. Und vielleicht auch alles, was darin vergraben wird?« Er schaute Margrit prüfend an.

Sie wusste genau, worauf er hinaus wollte und ging nicht darauf ein. »Alles ist faszinierend am Boden, einem Rohstoff, den wir einfach so geschenkt bekommen und den wir jeden Tag mit Füßen treten. Ich finde es beeindruckend, mit welch stoischer Verlässlichkeit im Boden Leben entsteht. An der trockensten Ecke der Welt und aus dem winzigsten Korn, wenn man es lässt. Ja, das fasziniert mich. Wo ist das Problem?«

Margrit trank das Glas leer. Schenkte nach. Schob es zusammen mit der Flasche über den Tisch zu ihrem Vater.

»Mein liebes Kind, dem Boden, auf dem wir leben, wohnt schon immer genau das Wunder inne, das du gerade beschreibst. Aber das Elend, den Hunger auf der Welt, den wir uns mit lächerlichen Bräuchen ins Gedächtnis rufen müssen, während wir den Weihnachtsbraten in uns reinstopfen, den gibt es mindestens genauso lange.«

Der Vater trank das Glas leer. Schenkte nach. Schob es zusammen mit der Flasche über den Tisch zu Margrit.

»Andere Kinder haben im Sand gebuddelt. Du hast mit dem Boden experimentiert. Hast ihn untersucht damals mit deinen Jungen Naturforschern in der Schule.«

Trotz des Essens spürte Margrit die Wirkung des Alkohols sehr schnell. Und ebenso schnell merkte sie, in welche Richtung der Vater das Gespräch nun erneut zu lenken versuchte. Das sollte er haben. Sie trank das Glas aus. Goss es wieder voll. Reichte es ihm.

»Margrit, du hattest etwas eingegraben und dann die Bodenbeschaffenheit untersucht. Was war das?« Gedankenverloren drehte er das Glas in der Hand.

Margrit versuchte, ruhig zu bleiben, obwohl sie innerlich brodelte. »Eine Türklinke aus Messing.«

Der Vater zeigte keine Reaktion. Margrit wusste, wie sehr er sich dafür beherrschen musste.

»An der Klinke und im Boden in ihrer Umgebung hatten sich Salzkristalle gebildet. Und weil Salz bekanntlich alles Organische konserviert, war die Klinke mit allem, was daran haftete, erhalten und unversehrt.«

Noch immer zeigte ihr Vater keine Reaktion. Er schien sich seiner Sache sehr sicher zu sein. Er verdrängte, was damals im Schuppen geschehen war. Die Zeit war noch nicht reif dafür, dieses Gespräch auf das alles verändernde Ende hinzutreiben. Margrit lenkte ab.

»Bei dieser Gelegenheit hatte ich herausgefunden, dass der Mutterboden in der Gärtnerei viel zu sauer war. Ohne mein Experiment wäre kurz danach der komplette Boden gekippt, und wir hätten noch nicht einmal geahnt, dass es an der Bewässerung mit dem mittlerweile versauten Abwasser lag. Du erinnerst dich?«

Sie nahm ihrem Vater das volle Schnapsglas aus der Hand, das er immer noch anstarrte wie einen Freund, den er nicht wiedererkannte.

»Natürlich erinnere ich mich«, sagte der Vater. Er klang verloren. »Und ich bin dir auch dankbar dafür.«

»Deshalb habe ich es nicht gesagt, aber dass sich die Heinis aus der LPG jetzt auf das Thema stürzen, kann ich mir vorstellen. Rieselfelder sind die Zukunft. Also wenn du dir Ärger und die Abhängigkeit von ständig neuen und teuren Installationen in der Gärtnerei ersparen willst, dann lässt du dich ab sofort von mir beraten und ich pflanze in den Semesterferien die richtigen Pflanzen dafür an.«

»Weißt du, Margrit«, sagte der Vater unvermittelt, »sie fehlt mir trotzdem. Auch wenn es nicht immer einfach mit ihr war.«

Ächzend stand er vom Tisch auf. Schwankte. Musste sich an der Stuhllehne festhalten.

»Es ist spät. Lass uns schlafen gehen.«

Margrit grauste bei dem Gedanken, dass nach ihrem Tod über sie gesagt würde, sie fehle »trotzdem«. Andererseits würde sich wahrscheinlich sowieso niemand über sie unterhalten.

Kein Kind, kein Ehemann waren in Aussicht. Das Leben lag noch vor ihr. Und damit alle Möglichkeiten. Dennoch keimte in ihr der Verdacht, dass sich genau diese Möglichkeiten in den Leben der anderen abspielten. Nur nicht in ihrem.

Mit ihrer Nähe zu Pflanzen hatte sie die Seite gewechselt. Das musste sich herumgesprochen haben. Ihr Frieder zu schicken, war wohl ein Experiment des Schicksals gewesen, dessen Ergebnis eindeutig war: ein Leben für die Wissenschaft. Ohne ihre Energie und ihre Gefühle an scheißende Kinder und langweilige Ehemänner zu vergeuden.

»Gute Nacht, Vater!«

»Gute Nacht, mein Kind.«

Sie stand auf und nahm sich ein Glas Saft. Sie trug das Glas vorsichtig die Stufen hinauf, die viel schmaler und niedriger wirkten als früher, aber noch genauso laut knarrten. Das Bett war frisch bezogen. Das Fenster war leicht geöffnet. Stimmengewirr und klappernde Absätze von der Straße hallten für einige Sekunden bis in den Hof. Dann herrschte wieder Stille. Über dem Wald lag ein sternenklarer Himmel.

Der Tod ihrer Mutter war noch immer nicht aufgeklärt. Die Polizei hatte nie herausgefunden, wie sich die Mutter das Loch am Kopf zugezogen hatte. Die Türklinke hielt Margrit bis heute versteckt. Obwohl die Polizei ihren Vater verdächtigt hatte, war er bisher davongekommen. Sie hatten nichts, was ihn belasten könnte. Kommissar Everding hatte sich seit dem letzten Besuch nicht noch einmal blicken lassen. Zumindest hatte der Vater nichts dergleichen erzählt. Margrit wusste nicht, ob sie ihren Trumpf tatsächlich irgendwann ausspielen würde. Noch lag die mit Erde und getrocknetem Blut verkrustete Türklinke in Plastik verpackt zu Hause in ihrem Kleiderschrank.

Und dort sollte sie bleiben. Bis Margrit sich anders entschied.

KAPITEL 16

Sehr geehrtes Fräulein Kunkel,

der Blick in Ihre Gefühlswelt hat mir wahrscheinlich den Tag gerettet, an dem ich meinen Einstieg in die Holländische Gartenakademie mit einem Vortrag krönte. Das soll nicht arrogant klingen, ich möchte mich nämlich bei Ihnen bedanken. Mich mit auf Strasburgers Reisen zu nehmen, hat wohl die richtigen Bilder in meinem Kopf aufgebaut, und ich frage mich ständig, was solche Bilder wohl mit Ihnen da drüben im Osten machen. Reisen an die Riviera, an der Ligurischen Küste entlang, wo Pelargonien und Ölbäume wachsen wie auf Ihren Industriebrachen das Schöllkraut und der Löwenzahn.

Er wusste, dass er arrogant auf sie wirken musste. Ihre kleine Sucht nach ihm gehörte gefüttert. Nur so würde sie sich weiter für ihn ins Zeug legen. Sie war eine Wolfsfrau, die Witterung aufgenommen hatte und nicht mehr davon ablassen würde, bis sie am Ziel war. Eines Tages würde jemand ein Buch über sie schreiben. Über die unabhängige Frau, die nach ihren Ur-Instinkten lebte und damit ganze Generationen von Frauen aufrütteln würde. Diese kleine Kunkel war das hässliche Entlein, das sich selbstbewusst im Wasser neben seinesgleichen spiegelte und keinen Unterschied zu ihnen sah. Wie auch all die schielenden Katzen dieser Welt sich selbst nicht als schielend wahrnahmen.

Wie er über die Palmenhaine des syrischen Palmyras schwelgt und gekonnt den Bogen zieht zu den geschmückten Altären der Kirchen in Rom am heiligen Palmsonntag. Wäre ich Sie, es würde mich keinen Tag mehr in meinem Gefängnis halten.

Und wäre ich klaren Kopfes, ich würde so etwas nicht schreiben, wenn ich wollte, dass der Brief die Grenze passiert, dachte Steiner und massierte sich kurz die Hände, bevor er weitertippte.

Ich möchte Ihnen danken für diese Inspiration. Sie erreichte mich zum Zeitpunkt, als ich an meiner Antrittsrede feilte, die mir – zugegebenermaßen – etwas zu spröde vorkam. In Ihrem Buch zu blättern war eine Offenbarung für mich. Ich konnte meine Stichwortzettel beiseitelegen und frei von der Leber vor meinen Mitarbeitern über meine

Zukunftsvisionen philosophieren, den Garten im Kleinen und die Welt im Großen betreffend. Man hätte eine Baumnadel zu Boden fallen hören können, so still war es im Raum. Offenbar habe ich einen Nerv getroffen, im besten Sinne, und in das verschlafene Völkchen Beamter kehrte so etwas wie ein kreativer Funke zurück.

Er würde sie nie vergessen, diese Niederlage vor seinen so genannten Mitarbeitern. Einen Blumentopf hatten sie nach ihm geworfen. Das also war der Nutzen, den sie in einer Pflanze sahen. Sie als Waffe einzusetzen in einem erbärmlichen Reflex, der dem niederen Wesen dieser Leute entsprach.

Vielleicht darf ich noch etwas weiter greifen: Ihre unbeschwerte Sicht der Dinge, die Sie mir mit jeder Zeile und jedem Buch vermitteln, auf die Sie mich stoßen, haben Sie sich in einer Welt bewahrt, die Ihnen Grenzen setzt. Hier bei mir, auf der anderen Seite der Möglichkeiten, bin ich von Menschen umgeben, die ihre Freiheit nicht einmal ahnen, geschweige denn nutzen, und eigenbrötlerisch ihr Leben und das eines so wunderbaren Gartens, wie die HGA es ist, vor sich hin verwalten. Nun stelle ich mir vor, wie beides aufeinandertrifft und die Grenzen fließend werden, um sich schließlich aufzulösen.

Und das, liebes Fräulein Kunkel, ist für mich ein schöner, abschließender Gedanke dieses ersten Tages im neuen Jahr. Möge es Ihnen Glück und Erfüllung bringen.

Hochachtungsvoll, Ihr Claus Steiner. Januar 1988

KAPITEL 17

Ganz langsam nahm dieses Jahr an Fahrt auf. Genau das entsprach ihrem eigenen Tempo.

Bis Mitte Januar hatte sie einen Artikel für »Zu Hause im Grünen« zu liefern. Dreiviertel davon waren schon fertig, weil sie bereits im Herbst damit begonnen hatte. Ihre Recherchen für die Artikel sammelte sie in großen Briefumschlägen im Schreibtisch. Fragmente und Notizen aus Büchern, die ihr über das Jahr hinweg begegneten. Jeder Artikel entstand aus diesem Potpourri. Und dieser hatte sich wie von selbst geschrieben.

Müller wollte das Februar-Heft etwas umfangreicher herausbringen. Offenbar war ihm die geplante Erhöhung des Papierkontingents vom Verlag genehmigt worden.

Holm Schieber sollte sich beim Institut für Naturschutz über bedrohte Vogelarten bis hin zum Nistverhalten der Fledermäuse erkundigen und den Leser mit einem brauchbaren Text über die Anfertigung und richtige Aufhängung von Nistkästen versorgen.

Margrit hatte wie immer freie Themenwahl. Hauptsache, es gab dem Gartenfreund einen neuen und im besten Falle revolutionären Gartenrat mit ins Jahr. Wenn das Heft draußen war, käme der März und damit die Zeit, in den frostfreien Gegenden den Winterschutz von den Rosen zu entfernen. Den Frühjahrsschnitt hatte Margrit in der elterlichen Gärtnerei oft genug übernommen. Ein einziger Schnitt schräg über dem dritten, nach außen gerichteten Auge, dem

Ursprung eines möglichen neuen Triebes. Mit dem strengen Regime, das vielen Mehrjährigen und den meisten Rosen guttat, begann sie den Artikel, um dann überzugehen in eine neue Form des Gärtnerns, das für Margrit eine größere Dimension als die schlichte Vermehrung von Nutzpflanzen hatte.

Das Bild der krummen Bäume ließ sie nicht mehr los. Es fühlte sich an, als wäre es gestern erst gewesen.

Sommer 1984. Das Abitur in der Tasche. Sie wollte mit Frieder zum Campen fahren. Die geplante Tour hatte sie einen Monat Überzeugungsarbeit bei ihrem Vater gekostet, der während der ganzen Zeit kein Wort mit ihr gesprochen, aber eines Tages murrend klein beigegeben hatte. Sie packten den Trabant randvoll mit Zelt, Isomatten, Schlafsäcken, Konserven und Campingkocher. Über Schlaglochpisten fuhren sie bis zu einem Bruchwald aus Erlen im Barnim. Schlugen am Rand dieser sumpfigen Landschaft ihr Zelt auf.

Frieder regte sich furchtbar über die Mücken auf, die pausenlos summten, stachen, saugten und wie fette Egel von ihnen abfielen. Die Flecke auf der Handfläche, auf der Kleidung und an der Zeltdecke hinterließen. Überall dort, wo sie zu blutigem Brei geschlagen ihr Ende fanden. Aber Margrit wollte genau hier und nirgendwo anders die Nacht verbringen. Nirgendwo sonst sprach die Natur so laut wie an einem Ort, an dem ihre Elemente Wasser und Erde aufeinandertrafen und Leben formten.

Als sie am nächsten Morgen weiterfuhren, war Frieder verstimmt, zerstochen und übernächtigt. Schließlich schlief er auf dem Beifahrersitz ein. Margrit hingegen saß hinter dem Lenkrad und war erfüllt von all den Gesprächen der Gewächse, die sie durch Frieders Schnarchen hindurch mitgehört hatte. Von den Geschichten, die ein kleiner Nebenfluss der Havel den nachtaktiven Bibern erzählt hatte. Geschichten von torfstechenden Bauern am Ufer der Briese und von den zwei Wassermühlen, die der Fluss in längst vergangener Zeit betrieben hatte. Margrit spürte die Wärme des brennenden Torfes, der Hütten und Fabrikhallen beheizte. Margrit roch das frischgebackene Brot.

Leider hatte Frieder so gar keinen Sinn dafür. Er wollte einfach weiter. An eine Stelle zum Schlafen unter freiem Himmel und ohne biestige Blutsauger auf der Haut.

Sie kamen in das Dorf Nowe Czarnowo in Polen. Gleich hinter der Grenze.

Ihr Vater hatte Margrit einst die Geschichte des kleinen Kiefernwäldchens erzählt. Sie erinnerte sich daran, dass sie in der Nacht darauf nicht schlafen konnte. Zu Beginn des Jahrhunderts hatten die Menschen in der Nähe des Dorfes eine Schonung aus Kiefern angelegt. Es gab verschiedene Theorien darüber, was die Bäume wohl so untypisch verformt hatte. Margrit war zu schüchtern, einfach jemanden auf der Straße zu fragen. Sie sprach kein Polnisch und wollte außerdem auf Frieder Rücksicht nehmen, der von der stoischen Ruhe genervt war, in der Margrit ihren Urlaub und die Ausflüge genoss.

Erst bei diesem Urlaub stellte sie fest, dass es tatsächlich Menschen gab, die unter dem litten, was andere erfreute. Frieder stichelte ohne Unterlass. Er nörgelte an allem herum, was Margrit vorschlug. Schien es nicht erwarten zu können, endlich wieder die Heimreise anzutreten. Margrit schob sein Benehmen darauf, dass Urlaub immer eine Ausnahmesituation war und für jedes Paar eine Herausforderung darstellte. Erst recht, wenn es erst so kurz zusammen war wie sie und

Frieder. Irgendwann störte sie sich nicht mehr daran. Sie brachten ihren ersten gemeinsamen Urlaub nahezu wortlos zu Ende. Schließlich kramte Frieder doch noch seine Kamera hervor und begann, jede Menge Fotos von den skurrilen Geschöpfen zu machen.

»Meine Theorie ist ganz einfach«, sagte er. »Es waren Tischler, die sie so geformt haben.«

Vor einer rötlich schimmernden Kiefer blieb er stehen. Betrachtete sie eingehend.

»Mir fallen Tausende Dinge ein, die ich aus den gebogenen Brettern bauen könnte.«

»Dann bin ich ja froh, dass sie unter Naturschutz stehen.«

Es war also doch noch nicht alle Hoffnung verloren, jubilierte Margrit innerlich bei dem vergleichsweise romantischen Gefühlsausbruch ihres Angebeteten.

Was die krummen Bäume von Nowe Czarnowo aber tatsächlich verformt hatte, fand Margrit nicht heraus. Also hielt sie sich an die Geschichte, die der Vater ihr erzählt hatte. Dass die Bäume noch ganz jung geschlagen wurden. Der Stockausschlag war damals ein gebräuchliches Mittel, um aus einem Baum so viele Ruten wie möglich für die Korbflechterei und andere Handwerke zu gewinnen. Margrit hatte sich Männer vorgestellt, wie sie mit Stöcken auf die jungen Stämme in der Schonung einschlugen. Diese zu krummen Gestalten verformten. Ohne ihre Schreie zu vernehmen. Ihr Vater hatte sie mit diesem Bild im Kopf weiterleben lassen, obwohl sie ihm am nächsten Tag von ihrer schlaflosen Nacht erzählt hatte.

Jahre später als erwachsene Frau in dem Wald aus der Geschichte ihres Vaters zu stehen, hatte sie wieder zu dem Kind von damals gemacht. Sie hatte das Rauschen der

Zweige wie Hunderte Stimmen ruheloser Baumgeister im Ohr gehabt, die sich gegenseitig ins Wort fielen und um ihre Aufmerksamkeit buhlten.

In ihrem Artikel für die März-Ausgabe widmete sie sich den Formen der Zähmung von Pflanzen. Dem Willen, den der Mensch seinen pflanzlichen Mitbewohnern aufdrängte. Auf dass sie ihm entweder mit ihrem Nutzen oder ihrer Schönheit dienten.

Winkte Müller diesen Artikel durch, dann würde Margrit ihm seine arrogante Art für immer verzeihen. Diese Häufung von Metaphern mit eindeutiger Stoßrichtung konnte den Mann in seiner Position auch bei einer Gartenzeitung den Arbeitsplatz kosten.

KAPITEL 18

Lieber Claus Steiner,

meine unbeschwerte Sicht der Dinge, die Sie mir so angenehm leichtfertig unterstellen, ist mir nur möglich, weil ich die schwere Sicht auf dieselben nachts in meinen Träumen verarbeite. In einem immer wiederkehrenden Traum zum Beispiel verschwindet ein Kind aus der Obhut seiner Eltern. Einfach so. Unter den Augen der Öffentlichkeit und damit in der Blindheit derselben. Ich habe weder Sigmund Freud oder C.G. Jung gelesen, weil deren Veröffentlichungen zur Pflanzenforschung überschaubar bis nicht vorhanden sind.

Freud hat es – das hat mir jemand im Spaß erzählt – gerade mal zu einer Abhandlung über Alpenveilchen geschafft, die er hochtrabend seinen »Traum von der Botanischen Monographie« überschrieb und letztlich selbst als botanische Traumdeutung ins Lächerliche zog mit seiner Bemerkung, die Botanik habe nie einen Platz unter seinen Lieblingsstudien gehabt.

Auch ohne die hohe Schule der Traumdeutung ist mir bewußt, daß sich hier wohl die dunkle Seite des Frolleins verbirgt.

Und es kommt noch schlimmer: Der Traum vom verschwundenen Kind wird in grausamer Regelmäßigkeit abgelöst von dem Traum der verdorrten Hand. Ich laufe nachts durch einen Garten, und wäre ich bereits dort gewesen, könnte es wohl sogar Ihre Gartenakademie sein. Ich sehe sie haarklein vor mir, die verschlungenen Pfade, Tümpel und Teiche, die alten Gemäuer der Büros und Labore, in denen der Pulsschlag des ganzen Biotops gesteuert und befeuert wird. Ich bin allein unterwegs, wie ich es immer bin – auch außerhalb meiner Träume im Übrigen und das sehr gern –, und vor mir tut sich eine dicht gewachsene Ligusterhecke auf. Ich gehe hindurch, und nicht ein Zweig berührt meinen Arm, so weit und einladend gewährt sie mir den Durchgang. Vor mir breitet sich ein Feld aus Sand und bunten Steinen aus, auf dem sich die seltsamsten Wesen geschmeidig im Wind wiegen. Erst beim Näherkommen sehe ich, daß ihre Gesichter Augen haben, jene jungen, unschuldigen Formen der Knospen. Augenblicklich bin ich gefangen in dem Moment. In diesem Augenblick nämlich nutzt das Leben seine Chance auf einen Neuanfang, alles ist im Aufbruch begriffen, auch der Boden bricht auf und Keime stoßen ihre Köpfchen ans Licht. Und während ich das Aufplatzen der Knospen um mich vernehme, so manchen Spritzer ihrer Säfte abbekomme und sanft auf meiner Haut verreibe, sehe ich etwas vor mir, das kein Trieb, kein Keimling und keine Pflanze ist, das einer Wurzel gleicht, die irgendetwas aus dem Boden zu drängen scheint, als herrschte da unten ein großer Mangel an Platz. Ich beuge mich hinunter, berühre den Strunk behutsam mit den Fingerspitzen und schrecke zurück, als er unter meiner Berührung zerfällt und vor mir Fingerkuppen, Fingernägel und die Glieder einer Hand liegen. Und wenn nun der Traum, wie Freud meint, tatsächlich eine Wunscherfüllung ist, dann frage ich Sie, wie meine unbeschwerte Sicht der Dinge wohl jetzt von Ihnen interpretiert wird?

Fragt – schmunzelnd – Ihre Margrit Kunkel. Januar 1988

Vielleicht lag es am Wein. Vielleicht auch an ihrer Einsamkeit, die ebenso ihre Rechte einklagte wie es regelmäßig die Disziplin in Margrits Leben tat. Auf jeden Fall war sie mit diesem Brief einen Schritt weitergegangen.

Während sie den Briefumschlag zuklebte, eine Briefmarke darauf platzierte und in Schönschrift seine Adresse schrieb, wusste Margrit, dass diese Zeilen alles beenden konnten.

KAPITEL 19

Cornelia schmierte den Jungs die Schulbrote. Sie hatte heute einen Tag frei und war in Brandenburg mit einer Freundin verabredet.

»Komm doch mit«, sagte sie zu ihrem Mann. »Wir gehen Schuhe kaufen, das könnte lustig werden. Und Heidrun magst du doch. Sie dich übrigens auch!«

Everdings Frau war wahrscheinlich die einzige Ehefrau auf der Welt, die ihren Mann einlud, wenn sie sich mit einer Freundin zum Schuhekaufen traf. Vielleicht war sie aber einfach nur schlau und wusste, dass er sowieso nicht mitkommen würde. So könnte er nicht schimpfen, wenn sie mehr Zeit als geplant in der Stadt verbrachte und außerdem mehr Geld ausgab als vorgesehen. Also tat er ihr den Gefallen, obwohl er Heidrun wirklich mochte, vor allem zusammen mit seiner Frau. Die kamen aus dem Lachen nämlich nicht raus. Diese zwei wunderbar lebendigen Weiber.

»Ach nee, lass mal. Und grüß schön.«

»Aber du hast doch heute frei, nicht wahr? Nach dem Dienst am Sonntag steht dir der freie Tag zu!«

Sie war wirklich schlau. Hatte einfach nur rausfinden wollen, ob er diesmal seinen freien Tag auch wirklich nicht mit Arbeit verbringen würde.

»Ja, habe ich.«

»Und was machst du?«

»Einfach ein bisschen rumsitzen.«

»Das könnt ihr Männer ja richtig gut. Einfach ein bisschen rumsitzen.«

Sie gab ihm einen Kuss auf die Stirn und zog sich ihren Mantel über. Die Jungs verabschiedeten sich vom Vater, und dann waren alle drei aus dem Haus.

Es herrschte wohltuende Ruhe.

Everding legte die Füße hoch und hatte noch nicht einmal Lust, die neue Aufnahme der Goldberg-Variationen zu hören, die Cornelia ihm zum Geburtstag geschenkt hatte.

Welch wohltuende Ruhe.

Everding starrte vor sich hin. Die Hände im Nacken verschränkt.

Wer hatte den Jungen in den Wald in Polen gelockt und dort ermordet? Wer hatte einen Rochus auf ihn gehabt außer Kunkel? War es wirklich Frieder Loth, den man dort gefunden hatte? Der Ausweis im Portemonnaie des Toten war auf Loth ausgestellt. Doch das bewies noch gar nichts.

Everding stand auf und ging zum Telefon. Der Kollege am Gerichtsmedizinischen Institut in Brandenburg war sofort am Apparat.

»Everding hier. Sie haben es mir ja gestern schon bestätigt, aber können Sie mir noch einmal mit 100-prozentiger Sicherheit sagen, dass es sich bei dem Toten um Frieder Loth handelt?«

»Das kann ich. Sein Zahnarzt hatte den Zahnstatus anhand der Gebissreste bereits auf Übereinstimmung geprüft und bestätigt. Und nun konnten wir auch den Nagel im Kniegelenk einer Operation zuordnen, der Loth sich mit 18 unterzogen hatte.«

»Dann kann ich die Mutter informieren.«

»Ich fürchte, ja«, sagte der Kollege.

Everding wusste, dass die Routine nie so groß sein konnte, um nicht mehr mit den Opfern und ihren Angehörigen zu fühlen.

»Danke.«

»Machen Sie es gut.«

Seine Frau war auf dem Weg in die Stadt. Die Jungs waren in der Schule. Everding kochte Kaffee und füllte ihn in seine Thermoskanne um. Die steckte er in seinen schwarzen Knautschlack-Beutel. Dann ging er zur Arbeit.

In seiner Dienststelle war nicht viel los. Für die beiden Kollegen auf der Wache war es normal, dass Everding auch an seinen freien Tagen am Schreibtisch saß. Deren beinah synchrone Handbewegung, die das Verschließen der Lippen andeutete, gehörte nun schon zum Programm. Dabei wusste Cornelia längst, was ihr Mann mit seiner Freizeit anfing. Immerhin hatten die Kollegen auf der Wache ebenfalls Ehefrauen und man kannte sich im Dorf.

Everding ging an seinen Schreibtisch und zog eine Akte aus dem Schubfach. Das Gespräch mit Frau Loth würde er am Abend hinter sich bringen. Den Tag wollte er für den anderen Fall nutzen. Der Tod von Gisela Kunkel war für ihn immer noch genau das. Ein Fall.

Er wählte eine Nummer.

»Kriminalpolizei Brandenburg. Leutnant Everding. Könnte ich Frau Doktor Haselnuss sprechen, bitte?«

Eine Psychiaterin mit diesem Namen für eine Patientin, die aus einer Gärtnerei zu ihr kam. Everding feixte unhörbar. Gisela Kunkel musste beim ersten Termin an einen bösen Scherz ihres Mannes geglaubt haben.

»Haselnuss.«

»Guten Tag, Everding hier, Leutnant der Kriminalpolizei. Frau Haselnuss, ich müsste Sie sprechen im Falle einer Patientin von Ihnen. Sie war vor knapp 20 Jahren bei Ihnen in Behandlung. Könnte es sein, dass Sie ihre Patientenakte noch haben?«

»Selbst wenn«, sagte die Frau, »könnte ich Ihnen dennoch nicht daraus vorlesen, wenn Sie wissen, was ich meine.«

Sie hielt ihn tatsächlich für bescheuert. Das war das Spiel. So lief das immer. Am Ende bekam die Staatsmacht, was sie wollte. Und die ließ Everding jetzt gerne mal raushängen.

»Ich kann die Akte selber lesen, liebe Frau Haselnuss. Und das, obwohl ich Polizist bin. In einer halben Stunde kann ich bei Ihnen sein. Passt das?«

»Nein«, sagte Frau Haselnuss energisch. »Da habe ich einen Patiententermin. Ich muss Sie bitten, sich einen Termin …«

»Ich bin kein Patient, liebe Frau Doktor, aber wahrscheinlich kurz davor, wenn das so weitergeht. Ich jedenfalls brauche keinen Termin. Ich brauche nur meinen Ausweis und einen Ermittlungsauftrag in einem vermuteten Tötungsdelikt. Also legen Sie die Akte schon mal raus – Gisela Kunkel, Mädchenname Nitz, geboren am 1. April 1945.«

»Und?«, fragte Doktor Haselnuss.

»Was und?«, entgegnete Everding.

»Das Sterbedatum? Sie sprachen von einem Tötungsdelikt.«

Er schien die Haselnuss geknackt zu haben. »6. Oktober 1972. Haben Sie das etwa auch in der Akte stehen?«

Frau Doktor Haselnuss atmete hörbar genervt aus. »Wenn diese Frau Kunkel bei mir in Behandlung war und dann – wie auch immer – gestorben ist, wird sie danach ja wohl nicht weiter zur Behandlung gekommen sein. Diese liegt dann also woanders im Archiv.«

Jedenfalls schien der Name Kunkel keinerlei Erinnerung in ihr wachzurufen. Oder die Haselnuss hatte eine sehr harte Schale.

»Wo auch immer Sie die Akte finden, ich bin schon unterwegs.«

Everding wartete keine Antwort ab. Er legte auf.

Nach dem dritten Versuch sprang der Wartburg an. Wenn's mal schnell gehen musste … Everding fluchte innerlich. Eine höhere Kriminalitätsrate hätte er durch die sozialistische Mangelwirtschaft gar nicht bewältigt. Den neuen Anlasser für sein Auto hatte er bereits vor Wochen bei der dem Revier angeschlossenen Kfz-Werkstatt bestellt.

Der rote Backsteinbau war beeindruckend. Seit mehr als 100 Jahren wurden Menschen hier mehr oder minder erfolgreich therapiert und wieder in ihren Alltag entlassen. Man müsse »in die Klapse« hieß es immer, wenn psychische Probleme ins Spiel kamen. Der Begriff rief Bilder hervor in den Köpfen der Menschen von mageren, blutleeren Gestalten, die in Agonie den Krankenhausflur belagerten wie Untote. Und vor so einer Klapse stand er nun. Um die Klinik herum lag ein schön gestalteter Park. Vielleicht war der Anblick des Parks ein Lichtblick für Frau Kunkel gewesen, wenn sie zu ihren Terminen ging.

Everding zückte seinen Ausweis.

»Everding, Kriminalpolizei Brandenburg. Ich werde erwartet von Frau Doktor Haselnuss.«

Der beleibte Pförtner schaute Everding an, als wollte er einen Polizistenwitz aus ihm basteln. Kommt ein Volkspolizist in die Klapse, und so weiter. Dann drückte er auf einen Knopf an seiner Schaltzentrale und hob den Telefonhörer ab.

»Die Polizei wäre dann jetzt da.« Er legte auf und bedeutete Everding, er könne durchgehen. »Sprechzimmer vier, auf dem Flur gleich zu Ihrer Linken.«

Everding trat durch eine große Flügeltür auf den Flur. Ein freundlicher heller Gang mit Zierpflanzen auf den Fensterbrettern und Sitzbänken an der Wand. Ansonsten menschenleer.

Auf sein Klopfen folgte ein freundliches »Herein«.

Hinter dem Schreibtisch saß eine Frau im weißen Kittel. Sie hatte ihre haselnussbraunen Haare hochgesteckt. Die Strähnen ihres Ponys hielt eine elegante Lesebrille im Zaum. Ihre Augen waren – Everding fiel nichts anderes ein – haselnussbraun. Reflexartig hielt er sich die Handfläche vor die Nase und atmete hinein. Wenigstens kein Mundgeruch. Aber ein Hemd hätte er anziehen können statt des labbrigen Strickpullis undefinierbarer Farbe.

»Geht es Ihnen nicht gut?«, fragte Frau Haselnuss freundlich.

Viel freundlicher als am Telefon klang ihre Stimme. Sie schien sich auf ihre schroffe Art Verehrer vom Hals halten zu wollen, von denen es Dutzende geben musste, mutmaßte Everding.

»Im Gegenteil«, sagte Everding und setzte sich. »Es freut mich, dass Sie Ihren Patiententermin verlegen konnten.«

»Das war einfach. Es handelt sich um eine stationär untergebrachte Patientin. Ich kann gleich nach unserem Gespräch zu ihr gehen, deshalb lassen Sie uns zur Sache kommen. Was möchten Sie wissen?«

Das wusste Everding auch nicht so genau. Er ließ sich von einem bestimmten Gefühl leiten, das sich zu einem konkreten Verdacht verhärtete. Aber er wollte auch nicht zu früh seine Schlüsse ziehen.

»Wie lange war Gisela Kunkel bei Ihnen in Behandlung?«

»Zum ersten Mal stellte sie sich mir im Herbst 1967 vor. Sie kam allein und auch, so schien es, aus freien Stücken.«

»Das Ganze ist lange her. Sie erinnern sich sehr gut an Ihre Patienten. Ist das immer so?« Everding hätte stundenlang so sitzen und sie befragen und dabei anschauen können. Er liebte seine Cornelia wirklich. Schon weil sie im Dorf auffiel wie eine Rose im Kornfeld. Aber ein bisschen Kino mit Romantik gönnte er sich nun trotzdem.

»Als Sie mir den Namen nannten, war es für mich nur ein Name. Ich erkenne meine Patienten an den Krankheitsbildern und Therapieformen wieder.«

»Welche Therapie bekam Frau Kunkel?«

Mittlerweile zweifelte er daran, die gleiche Frau am Telefon gehabt zu haben. Ihre trotzige Arroganz hatte einer Freundlichkeit Platz gemacht, die Everding nicht gewohnt war. Er kannte Angst und er kannte Obrigkeitshörigkeit bis hin zu Widerstand bei Verhören. Die Frau aber, die ihn noch vor einer Stunde am Telefon hatte abfertigen wollen wie einen aufdringlichen Verehrer, nahm nun bereitwillig eine Mappe zur Hand, um seine Frage zu beantworten.

»Die Akte ist nicht vollständig. Ich habe eine Kollegin gebeten, im Archiv nachzuschauen, wo wir manche Protokolle zur Medikation von Patienten separat abgelegt haben.«

Sie zog ein Blatt heraus und setzte ihre Lesebrille auf. Dann überflog sie den Text und schob die Brille wieder auf die Stirn.

»Bei der Anamnese, also noch vor Beginn der Therapie, sind wir Ärzte auf die Angaben des Patienten angewiesen. Diese erschienen mir bei Gisela Kunkel als nicht sehr verlässlich.«

Sie schaute Everding so eindringlich an, dass er das Gefühl bekam, sie wolle nun ihn therapieren.

»Eigene Kindheitserinnerungen haben wir frühestens aus dem vierten Lebensjahr, in Ausnahmefällen schon aus dem zweiten oder auch erst aus dem neunten.«

Sie nahm wieder das Blatt aus der Akte zur Hand.

»Gisela Kunkel erinnerte sich angeblich gar nicht an ihre Kindheit oder sie wollte mir nichts darüber erzählen. Ihr Vater war ein Funktionär im Landwirtschaftsministerium in Berlin. Von einem Tag auf den anderen zog er mit seiner Familie aufs Land, um eine LPG zu übernehmen. Das klang für mich nach einem Bruch in seiner politischen Karriere, dessen Schmach er eventuell an seiner Familie ausgelassen hat. Beim Umzug war Gisela Kunkel bereits 17, also beinahe volljährig. Erst hier begann ihre Anamnese. Und sie berichtete mir von Ängsten, vor denen sie in die Ehe und Mutterschaft floh.«

»Womit haben Sie die junge Frau behandelt?«, fragte Everding.

»Zunächst mit einer Gesprächstherapie einmal im Monat. Und ich habe ihr Brofaromin verschrieben.«

Es klopfte zaghaft an der Tür.

»Herein«, rief Frau Haselnuss und streckte in Erwartung der fehlenden Akte die Hand aus.

Eine junge Frau im Arztkittel kam herein und hielt zwei Krankenakten in die Luft. »Das sind die Aufzeichnungen, um die Sie mich baten. Unter dem Namen Kunkel habe ich allerdings zwei Akten gefunden. Wollen Sie die von Gisela oder Margrit Kunkel?«

KAPITEL 20

Die kleine Kunkel war auf reizende Art wahnsinnig. In ihren Träumen teilten sich Ligusterhecken vor ihr wie das Rote Meer vor Moses. Und im nächsten Traum würde sie über Wasser laufen, die Berliner Mauer überwinden und ihn in ihre gut gepolsterten Strickjackenarme schließen.

Sie wollte sich nun also auch als Frau interessant machen. Das war zu verstehen. Er gönnte es ihr. Trotzdem gehörten zwei zum Tango.

Sehr geehrtes Fräulein Kunkel,

ich gehe jetzt nicht so weit, in den Traum vom verschwundenen Kind einen wahrscheinlich ausgeprägten Kinderwunsch hineinzuinterpretieren. Viel wahrscheinlicher ist die herkömmliche Deutung, nämlich die, daß sich in Ihrem Leben kreative Bereiche entfalten. Ihnen begegnen völlig neue Sachverhalte oder Sie entdecken etwas längst Vergessenes wieder. Sind Sie vielleicht kürzlich von einer Versuchsreihe überrascht worden, die Sie heimlich in Ihrer Wohnung und hinter den breiten Rücken der Oberbotaniker Ihres Landes durchgeführt haben? Das alles kann die Antwort sein auf Ihren Traum. Und nennen Sie mich jetzt nicht hellsichtig!

Ihr Traum mit der verdorrten Hand hingegen, die aus dem Boden ragt, erinnert mich lediglich daran, daß mein Kakteenhaus hier wahrscheinlich das langweiligste Kakteenhaus der Welt ist und es mich wundert, daß die Leute für so etwas auch noch Eintritt zahlen. Andererseits: Kennen Sie Kakteensammler? Die mit den kleinen, meist selbstgezimmerten Glashäuschen für ihre stachligen Lieblinge? Mit Verlaub, aber dieses Völkchen ist ja nun auch nicht gerade die Ausgeburt an Originalität zu nennen.

Mit Ihren Träumen jedenfalls ködern Sie mich nicht, liebes Fräulein. Ich selbst träume nie. Noch nicht einmal nachts. Ich halte Träume für die Erfindung einer Clique arbeitsloser Psychiater, die die Welt mit Büchern überschwemmten, bis jeder glaubte, träumen zu müssen und dann tatsächlich Bilder sah.

Vielmehr interessiert mich, was ich aus meinem langweiligen Kakteenhaus machen kann.

Ideen?

Hochachtungsvoll, Claus Steiner. Februar 1988

Nun hatte sie erstmal zu tun. Sie konnte grübeln, was das zu bedeuten hatte. Ob sie mit ihrer Offenheit vielleicht zu weit gegangen war (oh ja, das war sie!), und welche aufregenden Gewächse sich wohl gut mit Kakteen kombinieren ließen.

KAPITEL 21

»Von wegen, er sei über Polen in den Westen abgehauen! Das wurde gerne verbreitet, Herr Leutnant!«

Die Frau, der Everding gegenüberstand, sah um vieles älter aus als 47. Mindestens wie 60. Und der Leutnant der Kriminalpolizei wusste den Grund dafür. Es war weniger die Trauer um ihren Sohn. Niemand trauerte um jemanden, den er am Leben glaubte. Auch wenn Karin Loth immer gespürt haben musste, dass ihrem Sohn, ihrem einzigen Kind, etwas zugestoßen war. Es waren Wut und Unverständnis, womit die Frau seit vier Jahren 24 Stunden am Tag lebte. Statt dass man ihr Mitgefühl entgegengebracht hatte, war sie vernommen worden. Anstelle der Kriminalpolizei hatte die Staatssicherheit ermittelt. Und zwar gegen sie. Gegen die Mutter, die angeblich einen Republikflüchtling herangezogen hatte. Und diese Verdächtigungen beruhten auf einem gedankenlos hingeplapperten Satz der kleinen Kunkel, die Frieder immer als ihren Zukünftigen gesehen hatte.

»Er hatte Freunde an der polnischen Grenze gehabt, ja, und er fuhr oft rüber, kaufte sich Jeans und motzte alte Möbel von den Bauernhöfen auf wie andere Jungs in dem Alter ihre Motorräder. Kurz vor seinem Verschwinden campte Frieder noch mit der kleinen Kunkel im Krummen Wald; dort, wo die Bäume in Bögen wachsen und einen Wald wie eine Meereswoge bilden. Da war er noch verliebt in sie gewesen. Und nun haben Sie ihn also in diesem Wald in Polen gefunden, ja?«

Everding kniff die Lippen zusammen. Seufzte. Hoffte inständig, im strömenden Regen einen so mitleidserregenden Anblick abzugeben, dass ihn die Frau endlich hereinbitten würde.

»Wissen Ihre Kollegen von der Stasi schon davon? Oder darf ich denen die frohe Botschaft selbst überbringen, dass ihr Staatsfeind Nummer eins vier Jahre lang unter ihren Adleraugen im Waldboden verrottet ist? Zerfressen von Füchsen und Würmern?«

Auf dem kurzen Weg von seinem Auto bis zum Haus war Everding bereits klatschnass geworden. Nun lief ihm das Regenwasser schon in den Kragen. Hinterließ dunkle Flecken auf seinem hellblauen Hemd.

»Nun kommen Sie schon rein. Sie werden ja ganz nass.«

Zu spät, dachte Everding und trat ein. Sie schloss hinter ihm die Haustür ab und ging dann voraus in den ersten Stock. Er trat in einen schmalen Flur und hängte seinen Mantel an die Garderobe.

Die kleine Neubauwohnung in dem Dreigeschosser war hübsch tapeziert.

Karin Loth reichte ihm ein geblümtes Handtuch. Dann bat sie ihn ins Wohnzimmer. Spitzentischdecken und Nippes. Ein Wetterhäuschen in der Schrankwand. Die Frau im Dirndl stand draußen. Der Mann in der Lederhose war im Haus. Dazwischen ein kleines Thermometer, das die Zimmertemperatur anzeigte. Etwas über 20 Grad, soweit es Everding erkennen konnte. Es roch nach gebratenem Spiegelei, Everdings Leibgericht, das er sich oft nach einem nächtlichen Einsatz mit Brot und Salz kredenzte, während Cornelia und die Jungs längst schliefen.

Als Karin Loth die Bar in der Schrankwand aufklappte, flackerte eine Neonröhre und beleuchtete Flaschen mit farbigen Likören, Gläser und eine Schachtel Cognacbohnen.

»Möchten Sie einen?«, fragte sie und hatte bereits zwei Likörgläser in der Hand. »Sie können doch nicht die ganze Nacht im Dienst sein.«

»Ich habe heute meinen freien Tag.«

»Und da sind Sie hier bei mir?«

»Ja«, sagte Everding. »Weil sich die Arbeit eines Kriminalisten nur schwer in einen Zeitplan pressen lässt. Genau so wenig wie die Fälle, die er aufzuklären hat.«

Die Wanduhr war selbst gebastelt. Vielleicht ein Geschenk ihres Sohnes. Das Ziffernblatt mit den Zeigern war umrandet von Wäscheklammern aus Holz. Mit dem gebogenen Ende einer Schaschlik-Nadel, das man vorher in eine Kerzenflamme hielt, waren Blumenmotive eingebrannt.

Everdings Söhne waren zehn Jahre jünger als Frieder Loth. Die Bastelarbeiten an der Schule waren immer noch die gleichen. Selbstgefertigte Untersetzer. Bemalte Kochlöffel und Bilderrahmen verzierten auch das Haus der Everdings.

Die Wäscheklammeruhr zeigte 20 Uhr. Cornelia war längst zu Hause und wusste, dass es ihn wieder zur Arbeit gezogen hatte. Schon lange wartete sie abends nicht mehr mit dem Essen. Meistens fand er seinen Teller unter einem Topfdeckel auf dem Küchentisch. Schnittchen mit Käse und Bierschinken. Senfgurken und dazu zwei frische Tomaten aus der Gärtnerei Kunkel. Cornelia hatte das Talent, ein Kilo Tomaten so über die Wochentage zu verteilen, dass am Sonntag zum Braten noch ein paar Scheiben für die Dekoration des Kopfsalates übrig waren.

»Gerne, Frau Loth. Vielen Dank. Ich weiß Ihre Gastfreundschaft unter diesen entsetzlichen Umständen sehr zu schätzen. Und ich möchte Ihnen endlich mein Beileid aussprechen.«

Unmerklich kehrte etwas Frische in das Gesicht der Frau zurück. Verlieh ihm Züge, die von einer vergangenen, aber nicht verlorenen Attraktivität zeugten.

Sie reichte ihm ein Glas Kroatzbeerlikör und stieß mit ihm an.

»Danke. Bei Ihnen hatte ich ja damals schon das Gefühl, dass Sie mich als Einziger ernst nehmen. Und nun sitzen ausgerechnet wir zwei wieder hier.«

»Ausgerechnet, ja«, sagte Everding und nippte an dem scheußlich süßen Likör.

»Er wurde tatsächlich dort gefunden? In dem Krummen Wald in Polen? Hat also doch nochmal jemand nach ihm gesucht?«

»Nein«, sagte Everding wahrheitsgemäß. »Der Fall galt als abgeschlossen. Der Hund eines Jägers hat die Knochen ...«, er räusperte sich erschrocken, das hätte ihm nicht passieren dürfen, diese Taktlosigkeit war absolut dilettantisch, »... hat Ihren Sohn ...«

»Jaja«, unterbrach ihn die Frau resigniert, »mir ist schon klar, dass Sie meinen Jungen nicht mehr mit seinem Lächeln im Gesicht gefunden ...« Sie schluchzte und vergrub ihr Gesicht in den Händen. »Entschuldigen Sie!«

Sich für Tränen der Trauer zu entschuldigen, dachte Everding. Was für eine Unart haben wir Menschen uns da anerzogen. Er reichte ihr ein Taschentuch.

»Sie haben damals meinen Kollegen gegenüber einen Verdacht geäußert.«

»Ja«, sagte sie und schnäuzte sich lautstark. »Dem Kunkel hat es nie gefallen, dass sich seine Tochter mit einem Schreiner abgab. Ich glaube, er wollte nicht, dass sie sich überhaupt mit jemandem abgab. Von Frieder weiß ich, wie isoliert die Kleine gelebt hat. Und nach dem Tod ihrer Mutter wurde es noch schlimmer. Er hielt sie von den Schulkameraden fern, sie durfte nicht mit auf Klassenfahrten. Gerade mal eine Freundin, Andrea hieß sie, glaube ich, durfte das Mädchen treffen. Und selbst das hatte sie selbst durchgesetzt. Und dann …«

Verloren schaute sie auf die Uhr an der Wand, die sie wohl mit jedem Ticken an ihren Sohn erinnerte.

»Dann lernte sie Frieder kennen. Das muss für die kleine Kunkel wie ein Flugticket nach Amerika gewesen sein. Der Weg in die Freiheit. Raus aus diesem Gewächshaus von Kindheit.«

Everding bemerkte, wie sie aufging in ihrer Theorie über Harald Kunkel.

Karin Loth war eine geschiedene Frau. Nirgendwo war ein Bild vom Vater ihres Sohnes zu sehen. Diese Ehe schien nicht gut auseinandergegangen zu sein. Ihre Abneigung gegen Witwer Kunkel war also mit Vorsicht zu genießen. Und so gern Everding einen Zusammenhang hergestellt hätte, hütete er sich vor den Lösungen, die sich aufdrängten.

»Sie verdächtigen Harald Kunkel, etwas mit dem Tod Ihres Sohnes zu tun zu haben?«

»Nein«, sagte Karin Loth entschieden. »Ich verdächtige ihn, meinen Sohn ermordet zu haben.«

»Welches Motiv hätte er denn gehabt?«, fragte Everding vorsichtig.

Aus ihren Worten, getragen von einer Schicht aus Trauer und Wut, hoffte er das kleine Zucken der Wahrheit herauszuhören. Dafür musste er sich selbst von dem Verdacht befreien, den er nur allzu gern mit der verzweifelten Mutter teilte.

»Kunkel wollte aus seiner Tochter etwas ganz Besonderes machen. Und wie wir sehen, hat er es geschafft. Sie ist auf dem Weg zum Doktor der Agrarwissenschaften. Und das mit gerade mal 23 Jahren.«

»*Sie* hat es geschafft«, betonte Everding, »erst das Studium und eines Tages wird sie den Doktorhut tragen, das alles macht sie ganz allein, das nimmt ihr keiner ab, auch nicht ihr Vater.«

»Ich weiß. Wäre schließlich eine gute Partie für meinen Jungen gewesen. Eine zu gute, wie Harald Kunkel meinte.«

»Deshalb mordet man nicht.«

»Nein?«, fragte Karin Loth mit gespielter Neugier. »Seine Frau kommt auf merkwürdige Art ums Leben, und Jahre später verschwindet sein potentieller, ungeliebter Schwiegersohn. Hier einen Zusammenhang herzustellen …«

»Ist keine hochintellektuelle Leistung, ich weiß«, ergänzte Everding und gab der Frau gegenüber damit zum ersten Mal zu, den gleichen Verdacht wie sie zu haben.

Sie horchte auf. »Wie hat er meinen Jungen umgebracht?«

»Keiner sagt, der alte Kunkel habe ihn umgebracht«, wiegelte Everding ab und schob dabei das leere Likörglas zur Seite. Er hatte sich viel zu sehr in die Karten schauen lassen und die Sache zu einer persönlichen Angelegenheit gemacht.

»Dann frage ich anders«, sagte Karin Loth. »Woran ist Frieder gestorben?«

Everding hatte plötzlich wieder das Bild der Knochen und Gebissreste vor sich. Einige Fetzen Stoff und Knöchelschuhe, so genannte Tramper, in denen noch die Gelenkknochen steckten.

»Das wird noch untersucht. Leider können wir nicht sicher sein, es jemals herauszufinden.« Everding bedauerte die Worte in dem Moment, in dem er sie gesagt hatte und wusste doch, dass es die Wahrheit war. Hier war nichts mehr zu machen. Der Tod von Frieder Loth würde wahrscheinlich nie aufgeklärt werden. Er konnte verunglückt sein. Sich umgebracht haben. Oder er war einem Mord zum Opfer gefallen. Vier Jahre Waldboden und Tierfraß hatten die Spuren des Verbrechens beseitigt. Falls es eins gewesen war.

Gerade als er sich von Karin Loth verabschieden wollte, fiel sein Blick auf eine Fotocollage, die er im Sitzen nur als grüne Aquarellmalerei wahrgenommen und nicht weiter beachtet hatte. Er trat näher an das gerahmte Bild heran. Ein skurriler Anblick krummer Baumstämme, von denen sich manche synchron in die gleiche Richtung bogen und wie flehend erhobene Arme aus der Erde ragten. Die Farbfotos waren nachkoloriert. In ihrer Mitte eins, das größer als die anderen war. Die Kiefer darauf hatte einen rötlichen Stamm, hinter dem ein zweiter Stamm verbogen in den Himmel wuchs. Zusammen ergaben sie das verschlungene Bild der betenden Arme eines indischen Gottes.

»Frieder hat diese Fotos gemacht«, sagte Karin Loth leise, bevor Everding überhaupt fragen konnte. »Die Rote Kiefer, wie er sie nannte, sie hatte es ihm angetan. Wie die anderen knapp 100 Bäume dort wurde auch dieser wohl so geformt, um daraus geeignetes Holz für Möbel und Schiffe zu gewinnen. Frieder hatte zahllose Ideen, wie er das Holz dieses einen Baumes verarbeiten würde, würden sie alle nicht unter Naturschutz stehen.«

»Ist es nicht komisch«, sagte Everding mit dem Gefühl, dass der süße Kleister von Likör nun die seltsamsten Philosophien in ihm freisetzte, »dass Ihr Sohn die Bäume in ihrem prallen Dasein fotografierte und dabei bereits im Kopf hatte, wie sie tot aussehen würden?«

»Sie haben seltsame Ansichten, Herr Kommissar«, sagte Karin Loth befremdet.

Er war es müde, ständig seinen Dienstgrad zu korrigieren. Hier war nur eines wichtig: Auch wenn die Fotos vom Fundort der Leiche von Frieder Loth schwarzweiß waren, so erkannte er die rote Kiefer doch auch in ihrer Farbvariante sofort wieder.

Er schaute Karin Loth an. Überlegte krampfhaft, was er antworten sollte, als sie ihn auch schon fragte: »Was haben Sie entdeckt?«

Everding räusperte sich. »Es ist genau diese rote Kiefer, unter der Ihr Sohn gefunden wurde.«

Er konnte es sich nicht erklären, doch die Verbitterung im Gesicht von Karin Loth schien für einen Moment einer großen Erleichterung zu weichen.

Das waren genügend neue Eindrücke für einen Abend. Er wollte jeden für sich und in Ruhe verarbeiten, beschloss Everding und drückte ihr zum Abschied fest die Hand.

»Ich begleite Sie noch hinunter zur Haustür«, sagte Karin Loth. Noch immer mit einem seltsam beglückten Gesichtsausdruck.

Er zog seine nasse Jacke über. Lief vor ihr die Stufen hinunter. Trat hinaus in den Regen. Als er den Motor seines Wartburgs anließ und sich noch einmal umdrehte, stand Karin Loth in der Haustür und schaute ihm nach.

KAPITEL 22

Dabei hatte er ganz andere Sorgen als das langweilige Kakteenhaus.

Seit seiner Weihnachtsrede wurde Steiner von den Mitarbeitern der Gartenakademie noch mehr geschnitten als vorher. So das überhaupt möglich war. Nicht ein einziger hatte die Gelegenheit beim Schopfe gepackt, sich auf Steiners Seite zu schlagen. Dabei hatte er fest darauf gezählt, dass sich die Spreu ganz ohne sein Zutun vom Weizen trennen würde. Das musste er nun also selbst in die Hand nehmen.

Er drückte auf die Gegensprechanlage und bat Erni Schnitzler zu sich. Den Kaffee brachte sie ihm nach wie vor jeden Morgen. Nur die Gespräche dabei fehlten. Also würde er sie einfach mal fragen, was denn los sei.

»Ja bitte?«

Das zitronengelbe Twinset hatte er bereits zu interpretieren versucht, als sie ihm mit einem mageren »Guten Morgen« den Kaffee gebracht hatte. Gelb stand für Neid. Die Zitrone wohl für etwas Saures, das lustig machen sollte. Das ließe sich ja schnell herausfinden.

»Kommen Sie rein, liebe Erni.«

Nach der Weihnachtsrede hätte er sie am liebsten als Erste rausgeschmissen. Aber als Kündigungsgrund taugte Illoyalität nicht besonders. Außerdem würde er sie beim Säubern dieses Biotops noch gebrauchen können. Und wenn es nur für den verlässlich guten Kaffee am Morgen wäre.

»Schießen Sie los. Was haben Sie auf dem Herzen?«

Erni Schnitzler war verdutzt. »Ich?«

»Ja, Sie. *Mich* habe ich das heute nämlich schon gefragt und sonst sehe ich hier niemanden.«

Sie hatte sich schnell wieder gefangen und schien kein bisschen von seiner, zugegebenermaßen, rotzfrechen Art beeindruckt.

»Und wie haben Sie sich diese Frage beantwortet, Herr Steiner?«

»Ich habe nichts auf dem Herzen. Ich habe nur eine Menge auf dem Zettel. Und zur Umsetzung dieser Aufgaben hätte ich Sie ganz gern an meiner Seite.«

Erni Schnitzler nahm auf dem angebotenen Stuhl Platz. Sie schlug die Beine übereinander und strich ihren Rock glatt. In China symbolisierte die Farbe Gelb den Kaiser. Nur der durfte sie tragen, fiel Steiner noch ein, während er geduldig auf eine Art von Reaktion von seiner Sekretärin wartete.

»Was sagen Sie dazu?«, half er bereitwillig nach.

»Es gab eine Zeit, da hätte ich mich über diesen Satz gefreut.«

»Uns beide trennt nun also eine Zeitrechnung? Die Zeit vor meiner Weihnachtsrede und die Zeit danach?«

Jetzt kam Bewegung in das gelbe Twinset. »Es ist ketzerisch, Ihre Ansage auch noch als Weihnachtsrede zu bezeichnen!«

Gelb steht auch für Ketzerei. Vielleicht sollte ich sie das wissen lassen, dachte Steiner und kam zum Punkt. »Mein Vorgänger, Ihr sehr verehrter Doktor Ranz, hat seinem Namen alle Ehre gemacht und mir eine ziemlich ranzige Angelegenheit hinterlassen. Kommen wir doch einmal zur legendären ›Botaniknacht‹ …«

»Die immer sehr schön war!«, warf Erni Schnitzler mit erhobenem Zeigefinger ein.

»Aber nicht alles, was Sie für schön halten«, und nun musterte er ihr Twinset besonders ausgiebig, »muss auch anderen gefallen.«

»Wie meinen?«, fragte Erni Schnitzler und strich gründlich ihren Rock glatt.

»Öhm«, Steiner kramte einen Stapel Papiere aus einem Schreibtischfach, »ich meine, dass zum Beispiel die Botaniknacht seit Jahren ein Verlustgeschäft ist und abgeschafft gehört.«

Er hielt ihr ein Blatt mit Zahlenkolonnen vor die Nase.

»Alles schöne Zahlen, nicht wahr? Nur leider im Minusbereich. Und das sind nur die Zahlen, die das ausgeklügelte Kulturprogramm von Doktor Ranz umreißen.«

»Ich kann nur wiederholen: Den Leuten hat es gefallen«, sagte Erni Schnitzler lakonisch.

»Den paar Leuten, die am Ende noch gekommen sind und dann auch noch die Rabatten zerlatschten. Mit ein paar Geigern im Steingarten und Bauchtänzerinnen im Tropenhaus ist doch heute nichts mehr zu reißen. Hat das denn keiner gemerkt?«

»Die paar Geiger, die Sie meinen, waren Absolventen der Hochschule der Künste. Und außer ihnen und den Tänzerinnen traten Feuerschlucker, Clowns und Tierdompteure auf. Es gab hausgemachte Kräuterliköre und Honig zu kaufen neben jeder Menge exotischem Essen vom Grill!«

Seine arme Sekretärin, die das alles eigentlich gar nichts anging, ergriff natürlich Partei für die Künstler. Das war ja zu erwarten gewesen.

»Feuerschlucker und Clowns«, wiederholte Steiner, »das klingt ja ganz so, als könnten wir die nächste Veranstaltung mit der eigenen Belegschaft bestreiten.«

»Ich weiß, dass Sie vom Verhalten Ihrer Belegschaft enttäuscht sind und deshalb so derb austeilen müssen.«

So etwas durfte tatsächlich nur sie zu ihm sagen. Steiner war gespannt, wie sie die mütterliche Tour fortsetzen würde.

»Aber das Konzept ist doch ausbaufähig. Warum wollen Sie so schnell aufgeben?«

»Wenn ich aufgebe, wie Sie es nennen, dann hole ich nur nach, was mein Vorgänger fahrlässig versäumt hat. Mit dem Geld, das hier versenkt wurde, hätte man die rudimentären Kloaken, die hier als Labore bezeichnet werden, auf den heutigen technischen Stand bringen können, ach, was sage ich, auf den von übermorgen!«

Erni Schnitzler war noch immer ganz die Ruhe in Person. »Sie müssen wirklich verzweifelt sein, wenn Sie das nun schon Ihrer Sekretärin erzählen.«

»Wem denn sonst?«, entgegnete Steiner. Er hatte auf diesen Einwand gewartet. »Soll ich es statt Ihnen vielleicht dem Controller erzählen, den es hier noch nicht einmal gibt, oder Freund Wollenschläger, der als Leiter der Personalabteilung zu beschränkt war, einen Controller einzustellen?«

»Einen was?«, fragte Erni Schnitzler und bestätigte Steiner damit einmal mehr, was er bereits wusste. Hier gab es nur Spreu und kein bisschen Weizen.

KAPITEL 23

Everding brauchte jetzt dringend einen Schnaps. Einen richtigen, der den süßen Likörkleister aus seinem Mund ätzen würde. Sein freier Tag hatte mehr Bewegung in seine Arbeit gebracht als sonst eine ganze Woche Dienst.

Bei Frau Doktor Haselnuss auf die Information zu stoßen, auch Margrit Kunkel sei in psychiatrischer Behandlung gewesen, war ein Volltreffer. Wäre er nicht vor Ort gewesen, hätte er nie von der Krankenakte erfahren. So offen ihm die Ärztin auch begegnete, so wenig verwechselte er ihre Freundlichkeit mit Loyalität gegenüber seinen Ermittlungen.

Margrit war in der Schule auffällig geworden. Sie galt als Sonderling und als ängstlich. Sie erfüllte Aufgaben nur sehr zögerlich. Überhaupt waren ihre Handlungen bis hin zu der Art, wie sie sich bewegte, von Langsamkeit geprägt.

Ihre Klassenlehrerin meldete Margrits Auffälligkeit dem Schulrat, nachdem die Eltern weder zu den Elternabenden erschienen noch auf angekündigte Hausbesuche reagiert hatten. Sie versperrten sich jeglichem Gespräch, und ihre Tochter schien innerlich immer mehr zu verwahrlosen.

Everding lenkte den Wartburg einmal um den Marktplatz herum in die Kirchgasse, in der der Dorfkrug lag. Jetzt konnte er sich auch noch die letzte Kante geben. Harald Kunkel. Er war jeden zweiten Abend hier anzutreffen. Also bestand die 50-prozentige Chance, er könnte auch an diesem Abend hier sein.

Das Gedicht ging Everding nicht mehr aus dem Kopf. Frau Doktor Haselnuss kannte es auswendig, als würde sie es täglich in verschiedenen Zusammenhängen zum Besten geben. Mit seinem präzisen Gedächtnis für Noten hatte es Everding in Erinnerung behalten. Zumindest inhaltlich. Dass sich nämlich die, die nicht geliebt sind als Kind, für nie geliebt halten. Dass sie Liebe nicht erkennen können und sich Liebe nicht zutrauen. Dass sie alles lernen können im Leben, aber nicht, sich lieben zu lassen, geliebt zu sein und lieben.

Erst als sich Margrits Mutter zu einer psychiatrischen Behandlung entschloss, konnte man sowohl mit der Mutter als auch mit dem Vater über Margrits Entwicklung sprechen. Der Leidensdruck war wohl hoch genug gewesen, hatte Doktor Haselnuss vermutet. Und so bekam auch Margrit die Möglichkeit, sich ihr Leid von der Seele zu reden.

Das Klacken von Billardkugeln war aus dem hinteren Raum der Kneipe zu hören. So ruhig ging es im Schankraum zu. Im dämmrigen Licht und durch die Rauschschwaden hindurch machte Everding aus, dass nur zwei Tische mit Leuten besetzt waren und ein paar vereinzelt am Tresen vor sich hin tranken. Einer davon war Kunkel.

Everding setzte sich neben ihn auf den Barhocker. »Feierabend. Sie auch?«

Kunkel blickte nur müde hoch. Sein Bart war struppig. Das Gesicht eingefallen. Nur seine Augen begannen, wachsam zu blitzen, als der Ermittler neben ihm Platz nahm.

»Ich habe nie Feierabend. Höchstens Pause.«

»Das sieht man an Ihrer florierenden Gärtnerei.«

»Da floriert nix, sondern es blüht, wenn es zu blühen hat, wirft Früchte ab und verwelkt wieder. Mehr ist da nicht.«

»Zumindest ist Ihre Arbeit krisenfest und eine verlässliche Größe gegen die Mangelwirtschaft.«

Kunkel schaute auf und lachte krächzend. »Hat Sie diesmal die Stasi zum Aushorchen geschickt?«

Everding versuchte, höflich mit ihm ins Gespräch zu kommen. Eine Sisyphosaufgabe. Brachte er den Stein des Gespräches ins Rollen, entglitt er ihm auch schon wieder und er musste von vorn anfangen.

»Mich hat gar niemand geschickt«, sagte er und griff zu seinem Bier. »Ich habe Feierabend.«

»Ihr bei der Kriminalpolizei habt nie Feierabend.«

»Polizeiruf 110?«, fragte Everding scherzend.

»Nee. Tatort«, antwortete Kunkel schroff.

»Wie geht es Ihrer Tochter in Berlin?«

»Sag ich doch«, sagte Kunkel. »Ihr Typen habt nie Feierabend.« Er zeigte an, dass er zahlen wollte.

Everding bestellte schnell noch zwei Bier. »Kommen Sie. Trinken Sie noch eins mit mir.«

Mürrisch lenkte Kunkel ein. »Aber nur eins und keine blöden Fragen.«

»Das sind keine blöden Fragen, Herr Kunkel. Ich bin nicht auf der Welt, um ausgerechnet Ihnen das Leben schwer zu machen, glauben Sie mir.« Everding schüttelte den Kopf und gab vor, entnervt zu sein. »Es gibt sehr viel Schöneres im Leben, als meine Zeit mit Leuten wie Ihnen zu verbringen.«

Jetzt wurde Kunkel hellhörig. »Was Sie nicht sagen. Und eben haben Sie mich noch zum Bier eingeladen.«

»Die Einladung steht«, sagte Everding und stellte ihm ein volles Glas vor die Nase, »und zwar genau hier.« Er zeigte auf das Bierglas. »Und am Fuße dieses Glases werden Sie mir erlauben, Ihre Tochter zu befragen, wenn sie das nächste Mal bei Ihnen ist. Oder ich besuche sie in Berlin.« Er trank und schaute dabei in die Luft, als wäge er gerade die eine gegen die andere Möglichkeit ab.

Seine Tochter schien Harald Kunkel sehr am Herzen zu liegen. Den Mann plagten Schuldkomplexe. Um das zu sehen musste man nicht die Ausbildung einer Frau Doktor Haselnuss haben.

»Tun Sie das nicht«, sagte Harald Kunkel. Es klang, als sagte er es aus tiefstem Herzen. »Fragen Sie mich, was Sie wissen wollen. Aber lassen Sie meine Tochter in Ruhe. Bitte.«

Everding hatte den Felsbrocken fast oben am Gipfel. Jetzt nur nicht zu sicher fühlen, dachte er. Jetzt nur nicht durchatmen und die Sache aus den Augen verlieren. Dann entgleitet er mir wieder, und ich beginne von vorn.

»Margrit war ebenfalls – so wie Ihre Frau – in psychiatrischer Behandlung. Warum?«

Kunkel wurde kleinlaut. »Woher Sie das alles nur wissen. Ich habe ja nicht mal jemandem erzählt, dass meine Frau beim Seelenklempner war.«

»Doktor Schmale hat mir Einblick in die Krankenakte Ihrer Frau gegeben. So erfuhr ich von ihren Terminen bei Frau Doktor Haselnuss in der Psychiatrie.«

»Hat mir Schmale gar nicht erzählt.«

»Darum hatte ich ihn gebeten.«

Kunkel rieb die Hände aneinander. Die Situation war ihm sichtlich unangenehm. »Was soll ich sagen. Es ist niemals schön, wenn man als Versager dasteht. Und da ich meine Frau offensichtlich nicht glücklich machen konnte und Ärzte ihr Glück in die Hand nehmen mussten, wäre ich doch bei uns im Dorf einer gewesen. Sie wissen doch, was man über Familien sagt, von denen ein Angehöriger in der Klapsmühle landet. Dass da etwas nicht in Ordnung ist.«

»Völlig unwichtig, was das Gerede gewesen wäre«, wiegelte Everding ab. »Nun sind ein paar Jahre vergangen. Ihre Frau ist gestorben. Ihre Tochter hingegen macht sich sehr gut, denke ich.«

»Sie ist zu bewundern!«, sagte Kunkel mit Nachdruck. »Hätte genauso depressiv werden können wie ihre Mutter. Aber sie ist den anderen Weg gegangen. Und den geht sie noch. Und das macht mich als Vater stolz. Deshalb werden Sie ihr auch nicht ins Leben pfuschen.«

Everding tat, als habe er die letzte Bemerkung überhört. »Nachdem Ihre Frau gestorben war, ging Margrit nicht mehr zu ihrer Psychiaterin. Der Tod der Mutter erschüttert kindliches Denken doch in seinen Grundfesten. Aber Doktor Haselnuss sagte mir, Sie hätten keine weiteren Termine gewollt.«

»Weil das ganze Gefasel das Kind nur verunsichert hat. Meine Gisela und ich, wir hatten einen großen Fehler gemacht. Wir hatten Margrit zu sehr abgeschirmt von ihrer Welt. Sie sehnte sich nach Freundinnen, mit denen sie draußen spielen konnte. Das hatten wir ihr verboten. Aus Angst.«

Everding hakte nach. »Aus Angst? Wovor? Was hätte ihr denn passieren können?«

Kunkel schien plötzlich Oberwasser zu gewinnen und sich noch immer im Recht zu fühlen, was die Strenge gegenüber seiner Tochter betraf. »Ihre Kollegen in Eberswalde, lieber Herr Leutnant der Kriminalpolizei, die haben seit 1969 einen Kindermörder gesucht und erst 1971 dingfest gemacht.«

Natürlich erinnerte sich Everding. Es war Leutnant Krauskopf gewesen, sein Studienkollege, der den Knabenmörder Hagedorn aufgespürt hatte. Der Fall war durch die ganze Republik gegangen. Sehr zum Ärger des Ministeriums für Staatssicherheit.

»Aber irgendwann durfte auch Margrit endlich raus zu den anderen, um mit ihnen zu spielen?«, hakte Everding ungerührt nach.

»Ja, nur …«, Kunkel zögerte. »Ich weiß gar nicht, warum ich Ihnen das alles erzähle! Haben Sie mir was ins Bier gemischt?«

»Warum?«, fragte Everding. »Mit wem haben Sie denn bisher darüber gesprochen?«

»Natürlich mit niemandem!«

»Sehen Sie«, sagte Everding ruhig. Er nahm einen großen Schluck aus seinem Bierglas. »Da haben Sie den Grund für Ihre Gesprächigkeit. Durfte Margrit also nach dem Tod ihrer Mutter raus zu den anderen?«

Kunkel gab auf. Everding hätte ihn nun alles fragen können.

»Etwa ein halbes Jahr nach dem Tod meiner Gisela drängelte Margrit wieder. Sie wolle endlich wie die anderen sein und mit ihnen zusammen nach der Schule etwas unternehmen. Dabei erwähnte sie immer wieder eine Freundin, Andrea. Allein diese eine Freundin besuchen und auch mit nach Hause bringen zu dürfen, hätte ihr schon vollkommen gereicht.«

»Und?«

»Und das habe ich ihr schließlich erlaubt.«

»Und dann?«

Kunkel zuckte ratlos mit den Schultern. »Und dann hat sich rein gar nichts geändert. Margrit kam nach der Schule nach Hause, half in der Gärtnerei, machte Hausaufgaben und verbrachte den Rest der Zeit an ihren Beeten oder oben in ihrem Zimmer.«

»Und die Freundin? Andrea?«

Kunkel schaute ihn aus geröteten Augen an. »Die gab es gar nicht. Margrit hatte sie erfunden.«

Stumm tranken die Männer ihr Bier aus. Das Gespräch war beendet. Everding wusste nichts mehr zu sagen und versuchte krampfhaft, seine Gedanken und die Schlussfolgerungen daraus neu zu kombinieren.

Am Tod seiner Frau war Kunkel sicher nicht unschuldig. Auch wenn er sie nicht selbst getötet hatte, so war sie doch in einem Moment tiefster Verzweiflung über ihr Leben im Allgemeinen und über ihre Ehe im Speziellen gestorben. Er war jahrelang mit seiner Tochter allein gewesen. Dann hatte die ihren ersten Freund, und es schien etwas Festes zu werden mit den beiden. Also drehte Kunkel durch. Weil er Margrit und ihre Berufung zu etwas Besserem an einen Schreiner vergeudet sah. Everding konnte es ihm nicht ersparen. Er musste Kunkel doch noch eine letzte Frage stellen.

»Haben Sie sich jemals gefragt, was aus Frieder Loth geworden ist, dem Freund Ihrer Tochter, der vor vier Jahren als vermisst gemeldet wurde?«

Noch schien Kunkel die Tragweite der Frage nicht begriffen zu haben. Die Biere wirkten. Er rieb sich müde die Augen.

»Warum sollte ich mich da etwas fragen? Ich mochte ihn nicht sonderlich, das ist ja wohl ein offenes Geheimnis. Hab ich übrigens auch nie einen Hehl draus gemacht und werde es auch jetzt nicht tun.«

Er legte seine Hand auf Everdings Schulter.

»Der ist doch längst im Westen. Ist damals über Polen, die Tschechoslowakei oder Ungarn nach sonst wohin abgehauen.«

»Wir haben ihn gefunden. Besser gesagt: seine Überreste.«

»Was?« Kunkel war plötzlich hellwach. Er sah betroffen aus.

Everding musste sich zügeln. Er hatte keine Grundlage, um diesen Mann vernehmen zu dürfen. Wenn doch, dann zumindest nicht in seiner Freizeit am Tresen einer Kneipe.

»Ich dürfte es Ihnen gar nicht erzählen«, sagte Everding beiläufig, »und will Sie eigentlich auch nur vorwarnen, dass wir uns nochmal in Ruhe und eventuell bei mir im Büro über den jungen Mann und Ihre Meinung von ihm unterhalten müssen.«

Jetzt erst realisierte Kunkel die Situation, in die ihn der Ermittler da hineinmanövriert hatte. Wütend stieß er den Barhocker zur Seite. »Der Herr zahlt!«

Dann ließ er Everding grußlos sitzen.

KAPITEL 24

Karin Loth schaltete die kleine Neonröhre über dem Badezimmerspiegel an. Es war schon eine Genugtuung, zu sehen, dass die anderen genauso alterten wie sie selbst und dabei ebenso wenig vorteilhaft wirkten. Sie legte Lippenstift auf, obwohl sie an diesem Abend das Haus nicht mehr verlassen würde.

Die anderen, das waren die Menschen im Dorf. Ihre Nachbarn und auch die Bekannten, die Karin Loth durchaus hatte, und deren Verbindung zu ihr sie mit kleinen Aufmerksamkeiten und Einladungen aufrechterhielt. Ihr Mann hatte sich von ihr getrennt, als Frieder gerade zur Schule kam. Nicht einmal für den Schulanfang – diese große Familienfeier, mit der man den Schritt des eigenen Kindes in einen neuen Lebensabschnitt nicht nur für die Familienangehörigen, sondern vor allem für das Kind selbst zelebrierte –, nicht einmal für diesen einen Tag war er noch geblieben.

Unweigerlich lächelte sie ihr Spiegelbild an, während ihre Gedanken zu bitterer Erinnerung wurden. So allein wie damals hatte sie sich nie wieder gefühlt. Im Innenhof des Wohnblocks sitzend. Die Bäume betrachtend, in denen kleine Zuckertüten verloren in den Zweigen hingen. Die wenigen Verwandten und ihren Jungen beobachtend. Wie sie sich allesamt bemühten, ihr die Schmach der verlassenen Ehefrau und Mutter durch bemühte Fröhlichkeit erträglicher zu machen.

Sie öffnete den Badezimmerschrank. Griff nach einer Pinzette. Ein Wunder, dass sie sie noch hatte, so lange wie sie unbenutzt von einer Ecke in die andere gewandert war.

Es hatte nicht lange gedauert, bis sie sich wieder gefangen und ihr Leben als alleinstehende Frau und alleinerziehende Mutter angenommen hatte. Ihrem Sohn bei seinem Werden zuzuschauen, hatte jedes Bedürfnis nach Bestätigung und Nähe in ihr ausgefüllt. Er war ihr Sonnenschein gewesen. Ein heller, aufgeweckter Bursche, der schon früh begonnen hatte, die Wohnung mit seinen Basteleien zu verschönern und später mit selbst gebauten Möbeln vollzustellen.

Behutsam zupfte sie sich die Augenbrauen. Sie hatte es noch nicht verlernt. Nach all den Jahren.

Ein einziges Mal noch, ihr Sohn hatte ihr gerade erzählt, dass er sich in Margrit verliebt hatte, war so etwas wie die Hoffnung auf jenes kleine etwas Mehr im Leben in ihr aufgeflackert. Ganz in der Nähe zu ihrer Wohnung lag die Gärtnerei Kunkel. Karin Loth war täglich daran vorbeigekommen und hatte jedes Mal einen Blick in den kleinen Laden an der Straße geworfen, in dem Harald Kunkel die Leute mürrisch bediente. Er war damals schon seit Jahren der als griesgrämig verschriene Witwer. Sie war die bemitleidete geschiedene Frau. Sie hatten Kinder im gleichen Alter gehabt. Einen Jungen und ein Mädchen. Derlei Fügungen boten sich nicht oft, schon gar nicht in einem kleinen Ort wie diesem. Und wenn Harald Kunkel statt seiner Gärtnerkluft seine Cordhose und dazu ein Hemd trug, dann hatte er sogar ganz passabel ausgesehen. Er konnte zupacken und hatte auch die Erziehung seiner Tochter gemeistert.

Sie betrachtete ihr Werk. Zog die nun schmalen Brauen mit einem dunkelbraunen Stift nach.

Also war Karin Loth eines Abends in den Dorfkrug gegangen. In der Hoffnung, Kunkel anzutreffen. Aber was sie dort gesehen hatte, war genau das, was sie im Leben nicht mehr wollte. Brummige Männer, die nur unter ihresgleichen so etwas wie ein Gespräch zustande brachten und ansonsten schweigend beim Billard oder die Wand anglotzend ihr Bierglas leerten. Einer von ihnen war Harald Kunkel gewesen, der die trostlose Szenerie bereicherte, indem er sich sturztrunken über den Billardtisch erbrach. Nach einem Glas Wein war Karin Loth wieder nach Hause gegangen. Jede Kachel an der Wand ihrer Küche hatte plötzlich mehr Geborgenheit ausgestrahlt als der ganze speckige Tresen verordneter Gemütlichkeit im Dorfkrug.

Sie fuhr sich durchs Haar. Der graue Ansatz war schon zu einem breiten Streifen im Mahagonirot angewachsen. Ließ die ganze Frau billig wirken. Entschlossen kramte sie die Tube hervor. Das Ablaufdatum bereits um zwei Jahre überschritten. Bis zum nächsten Friseurtermin wollte sie nicht mehr warten.

Während sie gedankenverloren in einer Schüssel die Haarfarbe anrührte, schaute sie auf Frieders Collage der Krummen Bäume.

Was ihr selbst bei dem alten Kunkel nicht gelungen war, hatte kurz darauf ihr Sohn bei der jungen Kunkel geschafft. Er hatte in Harald Kunkels Tochter, die ohne Mutter aufgewachsen war, eine Seelenverwandte erkannt, zu ihm, dessen Vater sich aus dem Staub gemacht hatte. Frieder und Margrit kamen aus derselben Gegend. Waren geprägt für das Leben jenseits der Großstadt, weil sie den Blick für die Natur teilten. Frieder wegen des Holzes, mit dem er so gern arbeitete. Margrit wegen der Pflanzen, mit denen sie sogar redete. Frieder hatte sich nie lustig darüber gemacht, sondern seiner Mutter voller Bewunderung von Margrits märchenhaften Begegnungen mit Rittersporn und Tomatenpflanzen erzählt. Anfangs. Und dann, ganz plötzlich, hatte er weniger und weniger von ihr gesprochen. Hatte sich lieber wieder mit seinen Freunden getroffen und seine Mutter im Unklaren darüber gelassen, was aus ihm und dem Mädchen werden sollte, das ihn verliebt anschaute. Das oft vergeblich an der Tür klingelte. Das ihm Briefe schrieb, die von

Liebe sprachen. (Frieder hatte sich nicht die Mühe gemacht, die Briefe zu verstecken.)

Sie ging zurück ins Bad und begann, die Farbe behutsam mit einem Kamm auf ihrem Haar zu verteilen.

Als Karin Loth ihren Sohn schließlich doch einmal im dafür richtigen Moment erwischt hatte, war es nur so aus ihm herausgebrochen. Er hatte geklagt, dass es einerseits der von seiner Tochter und ihrem Werdegang besessene alte Kunkel war, der die Beziehung immer wieder mit abfälligen Bemerkungen und Ignoranz torpedierte. Zum anderen Margrit, die sich im selben Maße mehr und mehr an Frieder hängte und ihn für sich beanspruchte, als wolle sie es ihrem Vater nun gerade beweisen. Weder das eine noch das andere hatte sich für Frieder gut angefühlt. Deshalb hatte er die Entscheidung getroffen, dieses seltsame Gefüge hinter sich zu lassen.

Sie betrachtete ihr Werk. Stülpte eine schwarze Wollmütze über ihr Haar. Schaute auf die Uhr. Es war bereits 22 Uhr. Dabei kam es ihr vor, als hätte Everding sie gerade eben erst mit diesem Glücksgefühl in der Magengegend zurückgelassen.

Und dann war Frieder verschwunden. Einfach so. Von heute auf morgen.

Sie schenkte sich einen Likör ein. Everdings Glas stand noch auf dem Tisch.

In der Gartenlaube, in die sich Frieder so gerne zurückgezogen und in der er zeitweise gelebt hatte, hatte es ausgesehen, als wäre er nur eben kurz zum Einkaufen gegangen. Die Zeitung hatte auf dem Tisch gelegen. Daneben die Landkarte mit der Kugelschreiberlinie, die das Dorf mit dem Krummen Wald verband. Die Campingutensilien waren noch nicht ausgepackt gewesen. Eine angeschnittene Jagdwurst hatte auf dem Küchentisch neben einem halben Brot und einer halbvollen Flasche Bier gelegen. Die Fotos seiner Reise hatte er selbst entwickelt und koloriert. Die fertige Collage hatte er gerahmt auf dem Esstisch abgelegt. Sie hatte wohl eine Überraschung für die Mutter sein sollen. Für seine Verhältnisse geradezu begeistert hatte er ihr noch von der roten Kiefer erzählt.

Wieder wanderte ihr Blick zu dem Bild an der Wand. Es hing da seit Jahren und hatte nun eine völlig neue Bedeutung bekommen.

Selbst der Schlüssel zur Laube hatte noch von innen in der Tür gesteckt. Nur sein Portemonnaie mit Ausweis schien Frieder bei sich gehabt zu haben. Das hatte er schließlich auch zu Hause immer in seiner Hosentasche mit sich herumgetragen. Manchmal sogar noch dann, wenn er voll bekleidet im Bett lag und schlief.

Ihre Kopfhaut begann zu brennen. Sie müsste das Zeug noch weitere zehn Minuten drauflassen. Karin Loth ging ins Bad. Wusch unter lauwarmem Wasser den Farbrest aus, der in der Wanne ein dunkelrotes Rinnsal hinterließ.

Das Verhalten der Kunkels seit Frieders Verschwinden, sowohl vom Vater als auch der Tochter, war Karin Loth mehr als seltsam vorgekommen. Margrit hatte sich nicht mehr bei ihr blicken lassen. Geschweige denn, dass sie mal angerufen hätte, um zu wissen, wie es ihr gehe und ob sie etwas von Frieder gehört hatte. Beide schienen froh gewesen zu sein, dass Frieder aus der Welt war. Schon bald hatte sich ein zermürbender Verdacht in die Gedanken von Karin Loth gefressen. Die beiden waren es, die ihren Sohn auf dem Gewissen hatten. Weil Margrit aber jedem, der es wissen wollte, ganz offen erzählt hatte, dass Frieder sie einfach nicht genug geliebt und sie schnöde verlassen hatte, war sie in Karin Loths Augen schon bald als Verdächtige ausgeschieden. Blieb noch der alte Kunkel. Es hatte ihm nie gepasst, dass der erste Freund seiner Tochter auch ihr zukünftiger Ehemann sein könnte. Seine Frau war bereits unter Umständen gestorben, über die man sich im Dorf noch immer hinter vorgehaltener Hand unterhielt. Es war Karin Loth also leichtgefallen, ihren Verdacht auf den alten Kunkel zu richten. Ihr Sohn hätte sich längst aus dem Westen bei ihr gemeldet. Sie hatten sich immer gut verstanden. Waren sich nah gewesen. Frieder war tot. Das hatte sie als seine Mutter all die Jahre hindurch gewusst.

Und nun hatten sie Frieder gefunden. Unter der roten Kiefer.

Sie kämmte sich das feuchte Haar aus dem Gesicht. Knotete es am Hinterkopf zusammen. Mit den gezupften Augenbrauen und den vom Lippenstift etwas volleren Lippen sah sie nun mit mahagonirotem Haar wie eine alternde Ballerina aus. Also recht annehmbar. Sie musste öfter ausgehen. Würde wieder bei Kunkel kaufen. Denn er konnte es nicht gewesen sein, der ihren Sohn ermordet und verscharrt hatte. Von der roten Kiefer hatte er nichts gewusst.

KAPITEL 25

Margrits Korrespondenz mit Steiner wuchs sich zu einem wissenschaftlichen Schlagabtausch aus. Sie ließen sich gegenseitig die Früchte ihrer journalistischen Arbeit in Form von Zeitungsartikeln zukommen. Auch ihre Briefe mäanderten irgendwo zwischen privatem Geplänkel und botanischem Protokoll.

Den Artikel aus »Plant Breeding Abstracts« hatte sie ihm längst verziehen. Er musste gespürt haben, dass Margrit diesen dreisten Diebstahl von geistigem Eigentum bemerkt hatte. Seitdem bekam sie Aufträge botanischer Fachzeitschriften aus dem In- und Ausland. Und das im Osten wie im Westen. Eine subversive Gefahr sah offenbar niemand dahinter. Unbehelligt schickte sie ihre Artikel an die jeweilige Redaktion und hatte beinah zeitgleich das Honorar auf ihrem Bankkonto. All das hatte sie Steiner zu verdanken. Dessen war sich Margrit sicher. Der unsichtbare Mentor. Der gute Geist hinter allem, was sie in Angriff nahm. Und ein Geist würde er wohl bleiben.

Auch Müller meldete sich nun regelmäßig bei ihr. Schickte ihr lustige Postkarten aus der Redaktion von »Zu Hause im Grünen«. Hatte ihr Pralinen zu Weihnachten und zum Geburtstag zukommen lassen. Das alles änderte auch im Nachhinein nichts an ihrer Entscheidung, ihm für die feste Stelle in der Redaktion abgesagt zu haben. Margrit wollte frei sein. An ihrer heimischen Schreibmaschine sitzen. Durch Gärten und Wälder streifen und nun auch endlich einen ersten Reiseantrag beim Kreisamt der Volkspolizei stellen.

In nahezu jeder Stadt dieser Welt gab es einen Botanischen Garten. Mit den Botanischen Gärten war es wie mit den Friedhöfen. Die Kultur eines Landes und die Kultiviertheit seiner Menschen waren an deren Umgang mit der Natur und mit ihren Toten abzulesen. Davon war Margrit überzeugt. Darüber wollte sie schreiben und Vorträge halten. Beides am liebsten weltweit. Dafür war es notwendig zu reisen und sich so wenig von Grenzen aufhalten zu lassen, wie ein Grassamen im Wind es tat.

Italien sollte das Ziel ihrer ersten Reise in den Westen sein. Eine Arbeit zum Stand der Forschung und der Vielfalt der Arten in den Botanischen Gärten weltweit der Reisegrund. Eine Einladung der Universität von Venedig lag ihrem Antrag bei. Die Einladung galt für dieses Jahr. Doch der Sachbearbeiter in der Meldestelle ließ Margrit unmissverständlich wissen, dass die Zeit bis November viel zu kurz wäre bezüglich einer eingehenden Prüfung ihrer Eignung für diese Reise. Um ihre Eignung zu prüfen, sollten die Kameras also noch etwas länger auf Margrit ausgerichtet werden. In weiser Voraussicht hatte Dottore Scacci in seinem Brief in Aussicht gestellt, fortan jedes Jahr zum gleichen Kongress auf Margrit Kunkels Teilnahme zu hoffen. Der Mann schien besessen, wenn nicht sogar fasziniert von seinem Traum, von Jahr zu Jahr mehr Aufmerksamkeit für das Phänomen des Klimawandels zu erregen und die verschütteten Theorien freizulegen, die seit den 1950er-Jahren dazu existierten. Und in Margrit schien er eine Verbündete zu sehen, von denen er auf seiner Mission viele brauchen würde. Grenzen spielten für Scacci schon deshalb keine Rolle, weil es die auch für die weltweite Erderwärmung nicht gab.

Margrit schaute auf die Uhr. Es war Zeit, mal wieder ihren Vater anzurufen. Bevor sich das MfS bei ihm über Margrits Verlässlichkeit erkundigen würde, wollte sie ihm selbst von ihrem Reisevorhaben erzählen. Auf dem Rückweg würde sie einkaufen gehen.

Sie ging über die Dimitroffstraße und bog in die Senefelder ein. Dort stand eine Telefonzelle, und zu Margrits Glück war sie frei.

Ihr Vater war so schnell am Telefon, als hätte er daneben gesessen und auf den Anruf gewartet.

»Nimm dich vor diesem Everding in Acht.«

Der Kripomann war keiner, der Margrit Angst machte. Was sie verunsicherte, war die Reaktion ihres Vaters, wann immer Everding in der Nähe war. Und Nähe war in einem Dorf nun mal unvermeidbar.

»Warum sagst du das? Gibt es einen Grund dafür?«

»Ja. Sie haben deinen Frieder gefunden. Er ist tot.«

Margrit lehnte sich an die schmutzige Glasscheibe der Telefonzelle. Sie presste den Hörer an ihr Ohr. Berührte die Sprechmuschel beinah mit den Lippen. Den Ekel vor dem glänzenden Rund mit den eingestanzten Löchern spürte sie diesmal nicht. Täglich verteilten Dutzende Menschen ihre kleinen Spucke-Partikel darauf. Margrit hatte noch nie beobachtet, dass jemand mit einem Putzeimer in die Zelle ging, um den sichtbaren Dreck zu beseitigen. Geschweige denn die gemeinen, unsichtbaren Bakterienkulturen überall.

Aus dem Telefonbuch waren ganze Seiten herausgerissen. Es lag aufgeschlagen, ausgeweidet da. Irgendwer hatte »Schmitz, Paul« angekreuzt. In der Schönhauser Allee. Also ganz in der Nähe. Den Kugelschreiber hatte er liegen gelassen. Einen Vierfarb-Kugelschreiber, bei dem man zwischen

Grün, Blau, Rot und Schwarz wählen konnte. Ihre Klassenlehrerin hatte so einen zum Korrigieren der Aufsätze gehabt. »Thema verfehlt« schrieb sie immer in Rot, erinnerte sich Margrit. Aber sie erinnerte sich nicht daran, wann sie zum letzten Mal an Frieder gedacht hatte.

»Nach all den Jahren«, war alles, was Margrit einfiel. Sie spürte in sich hinein, ob da nicht doch irgendwo eine Gefühlsregung verborgen war. Doch da war nichts.

»Nach all den Jahren scheint nicht viel von ihm übrig zu sein. Frage mich, wie sie sich überhaupt so sicher sein können, dass es sich um deinen Frieder handelt und nicht um einen anderen. Aber die heutige Technik …«

»Vater!«, unterbrach sie ihn. »*Mein* Frieder! Wenn ich das schon höre! Er war nicht mein Frieder, nicht so jedenfalls wie Mutter *deine* Gisela war! Und auch wenn er es sein sollte, den sie da gefunden haben, so war er doch offensichtlich nicht genug *meiner*, um bei mir zu bleiben!«

Er wollte ihr wehtun mit seinen kleinen Spitzen. Selbst jetzt noch. Jahre später. Für wie kleingeistig sie das hielt, konnte sie nicht in Worte fassen. Deshalb versuchte sie ganz einfach, das Gespräch hier zu beenden. Sie hätte ihn nicht anrufen sollen. Von ihrer Einladung nach Venedig wollte sie nun nichts mehr erzählen. Die Stimmung war verdorben. Die Vorfreude. Einfach alles war weg.

»Es geht mir auch weniger um den Jungen, schlimm genug, ja, aber dass Everding mich darauf angesprochen hat, ist schon seltsam. Und dann dieser latent vorwurfsvolle Ton!«, lamentierte der Vater.

»Den vorwurfsvollen Ton bildest du dir ein. Klingen solche Sesselfurzer nicht immer latent säuerlich, weil ihnen irgendwas quer liegt?«

Der Vater lachte. Margrit war nun doch froh, das Gespräch wenigstens in guter Stimmung zu beenden.

Als sie sich mit der Schulter gegen die Haustür lehnte, um sie aufzustoßen, riss der Henkel ihres Einkaufsbeutels. Margrit war gerade damit beschäftigt, die Äpfel wieder einzusammeln, die im Hausflur verteilt waren, als die Tür erneut aufging. Ein Mann trat herein.

Margrit war vorgewarnt. Sie traute trotzdem ihren Augen nicht.

»Herr Everding?«

»Fräulein Kunkel. Jetzt haben Sie mich ertappt.«

KAPITEL 26

Harald Kunkel machte sich Sorgen um seine Tochter. Sie war gut geraten. Keine Frage. Und sie hatte sogar etwas von dem Charme geerbt, wegen dem er sich einst in ihre Mutter verliebt hatte. Alles wäre gut, wenn nicht dieser hartnäckige Ermittler Everding wieder aufgetaucht wäre. Vier Jahre nach seinem letzten Besuch, von dem Kunkel gehofft hatte, es wäre die letzte Vernehmung gewesen.

Sie waren sich im Dorfkrug begegnet. Harald Kunkel war überzeugt, dass es keine zufällige Begegnung war. Nach zwei, drei Bier hatte der Mann schon wieder davon gesprochen, dass Gisela Kunkels Tod für ihn alles andere als aufgeklärt war.

Harald Kunkel hatte ihn noch gebeten, endlich einen Schlussstrich unter dieses traurige Kapitel seiner Vergangenheit zu ziehen. Ihn und seine Tochter in Ruhe zu lassen. Everding war wie ein Stachel an einer Stelle in der Haut, wo keine Hand hinreichte. Den man mit sich herumtrug und immer dann spürte, wenn man ihn gerade einmal wieder vergessen hatte. Ohne den unermüdlichen Ermittlungsdrang dieses Dorfsheriffs hätte der Vater keinerlei Grund, auch nur einen Moment mit sorgenvollen Gedanken an seine Tochter zu verschwenden. Aber der Mann würde auch Margrit irgendwann behelligen. Margrit hatte sich in Berlin ihren Sehnsuchtsort geschaffen. Sie hatte Pläne. Sie war ein heller Kopf. Er würde nicht zulassen, dass ihre unbeschwerte Art, mit der sie das Leben seit dem Tod ihrer Mutter anging, von diesem dickköpfigen Rechthaber kaputt gemacht würde.

Mit 18 Jahren hatte Margrit die Fahrerlaubnis gemacht. Sie konnte Traktoren und sogar Laster fahren. Sie war als eine der jüngsten in der Geschichte der Berliner Humboldt-Universität nach dem Studienabschluss gerade dabei, ihren Doktortitel zu erwerben. Sie hatte Artikel in sehr viel mehr Zeitschriften veröffentlicht, als er jemals würde lesen können. Und ob sie eines Tages die Gärtnerei übernehmen würde, war Harald Kunkel mittlerweile nicht mehr wichtig. Sollte sie den Garten – mehr war die Gärtnerei Kunkel doch sowieso nicht – wie auch das Haus mit dem Laden verkaufen, wenn er tot war. Es bliebe ihr ein Erbe als Erinnerung und als kleine Erleichterung im Leben. Auch dass seine Tochter ihm mit 23 noch keinen Enkel geschenkt hatte und auch keine Anstalten machte, sich endlich mit einem Mann zusammenzutun, machte Harald Kunkel keine Sorgen. Wenn er ehrlich war, gestand er sich ein, dass er Margrit nicht als Mutter sah. So wie er sich selbst auch nie als Vater gesehen hatte. Zumindest nicht als einen guten. Die Werte, die er seiner Tochter mitgeben wollte, die hatte sie allesamt übernommen. Ganz ohne zu rebellieren. Sich in ihren Ansichten eher links zu halten beispielsweise. Sich jenseits der Verlockungen von Karriere und schnellem Geld den Blick auf die Natur zu bewahren und hinter einem klassischen Musikstück auch das Leid und die Genialität eines zu Lebzeiten verkannten Künstlers zu sehen. Auch dass man keine Freunde brauchte und keine Mutter-Vater-Kind-Idylle, um im Leben glücklich oder wenigstens vollkommen zu werden, hatte Margrit schon sehr früh und aus freien Stücken begriffen.

Er selbst war der Sohn eines Vaters gewesen, der nicht viel mit ihm hatte anfangen können. Das Leben war nun mal nichts als der immerwährende Wechsel von vier Jahreszeiten. Was sollten Gefühle, wenn man sowieso wieder Abschied nehmen musste bis zum nächsten Mal. Auch wenn man vom Sommer für den Herbst verlassen wurde, konnte man sich doch immer darauf verlassen, dass auch nach dem bittersten Winter wieder ein alles versprechender Frühling kam. Harald Kunkels Vater hatte den ganzen Tag auf den »Scheißstaat« geschimpft und dazwischen Geschichten aus dem Krieg erzählt. Hätte Harald Kunkel für seinen Vater Gefühle entwickelt, er hätte eine Ahnung von der Leere bekommen, die das Leben für einen Menschen bereithalten konnte. Doch so war Harald Kunkel sorglos und an den Depressionen seines Vaters vorbei zu einem Pragmatiker geworden.

Und nun könnte alles seinen Gang gehen. Seit 16 Jahren lebte Harald Kunkel ein Leben als Witwer. Hatte den Absprung zur Brautschau verpasst und gab sich auch keinen Träumen an eine weitere Ehe mehr hin. Seine Tochter hatte aus dem Wissen, das er ihr mitgegeben hatte, den denkbar größten Nutzen gezogen. War zu einer Koryphäe ihrer Zunft geworden.

Seine Eltern ruhten auf dem Friedhof nebenan. Zuerst war Karla gestorben. Im Laden. Während sie Schnittblumen zu Sträußen band. An einem Sommertag. Das Herz, hatte Doktor Schmale attestiert, es habe einfach aufgehört zu schlagen. Heinrichs Depressionen waren stärker geworden. Margrit war fast jeden Tag nach der Schule hinüber zu ihrem Großvater gelaufen und hatte ihm etwas zu essen gebracht. Sie hatte für ihn eingekauft. Hatte seine Wohnung geputzt. Ihm von den Erlebnissen aus dem Unterricht und ihren Versuchsreihen bei den Jungen Naturforschern erzählt. Bis sie festgestellt hatte, dass die Einkäufe liegen blieben und das Essen verdarb.

Als der Großvater immer dünner wurde, hatte ihn der Vater schließlich zu sich ins Haus geholt. Nachdem der alte Mann in seinem Zimmer die Gardinen angezündet hatte und Harald das Feuer gerade noch hatte löschen können, hatte er ihn schließlich in ein Pflegeheim gebracht. Dort hatte der alte Mann Schlaftabletten gesammelt und sie eines Abends alle auf einmal genommen. 22 Radedorm und eine Flasche Blauer Würger hatten das Leben des Heinrich Kunkel beendet, dem Gründer der ersten Gärtnerei Brandenburgs.

Mit gerade mal zwölf Jahren hatte Margrit die dritte Beerdigung miterlebt.

Und nun hatte Everding beim Bier herausfinden wollen, was das alles mit Margrit gemacht hatte und ob er sie nicht nach all den Jahren zum Tod ihrer Mutter vernehmen konnte, da er die wahre Schuldige nicht sehen wollte: die Mutter selbst, die sich zu nachtschlafender Zeit verbiestert in einem Schuppen zu schaffen gemacht hatte, den sie auch am nächsten Tag, der nächsten Woche, dem nächsten Monat oder Jahr noch hätte aufräumen können.

Das alles hätte er Everding verzeihen können an jenem Abend im August im Dorfkrug. Aber nicht den wirklichen Grund für diese Begegnung.

Das Klacken der Billardkugeln war vom Nachbarraum bis zu ihnen am Tresen zu hören gewesen. Harald Kunkel hatte sogar noch das Geräusch ihrer beiden Biergläser beim Anstoßen in Erinnerung. Angestoßen hatte er mit diesem Typen, diesem Fatzke und Wichtigtuer, der sich zur Aufgabe gemacht hatte, sein Leben und das seiner Tochter zu zerstören. Als wäre nicht schon genug geschehen.

Stunden später, nachdem er ihn eingewickelt hatte, war der Schnüffler wirklich zum Punkt gekommen. War damit rausgerückt, was er Harald Kunkel eigentlich hatte sagen wollen. Frieder Loth war gefunden worden, oder – wie er sich ausgedrückt hatte – das, was nach vier Jahren noch von ihm übrig war. Gut, dass Margrit gerade eben zufällig angerufen hatte. Wenigstens hatte er sie noch warnen können.

KAPITEL 27

Er hob die letzten beiden Äpfel auf und reichte sie ihr.

»Ertappt? Wobei denn? Wie Sie bei mir durchs Schlüsselloch gucken wollten?«, fragte Margrit.

Everding war froh, dass Margrit guter Laune war. Er hatte mit allem gerechnet, aber nicht damit, dass sie so ungezwungen auf ihn reagieren würde.

»Nein, Sie haben mich dabei ertappt, mich in den Hausflur zu schleichen, von wo ich hinauf zu Ihrer Wohnung gehen wollte, um auf der kleinen Papierrolle, die doch heute jeder an seiner Wohnungstür hat, eine überraschende Nachricht für Sie zu hinterlassen.«

»Na, da haben Sie aber Glück gehabt, denn so eine Klopapierrolle kommt mir nicht an die Tür. Aber die Überraschung ist Ihnen auch so gelungen.« Sie hielt ihren Einkaufsbeutel mit beiden Händen und schaute ihn erwartungsvoll an.

»Das freut mich«, sagte Everding, »zumal ich seit unserer letzten Begegnung vor vier Jahren das verstörende Gefühl hatte, Sie könnten mich nicht leiden.«

»Aber Genosse Leutnant! Sie müssten doch mittlerweile mitbekommen haben, dass nie Sie als Mensch gemeint sind, wenn man Sie nicht leiden kann, sondern dass sich die Abneigung mancher Zeitgenossen gegen Ihre Arbeit richtet.«

Er nickte anerkennend. »Machen Sie sich ruhig lustig über mich.«

Margrit schaute auffällig auf ihre Armbanduhr. »Ich habe es zwar selten eilig, wie Sie wahrscheinlich schon wissen, aber allmählich wüsste ich doch gern, was Sie aus Brandenburg zu mir nach Berlin verschlagen hat. Und was wohl auf der Papierrolle gestanden hätte.«

»Das macht sich schlecht zwischen Tür und Angel.« Everding überlegte kurz. »Darf ich Sie zu einem Kaffee einladen?«

»So schlimm?«, fragte Margrit.

»Ja. So schlimm«, antwortete Everding. Ohne zu zögern.

»Sparen Sie mal Ihren Polizistenlohn. Den Kaffee können wir auch bei mir oben trinken.«

Höflich nahm Everding ihr den Einkaufsbeutel ab und folgte ihr die vier Treppen bis unters Dach.

»Was wird denn das?«, fragte Everding und zeigte auf das gezimmerte Frühbeet im Flur.

»Das ist schon was! Das ist nämlich die Zukunft.«

»Komisch. Sieht aus wie ein Terrarium.« Everding beugte sich hinunter, um sich die Keimlinge unter einer Folie voller Kondenswasser genauer anzuschauen.

»Na dann passen Sie mal auf, dass Sie keines der kleinen grünen Wesen in den Finger beißt. Wenn es dunkel wird und ich die künstliche Sonne ausschalte, beginnen die ein Eigenleben und man kann ihr Flüstern und Schreien bis runter auf den Kollwitzplatz hören.«

»Jetzt veräppeln Sie mich aber.«

»Na klar. Gehen Sie schon mal rein.«

Everding betrat das Wohnzimmer und schaute sich um, während Margrit die Einkäufe verstaute und Wasser für Kaffee aufsetzte. Die Hände hinter dem Rücken ging er bedächtig wie auf einem Spaziergang an den Bücherregalen entlang.

»Schön haben Sie es hier.«

Margrit legte eine Platte auf. Dann stellte sie zwei Kaffeetassen und einen Teller mit Gebäck auf den Tisch. Als die Klaviermusik erklang, summte Everding die Melodie in der zweiten Stimme mit.

Margrit war beeindruckt. »Sind Sie Fan von Robert Stolz? Bei Ihnen hatte ich eher auf ›Procol Harum‹ getippt.«

»›Zwei Herzen im Dreivierteltakt‹. Liebes Fräulein Kunkel, wie soll ich das denn verstehen?«

»Sie kennen sich aus. Wie kommt's?«

»Sie haben den wahrscheinlich musikalischsten Polizeibeamten der Deutschen Demokratischen Republik vor sich, denn wäre es nach meinen Eltern gegangen, wäre ich Musiker geworden.«

Margrit lächelte. Doch es war ihr anzusehen, dass ihr das Geplänkel allmählich suspekt wurde.

»Woher haben Sie meine Adresse? Mein Vater wird sie Ihnen ja wohl kaum gegeben haben.«

»Glauben Sie wirklich, dass die Kriminalpolizei lange braucht, um eine Adresse herauszufinden?«

Jedem noch so kleinen Wechsel im Verlauf eines Gesprächs passte sich Everding unmittelbar an. Auch bei Verhören war dies seine sehr effektive Technik. Ging sein Gegenüber nicht mehr auf Everdings Geplänkel ein und schlug eine strengere Tonart an, dann folgte ihm der Ermittler um diese eine Oktave nach oben. Verfiel der andere wieder in einen plauderhaften Ton, so ließ sich auch Everding schnell wieder auf eine Plänkelei ein. Margrit Kunkels Ansicht nach hatten sie genug geplaudert. Ihre Ablehnung war beinah greifbar.

»Und was ist so schlimm, dass Sie mir bis nach Berlin gefolgt sind?«

Das seltsam Aufmüpfige schien bei den Kunkels in der Familie zu liegen. Normalerweise wurde Everding bei Gesprächen mit Zeugen oder Verdächtigen etwas kleinlauter begegnet, bemerkte er zum wiederholten Male. Und er stellte noch etwas fest: dass dieses Fräulein Kunkel keinerlei Recht für ein derart arrogantes Verhalten hatte. Er war noch ziemlich geduldig mit dem asozialen Vater und seiner störrischen Tochter umgegangen, in deren näherem Umfeld es mittlerweile zwei ungeklärte Todesfälle gab.

»Wir haben in einem Wald hinter der polnischen Grenze die Überreste von Frieder Loth gefunden.«

Wenn diese Information irgendetwas mit ihr machte, dann wusste Margrit Kunkel das sehr gut zu verbergen. Entweder hatte sie ihr Vater bereits informiert oder es war ihr tatsächlich egal, was ihrem damaligen Freund zugestoßen war. Aber zumindest schauspielerte sie keine Trauer, wo keine war.

»Wissen Sie«, sagte Margrit leise, »als Frieder damals verschwand, hatte ich mir bereits alles an Gefühlen für ihn verboten. Nach unserem ersten gemeinsamen Urlaub war er verändert, unzufrieden, er mäkelte pausenlos an mir herum, dabei war ich gerade dabei, mir ein Nest mit ihm zu bauen. Zumindest im Kopf.«

Sie zündete sich eine Zigarette an. Everding lehnte ab. Eine Geste, die ihm noch schwerfiel. Er hatte gerade aufgehört zu rauchen.

»Auf dem Höhepunkt gemeinsamer Träume verlassen zu werden und zu spüren, dass man diese Träume ganz allein gehabt hatte, ist verletzend. Mehr noch, es ist erniedrigend, und das eigene Urvertrauen ist erschüttert. Vielleicht kann ich mich nie wieder auf jemanden einlassen, kann nie wieder lieben und einem Menschen mit Zuversicht und dem Glauben an eine gemeinsame Zukunft begegnen. Und voilà«, sie streckte beide Arme von sich, »da bin ich. Ungebunden und frei wie ein Vogel. Aber dabei heil am Körper und im Geiste.«

Für Everding war sie noch immer das kleine Mädchen aus der Gärtnerei, obwohl sie mit 13 Jahren Altersunterschied derselben Generation angehörten. Trotzdem hatte er hier die Rolle des Erwachsenen inne und sie die des jungen Dings, bei dem man immer Obacht geben musste, dass es nicht von der Klippe stürzte, auf der es verträumt spazieren ging.

Auf den ersten Blick strahlte Margrit Kunkel die Erotik einer Bibliothekarin aus. Das unfrisierte Haar und die Strickjackenmode waren wohl der Schutzpanzer, der sie heil hielt am Körper und im Geiste. Innerlich, so vermutete Everding, war sie ein feiner Mensch. Mit den schlimmen Ereignissen in ihrem noch jungen Leben ging sie so souverän um, wie es wenigen Menschen gelang. Sie zog niemanden mit hinein. Ließ nicht die ganze Welt teilhaben. War nicht in ärztlicher Behandlung. Belastete ihren Vater nicht damit. Kurzum: Auf Everding wirkte Margrit Kunkel wie ein kleines Kraftwerk, das Selbstbeherrschung produzierte. Wahrscheinlich unter hohem Energieaufwand und 24 Stunden am Tag. Ob dieses Kraftwerk auch Störfälle aufwies?

»Wo genau haben Sie ihn gefunden?«, fragte Margrit nun.

»Im Krummen Wald. Den kennen Sie.«

Jetzt kehrte Leben in Margrit Kunkel zurück. »Dort war ich mit Frieder. Mein Vater hatte mir in meiner Kindheit so viel davon erzählt, dass ich mir die schrägen Gewächse selbst einmal anschauen musste. Es war …«, sie schaute dem Rauch ihrer Zigarette nach und suchte nach Worten, »ein ergreifender Anblick! Diese Bäume wirken auf den ersten Blick wie geschundene Kreaturen. Wie Soldaten, gebückt im Schmerz ihrer gebrochenen Beine, Kriegsheimkehrer, Ausgestoßene …«

Margrit redete sich in eine Begeisterung hinein, die Everding so nicht erwartet hatte.

»All diese Bilder kommen mir noch heute in den Sinn, wenn ich an ihn denke.«

»An wen?«, hakte Everding nach.

»An den Krummen Wald.« Sie drückte ihre Zigarette aus. »Und nicht an Frieder, wie Sie vielleicht gehofft haben. Aber dass er dort sein Grab gefunden hat, freut mich für ihn. Es ist ein schöner Ort.«

Everding schüttelte ungläubig den Kopf. Er verließ den Pfad der Gedankenbilder, auf dem er ihr gerade noch bereitwillig gefolgt war. »Gefunden hat er sein Grab dort garantiert nicht, er hat es ja nicht mal gesucht. Ein junger Mann, der sein Leben noch vor sich hat, will auch am schönsten Platz ganz bestimmt nicht begraben sein. Denn da unten, im feuchten Moder, lebt es sich verdammt schlecht.«

Everding räusperte sich verlegen. Ihm waren kurz die Nerven durchgegangen. Die Zigarettenschachtel wirkte grausam verlockend auf ihn.

Margrit schaute ihn verständnisvoll an. »So habe ich das nicht gemeint. Ich wollte damit sagen, so schlimm es ist, war er doch an einem guten Ort.«

»Na gut«, sagte Everding und trank seinen lauwarmen Kaffee. »Dann einigen wir uns darauf.«

»Leutnant Everding«, sagte Margrit und legte ihre Hände auf den Tisch. Sie luden geradezu dazu ein, berührt zu werden.

Everding widerstand dem Impuls. »Ich heiße Manfred. Nicht Leutnant.«

»Manfred«, sagte Margrit. »Natürlich werden Sie sich fragen, was meine seltsame Art, die Dinge zu sehen, zu bedeuten hat. Ich umgebe mich lieber mit Pflanzen als mit Menschen. Selbst hier bei mir zu Hause sind sie überall; in den Büchern im Regal und in der Musik, die wir gerade hören. Das ist es, was mich rettet. Sie sind es, wofür ich lebe. Das ist sie, meine Welt, wo es kein Gut und kein Schlecht gibt, kein Schwarz und kein Weiß, weder Giftpflanzen noch Unkraut. Denn jedes Gift dient auch der Heilung, und selbst eine Rose wäre Unkraut, wüchse sie auf einem Getreidefeld.«

»Das klingt poetisch.« Und einstudiert, dachte Everding.

»Was daran liegen könnte, dass ich gern Vorträge darüber halten möchte und Sie hier bereits auf meiner Probebühne sitzen. Gärtnern hat Geschichte. Vom Garten Eden bis zum Kindergarten.«

»Sie lenken ab, und zwar ziemlich charmant.«

»Ich weiß.« Sie gab es auch noch zu. »Dann komme ich jetzt zum Punkt Ihres Besuches: Nein, ich habe nichts mit dem Tod von Frieder zu tun.«

»Dann komme ich auch zum Punkt«, sagte Everding. »Halten Sie Ihren Vater für fähig, einen Mord zu begehen?«

»Nein«, sagte Margrit entschieden. Everding glaubte ihr.

Sie wirkte völlig klar. Ihre Antwort spiegelte sich in ihrem Gesichtsausdruck, ihrer Stimme, ihrer Körperhaltung wider. Bei einer Lüge behielt ein Mensch niemals alle Parameter zugleich im Auge. Irgendeine Regung verriet ihn. Doch an Margrit Kunkels Antwort auf diese entscheidende Frage gab es absolut nichts Zweideutiges.

KAPITEL 28

Manfred. Der Mann, der Friede und Sicherheit gibt.

Seltsamerweise fühlte sie sich nach Everdings Besuch tatsächlich beschützt. Sie konnte nur nicht benennen, wovor.

Der Ermittler würde immer wieder aufkreuzen. Wie ein Terrier hatte er sich in die Kunkels verbissen. Sein Blick war verstellt von nur scheinbar offensichtlichen Zusammenhängen. Menschen wie Everding fehlte das Gespür für das Große und Ganze. Ein Grund mehr für Margrit, sich gleich an das Konzept ihres Vortrags zu machen, den sie an Schulen mit ihren langweiligen Schulgärten und auch in Fabriken bei den Arbeitern an der Werkbank halten würde, die den ganzen Tag kein Grün sahen und im Sommer ihre Mittagspausen im Freien auf Brachflächen verbringen mussten.

Neben der Schreibmaschine eine Flasche Wein. Ein Aschenbecher. Das »Calendarium Musicum« von Gregor Joseph Werner auf volle Lautstärke gestellt. Die Ingredienzen ihres Abends. Die Worte flossen nur so aus ihr heraus. Sie kam mit dem Tippen kaum nach.

Wie konnte es sein, dass Menschen stundenlang Schlange standen für ein Kilo Tomaten und zwei Gurken? Wie konnte es sein, dass eine Industrienation des 20. Jahrhunderts unter kollektivem Vitaminmangel leiden musste, weil im so genannten Gemüseladen nur verschrumpelte Äpfel, dreckige Kartoffeln und lediglich zu Weihnachten überteuerte Kuba-Orangen auslagen, die schließlich auch noch trocken waren wie Stroh? Erde, Luft, Wasser und Sonne gab es doch hüben wie drüben. Und jede Menge ungenutzter Möglichkeiten ebenso.

Mit den Stunden wuchs der Stapel an getippten Seiten. Nur einmal hielt Margrit kurz inne. Sie ging auf den Balkon und schaute den Kindern beim Spielen zu. An Sommerabenden wie diesen spielten sie lange draußen. Ein kleiner Junge winkte schüchtern hinauf zu ihr. Es war wohl die Musik. Das Cembalo und die Geigen. Die Klänge waren unten zu hören. Machten neugierig. Ließen Kinder nach oben schauen. Sie winkte zurück. Goss die Hortensien und Dahlien, ihre Mitbringsel aus der heimischen Gärtnerei. Setzte sich wieder an den Schreibtisch. Schenkte sich einen Wein ein. Folgte ihren Gedanken zurück zu der Stelle, an der sie stehen geblieben waren.

Die Sonne war untergegangen. Margrit merkte es erst, als ihre Augen in der Dunkelheit schmerzten. Sie brachte die leere Weinflasche in die Küche. Holte eine neue aus dem Kühlschrank. Leerte den vollen Aschenbecher im Mülleimer aus. Zündete sich eine Zigarette an. Weiter ging es. Ihre Ideen waren so naheliegend, so einleuchtend, als warteten sie nur darauf, endlich umgesetzt zu werden. Schließlich war es doch die Regierung, die Sozialismus und Volkseigentum predigte. Also ran an die öffentlichen Plätze und Grünanlagen, dachte Margrit und spannte ein neues Blatt Papier in die Schreibmaschine.

Warum zur Erbauung des Betrachters einen Steingarten anlegen, wo Tomaten wachsen könnten? Die Büsche in den Parkanlagen der Krankenhäuser könnten vitaminreiche Johannisbeeren tragen. Hundsrosen würden Hagebutten liefern. Der Brunnen auf dem Marktplatz sähe statt mit Primeln und Fetter Henne doch viel hübscher aus, wenn dort Artischocke, Blumenkohl und Zucchini blühten. Am Rande der Fabrikgelände sollten Obstbäume wachsen, an denen die

Arbeiter sich bedienten. Und wo kein Gemüse gedieh, wuchsen Schnittblumen. Die Blumenläden mit Efeu, Alpenveilchen und Nelken waren als solche doch sowieso nur an dem Schild über der Ladentür zu erkennen. Draußen wuchsen die Blumen das ganze Jahr über. Von den Tulpen im Frühjahr bis zu den Dahlien im Herbst wäre immer für einen Strauß auf dem heimischen Esstisch gesorgt, der das Auge erfreute und den ganzen Menschen gleich mit. Statt der Schilder, die das Betreten verboten, würden solche aufgestellt, die das Pflücken erlaubten. Das ganze Land würde essbar werden. Außerdem viel grüner. Es gäbe weniger Vandalismus. Wer spuckte schon auf den Teller, von dem er noch essen wollte?

So viel ging ihr durch den Kopf. Noch mehr kam minütlich hinzu. Erst am Morgen gegen 4 Uhr löschte Margrit das Licht und fiel in ihr Bett.

Steiners Kakteenhaus konnte definitiv warten.

KAPITEL 29

Fräulein Kunkel,

manchmal – jetzt! – beneide ich Sie. Während ich wie die Made im Speck meine Unzufriedenheit kultiviere, werden Sie schon bald etwas völlig Neues erleben und bei einem

Umbruch im Land dabei sein, den nicht jeder in seiner Biographie stehen hat. Es liegt in der Luft, es wird nicht mehr lange dauern, und Sie werden schreiben und dabei Länder bereisen, die Ihnen bisher nur auf vergilbten Fotos Ihrer seltsam nostalgischen Nachschlagewerke begegnet sind – und im romantischen Strasburger (den ich Ihnen vielleicht als Reiseführer zurückschenken sollte?).

Für mich hingegen fühlt sich das Leben nur abgestanden an und fad, als hätte ich alles schon gesehen, gefühlt und wiedergekäut. Hätte ich nicht diesen Garten um mich, ich wüßte nicht, wohin. Hier muß ich nirgends hin, hier kann ich sein.

Bringen Sie mir Eindrücke mit von da draußen. Lassen Sie mich teilhaben an Ihrer Eroberung dieser Welt, in der ich als Fremder zu Hause bin.

Hochachtungsvoll, Claus Steiner. Oktober 1989

Steiner war wahrlich kein Prophet. Die Veränderung in diesem Land lag seit Wochen in der Luft. Wartete nur auf ihren Einsatz. Niemand konnte einschätzen, ob der Startschuss zu einem Blutvergießen, zu einem fairen Wettkampf zwischen zwei zu Gegnern erzogenen Staaten oder zu einem weiteren Fehlstart der Geschichte führen würde. Den romantischen Strasburger würde sie sich von ihm zurückholen. Schon allein um nachzulesen, was von dessen Schilderungen und Naturbeschreibungen erfunden war und was erlebt.

Margrits Reiseantrag nach Italien im letzten Jahr war noch abgelehnt worden. Ihrem zweiten Antrag für den Kongress in Italien im November 1989 hingegen war überraschend schnell entsprochen worden. Sollte Steiner wirklich recht haben und Margrit würde bald ganz frei die Welt bereisen können? Es war beinah kränkend, wie unerheblich es für dieses Land plötzlich war, ob Margrit Kunkel von ihrer ersten Reise in den Westen zurückkehren würde oder nicht.

KAPITEL 30

Die Stadt war nach dem Fall der trennenden Mauer noch zweigeteilter als zuvor. Eine Hälfte blutete aus. In der anderen holten sich die Menschen in den Rathäusern, an eilig aufgestellten Bank-Containern und an Bankschaltern ihr Begrüßungsgeld ab, um sich kurz darauf in trauter körperlicher Nähe durch die Ladengeschäfte zu schieben. Wie auf einer Oldtimer-Parade tuckerten Trabis, Wartburgs und Shigulis Straßen und Boulevards in West-Berlin rauf und runter.

Das Jahr neigte sich seinem Ende zu. Steiners Vorahnung hatte sich bestätigt.

Sie werden schreiben und dabei Länder bereisen, die Ihnen bisher nur in vergilbten Fotos Ihrer seltsam nostalgischen Nachschlagewerke begegnet sind.

Das Fernsehbild flackerte tonlos vor sich hin. Margrit stand am offenen Fenster. Blickte auf den nächtlichen Kollwitzplatz. Am schwarzen Himmel vereinzelte weiße Wolken. Temperatur kurz über dem Gefrierpunkt. Der kommende Tag versprach ein sonniger zu werden. Der kommende Tag.

Sie schloss das Fenster. An Tagen wie diesen sollte man seinen Vater anrufen, dachte Margrit. Väter und Mütter saßen an Tagen wie diesen vor ihren Fernsehern. Dachten daran, was das alles wohl mit ihren Kindern machte. Doch der Weg zur Telefonzelle in der Senefelder Straße war ihr schlichtweg zu weit. Wie lächerlich in Anbetracht des historischen Moments.

Ihr Koffer stand gepackt an der Tür. Es war ungewiss, ob am Morgen überhaupt noch eine Straßenbahn fahren und sie zur Friedrichstraße bringen oder ob dieses Land über Nacht seine Lebensfunktionen einstellen würde. Der nagelneue Reisepass mit der Genehmigung zur Ausreise aus der DDR lag auf dem Schreibtisch. Daneben der Impfausweis und ein in Leder gebundenes Notizbuch. Mit einem dicken Filzstift hatte sie »Pflanzpfade« auf den Buchrücken geschrieben. Bruce Chatwin hatte seine Reisen durch das Innere Australiens als »Traumpfade« aufgeschrieben und stellenweise wohl mit erfundenen Begegnungen ausgeschmückt. Vielleicht hatte er gar nicht mit all den Menschen gesprochen, die er darin beschrieb. Vielleicht hatte er sich letztlich selbst mit seinen Schilderungen geschmeichelt, während die Aborigines nur der Dekoration seiner Eitelkeiten dienten. Vielleicht war sowieso jedes Buch von Chatwin bis Strasburger, das Margrit in ihrem Leben gelesen hatte, nichts als ein Abbild der Träume ihrer Verfasser, die sie als Wahrheit verkaufen konnten, nur weil ihnen niemand widersprach. Nun stand ihr selbst die ganze Welt offen. Konnte sie selbst entscheiden, ob sie sich den Traumfabrikanten anschloss oder die Dinge so aufschrieb, wie sie ihr begegneten.

Ihre erste Reise, am Morgen des 10. November einer neuen Zeitrechnung, sollte sie nach Venedig führen. Zunächst in den Botanischen Garten von Padua.

Margrit wollte sie nutzen, die neue Freiheit. Wollte den ersten Schritt wagen. Ihn endlich anzurufen, den vertrauten Unbekannten. Zum ersten Mal seine Stimme hören. Ihnen stand nichts mehr im Weg. Margrit wollte ihn besuchen, sobald sie zurück war. Oder er käme zu ihr. Sie würde ihre Wohnung aufräumen. Ausmisten. Putzen. Bestimmte Bücher und Schallplatten ließe sie wie zufällig offen herumliegen, damit er mehr von ihr sah als nur das Äußerliche, das an ein spätes Mädchen mit Komplexen erinnerte. Sie würde Salat bereiten aus dem selbst gezogenen Gemüse vom Balkon. Vielleicht war er ja wirklich einer von ihrer Art. Dann könnte sie ihm getrost von ihrem Experiment erzählen.

Im Frühbeet war Margrit mit der Herbstzeitlosen und der Alraune die Kreuzung zweier extrem giftiger, in ihrer Heilwirkung aber genauso starker und ebenso nährstoffreicher Pflanzen gelungen. Im extrem trockenen Boden Äthiopiens, herangezogen unter Planen, an denen die anhaltende Hitzeeinwirkung Kondenswasser bildet, würde Margrit diese Chimären dem Nahrungsmangel entgegensetzen. Vielleicht machte Steiner sogar mit bei ihrer nächsten verrückten Idee. Als Kind hatte sie fasziniert von den Selbstversuchen der Ärzte gelesen. Von Menschen, die sich freiwillig an Kuhpockenwunden infizierten. Sich unter Strom setzten. Sich über eine Vene einen Katheter ins Herz einführten. Nun war es an der Zeit, dass die Botaniker nachzogen, fand Margrit. Sie war bereit. Mit dem vorsichtig dosierten Verzehr der Herbstzeitlosen würde sie einen Anfang machen.

Margrit schaute auf die Uhr. Es war Mitternacht. Ein Telefonapparat stand auf seinem Schreibtisch, der andere hing im Labor an der Wand. So hatte er es ihr detailliert beschrieben. Auch, wie gern er sich nachts in Ruhe die Versuchsreihen anschaute, die seine Laboranten tagsüber fabriziert hatten. Sicher wandelte er in diesen Stunden dort herum. War ihr der Weg zur Telefonzelle für einen Anruf bei ihrem Vater vor ein paar Minuten noch zu weit erschienen, zog sie jetzt Schuhe an und Jacke über. Wahrscheinlich hatte Steiner noch gar nichts von der Pressekonferenz mitbekommen, die einen 40 Jahre währenden Zustand beendet hatte, wie man einem Hund eine Zecke aus dem Fell zog. Einfach so. Das Klingeln würde ihn aus seinen Gedanken reißen. Und dann wäre sie dran, etwas zu sagen … Die Idee, ihn anzurufen, fühlte sich plötzlich nicht mehr so gut an. Sie zog die Jacke wieder aus. Streifte die Schuhe von den Füßen. Wusch ihr Gesicht. Schaute lange auf ihr Spiegelbild. Wassertropfen liefen wie Tränen über ihre Wangen. An jenem Nachmittag im Oktober waren die Tränen nur so aus ihren Augen geflossen. Als man die Urne mit der Asche ihrer Mutter in ein winziges Loch hinabsenkte und der Pfarrer doch gerade noch zu Margrit gesagt hatte, ihre Mutter säße jetzt oben auf einer Wolke und beobachte ihre kleine Tochter. Die Lüge der Erwachsenen hatte Margrit viel mehr als der Tod ihrer Mutter verunsichert. Hinter der Lüge schien ein Geheimnis, eine dunkle Verschwörung zu stecken.

Außerdem wollte Margrit nicht von ihrer Mutter beobachtet werden. Das hatte ihr immer nur Ärger eingebracht.

KAPITEL 31

Was wäre diesem Land und seinen Menschen erspart geblieben, wären die Grenzen früher geöffnet worden. Nach einem Probelauf, der wie so viele andere Experimente zur Geschichte gehörte, hätte man es doch ahnen und dann korrigieren können. Nicht die große weite Welt lockte den Menschen weg von der Heimat. Nur das Verbot, sie zu entdecken. Margrit wollte nichts als entdecken. Wollte bereichert und glücklich, den Kopf voller Ideen für ihre eigene kleine Welt, wieder nach Hause kommen.

In Venedig war der Nachthimmel wie der über dem Kollwitzplatz. Ein wildes Aquarell aus Tiefblau und Schwarz. Sie saß im Vaporetto. Eingequetscht zwischen fröhlichen Nachtschwärmern, einer Mischung, die vom Piazzale Roma bis Accademia an jeder Station eine neue war. Jeder betrat schwankend das schwankende Boot. Hin und wieder trieb es einen hinaus unters Vordach, um über die Reling zu kotzen. Kein Aufheben wurde darum gemacht. Mund abgewischt. Kragen hochgeklappt. Sich zurück ins Gedränge gestellt bis zum nächsten Halt.

Auf einem vorbeiziehenden Wassertaxi sah Margrit einen graumelierten Mann im zweireihigen Sakko. Die Arme verschränkt stand er da. Ließ den Blick gnädig schweifen und wirkte dabei wie auf einer Sänfte. Ein Kapitän der Nacht. Alles außer ihm war Schwanken in der schwankenden Stadt. So auch der Bootssteg, an dem Margrit aussteigen musste. San Zaccaria. Das metallische Krachen beim Anlegen hallte noch lange in ihr nach.

In Padua am Tag darauf hatte sie Festland und den Boden des ältesten Botanischen Gartens von Europa unter den Füßen. 400 Jahre gelebte Fantasie, dachte Margrit. Ihre Hand ruhte auf der Mauer, die damals nächtliche Räuber von den heißbegehrten Heilkräutern fernhalten sollte. Füße und Schultern schmerzten nach dem langen Tag. Als sie wieder im Bus saß, der sie zurück in die Lagunenstadt brachte, spürte sie nichts als Glück.

Steiners Worte fielen ihr ein: *Lassen Sie mich teilhaben an Ihrer Eroberung dieser Welt, in der ich als Fremder zu Hause bin.*

Am nächsten Tag gönnte sie sich auf dem Weg zur Universität in einer kleinen Gasse im Schatten des Palazzo Grassi zusammen mit Dottore Scacci einen Weißwein. »Sich etwas zu gönnen« war einer dieser kleinen Funken, die eine Reise in einem Menschen zünden konnte. Und damit Lebensqualität. Margrit aß und trank fortan nicht mehr. Sie »gönnte« sich das Essen, das Trinken.

Scacci war ein energetischer, auffallend kleiner und eloquenter Mann mit graumeliertem Haar. Seine Begeisterung übertrug sich sofort auf Margrit. Schon nach wenigen Minuten hatte sie das Gefühl, ihn seit Jahren zu kennen. Die Universität bot Wirtschaftszweige als Studienrichtungen an. Margrit wollte den nach Scaccis Meinung überaus ambitionierten, aber zu betriebsblinden Studenten ihre Vision einer Weltwirtschaft vorstellen, die einer Landwirtschaft entsprach, von der alle Menschen satt wurden. Scaccis Englisch war tadellos. Margrit fiel es leicht, ihm zu folgen. Zumal er sie mit jedem Satz hofierte.

»Ich hätte gern eine Studentin wie Sie gehabt, Signorina Kunkel. Ihre Generation ist nicht gerade vom Gedanken der Nachhaltigkeit geprägt, von der Sie so wissend und so selbstverständlich schreiben. Sie eingeladen zu haben ist Ausdruck meiner großen Hoffnung, dass Wissenschaftlerinnen wie Sie den Platz von uns alten Herren einnehmen, nicht diese Goldsucher mit Aktienoptionen auf eine Zukunft, die sie gerade zerstören.«

Später im lichtdurchfluteten Hörsaal kam Margrit mit einigen Studenten ins Gespräch. Skeptisch erkundigten sie sich nach dem Land, aus dem sie kam. Als müssten sie erst noch entscheiden, ob es der bevorstehende Vortrag wert war, zu bleiben. Scacci setzte sich in die erste Reihe. Nickte ihr aufmunternd zu.

Margrit hatte sich fast ein Jahr lang vorbereitet. Sie sprach frei. Begegnete ihren Zweiflern auf Augenhöhe. Erzählte souverän von neuesten Berechnungen, die ergeben hatten, dass jedem Menschen im Durchschnitt 2.000 Quadratmeter Ackerfläche zur Verfügung standen. Pro Nase eine Parkfläche, die 200 Autos fasste. Ihre Ideen zur Bewirtschaftung schrieben viele ihrer Zuhörer eifrig mit. Als nach ihrem Vortrag auch jene Studenten auf sie zukamen, die ihr vorher etwas hochnäsig begegnet waren, war sie so glücklich, dass sie es nicht erwarten konnte, mit diesem Hochgefühl im Gepäck wieder nach Hause zu fahren.

Scacci ließ es sich nicht nehmen, Margrit am Abend zum Flughafen zu bringen. Verabschiedete sich mit wiederholten Einladungen. Drückte ihr fest beide Hände.

Gegen Mitternacht kam sie in ihre Wohnung. Sie setzte sich an ihren Schreibtisch am Fenster. Genoss den Blick über die Dächer in den Novemberhimmel. Spürte die Grenzenlosigkeit ihres neuen Lebens und die Fügung des einzig richtigen Zeitpunkts. Auf einem Zettel an der Wohnzimmertür standen ihre nächsten Ziele untereinander. Stadt für Stadt. Venedig war abgehakt.

Scacci würde auch die nächste Referentin mit vielsagenden Blicken begrüßen und wieder verabschieden. Da machte sich Margrit nichts vor. Sie hingegen hatte noch zu viele Ecken der bisher verschlossenen Welt zu entdecken, als dass sie zweimal an den gleichen Ort reisen würde. Steiners Kontakte brauchte Margrit nicht mehr. Sie hatte längst gelernt, wie einfach es war, mit einem aussagestarken Brief und ein paar hektografierten Artikeln aus namhaften Fachzeitschriften Eindruck zu schinden. Margrit konnte nahezu jeder Universität und botanischen Einrichtung weltweit einen Vortrag aus ihrem Ideenpool anbieten, um eingeladen zu werden. Ein gewisser Ost-Charme haftete ihr außerdem an. Zumindest hatte niemand das Gefühl, sie wolle Heizdecken verkaufen (was gerade groß in Mode kam).

Als auch ihre Briefe an verschiedene führende Universitäten in Afrika mit Einladungen beantwortet wurden, fühlte sich Margrit dem Ziel ihrer Arbeit so nah wie nie zuvor.

In Berlin bereiteten drei Millionen Menschen, die einander über Jahrzehnte entfremdet worden waren, eine gemeinsame Silvesterparty vor. Margrit trat im 9.000 Kilometer entfernten »Nairobi Arboretum« vor Studenten auf, die am Turkana-See eine Zuchtanlage für Blaualgen betrieben. Sie war überwältigt von der Idee, dass die filigranen Gewächse das beschämendste Übel der Menschheit beseitigen könnten: die Mangelernährung auf einem so opulent mit Land und Rohstoffen ausgestatteten Kontinent wie Afrika. Der Botanische Garten Nairobis sah aus wie ein Urwald. Wie die Blaupause für Margrits Traum einer neuen Gartenkultur, in der die Pflanzen ihre Freiheit hatten. Polizisten in fadenscheinigen Uniformen gingen ihre Runden im Park. Grüßten freundlich. Eine seltsame Organisation von Ordnungshütern, wie sie ihr überall in Nairobi begegneten. Nachts sah sie diese »Watchmen« an den großen Straßenkreuzungen der Stadt. Mit Pudelmützen zur Uniform. Wie sie sich in kleinen Holzhäuschen wärmten. Wie sie Haschischzigaretten rauchten und dabei das Geschehen auf der Straße im Blick behielten. Margrit war in Afrika. Auf dem Kontinent, der im selben Takt ihrer inneren Uhr tickte.

Der Postbote stand gerade an den Briefkästen, als Margrit nach ihrer Rückkehr aus Nairobi das Haus betrat.

»Mannmannmann, sind Sie 'n vastecktes Konsulat oder sowatt? An Firma Kunkel jeht ja momentan die Post sämtlicher vaeinta Nationen!«

Der junge Mann pfiff durch seine Zahnlücke. Überreichte Margrit einen Brief mit arabischem Poststempel mit dem Absender der Cadi-Ayyad-Universität in Marrakesch. Draußen zeigte sich der Januar von seiner graunassen Seite. Margrits Haut hatte mittlerweile die typische Färbung einer Reisenden. Bräune bis zum Rand des T-Shirt-Ärmels. Über den Augen die Kontur der Sonnenbrille. Sie nahm das kleine Stoffpüppchen aus ihrer Manteltasche, das sie bei einem Straßenhändler in Nairobi gekauft hatte. Drückte es dem Postboten in die Hand.

»Wenn ich erst UNO-Generalsekretärin bin, dann können Sie die dem Meistbietenden verkaufen.«

Glücksbringer sollte man weitergeben, dachte Margrit. Das Glück kam ohnehin zu dem, der nicht pausenlos Maskottchen dafür anbetete.

Der Postbote nahm das Püppchen an sich. Tippte sich feixend an die Stirn. »Ick fahr in Somma erstma nach Mallorca, um zu kieken, von wo meine tollen Westvawandten imma ihre Postjarten an uns bedauanswerte Ossis jeschickt ham«, sagte er beim Hinausgehen. »Anjeblich deutsche Partymeile, deutsche Mjusik und Schnitzel. Fragtma sich wirklich, wovor die Bonzen so 'n Schiss hatten mit ihre Reisevabote. Schön' Tach noch.«

Fragt man sich wirklich, dachte Margrit, als sie in ihre Wohnung hinaufging.

Zwischen die Reiseführer und venezianischen Faschingsmasken stellte sie eine holzgeschnitzte Giraffe und die schlanke Skulptur eines Massai ins Bücherregal. Eine Rückversicherung dafür, dass alles wirklich geschehen war.

Margrit nahm ein Buch über Marrakesch heraus. Machte sich Notizen über die Gärten der Stadt. Zeichnete die Wege zu den Olivenhainen und Wasserbassins der Menara-Gärten ein. Prüfte, wie weit es von der Universität zum Jardin Majorelle war – dem lebendigen Spiel aus Pflanzen und Farben. Geschaffen von Yves Saint Laurent.

Die Reise stand in zwei Wochen an. Den Vortrag würde sie auf ihrem Rückflug von Hongkong vorbereiten. Die ganze Welt war zu einem einzigen Botanischen Garten geschrumpft. Nun blieben ihr nur noch wenige Stunden, um erneut zu packen. Bereits am folgenden Abend ging ihr Flieger in die chinesische Metropole. Sommerliche Kleidung mitten im Winter. Die ehemalige britische Kronkolonie wartete mit frühlingshaftem Wetter und dem für Piloten am schwersten anzufliegenden Flughafen der Welt auf. Kai Tak lag nördlich der Kowloon-Bucht in der Innenstadt. Zwischen deren Wolkenkratzern sich die starken Küstenwinde verfingen.

Margrit hatte ihr Leben allein in dem Haus ihrer Eltern begonnen. Hatte sich im Garten ihre eigene Welt gebaut. Und genau so führte sie ihr Leben nun weiter. Baute sich um ihre kleine Wohnung herum einen großen Garten aus Möglichkeiten. Und wer sie dabei in Ruhe ließ, der hatte nichts zu befürchten.

Margrit schaute aus dem Bullauge neben ihrem Sitz direkt in die Fenster der Hochhäuser und erlebte unter extremem Schütteln im Flugzeug eine butterweiche Landung. Instinktiv schlug sie ein Kreuz über ihrer Brust. Das afrikanische Glückspüppchen konnte sie ja nicht mehr beschützen. Bestimmt machte es auch in der Hosentasche des Postboten einen exzellenten Job.

Ein paar Dutzend Studenten hatten sich eingefunden zu ihrem Vortrag im lichtdurchfluteten Vorlesungssaal der Universität. Hatte Margrit schon bei Steiner mit dem Thema Nachhaltigkeit den richtigen Nerv getroffen, rannte sie nun mit ihrem Vortrag zum selben Thema an der University of Hong Kong offene Türen ein. Hier war man bereits viel weiter. In dem Moloch aus Beton und Abgasen, in dem man nun schon Land vor der Küste aufschüttete, um weiterbauen zu können, forschte eine ganze Fakultät der Universität an einer globalen Lösung ökologischer Probleme auf der Basis natürlicher Ressourcen.

Gedankenverloren ging Margrit im Hong Kong Park auf hängenden Brücken in Baumwipfelhöhe spazieren. In wenigen Wochen hatte sie sich Wissen im Austausch mit Menschen angeeignet, die genauso tickten wie sie selbst, das ihr vier Jahre Studium und eine Dissertation nicht hatten vermitteln können. Und diese Menschen gab es genau in den Ländern, die von den Großen entweder als Verursacher oder Opfer abgetan und außen vor gelassen wurden.

Das Schönste an den Reisen waren für Margrit die Pflanzen, die ihr weltweit begegneten. Diese cleveren Wesen lungerten überall an den Ecken und Hauswänden herum. Nahmen alles wahr und bekamen alles ab, was der Mensch in ihrer Nähe an Gutem und Bösem hervorbrachte. Dieses Geranke und Gestrüpp überall. Dieses Raunen und Wispern. Ein Spritzen und Platzen und verströmter Duft und Gestank. Ein Modern und Morasten und dann das Verwurzeln in einer dem Menschen verborgenen Welt. Ihr Buch der »Pflanzpfade« füllten bald schon Notizen und getrocknete Blüten, Wurzeln, Bustickets und Kneipenquittungen von Asien bis Afrika. Mit dem Reisen verhielt es sich wie mit den Abenteuerspielplätzen ihrer Kindheit. Als der Vater ihr endlich erlaubte, draußen zu spielen, war es ihr nicht mehr wichtig. Als Margrit im Winter 1991 nach ihrem Vortrag über eine Welt-Landwirtschaft im Pariser Jardin des Plantes auf stehende Ovationen blickte, wusste sie, dass dies ihre letzte Reise gewesen war und sie sich nun umgehend an die richtige Arbeit jenseits der Podien machen musste.

KAPITEL 32

Hier also arbeitete er. Würde sie ihm jetzt zufällig begegnen, sie käme sich wie eine Stalkerin vor.

Er bewahrte Distanz zu ihr. Seit fünf Jahren schrieben sie sich Briefe und hatten sich noch nie getroffen. Die trennende Berliner Mauer gab es längst nicht mehr als Hinderungsgrund. Trotzdem zeigte Steiner kein Interesse, Margrit zu treffen. Also hielt sich auch Margrit zurück. Sie hatte langen Atem. Würde ihm keinen Schritt entgegenkommen. Ihre Kindheit hatte sie das Aushalten gelehrt.

Während sie an den Gewächshäusern vorbeiging, versuchte sie, sich ein Bild davon zu machen, wie Steiner jeden Tag hier entlanglief. Wie er auf dem Weg zu den Laboren im hinteren Teil des Gartens mit dem einen oder anderen Kollegen einen Plausch hielt.

Als Kind hatte sie den »Zauberer der Smaragdenstadt« gelesen. Diesen sagenumwobenen Herrscher über Mensch und Tier in seinem smaragdgrünen Königreich hatte noch nie jemand zu Gesicht bekommen. Als Monster stellte man ihn sich vor. Als Riese von ungeheurer Kraft. Oder als viel zu schön, um dem gewöhnlichen Menschen unter die Augen zu treten. Die Fantasie seiner Untertanen trieb schier unbeschreibliche Blüten. Nur die kleine Elli hatte schließlich den Mut, sich in den Palast zu schleichen, um der Sache auf den Grund zu gehen. Ein höllisches Raunen, Scheppern und Schreie erwarteten sie dort. Und ein leerer Thron, umgeben von dieser Geräuschkulisse, die direkt aus der Hölle heraufzudringen schien. Dann kam es hinter seinem Thron hervor: ein kleines, unscheinbares Männlein von dicklicher Statur. Plötzlich sah Elli auch all die Lausprecher an den Wänden. Ihre Vorstellung von dem respekteinflößenden Herrscher war entzaubert.

Immerhin hatte Steiner hier bereits fünf Jahre verbracht. War Bindungen, vielleicht sogar Symbiosen eingegangen mit dem Ort und den Menschen, die hier mit ihm arbeiteten. Seine Mitarbeiter schätzten ihn sicher. Dabei war Botanik trotz all ihrer Phallussymbole doch eher die Domäne des Weiblichen. Dieses Bild trug Margrit nun mal in sich, obwohl sie selbst in einer von Männern gegründeten Gärtnerei aufgewachsen war. Wie also war ein Mann von Steiners Format dazu gekommen, ausgerechnet als Direktor eines Botanischen Gartens Karriere zu machen?

Seit sie ihn teilhaben ließ an ihren Reisen, ihm Postkarten schrieb und kleine Berichte, klangen seine Briefe resigniert. Manche waren nur kleine Notizzettel. Mit Schreibmaschine getippt. Nur seinen Namen setzte er mit Tinte darunter. Obwohl sie unverändert förmlich miteinander kommunizierten, stand da jetzt nur noch »Claus«. Kein »Mit freundlichen Grüßen« oder eine andere Floskel. Nur sein Vorname stand da wie ein Punkt am Ende eines Satzes.

In seine Arbeit hatte er sich verbissen wie ein Krieger. Wie man es Bankern und Eishockeytrainern nachsagte. Er aber arbeitete mit pflanzlichem Gewebe und trug dort Kämpfe aus. Kalt und berechnend. Genau diese Eigenschaften brachte Margrit mit Steiner in Verbindung, ohne dass sie ihn damit für sich entzauberte wie damals den Zauberer der Smaragdenstadt. Im Gegenteil. Der Kampf um Finanzierung, der Erhalt des Gartens als Kulturgut, die Förderung der Forschungsarbeit durch den Senat und die Stipendien für freiwillige Helfer. Alles musste sich Steiner ständig neu erobern. Also hatte Margrit ihren Wunsch nach Eroberung zurückzustecken. Mit dem Gedanken lebte sie gern. Ihre Zeit würde noch kommen. Wenn sie es nur richtig anstellte.

Kinder rannten durch die Gegend. Es war einer dieser Sonntage, die auf Margrit lasteten wie Blei. Sie beobachtete Pärchen beim Spazierengehen. Manche Hand in Hand. Andere mit einer merkwürdigen Distanz zueinander, die nur durch ihre quirligen Sprösslinge um sie herum wieder ausgeglichen wurde.

Jeden Sonntag fand sich Margrit in ihrem Dilemma wieder. Einerseits diese Sehnsucht nach der Familie, die sie selbst nie hatte. Nach sommersprossigen Kindern, die aussahen wie sie selbst. Diesen Steiner hätte sie sich gut vorstellen können als den Mann, mit dem sie eines Tages Kinder haben würde. Die wenigen Fotos, die sie aus der Fachpresse kannte, zeigten ihn zwar als farblosen Typ. Aber ihr Herz hatte er längst erobert. Für sie war er der All-inclusive-Mann aus Intelligenz und Ausstrahlung, der einer Frau – die das erkannt hatte – alles geben konnte, was sie brauchte.

Margrit hingegen war 27 Jahre alt und mit ihrem Aussehen alles andere als zufrieden. Sie packte es nicht. Bekam die Kurve einfach nicht. Rannte nach wie vor in Secondhand-Läden, um sich ausgeleierte Klamotten derer zuzulegen, die nach einer Diät zu schlank dafür waren. So würde sie Steiner nicht beeindrucken. Allein durch ihren Grips bei ihm zu punkten, war Margrit einfach zu wenig. Würde sie letztlich nur zu Freunden machen. Zu zwei Freaks, die sich im Dämmerlicht über die Vermeidung von Rieselmüdigkeit und Wege zur Steigerung von Biomasseerträgen ereiferten.

Täglich schmiedete Margrit neue Pläne zum Abnehmen. Ein Gefühl für stilsichere Kleidung würde sie mit ein paar Pfunden weniger ganz automatisch entwickeln. Eigentlich war es von Vorteil, dass er so gar nicht auf ein Treffen drängte. Nur so blieb ihr die Zeit, um mit sich selbst ins Reine zu kommen. Ihm eines Tages, nicht aber heute, selbstbewusst gegenüberzutreten. Außerdem würden sie beide den Zauber ihrer Verbindung auf diese Weise so lange wie möglich am Leben erhalten. Bevor er einer Enttäuschung weichen konnte. Seiner Enttäuschung. Er war eloquent und schlagfertig. War gebildet und witzig. Wenn sie seine Briefe las, spürte Margrit jedem einzelnen, mit Schreibmaschine geschriebenen Wort nach. Das große »M« und das kleine »o« stachen als schwarze Punkte hervor. Steiner schrieb seine Briefe auf blauem Luftpost-Papier. Hielt Margrit einen davon gegen das Licht, konnte sie kleine Löcher sehen. So dünn waren die Blätter. Ihn konnte sie sich durchaus vorstellen als den Mann an ihrer Seite.

Andererseits war genau das die Illusion von einem Leben, das Margrit in der Realität nicht aushalten würde. Nach Hause zu kommen und dort jeden Tag Leute vorzufinden, die auf sie warteten. Einen Mann und Kinder, die wollten, dass sie Essen machte. Und Pläne für das Wochenende. Der Gedanke war ihr ein Grauen und versöhnte sie jedes Mal aufs Neue mit dem Leben, das sie führte. Vielleicht war sie ja dazu bestimmt, mit einem Gefühl statt mit einem Mann zu leben. Aber ihre Zufriedenheit darüber, so kompromisslos mit sich allein leben zu können, hielt niemals lange an. Spätestens am nächsten Sonntag voller verliebter Frühstückspärchen in den Straßencafés holte sie die Sehnsucht wieder ein. Dann wünschte sie ihn wieder herbei, diesen einen Menschen, der sie, Margrit, für sich haben wollte. Den alle anderen Frauen um sie herum zu finden schienen. Nur sie selbst nicht. Erst wenn sich abends die Dämmerung über die Stadt senkte und Margrit wieder am Schreibtisch vor dem Fenster ihrer kleinen Altbauwohnung saß, kehrte das Leben in sie zurück. So würde auch dieser Sonntag vergehen.

Der Garten war eine Enttäuschung. Das alte Backsteinhaus mit den Verwaltungsbüros wäre mit einer Schlingpflanze auf dem Mauerwerk viel besser zur Geltung gekommen als in dieser lieblosen Einheit mit den Laborräumen. Im Kakteenhaus gab es tatsächlich nichts als Kakteen zu sehen. Dabei war die Welt der Sukkulenten so bunt und variantenreich wie ein Korallenriff im Pazifik. Dem Mann im Pförtnerhäuschen musste man Kunststücke vorführen, um Beachtung zu finden. Der Veranstaltungshinweis am Schwarzen Brett war ein Jahr alt.

Steiner lag die Forschung am Herzen. Der Garten ringsum war nur Beiwerk. Margrit hatte sich ein paar Notizen gemacht und steckte den Block zurück in die Tasche.

Mit ihrem ersten Besuch in der Holländischen Gartenakademie belohnte sie sich für ihre Doktorarbeit, die sie gerade erfolgreich verteidigt hatte. Dr. agr. Margrit Kunkel. Nun trug sie den gleichen Titel wie Claus Steiner. Ein würdiger Anlass, in sein Reich vorzudringen.

KAPITEL 33

Gerade mal ein gutes Jahrzehnt hatte es gebraucht, die Welt zu globalisieren und zu digitalisieren. Um Schreibmaschinen zu Computern und Telefonzellen zu Handys zu transformieren. Doch in einem brandenburgischen Dorf plagte sich ein Kommissar noch immer mit zwei ungeklärten Todesfällen herum, von denen er mindestens einen für einen Mord hielt. Schminkte sich eine alleinstehende Frau noch immer vergeblich für einen Witwer weiter unten in der Straße. Folgte dieser noch immer den Jahreszeiten in seiner Gärtnerei und hegte dabei die Hoffnung, das Leben seiner Tochter möge genauso unbehelligt weitergehen wie der Lauf der Natur es trotz der Entwicklungen in der Welt tat.

In der Hauptstadt unweit des Dorfes sah es nicht anders aus. Hier ging eine Botanikerin nun doch wieder auf Forschungsreisen, weil ihre Wohnung sie mehr und mehr einengte, während einen Botaniker seine Arbeit nichts als langweilte, obwohl er dabei auf einen paradiesischen Garten blickte.

Im wiedervereinten Land starben Menschen bei Brandanschlägen. Nahmen sich Politiker das Leben. Die sexualisierte Welt wurde um Viagra und Ecstasy bereichert. Eine neue Währung halbierte das Haben und verdoppelte das Soll. Die herausragenden Symbole der größten Weltmacht fielen nach Flugzeugattentaten wie Kartenhäuser in sich zusammen. Der Osten des Landes versank in den Fluten der Oder. Aus einer Mobbingwebsite in Harvard entstand die größte Kontaktbörse der Welt. Alle Deutschen wurden Papst. Eine Fußball-WM wurde zum Straßenfest. Eine globale Bankenkrise von Steuerzahlern aufgefangen. Ein Afroamerikaner US-Präsident. Ein arabischer Frühling zum blutigen Herbst. Japan erlebte Tsunami und GAU. Der meistgesuchte Terrorist der Welt wurde in einer Lehmhütte erschossen. Der prophezeite Weltuntergang blieb aus. Ein Whistleblower löste eine weltweite Spionageaffäre aus. Alle Deutschen wurden Fußballweltmeister. Eine Völkerwanderung setzte ein. Und ein weiterer Weltkrieg begann, dessen Fronten nicht mehr auszumachen waren.

KAPITEL 34

Lieber Claus,

Sie haben aufgegeben, ich weiß nicht, was Sie aufgegeben haben, aber irgendeine Ader haben Sie gekappt, und es könnte genau die sein, die Sie doch so lange mit der täglichen Portion Energie versorgte, mit der Sie Ihre Artikel verfaßten (von denen ich kaum noch einen zu lesen bekomme, oder erscheint etwa gar nichts mehr?) und in der Gartenakademie bei der Arbeit waren. Ich will Sie nicht ärgern und in der Wunde bohren, sondern Sie motivieren, sich mir anzuschließen.

Ärgert Sie vielleicht der Weg, den ich gerade gehe, einmal quer durch die Welt?

Hätten Sie einige der Artikel, unter denen nun mein Name steht, vielleicht selbst gern geschrieben?

Fehlt Ihnen der Mut?

Es ist kein Zauberzeug, was ich betreibe (und ja, hier lasse ich Sie, und nur Sie, hinter die Kulissen des Kunkelschen Theaters blicken). Ich verbinde lose Enden miteinander, schaffe Theorien, die erst einmal logisch und realisierbar klingen, und dann stelle ich meinen Lesern und Zuhörern die Aufgabe, sich mit deren Umsetzung zu befassen.

Meinen Sie nicht, daß man auf diese Weise viel erreichen kann für diesen malträtierten Planeten, dem doch mittlerweile jede Lösung recht sein dürfte?

Sie waren der Erste – nach meinem Doktorvater –, dem ich von meiner Idee der Nutzbarmachung von Giftpflan-

zen erzählt habe. Und nun möchte ich, daß wir gemeinsam daran arbeiten und die Sache großmachen, zu einem Patent werden lassen.

Ich lege Ihnen meine Aufzeichnungen bei, die Kreuzung aus Alraune und Herbstzeitlose betreffend. Meine Chimären sind mir noch nicht optimal gelungen, sie sind noch zu anspruchsvoll für die Regionen, in denen sie wachsen sollen. Aber ich bin auf dem Weg, die Pflanze zu schaffen, die wenig Wasser braucht, resistent gegen Schädlinge ist, als Heilkraut, Nahrungsmittel und medizinisches Gift hohe Erträge bringt, und das ganzjährig. Nennen wir es »Herbstzeitlose«, unser Projekt.

Gibt es ein wir, ein unser?

Ich würde mich freuen.

Mit freundlichem Gruß, Ihre Margrit Kunkel, Januar 2015

Margrit faltete den Brief zusammen. Es war Zeit, dass sie sich Steiner als Verbündeten nahm. Die Konkurrenz aus den Reihen der Wissenschaftler erwachte. War Margrit zum Mauerfall noch eine der Wenigen gewesen, die das Ticket in die Freiheit nutzte, hatte nun längst auch der verschlafene Rest ihrer Kollegen nachgezogen. Jetzt waren sie viele, die auskundschafteten, was sich über Jahrzehnte auf der anderen Seite des Eisernen Vorhangs in der Pflanzenforschung getan hatte. Sie tummelten sich auf Symposien und Kongressen. Standen wie zu DDR-Zeiten Schlange für die Chance, einen wissenschaftlichen Vortrag zu halten.

Dennoch wappnete sie sich. Steiner war ein Fuchs. Über Jahre hinweg hatte er sie mit genau den Informationen gefüttert, die er für nützlich hielt. Sie hatte ihm aus der Hand gefressen. Dabei dreist ihre Ideen zu klauen, betrachtete er als Kavaliersdelikt, ohne dass er selbst mal ein Kavalier gewesen wäre. Und in einem Punkt war sie verwundbar: Sie hatte Gefühle für ihn entwickelt. So fremd ihr dieser Umstand auch war, so genau konnte sie sich an die Verletzung ebensolcher Gefühle erinnern.

Bei der Postfiliale in der Senefelder Straße gab sie den Brief per Einschreiben auf. Im »Osswald« schräg gegenüber gönnte sie sich ein frühes Bier.

KAPITEL 35

Das Kind hörte nicht auf zu quengeln. Dabei hatte es gar keinen Grund für so ein Theater. Links ein angekautes Brötchen und rechts einen Limonadenbecher mit Deckel in der Hand war es gut von seinen Eltern versorgt. Zumindest für die Fahrt in der S-Bahn, die kein Ende zu nehmen schien. Der Junge trug Turnschuhe mit blinkenden Sohlen. Sobald seine Füße aneinanderknallten, ging an den Schuhen die Diskobeleuchtung an. Margrit schaute von den Schuhen auf das Gesicht des Jungen. Auf das der Mutter, die daneben saß und zu seiner Beruhigung mit der Hand ihres Sohnes spielte. Auf das des Vaters, der gelangweilt vor sich hin aus dem Fenster starrte. Viel langsamer als sonst zogen dort die Stationen an Margrit vorbei. Zwar hatte sie es nicht eilig, denn Margrit hatte es nie eilig, weil es schlichtweg nichts gab, das nicht warten konnte. Im Gegenteil: Die Wichtigtuerei ihrer Zeitgenossen, die das Wort »Zeit« für sich gepachtet hatten und jeden zweiten Satz am Handy mit der Ergänzung »keine« malträtierten, ging Margrit mächtig auf die Nerven. An diesem Morgen jedoch zog sich alles grundlos in die Länge.

Noch zwei Stationen. Dann würde sie aussteigen. Den kleinen Jungen und sein Jaulen im nervtötenden Stakkato endlich hinter sich lassen.

Margrit ging zur Tür. Der Junge schob sich quengelnd zwischen seine Mutter und seinen Vater, die sich hinter Margrit positionierten. Margrit schaute zu Boden. Sah die blinkenden Turnschuhe.

»Nächste Station Lichtenberg. Übergang zur U-Bahn-Linie 5 und zum Regionalverkehr. Ausstieg links.«

Plötzlich war der Junge ruhig. Margrit schaute sich nach ihm um. Zuerst begegnete ihr der angestrengte Blick des Vaters. Dann der gleichgültige der Mutter. Der Junge schwieg und starrte erwartungsvoll zur S-Bahn-Tür, die sich jeden Moment öffnen würde. Hübsch war er. Kam weder nach dem Vater noch nach der Mutter. Schwarze Haare. Blaue Augen. Lange Wimpern. Mit dem trotzigen Zug um die Lippen sah er aus wie ein cleveres Kerlchen.

»Ausstieg links«, tönte es nochmal. Dann öffnete sich die Tür.

Vielleicht würde mal was aus dem Pflänzchen, dachte Margrit. Lächelte ihn kurz an und stieg aus.

Der Junge riss sich von seinen Eltern los. Sprang raus auf den Bahnsteig.

»Darf ich hier lang?«, rief er ihnen zu. War schon halb auf der schrägen Rampe, die halbkreisförmig ins Untergeschoss zum Ausgang führte und für Rollstühle und Kinderwagen gemacht war.

»Lauf langsam!«, gab ihm die Mutter noch mit. Als sei es der Sinn von blinkenden Turnschuhen und einer wunderbar schrägen Fläche, darauf langsam zu laufen.

Margrit sah ihn wegrennen. Sah, wie er auf der Schräge immer schneller wurde. Hörte das in der Ferne verhallende Quieken. Währenddessen bewegten sich der Vater und die Mutter träge zur Treppe.

Margrit schaute dem kleinen Spektakel noch einen Moment zu, bis die blinkenden Turnschuhe und ebenso die Eltern aus ihrem Blickfeld verschwunden waren. Langsam stieg sie die Treppenstufen hinunter ins Untergeschoss. Die Rolltreppe neben ihr führte nach oben. Genau in die Richtung, die sie nicht einschlug. Wie fast immer. Denn eigentlich bevorzugte Margrit die Rolltreppe. Sie liebte Rolltreppen und Laufbänder für ihre Langsamkeit, bei der man stehen und nachdenken konnte und trotzdem vorankam. Von den Menschen in Tokio hieß es, sie befolgten die Ampelregelung auch an leeren Kreuzungen, weil sie dann im Tempo der Großstadt innehalten und entspannen konnten. Wenigstens für einen Moment. Langsamkeit in einer temporeichen Welt war wie wilder Wein an einer verwahrlosten Mauer. Sie setzte sich gegen jede Erschwernis durch und gewann schließlich die Oberhand, hoffte Margrit.

Im Untergeschoss standen die Eltern des Jungen. Von dem Jungen war nichts zu sehen. Nichts zu hören. Eine alte Frau mit einem Einkaufsroller kam die Schräge heruntergelaufen. Von unten startete eine Truppe Jugendlicher einen Wettlauf nach oben. Der Junge mit den blinkenden Schuhen hätte längst um die Kurve kommen und im Blickfeld der Eltern auftauchen müssen. Margrit blieb stehen. Die Mutter und der Vater strahlten immer noch Ruhe aus, während sie den polierten Weg ein Stück nach oben gingen. Plötzlich, als habe er soeben verstanden, was diese Suche bedeuten könnte, drehte sich der Vater um und rannte in die entgegengesetzte Richtung zurück. Sprang hastig auf die Rolltreppe. Nahm zwei Stufen auf einmal. Schob die Leute beiseite, die ihm im Weg standen. Blieb atemlos oben auf dem Bahnsteig stehen, von dem aus der Junge gerade noch quiekend nach unten gelaufen war. Die Mutter rannte eilig weiter. Die Schräge hinauf. Beide wollten ihrem Sohn so entgegenlaufen, der doch irgendwo sein musste. Der vielleicht gestürzt war und nun am Boden lag. Bewusstlos mit einer Platzwunde am Kopf. Aber am Leben. Oder er war in eine seiner kindlichen Entdeckungen vertieft. Vielleicht hockte er vor einer toten Maus. Oder es saß dort ein alter Penner, der Geschichten erzählte und den Jungen damit aufhielt …

Verzweifelt suchten die Eltern ihr Kind. Suchten es auf den wenigen Metern, auf denen es sein musste und wo es doch schon längst nicht mehr war.

Margrit stand immer noch wie gelähmt unten an der Treppe und durchlebte, was keiner der Menschen hier mitbekam, die eilig oder gelassen zu ihren Zügen gingen oder in die Geschäfte strömten. Die herumstanden und sich unterhielten. Bierflaschen leerten und Hunde streichelten. Nur Margrit konnte sehen, welche Tragödie sich oben auf dem Bahnsteig abspielte. Sie sah es mit geschlossenen Augen. Als sie die Augen wieder öffnete, sah sie, wie Vater und Mutter die Treppe heruntergelaufen kamen. Panik in ihren Gesichtern. Kein Kind bei sich. Keinen Limonadenbecher. Kein angekautes Brötchen.

Die Mutter starrte Margrit unverwandt an, ohne das Zeichen eines Erkennens im Blick. Dabei hatten sie sich in der S-Bahn eine halbe Stunde gegenübergesessen. Margrit hatte mehr als einmal genervt in ihre Richtung geblickt. Die Mutter musste Margrits versteinerten Gesichtsausdruck doch bemerkt haben, während ihr Sohn unablässig gequengelt hatte. Aber die Frau schien plötzlich alles um sich herum zu vergessen. Die Sorge um ihr verschwundenes Kind. Den ratlos brabbelnden und fahrig gestikulierenden Mann an ihrer Seite. Diesen Tag, der doch für irgendetwas begonnen hatte. An dem die kleine Familie auf dem Weg irgendwohin gewesen war. Sie zeigte mit ausgestrecktem Arm auf Margrit.

»SIE!«, schrie die Frau. »SIE WAREN DAS!«

Margrit schaute sich beschämt um. Die Situation war ihr peinlich. Sie stellte sich vor, was all die Menschen von ihr denken könnten. Dabei wusste niemand, worum es hier ging. Aber jeder bekam mit, dass sie, Margrit, etwas Böses getan haben musste und nun wie ein Ladendieb vorgeführt wurde. Doch plötzlich waren keine Menschen mehr im Bahnhof, nur Margrit, die schreiende Frau und der brabbelnde Mann. In der Luft lag der Schrecken über das verschwundene Kind. Margrit wollte losrennen. Wollte sich in Richtung des Ausgangs retten. Am Backstand vorbei, der eben noch umlagert und nun menschenleer war. Nur noch raus aus diesem Geisterbahnhof, aus dem Kinder verschwanden und in dem Menschen verrückt wurden. Sie war völlig bewegungsunfähig. Konnte den Blick der Frau nur mit einem, nun ebenfalls panischen Schulterzucken beantworten.

Von irgendwoher ertönte plötzlich eine Alarmglocke. Der Vater hielt in seinem sinnlosen Gebrabbel inne, das ihm seinen Sohn bisher nicht wiedergebracht hatte. Rannte dann erneut die Treppe hinauf. Über den Bahnsteig. Die Schräge wieder runter. Er sprintete wie ein Crossläufer im Training. Drehte mehrere verzweifelte und wilde Runden. Immer wieder an den beiden Frauen vorbei, von denen die eine nur dastand und die andere unablässig schrie: »SIE WAREN DAS! SIE WAREN DAS!«

Das Geschrei und das Schrillen der Alarmglocke waren ohrenbetäubend. Der Alarm, der nun seit einer gefühlten Ewigkeit in die Leere des Bahnhofs hineinschrillte, übertönte die Worte der Frau. Der Bahnhof bebte von diesem Chaos aus Lärm. Bis nur noch der laute Klingelton blieb, der tausendfach verstärkt von den Wänden ins Bahnhofsinnere zurückprallte. Margrit kniff die Augenlider fest zusammen. Hielt sich die Ohren zu – und fiel aus dem Bett.

Es klingelte minutenlang erbarmungslos weiter, bis Margrit vollends wach war. Der digitale Wecker zeigte Datum und Uhrzeit an: Es war der 2. Februar 2015, Punkt 7 Uhr. Mit der Handkante schlug sie auf den kleinen Kasten auf dem Nachttisch. Noch benebelt hielt sie sich die Hand vor die Augen und sah, dass eine Fliege daran klebte. Jenes Tierchen, das ihr die Nacht zum Tag gemacht hatte, bevor Margrit für eine verzweifelte letzte Stunde in einen tiefen Schlaf mit diesem furchtbaren Traum gefallen war.

KAPITEL 36

Bei Harald Kunkel lief die »Sportschau«. Den größten Vorteil der Grenzöffnung sah er noch immer in der Tatsache, dass er nicht mehr aufs Dach klettern musste, um die Antenne für das Westfernsehen zu richten. Ansonsten hatte sich für ihn über all die Jahre hinweg nicht viel geändert. Obwohl der »Konsum« schon lange »Edeka« hieß und alles an Obst, Gemüse und Früchten bot, was aus der Welt und vor allem aus Holland geliefert wurde, kauften die Leute weiterhin bei ihm ein.

Das erste Klingeln ignorierte er. Der altmodische Streich des Klingelputzens war auf dem Land noch immer so etwas wie ein Abenteuer. Erst als es ein zweites und gleich darauf ein drittes Mal klingelte, erhob er sich missmutig und ging um die Ecke zur Toreinfahrt. Er war den ganzen Tag noch nicht draußen gewesen. Merkte erst jetzt, wie kalt es geworden war. Es nieselte Regen und Eis. Die Natur war an der Kippe vom Herbst zum Winter. Er musste unbedingt die Regentonnen leeren und umdrehen, fiel ihm dabei ein. Gleich morgen, nahm er sich vor.

Draußen auf dem Fußweg stand eine Frau, die er kannte. Die wie er schon seit Jahren allein lebte. Die er gerne näher kennenlernen würde. Mit der er allerdings keine schönen Erinnerungen verband. Was wollte sie von ihm? Nach der langen Zeit ihm erneut die Schuld für etwas geben, das er gar nicht getan hatte? Natürlich hatte er es bemerkt, als sie ihn nach Frieders Auffinden vor fast 17 Jahren von heute auf morgen wieder freundlich gegrüßt hatte. Doch hatte er ihr keine Beachtung geschenkt. Zu tief hatten ihre Verdächtigungen ihm gegenüber noch gesessen. Dass sie ihm seit geraumer Zeit erneut schöne Augen machte, schmeichelte Harald Kunkel mittlerweile. Aber was hatte das schon zu bedeuten?

Statt etwas zu sagen, schaute er sie an.

Harald Kunkel trug ein löchriges Baumfällerhemd. Seine Cordhose wurde von Vaters Hosenträgern des letzten Jahrhunderts gehalten, das im letzten Jahrtausend lag. Seinen Bart hatte er sich schon ewig nicht mehr gestutzt. Wahrscheinlich hingen da sogar noch Ei-Reste vom Frühstück drin. Sein Deo konnte nicht versagen, weil er gar keins genommen hatte. Sich zu duschen hatte er schlichtweg vergessen. Von seiner Bierfahne ganz zu schweigen. Er hätte also gut verstanden, wenn die Frau bei seinem Anblick auf dem Absatz kehrtgemacht hätte.

Doch sie sagte nur: »Guten Abend, Herr Kunkel. Ich hoffe, ich störe nicht.«

»Ach … wobei denn … Sie stören doch nicht …«, stammelte er.

Nach einer weiteren Runde gemeinsamen Schweigens kam er auf eine Idee, für die er sich noch Jahre später auf die Schulter klopfen sollte: Er bat die Frau herein.

Schnell schaltete er den Fernseher aus. Warf eine Sofadecke über den Haufen gewaschener Wäsche, den er schon seit Tagen in den Schrank befördern wollte. Schleppte die leeren Bierflaschen, fünf in jeder Hand, das war sein persönlicher Rekord, in die Küche. Auf dem Rückweg etwas Spucke auf die Hände, die sich dort leider mit ein paar Tropfen Bier aus dem Leergut vermischten. Einmal durchs Haar gefahren und zurück in die Arena.

Da stand sie und sagte: »Ich will Ihnen aber keine Umstände machen.«

Samstagabend während der Sportschau bei einem fußballverliebten Einsiedler klingeln und dann keine Umstände machen wollen, dachte Kunkel und sagte »Machen Sie gar nicht! Nehmen Sie Platz.«

Die Frau fand tatsächlich einen freien Sessel.

»Was darf ich Ihnen anbieten?«

Eine angebrochene Büchse Bohnen, Pressfleisch ebenfalls aus der Dose, Lachsersatz oder aufgewärmte Schinkennudeln, schoss es ihm durch den Kopf. Dazu jede Menge Bier. Davon war reichlich da. Und Lauterbacher Tropfen. Die Flasche gäbe zumindest noch eine halben her.

»Erdnussflips vielleicht?«

Die waren ihm zuletzt eingefallen, kein Wunder, so lange wie die schon lagen.

»Das wäre ganz reizend. Ja gern.«

Ungelenk schüttete er die Flips in eine Schale. Die andere Hälfte ging daneben.

»Das macht doch nichts«, sagte die Frau. Sie begann, die Flips vom Tisch zu essen.

»Dazu ein Bier?«, fragte er vorsichtig.

»Nur wenn Sie auch eins mittrinken.«

Nein, ich wollte Ihnen genüsslich dabei zuschauen, dachte Kunkel. Holte eilig zwei Gläser aus der Küche, die er auf dem Weg noch schnell mit dem Hemdsärmel nachpolierte.

Er schenkte ein. Sie prosteten sich zu.

»Das nenne ich eine Überraschung.« Diesen Satz hatte Kunkel noch am Hoftor loswerden wollen. Aber irgendwie war ihm dann zu viel dazwischengekommen.

»Ich dachte, ich mach das jetzt einfach mal«, sagte sie schüchtern.

Das hatte sie gut gemacht. Er wäre nie auf die Idee gekommen, einfach so bei ihr zu klingeln. Dabei war das doch die einfachste Variante, sich kennenzulernen. Die Anerkennung ihr gegenüber wollte er nicht für sich behalten und sagte nun auch laut: »Das haben Sie gut gemacht.«

Über die Jahre waren sie sich immer nur gelegentlich begegnet. Mal zum Heiligabend in der Kirche. Mal nebenan auf dem Friedhof beim Blumengießen. Einmal, daran erinnerte er sich leider auch ziemlich präzise, im Dorfkrug. An dem Abend war sie überraschend dort erschienen. In einem roten Kleid. Sah aus, als wollte sie sich auf dem Weg zum Theater auf der Damentoilette nur schnell nochmal die Hände waschen. Aber sie hatte am Tresen Platz genommen. Sich ein Glas Wein bestellt. Dass sie ihn die ganze Zeit angeschaut hatte, war Harald Kunkel ziemlich unangenehm gewesen. Immerhin hatte er schon einige Gläser intus gehabt und sein Märtyrertum als Witwer auch nach Jahren noch in exzessivem Selbstmitleid gefeiert. Seine Tochter Margrit hatte ihm gerade gestanden, dass sie sich in den Sohn dieser Frau verguckt hatte und gefragt, ob er, der gestrenge Vater, wohl etwas dagegen hätte, wenn sie ihm demnächst mal die Gärtnerei zeigen würde. Frieder baue so schöne Pflanztische, hatte Margrit noch geschwärmt. Er könne sicher auch den Schuppen mal auf Vordermann bringen. Das hatte Harald Kunkel natürlich gerade noch gefehlt. So ein Holzwurm ohne Grips sollte sich einen anderen Ast zum Bohren suchen. Aber ganz bestimmt nicht seine Tochter, die nach ihrem Abitur gefälligst nach einem richtigen Mannsbild Ausschau halten sollte.

Beim Anblick der einsamen Frau in ihrem roten Kleid, so völlig deplatziert am Tresen des Dorfkrugs, war es ihm damals vorgekommen, als habe die sich in den Kopf gesetzt, sich der Einfachheit halber auch gleich einen Kunkel an die Seite zu holen. Das war ihm eindeutig zu weit gegangen. Für diese Art eines Flickenteppichs von Familie war Harald Kunkels schlichtes Gemüt weiß Gott nicht gemacht. Er hatte sich auch nicht dafür geschämt. Also hatte er die Blicke der armen Frau Loth ignoriert. Hatte zu seinem Bier zwei Schnäpse gekippt und schließlich einmal quer über den Billardtisch gekotzt, was wohl an der verdorbenen Bratwurst von der Abendkarte gelegen hatte.

Außer einem mulmigen Gefühl – Harald Kunkel wusste, dass sie ihm lange Zeit die Schuld am Tod ihres Sohnes gegeben hatte und verbuchte diesen Irrsinn als eine Form der Trauerbewältigung, die Schuldige brauchte – verband ihn rein gar nichts mit dieser Frau. Umso mehr erstaunte ihn selbst, welche Freude ihr unverhoffter Anblick ihm nun bereitete.

»Wie geht es Ihrer Tochter?«, fragte Karin Loth geradeheraus.

»Margrit geht es gut. Ich wünschte, sie hätte etwas mehr Zeit für mich. Aber sie mischt jetzt ziemlich weit oben mit. Falls es einen Gott der Pflanzen gibt, dann sitzt sie bei dem im Vorzimmer.«

Die Frau brach in ein so ansteckendes Lachen aus, dass Harald Kunkel gar nicht anders konnte, als mitzulachen.

Nach einer ganzen Weile beruhigte sie sich wieder und sagte: »So habe ich schon lange nicht mehr gelacht.«

Das sah man ihr leider auch an. Kunkel entdeckte tiefe Sorgenfalten auf ihrer Stirn. Um die Augen herum. In den

Mundwinkeln. Sie musste in etwa sein Jahrgang sein. Trotz der Falten hatte sie sehr schöne Haut. So weiß, als würde sie sich vor der Sonne schützen. An diesem Abend trug sie ein blaues Kleid, das ihre Augenfarbe wunderschön zur Geltung brachte. Und ihr Parfüm erinnerte ihn sogar durch seine Bierfahne hindurch an den Duft frisch geschnittener Sträucher.

»Na ja, vielleicht habe ich ja auch ein bisschen übertrieben. Aber lassen Sie uns nicht von Göttern und Halbgöttinnen reden. Oder doch …«, er räusperte sich und suchte nach Worten. »Wie geht es Ihnen, wollte ich nämlich fragen. Es ist ja ziemlich lange her, seit wir uns das letzte Mal unterhalten haben.« Der eine oder andere charmante Witz gelang ihm also doch noch, stellte Harald Kunkel fest.

»Das ist in der Tat lange her. Die Welt ist zwar ein Dorf, aber unser Dorf scheint die Welt zu sein, so wenig sind die Leute hier im Kontakt miteinander.«

Er war ein bisschen aus der Übung. Also nahm Harald Kunkel seinen ganzen Mut zusammen. »Das können wir ja ändern.«

»Das fänd ich schön«, sagte Karin Loth. Sie sah dabei aus, als meinte sie das ernst.

Er wagte sich noch weiter vor. »Gleich morgen?«

Sie tat, als müsste sie kurz überlegen. Sagte dann schnell: »Das passt mir. Ich hole Sie ab. Gegen Mittag?«

»Mittags habe ich nie etwas vor«, sagte Harald Kunkel glücklich.

Er begleitete sie durch den Schneeregen zum Tor.

Harald Kunkel konnte es gar nicht erwarten, die Haustür hinter sich zu schließen. Wie ein Wahnsinniger rannte er treppauf und treppab. Brachte endlich die Klamotten im

Kleiderschrank unter. Sammelte das dreckige Geschirr im ganzen Haus ein. Stopfte die Schmutzwäsche in die Waschmaschine. Kramte Kerzen aus der Kiste mit der Weihnachtsdekoration und stellte sie auf Untertassen ins Wohnzimmer und zwei in die Küche. Entfernte die Dreckkruste aus der Badewanne und goss zwei Liter antibakterielles Reinigungsmittel in die Kloschüssel. Als er völlig erschöpft in seinen Fernsehsessel fiel und auf die Uhr schaute, war es bereits nach Mitternacht.

Er hatte keine Zweifel. Die Sache war glasklar. Er war verliebt.

KAPITEL 37

Steiner schaute auf die Uhr, als es klopfte. Punkt 8 Uhr. Eigentlich brauchte er gar keine Uhr mehr. Er hatte ja Vollmer.

»Herein.«

»Guten Morgen, Doktor Steiner. Ich habe Ihnen die Unterlagen zu meiner Projektwoche mitgebracht. Heute ist der letzte Tag.«

»Ihr letzter Tag?« Steiners Müdigkeit wich schlagartig einem hellwachen Zustand.

»Der letzte Tag des Xerophyten-Versuches, ja.« Vollmer klang leicht verunsichert. In sein glattes, weiches Gesicht stieg ein Schuss Rot.

Das tat seiner faden Gesichtsfarbe gut, fand Steiner. Er hatte so etwas wie Mitleid mit dem Mann. Es war nicht richtig, junge Menschen in ihrem Enthusiasmus zu bremsen. Steiner bot ihm einen Stuhl an. Das hatte er noch nie getan.

»Erzählen Sie mir, was Sie herausgefunden haben.«

Vollmer setzte sich. Die Knie aneinandergepresst. Die Hände flach auf der Aktenmappe auf seinem Schoß. Den Rücken durchgedrückt und den Blick starr auf Steiner gerichtet saß er da.

»Ich möchte mich gern beteiligen.«

»Woran beteiligen?« Dass man dem aber auch alles aus der Nase ziehen musste, dachte Steiner. Er zündete sich eine Zigarette an. Hier war er in seinem Büro. Wem die Raucherei nicht passte, der sollte ihm eine E-Mail schreiben, statt ihn persönlich zu belästigen.

»Auch eine?« Er hielt Vollmer die Schachtel hin. Zu Steiners Erstaunen griff Vollmer zu.

»Danke. An Ihrem Projekt Herbstzeitlose möchte ich mitarbeiten, und ich sage Ihnen auch, warum.«

»Na, da bin ich ja mal gespannt.« Steiner winkte ab und gab ihm Feuer. »Aber erst mal ganz sachte. Was Sie ein Projekt nennen, ist im besten Fall der Hauch einer Idee. Ich habe bei Ihrem Vorstellungsgespräch ein bisschen viel geredet.«

Wie eine Hausfrau auf Speed hatte er dahergeschwätzt. Nur weil Margrit ihm in einem Brief gerade die geniale Idee einer Pflanzenkreuzung übermittelt hatte. Andere Männer brauchten Sex. Er brauchte eine geniale Idee von Margrit, um nur so vor Selbstbewusstsein zu strotzen. Und nun kam dieser teigige Wicht daher und wollte seine Doktorarbeit damit pimpen. Da war er hier aber an der falschen Adresse.

»Was wir ›Herbstzeitlose‹ nennen, hat nur im übertragenen Sinne mit der Pflanze zu tun«, fügte Steiner eilig hinzu.

»Äh, wer ist wir? Ich dachte, Sie arbeiten allein an der Studie?«, fragte Vollmer verunsichert.

»Da bin ich wohl in den Pluralis Majestatis gerutscht.« Steiner realisierte, dass er einem ziemlich humorlosen Burschen gegenübersaß. »Ich will Ihnen nur klarmachen, dass sich der Name meines Projektes – was wie gesagt noch nicht mal ein richtiges ist – auf die Herkunft des Begriffes bezieht.« Er befürchtete schon wieder, zu viel zu erzählen und bremste sich, »... und der damit verbundenen Möglichkeiten.«

Als hätte Vollmer nur auf das Stichwort gewartet, schnellte sein Zeigefinger in die Höhe, wie dieser Streber es wohl noch aus dem Schulunterricht kannte. »Das hatte ich schon richtig verstanden. Die Herbstzeitlose blüht im Herbst, und damit etwas außerhalb der Zeit. Diese Eigenschaft ließe sich nutzen, wenn wir von Ländern mit völlig anderen klimatischen Bedingungen als unseren hier in Mitteleuropa reden, dort nämlich, wo ...«

»ES REICHT!«, brüllte Vollmer so laut, dass Coral Schulze den Kopf zur Tür hereinsteckte.

Sie war als seine Sekretärin bereits so aufmüpfig, dass Steiner befürchtete, sie würde eher den jungen Vollmer beschützen, als ihrem Chef aus der Klemme zu helfen.

»Schon gut, Coral, wir haben uns schon wieder beruhigt.«

Die junge Frau schloss die Tür hinter sich.

»Wir?«, fragte Vollmer. »Pluralis Majestatis?«

Steiner stellte fest, dass ihm der junge Mann ohne Humor besser gefallen hatte. Er hätte diesen jungen Aufsteiger nicht einweihen dürfen. Gerade mal seit zwei Wochen war Sascha Vollmer Mitarbeiter des wissenschaftlichen Teams der Gartenakademie. Von Anfang an hatte er sich hinter Steiner geklemmt. Jeden Morgen stand er als Erster in Steiners Büro, als glaubte er, dass dort um diese Zeit die heißen Aufträge verteilt wurden wie auf dem »Arbeiterstrich« am S-Bahnhof Wedding.

Sascha Vollmer schrieb an seiner Doktorarbeit und schien damit nicht ausgelastet zu sein. Und Steiner hatte noch nicht mal mehr eine Sekretärin, bei der er einen Menschen wie Vollmer morgens parken konnte. Erni Schnitzler hatte erfolglos gegen ihre Kündigung geklagt. Steiner hatte das Gefühl, ihr Fluch waberte nun durch sein Büro und belegte jedes Wesen mit rebellischen Gedanken und krimineller Energie, das seither versuchte, hier als Sekretärin zu arbeiten. Coral Schulze knallte ihm morgens ziemlich lustlos den Kaffee auf den Tisch. Am liebsten würde er ihn von ihr selbst vorkosten lassen. Ihre Augen sprachen Bände. Eine Enzyklopädie von Tötungsvarianten war darin zu lesen.

Der Alltag in der Gartenakademie machte Steiner schon lange keinen Spaß mehr. Jede seiner neuen Ideen begann mit dem Wunsch nach neuem Personal und scheiterte an Anwälten, die den betroffenen Mitarbeiter noch durch die kleinste Lücke im Arbeitsrecht schmuggelten. Und nun auch noch dieser Komiker.

»Herr Vollmer, ich schlage vor, Sie lassen mir Ihre Unterlagen hier und ich schaue sie mir genau an. Inzwischen machen Sie mit der nächsten Versuchsreihe weiter.«

Er scrollte scheinbar interessiert und mit gerunzelter Stirn in einer Tabelle auf dem Computerbildschirm herum.

»Ich glaube, die Versuchsreihe zum Stärkeabbau ist noch offen. Das wär doch was für Sie.«

Die Doppeldeutigkeit seiner Bemerkung konnte der Junge in seiner Betriebsblindheit gar nicht sehen. Was schade war, wie Steiner fand.

»Und dann schreibe ich Ihnen ein Gutachten für Ihre Doktorarbeit, mit dem Sie nicht nur ein ›summa cum laude‹, sondern auch jeden Job der Welt bekommen.«

Den Feind umarmen, auch wenn er noch gar nicht weiß, dass er einer ist. Steiner lächelte und nahm den Schnellhefter entgegen, den Vollmer ihm nur zögernd reichte.

»Dann mach ich das …«, sagte Vollmer. »Und beim nächsten Mal würde ich Ihnen dann auch erklären, wo ich meinen Anteil bei Ihrem Projekt Herbstzeitlose sehe …«

»Vollmer!«

»Natürlich. Ich geh schon. Entschuldigen Sie, dass ich etwas zu eifrig war. Kommt nicht wieder vor.«

»Behalten Sie ihn nur bei, Ihren Eifer, junger Mann. Aber sehen Sie zu, dass er meiner Lustlosigkeit nicht in die Quere kommt. Die Trägheit ist unbeweglich, aber stark. Wir verstehen uns?«

Vollmer nickte und ging.

Steiner wartete nur noch auf das Einrasten der Tür. Dann öffnete er den Hefter. Bei dieser Versuchsreihe war Vollmer ganz offensichtlich eine Idee gekommen. Er hatte sie mit »Botanische Evolution und Systematik« überschrieben und anhand der simplen Frage entwickelt, welche speziellen Anforderungen der jeweilige Lebensraum an Xerophyten stellte. Jene Pflanzen also, die ihre Photosynthese mit Liebe und Licht zu vollziehen schienen. Denn das Letzte, das sie brauchten, war Wasser. Und den Letzten, den Steiner bei der Umsetzung dieser Idee in ein Patent benötigte, war Vollmer.

KAPITEL 38

Als Margrit zur Tür hereinkam, klingelte ihr Telefon. Sie schaffte es gerade noch, den Hörer abzunehmen, bevor der Anrufbeantworter ansprang.

»Kunkel?«

Am anderen Ende Schweigen.

»Wer ist da?«

»Steiner.«

Margrit setzte sich. »Claus!«

»Margrit.«

»Es ist schön, Ihre Stimme zu hören.«

Warm, kam ihr in den Sinn. Viel wärmer, als der Mann es tatsächlich war. Seelenfänger hatten warme Stimmen. Menschenfänger auch. Und Ideendiebe waren immer eins von beidem.

»Woher haben Sie eigentlich meine Nummer?«, fragte Margrit vorsichtig, noch immer unter dem Eindruck seines spontanen Anrufs.

»Vom Briefkopf. Ich sage nur, Projekt Herbstzeitlose.«

Der Schreibwarenladen an der Ecke hatte die Wende überlebt und bot nun auch Visitenkarten und Briefpapier mit individuellem Druck an. Margrit hatte sich ein paar Dutzend Briefbögen anfertigen lassen, auf denen auch ihre Telefonnummer stand.

Sie hatte sich schnell wieder gefangen. Es war doch nichts Besonderes und nach so langer Zeit auch längst überfällig, dass sie miteinander telefonierten. Also kam sie gleich zur Sache.

»Was halten Sie davon?«

»Dass ich jetzt Ihre Nummer habe, finde ich ganz großartig.«

Margrit war bemüht, sich seine plötzliche Entzauberung nicht anmerken zu lassen. Da hatte sie ihm angeboten, mit ihr zusammen ein Patent zu entwickeln, und ihm fiel nichts Besseres als Antwort ein, als herumzufrotzeln. Allmählich glaubte sie, dass er tatsächlich neidisch war und die gereichte Hand nur als Almosen betrachtete. Dann sollte sie ihm vielleicht besser vorenthalten, dass die IGA ihr das Angebot unterbreitet hat, eine eigene Sektion auf der für 2017 geplanten Gartenbauausstellung in Berlin zu gestalten. Sie hatte eine Woche Bedenkzeit und zwei Jahre Arbeit vor sich.

»Sagen Sie es gleich, wenn Sie nicht mitmachen wollen«, sagte Margrit ungeduldig.

Das erste Telefonat mit dem Mann, der sie durch eine ganze Zeitenwende hindurch begleitet hatte, entpuppte sich als Enttäuschung.

Steiner lenkte ein. »Es geht mir nicht gut. Das haben Sie schon ganz richtig erkannt.«

»Dann packen Sie die Gelegenheit beim Schopfe und steigen mit ein. Wo ist denn Ihr Enthusiasmus geblieben? Immerhin waren Sie es doch, der mich immer motivierte und meine Forschungsideen auf Nachhaltigkeit trimmte.«

»Die Rollen haben sich verändert, liebe Margrit. Jetzt sind Sie vorn und ich trete in die zweite Reihe.«

Er klang resigniert und kein bisschen wehleidig. Das war keine Effekthascherei. Es war der Nachhall einer Midlife-Crisis im Leben eines Mannes, der auf die 60 zuging.

»Also legen wir die ›Herbstzeitlose‹ erstmal auf Eis?«, fragte Margrit zögernd.

»Vielleicht erstmal nur auf Kühl-Akkus.«

»Will heißen?« Sie ertappte sich dabei, über ein Projekt mit ihm zu verhandeln, als wäre sie eine seiner Doktorandinnen, die auf ihre Chance beim großen Meister wartete.

»Will heißen, dass ich es mir sehr gern überlege. Und dass ich mir auch schon ein paar Gedanken zu der Versuchsreihe gemacht habe. Da lässt sich noch einiges optimieren. Die Chimären sind heute vielleicht noch etwas durstig, aber schon mit dem nächsten Schräubchen, an dem Sie drehen, werden sie auf dem trockensten Boden im trockensten Winkel der Welt gedeihen.«

Margrit war erleichtert. Schöpfte wieder Hoffnung. Sie brauchte einen starken Partner in diesem Haifischbecken. Und sie kannte Steiner nun lange genug, um zu wissen, dass sie sich nicht in ihm getäuscht hatte.

»Danke. Ich werde mich nochmal ransetzen«, sagte Margrit im Ton einer ihrem Lehrer ergebenen Schülerin.

»Gut. Geben Sie mir einfach ein bisschen Zeit. Und halten Sie mich währenddessen auf dem Laufenden.«

»Das werde ich«, versprach Margrit. »Ich wünsche Ihnen, dass es Ihnen bald wieder besser geht.«

»Es war schön, Ihre Stimme zu hören.«

»Machen Sie es gut, lieber Claus.«

Santa Claus. Margrit hatte ihren Heiligen gefunden.

KAPITEL 39

Diese Kunkel war wirklich rührend. Wahrscheinlich hatte seine kleine Depri-Show noch zusätzlich gewirkt. Obwohl sie nun jederzeit telefonieren konnten, schrieb sie ihm weiterhin Briefe und Kärtchen und Reiseberichte. Neuerdings tippte sie auf der Schreibmaschine Kurzgeschichten ab, die sie den Briefen beilegte. Kleine Kostbarkeiten – das musste er sich gestehen, wenn er es schon ihr nicht gestand. Zusammen mit ihren handgeschriebenen Briefen ergaben sie das Panoptikum einer Freundschaft, die in Briefen begonnen hatte und die sie im Zeitalter der elektronischen Post und der Mobiltelefone geradezu krampfhaft auf dem Papier beibehielt. Dass sich die Kunkel in ihn verliebt hatte, stand für Steiner außer Frage.

Menschen in verantwortungsvollen Positionen wurden nicht über ihr Aussehen definiert. So wie die Kunkel aussah, hatte auch sie keine Rechtfertigung, sich nach attraktiven Männern umzuschauen. Sie konnte froh sein, wenn sich ein halbwegs gepflegter mit ihr abgab. Da in seinem Fall auch noch Prestige hinzukam, war es geradezu logisch, dass ein Buschwindröschen wie die Kunkel in dieser Freundschaft erblühte.

Ihre Vortragsreisen quer durch die Welt, ihre Artikel in mittlerweile einem guten Dutzend Sprachen und nicht zuletzt ihr Projekt Herbstzeitlose waren eine wackere Leistung. Aber eben auch nicht mehr, als er in ihrem Alter erreicht hatte. Die Ermüdung würde sie eines Tages genauso einholen wie ihn jetzt. Nur dass er bis dahin wieder wach wäre und sich an einem anderen Ort, fern dieser kleinbürgerlichen Gartenidylle, mit den Patenten befassen würde, die sie ihm so leichtfertig anbot.

Sie hatte ihm gute Ideen geliefert für ein weniger langweiliges Kakteenhaus. Die Arbeit an der Basis stand einer Frau doch am besten. Margrit Kunkel war diesbezüglich ein regelrechtes Arbeitstier. Sie sollte bei ihren Leisten bleiben. Dazu würde er sie schon noch bewegen und dabei ganz unauffällig auf ihrem Höhenflug das Steuer übernehmen.

Er hatte ihren ausgeklügelten Plan zur Umgestaltung des Kakteenhauses so wie er war, aber unter seinem Namen, bei der Holding eingereicht. Das Vorhaben war dort – im besten botanischen Sinne – auf fruchtbaren Boden gefallen. Nur dass der Boden zwischen den Sukkulenten aus Lehm und Ton bestand und so fruchtbar war wie der Tod.

Steiners Maßnahmen, für die er vor 30 Jahren noch einen Blumentopf geerntet hatte, hatten sich bewährt. Seit er gleich zu Beginn jeden zweiten Angestellten entlassen hatte, hielt er die Anzahl der Mitarbeiter konstant bei 20. Dazu kam ein Team aus fünf immer wieder wechselnden wissenschaftlichen Mitarbeitern, die während ihres Studiums oder, wie der ehrgeizige Sascha Vollmer, ihrer Promotion an der Gartenakademie im Labor arbeiteten. Die Versuchsreihen und Protokolle hinterließen in den Archiven der Holländischen Gartenakademie einen wertvollen Bestand an bahnbrechenden Ideen, deren brauchbare Essenz direkt in Steiners sorgsam verschlossenen Schreibtisch wanderte.

Sein kleines Biotop aus Angestellten schätzte Steiner sehr. Weniger für das seines Erachtens völlig überbewertete Arbeitsklima. Darauf kam es ihm nicht an. Er schätzte es, den notwendigen Überblick über seine Leute und ihre Fähigkeiten zu haben. Ihre Gehälter blieben eine fixe Größe im Finanzplan. Karrieren waren in der Akademie nicht vorgesehen.

Steiner beantragte bei jeder verfügbaren Stiftung Fördergelder für die Forschung im Garten und bekam diese auch. Die Gartenakademie thronte auf einem beruhigenden Polster. Steiner selbst lebte nicht im Luxus. Kleidung von Zara. Ein kleiner, praktischer Renault. Dreizimmerwohnung in Schöneberg. Girokonto bei der Postbank und eine Monatskarte der BVG. Das reichte ihm völlig. Jenes jämmerliche Verlangen der Menschen nach Statussymbolen war doch nichts als ein Hilfeschrei um Aufmerksamkeit, die in Ermangelung eigener Ideen nicht zu erreichen war. Nur Wissen ist Macht. Mit dieser Erkenntnis hatte Francis Bacon bereits vor 400 Jahren das Maß der Dinge festgelegt, an dem sich menschliche Spreu vom Weizen trennen ließ. Wissen waren für Steiner nicht nur die Ergebnisse der jungen, ambitionierten Studenten in seinem Labor. Auch das Wissen um die Befindlichkeiten und die Stimmung in der Belegschaft der Gartenakademie verlieh ihm die Macht, die er brauchte, um seinem Ziel näher zu kommen, das am Ende für alle nützlich wäre. Von den Kleingeistern, die ihn umgaben, konnte er nicht verlangen, das helle Licht am Ende des Tunnels bereits als solches zu erkennen. Der eine oder andere würde es gar nicht mehr miterleben. Ihr Horizont war verstellt von Koniferen, Rotbuchen und Backsteinmauern, die auch diesen Garten umgaben. Es war das tägliche Revier seiner Angestellten. Über dessen Grenzen hinaus führte sie kein Gedanke. Jenseits des Gartens warteten biedere Haushalte, Erziehungsversuche an pubertierenden Kindern, unglückliche Ehen und Kurzurlaube auf sie, die entweder zu Versöhnung oder Trennung führten.

Genau nach diesem Muster hatte sich Steiner seine eigene Belegschaft kreiert. Sie lehnten ihn ab. Damit konnte er gut leben. Sie dabei nicht kontrollieren zu können, wäre hingegen unerträglich für ihn.

Direkt nach Erni Schnitzler hatte die kleinbürgerliche Simone Albrecht mit gerade einmal 23 Jahren deren Job übernommen. Sie war mit ihrem losen Mundwerk eine exzellente Wahl gewesen. Mit Mitte 20 hatte Steiner die Albrecht dann so weit gehabt, dass sie ihm aus der Hand fraß. Also hatte er sie mit der Leitung der Personalabteilung betraut, wo sie den etwas renitenten Klaus Wollenschläger ersetzt hatte. Steiner hatte diesen Mittfünfziger und seine schweigsame Art nur schwer ertragen.

Wollenschläger war ein Protegé des früheren Chefs der Akademie gewesen. Solche Verbindungen waren von einer seltsamen inneren Kraft gespeist, die nicht mit den einfachen Techniken des Personalabbaus zu überwinden waren. Drei Jahre lang hatte Steiner unter der missbilligenden Art dieses Mannes gelitten. Am Ende war Wollenschläger darüber gestolpert, einen Neffen ins Team bringen zu wollen. Der Lebenslauf des Jungen passte zwar wie angefordert auf die ausgeschriebene Leitung der Wissenskommunikation. Doch gerade in dieser Abteilung, seinem Machtbereich, wollte Steiner, dass Sauberkeit herrschte. Was an Wissen aus diesem Garten heraus- und wieder hineintransportiert wurde, würde ganz bestimmt kein Ableger seines größten Feindes bestimmen. Den Privatdetektiv hatte Steiner großzügig bezahlt. Das Entlassungsgespräch mit Wollenschläger hatte Steiner eine knappe halbe Stunde seiner kostbaren Zeit gekostet. Seitdem blieb die Miniaturausgabe aller Klimazonen der Welt als kleines Refugium der Städter und als große Chance der Wissenschaft unter Steiners Kontrolle in Schuss.

Neben ihren Ideen für eine kostengünstige Umgestaltung der öden Gewächshäuser fütterte ihn die Kunkel auch mit Vorschlägen für das kulturelle Programm der Gartenakademie, den Türöffner für öffentliche Gelder. Belesen war sie wirklich. Auch ihr Verständnis für klassische Musik sprach für ein kultiviertes Elternhaus, das er so in einer ländlichen Gegend des Ostens nicht vermutet hatte. Schon gar nicht in einer Familie aus Gärtnern.

Die alberne »Botaniknacht« hatte er durch regelmäßige Klassikkonzerte und Lesungen ersetzt. Einmal im Monat gab es einen Markttag. Das Angebot des Museumsshops war neben Blumensamen und Setzlingen aufgepeppt mit Noten zum Nachspielen, mit CDs und Büchern. Auf Plakaten wurden Signierstunden und Gärtnerlehrgänge beworben. Und einmal am Tag machte Pförtner Krause eine Führung durch den Garten. Immer der Saison und Jahreszeit angepasst.

Der Themenpark war das neue Gesicht der Gartenakademie. Prägte das Bild dieser Großstadtoase. Intern verzweifelte Guntram Maier über einem Sparprogramm, auf das Steiner seinen Controlling-Chef angesetzt hatte. Für heikle Jobs wie diesen hatte er den Stiernacken vor fünf Jahren eingestellt. Maier schuldete ihm etwas. Nach der Zwangsvollstreckung hätte er beruflich im Controlling keinen Fuß mehr auf den Boden bekommen. Steiners Privatdetektiv hatte seine Kontakte zum Finanzamt genutzt und ihm den richtigen Kandidaten für die Stelle geliefert. Mit

Maiers Vorgängerin war nicht gut Kirschen essen gewesen bezüglich einer kreativen Unternehmensgestaltung und der dazugehörigen Abrechnungsvariante. Daher war dieser Personalwechsel eine der vielen folgerichtigen Entscheidungen Steiners gewesen, die er als nachhaltiger betrachtete als Kunkels Ausführungen zu den Rieselfeldern.

Steiner legte den »Tagesspiegel« zur Seite und nippte am leider ungenießbaren Kaffee, den seine Sekretärin ihm auch heute wieder kredenzt hatte. Allerdings war der Kaffee der einzige Grund, sich nach Erni Schnitzler zurückzusehnen.

Obwohl Coral Schulze etwas schnippisch war, passte ihm ihre Art gut in den Kram. Sie war nicht sonderlich helle. Mit Mitte 20 auch noch nicht am Ende ihrer Ambitionen, die sich wahrscheinlich aus dem Pressespiegel der Klatschzeitungen speisten. Für Steiner das kleinere Übel im Vergleich zu ihrer wichtigtuerischen Vorgängerin, die immerzu glaubte, ihm reinreden zu müssen.

Er drückte den Knopf der Gegensprechanlage, die ihn mit dem Vorzimmer verband.

»Frau Schulze?«

Sofort öffnete sich seine Bürotür.

Steiner stellte sich jede seiner Sekretärinnen seit Erni Schnitzler im Twinset vor, damit er wenigstens einmal am Tag etwas zu lachen hatte. Coral Schulze im Twinset war das bisherige Highlight seiner heimlichen Fantasien.

»Kommen Sie rein, Frau Schulze. Heute kommen die Leute von der Gartenbaufirma, warten Sie …«, Steiner nahm das Blatt Papier mit der Auftragsbestätigung aus dem Drucker, »Floradesign. Ein Herr Kauschke meldet sich bei Ihnen. Sie begleiten ihn bitte nach vorne zum Einlass, bevor unser überforderter Krause den Lkw mit den Minibaggern wieder wegschickt.«

Seine Koralle, wie auch er sie zur persönlichen Erbauung nannte, hatte ein so schlichtes Gemüt, dass sie sich sofort wichtig fühlte und jeden Auftrag mit großem Getöse ausführte. Coral Schulze schien sogleich um zehn Zentimeter gewachsen zu sein. Sie legte zwei Finger an die Stirn und antwortete »Eye eye, Sir!«

Die Sekretärin des 21. Jahrhunderts, dachte Steiner. Er tippte sich ebenfalls an die Stirn.

KAPITEL 40

Nun telefonierten sie jeden Abend. Margrit schloss die Wohnungstür auf und hörte schon das Klingeln.

»Warten Sie«, rief sie kurz in den Hörer. Schenkte sich in der Küche ein Glas Wein ein. Schaltete den CD-Spieler an. Wieder mal »Hummelflug«. Das passte zu den Schmetterlingen in ihrem Bauch. Zündete sich eine Zigarette an. Nahm dann den Wein und das Telefon mit auf den Balkon. Es war knackig kalt. Sie schlug den Kragen ihrer Winterjacke hoch und atmete tief ein, den Hörer in der Hand.

»Geht es Ihnen gut, Margrit?«

»Und wie. Ich liebe die Klarheit der Januarnächte.«

»Und ich liebe Klarheit zwischen uns. Ich habe gute Nachrichten für Sie.«

Margrit richtete sich auf. Sie nahm Haltung an für das, was jetzt kommen würde.

Steiner klang verschwörerisch. »Ich werde mich aus der Gartenakademie zurückziehen. Voll und ganz. Das muss erst einmal unter uns bleiben.«

Das hatte er ihr bereits vor einiger Zeit angekündigt. Nächtelang hatten sie am Telefon das Für und Wider seiner Entscheidung besprochen. Und schließlich hatte das Für die Oberhand gewonnen. Claus Steiner wollte sein Leben wiederhaben. Er wollte dort vor Ort sein, wo sich bisher nur seine und Margrits Gedankenspiele tummelten.

»Haben Sie gekündigt?«, fragte Margrit.

»Gemach, gemach!«, sagte Steiner.

»Das sagen Sie *mir*!«, sagte Margrit lachend. »Der Weltmeisterin im Schneckentempo!«

»Ach wissen Sie, das macht Sie ja so einzigartig. Sie verwechseln Zielstrebigkeit nicht mit Eile. Das hat Sie weit gebracht. Und wird Sie bald noch weiter bringen.«

»Nun spannen Sie mich nicht so auf die Folter«, drängelte Margrit.

»Wie besprochen habe ich Ihre Unterlagen zusammengestellt und werde Sie der Holding in Amsterdam als meine Nachfolgerin vorschlagen. Die Sache sieht gut aus.«

Margrit war überwältigt. Ein ganzer Garten für sie allein.

»Die Holländer sparen sich meine Abfindung und Sie sind installiert.«

Margrit stutzte. »Nach 30 Jahren wollen Sie ohne Abfindung gehen?«

Steiner schien die Frage erwartet zu haben. »Sie, liebe Margrit, sind meine Abfindung. Schauen Sie mal: Die Wahrheit ist, dass ich wohl sowieso kein Fersengeld bekommen hätte. Zwischen mir und deBlank knirscht es schon länger. Monokultur macht nun mal auf Dauer den Boden kaputt. Das muss ich Ihnen nicht sagen. Nun steht der Deal, dass ich freiwillig gehe, aber man räumt mir ein, selbst für einen Nachfolger zu sorgen. Und Sie sind meine Wahl. Und was das für Sie und für mich als Team in der Zukunft bedeutet, muss ich jetzt nicht auch noch erläutern, oder?«

Margrit konnte nicht einschätzen, ob das eine gute Nachricht oder eine Drohung war. Sie schüttelte ungläubig den Kopf. »Ich werde keine Nacht mehr schlafen, bis ich weiß, ob ich die Stelle habe.«

»Nun gut, Miss Insomnia. In unseren weißen Nächten könnten wir ein wenig an der ›Herbstzeitlosen‹ basteln. Ich habe auch dafür Neuigkeiten.«

Dieser Mann war das reinste Überraschungspaket. »Schießen Sie los!«

»Eine der weniger guten Neuigkeiten des Abends ist, dass ich das dumme Gefühl habe, dass einer meiner Doktoranden an einer ganz ähnlichen Versuchsreihe sitzt wie wir.«

Margrit wurde hellhörig. »Und er hat mit Ihnen darüber geredet?«

»Das war nicht schwer herauszufinden. Sascha Vollmer steht hier jeden Morgen als Erster auf der Matte und legt mir die Ergebnisse seiner Experimente vor wie ein Kind, das sich ein Bonbon verdienen will. Nur wegen dem habe ich mir angewöhnt, morgens pünktlich auf der Arbeit zu erscheinen. Und nur wegen ihm verschließe ich neuerdings mein Büro.«

»Weiß er denn etwas von unserem Projekt?«, hakte Margrit behutsam nach.

Ihr kam ein Verdacht. Steiner war dem jungen Doktoranden gegenüber vielleicht aufgeschlossener, als er es sein sollte. Allein, um so viele Informationen wie möglich von ihm abzuschöpfen.

Steiner druckste. »Na ja …«

Margrit wusste Bescheid. »Sie haben ihm vom Projekt ›Herbstzeitlose‹ erzählt.«

»Nicht direkt. Ich habe mich eigentlich nur verplappert, konnte nicht mehr vom Thema ablenken und nun …«

»Und nun?«, fragte Margrit. Sie konnte sich nur schwer beherrschen.

»Will er bei uns mitmachen.«

»BEI UNS MITMACHEN? SIND SIE DES WAHNSINNS?«, brüllte Margrit. Ihr war egal, was der ganze Kollwitzplatz von dem Hörspiel hielt. »Sie müssen ihn davon abbringen. Besser heute als morgen.«

»Ich weiß. Wollen Sie trotzdem noch die gute Nachricht wissen?«

Für die »Herbstzeitlose« konnte es keine gute Nachricht mehr geben, solange Sascha Vollmer mit im Spiel war. »Sagen Sie schon!«, forderte Margrit.

»Ich habe ein Labor gefunden, das für unsere Zwecke genau das richtige ist.«

»Wo?«, fragte Margrit lustlos.

»In Tunis.«

Tunis. Hongkong, Paris, Venedig, Marrakesch, Nairobi. All diese Möglichkeiten hatten mit einem Mal ihren Glanz verloren. Margrit bereute es, Steiner mit ins Boot geholt zu haben. Am besten fuhr sie doch immer noch allein. Es hatte sich wieder einmal bewiesen: Der einzige Mensch, auf den sie sich schon immer verlassen konnte, war sie selbst, Margrit Kunkel.

KAPITEL 41

Plötzlich musste also alles ganz schnell gehen. Die Arbeiter hatten sich aus Versehen bei ihr im Personalbüro gemeldet und waren dann wieder abgedampft. Rüber zu Steiner und seiner Koralle. Dann ein Anruf vom Einlass. Peter Krause war mal wieder mit allem überfordert und wollte sich auch das schnippische Getue von Steiners Sekretärin nicht länger antun. Der Mann war immer kurz davor zu kündigen. Wenn es seine pflegebedürftige Ehefrau nicht gäbe, er hätte es wohl längst getan.

»Steiner hätte den Umbau mit uns abstimmen müssen, was ist denn los mit dem Typen?«, brüllte Krause in den Hörer.

Simone Albrecht, die Personalchefin der HGA, hielt den Hörer so lange in die Luft, bis Krause seine Schimpftirade beendet hatte und zu einer verträglichen Lautstärke zurückgekehrt war.

»Der lässt uns hier ins offene Messer laufen!«, schimpfte Krause weiter.

»In den Bagger, um korrekt zu bleiben, und nun reg dich nicht so auf! Über den Umbau wurden wir doch alle längst informiert. Musst halt auch die Rundmails lesen. Da steht keine Werbung drin, sondern was hier so abgeht, wenn mal was abgeht.«

»Aber das Datum hat uns keiner mitgeteilt. Und genau heute habe ich eine Schulklasse hier«, fuhr Krause fort, »die soll ich mit den Wüstenregionen Nord- und Südamerikas bekannt machen. Und nun? Lernen sie was übers Baggerfahren, oder was?«

»Na, in die Wüste schicken kannst du sie heute nicht«, versuchte Simone Albrecht zu scherzen. »Nimm sie stattdessen mit zu den Sumpflandschaften. Etwas über die Mangrovensümpfe an der Stelle des heutigen Ruhrgebietes vor 300 Millionen Jahren zu lernen, wo all die Kohle produziert wurde, bringt den Kids doch einiges mehr als der ewige Traum von Amerika, wo sie mit ihrem bereits gebuchten Hartz-IV-Ticket sowieso niemals hinkommen.«

»Du hast gut lachen!«, stöhnte Peter Krause. Er legte auf.

In Wahrheit war der Personalchefin weniger zum Lachen. Sie machte sich Sorgen. Wenn sich der Mann jeden Tag so aufregte, dann war es bis zum Herzinfarkt nur noch eine Frage der Zeit. Riss er nicht gerade Tickets ab oder verjagte herumlungernde Jugendliche aus dem Eingangsbereich des Gartens, dann rauchte Krause neben seiner kleinen Hütte eine Zigarette nach der anderen. Seine Alkoholfahne war nun auch schon tagsüber zu riechen.

Simone Albrecht zupfte ein paar welke Blüten aus dem Alpenveilchen auf dem Fensterbrett und setzte sich wieder an den Schreibtisch. Es war Montagmorgen, einer der Januartage, die in Berlin besonders grau und kalt waren. Sie legte die »Berliner Morgenpost« zur Seite – Trump kritisierte darin die NATO und Merkel und lobte den Brexit.

Sie öffnete gerade die E-Mails im Computer, als plötzlich ohrenbetäubender Krach und Stimmengewirr von draußen in ihr Büro drangen. Was wie ein Dutzend Russenpanzer geklungen hatte, waren vier handliche Bagger, die nebeneinander vor dem Kakteenhaus parkten. Sie sah Steiner auf und ab laufen wie einen Tiger im Käfig. Nur dass er scheinbar rein wollte in das Kakteenhaus und nicht raus. Aber da war, wie Simone Albrecht belustigt feststellte, bereits das rotweiße Flatterband gespannt, das wohl in allen Sprachen der Welt »Zugang verboten« hieß und damit auch Halbgott Steiner meinte.

Der Umbau des Kakteenhauses kostete die Holländische Gartenakademie einen großen Batzen Geld, Maier hatte unglaublich gezaubert, um den Chefs in Amsterdam die Ausgabe schmackhaft zu machen. Von Tulpen wären die Holländer wohl leichter zu überzeugen gewesen, hatte er noch gescherzt. Die wuchsen tatsächlich en gros und wild verteilt auf den Wiesen des Gartens, seit Steiner sich von seiner unsichtbaren Freundin aus dem Prenzlauer Berg zum »Guerilla Gardening« mit Blumenzwiebeln hatte hinreißen lassen. Überhaupt schien diese geheimnisvolle Frau einen seltsam starken Einfluss auf diesen egozentrischen Sturkopf zu haben. Alle sprachen von ihr, seit Steiner ihre Briefe, Artikel und Fotos offen herumliegen ließ und Koralle sich den Spaß machte, im Aufenthaltsraum diese Tatsache mit etwas Tratsch aufzupeppen. Abnehmer dafür hatte sie genügend. Die Reaktionsspanne der Kollegen reichte von Schadenfreude bis Bewunderung. Wobei die Schadenfreude überwog, denn diese Freundin – die auch noch Kunkel hieß – war so attraktiv wie es jemand eben sein musste, dessen Name sich auf Furunkel reimte. Wegen ihres Aussehens stand er also ganz sicher nicht auf sie. Auch wenn Steiner nicht gerade ein Brad Pitt war und nur seine Sekretärin aus vorvergangenen Zeiten mal so etwas wie eine Andeutung von einer Freundin vernommen hatte, wie bis heute kolportiert wurde. Was das latente Gerücht, er sei schwul, eher noch anheizte.

Erst hatte sich Steiner selbst damit gebrüstet. Nun war in der heutigen Rundmail zu lesen, dass jene Frau Kunkel die glorreiche Idee gehabt hatte, den faden Anblick der immergrünen und stachligen Sukkulenten mit einem Potpourri ihrer farbenfrohen Vertreter aufzufrischen. Amaryllis. Begonien. Orchideen. Dazu sollten Saxaul-Bäumchen und Tamarix-Sträucher aus den weiten Steppengebieten Turkmenistans gepflanzt werden. Inmitten der neuen Pracht lägen schon bald abenteuerlich anmutende Pfade aus Holzbohlen und ein plätscherndes Flüsschen. Die Besucher sollten über eine kleine Holzbrücke hinweg zwischen den salzgeschwängerten Tonerde-Flächen Asiens und Afrikas flanieren – den »Takyrs« der Turkmenen und den »Sebkhas« der Sahara. Simone Albrecht lernte derweil jene sperrigen Bezeichnungen für die ausgetrockneten Böden von Salzseen und Sümpfen auswendig. Schon allein, um zukünftige Bewerber auf deren Wissen hin abklopfen zu können.

Hibbelig stand Steiner am Eingang des Kakteenhauses und schaute unablässig auf die Uhr, während sich die Kollegen von Floradesign gemächlich eine Zigarette anzündeten.

Simone Albrecht klebte geradezu an der Fensterscheibe ihres Büros. Steiner dabei zu beobachten, wie er versuchte, sich Zugang zwischen den Gartenbauern und ihren Baggern hindurch zu verschaffen, war feinstes Männerballett. Sie war sich sicher, dass Koralle am Fenster nebenan das gleiche Vergnügen genoss, ihren Chef mal etwas zappelig und fehl am Platze unter dem arbeitenden Volk zu beobachten. Schließlich ließen sie ihn rein.

Simone Albrecht las nochmal die Rundmail, in der tatsächlich kein Datum für den Umbau stand.

KAPITEL 42

Die Nachricht von Steiners Kündigung verbreitete sich in der Gartenakademie wie ein Lauffeuer. Vor dem grauen Backsteinhaus der Pflanzenlabore hievte Sascha Vollmer einen Pflanzkübel über einen anderen und stellte einen Aschenbecher obendrauf.

»Kann nicht wahr sein, wer hätte das gedacht?«, sagte er vor sich hin und schüttelte den Kopf.

Mück, sein Kommilitone, schaute ihn misstrauisch an und stieß ihm mit dem Ellenbogen in die Seite. Vollmer hatte nur in Ruhe eine rauchen wollen, um den Schock zu verarbeiten, und Mück noch gar nicht bemerkt.

»Tu nicht so«, sagte Mück. »Bist doch froh, oder?«

Vollmer spürte die aufkommende Wut. Die kalten Schweißperlen auf seiner Stirn trugen einiges dazu bei.

Selbst vor einem Lümmel wie Mück wirkte er nun wie ein Loser. Nur weil er seine Körperfunktionen nicht halb so gut in den Griff bekam, wie es ihm mit den Kulturen in den Petrischalen gelang.

»Er ist mein Mentor«, sagte Vollmer ruhig, »und ich glaube, er kann mich gut leiden.«

Vollmers latent altkluges Getue ging Mück gehörig auf die Nerven. »Klar. Steiner kann dich so gut leiden wie eine Python die Maus vor ihrem Maul. Er beobachtet dich. Und vernascht dich als Dessert. Nur dass dein Name nicht mal auf der Speisekarte steht. Ich sag's dir, der nutzt dich …«

»Ist ja gut, Mücke!«, ereiferte sich Vollmer. »Ich hab's kapiert!«

Er fühlte Beklemmung, wo sich ringsum gerade Entspannung breitmachte. Ein Laborant nach dem anderen trat nun aus dem neonbeleuchteten Raum nach draußen. Vollmer merkte erst jetzt, wie viele Raucher es unter ihnen gab und war doch schon seit Wochen mit ihnen auf engstem Raum zugange im Mikrokosmos eines Labors, dessen Aufgabe für den Rest der Angestellten der Gartenakademie so fremd war wie die einer Raumstation. Am liebsten hätte er die ganze Backsteinhütte für sich allein gehabt, um mit Nährböden zu experimentieren für Pflanzenklone ungeahnter Dimensionen, bis am Ende keiner mehr wüsste, was die echte Gartenakademie ist und was die gezüchtete. Dies übertragen auf erodierte Böden brächte Teile des Planeten zum Blühen, die bereits als so genannte Dritte Welt abgeschrieben waren.

»Meine Mutter packt Babypillen in die Blumenerde ihrer Zimmerpflanzen. Seitdem gehen die Alpenveilchen ab wie Tschernobyl-Gurken!« Das war natürlich Mück.

Lautes Gewieher ringsum. Ein Kollege nahm Vollmer die Zigarette aus der Hand und zündete sich seine eigene daran an.

»Und mein Vater packt Viagra ins Blumenbeet. Seitdem kann er mit den Regenwürmern Bilder an die Wand nageln.« Noch lauteres Wiehern folgte.

Mit sowas musste er hier arbeiten. Vollmer drückte seine Zigarette aus. Ging zurück ins Labor. Da biss er sich doch lieber an einem Typen wie Steiner die Zähne aus und behielt dafür so etwas wie einen Geschmack im Mund zurück.

Sein Blick schweifte über die Tische mit Gläsern und Pflanzenkeimlingen. Über verschiedenfarbige Kulturen in Petrischalen. Regale voller Utensilien aus Glas und Metall, mit Präparier-Pinzetten und Skalpellen, die im Neonlicht steril wirkten wie das Besteck in einem Operationssaal.

Was hätte er hier alles vollbringen können. Mit Steiners Weggang würde sich alles ändern. Egal, wer nach ihm kam. Vollmer wischte sich den Schweiß von der Stirn. Sein Körper schwitzte aus, was plötzlich an Angst in ihm war. Dass Steiner ihn ausnutzte, hatte Vollmer längst bemerkt. Dafür brauchte er nicht die bierselige Hellsichtigkeit eines Mück. Aber genau das war seine Chance. Die würde er so nie wieder bekommen. Er musste mit Steiner reden. Vielleicht konnten sie sich zusammentun. Er hatte Steiner bereits von dem Patent erzählt, das er endlich zur Anmeldung bringen wollte. Und auch wenn ihm sein innerer Seismograph anzeigte, dass dies vielleicht nicht die beste Idee gewesen war. Steiner verhielt sich seitdem merkwürdig. Distanziert und doch interessiert, bot er Vollmer eine seltsame Form des Vertrauens, das ihn tatsächlich an das Bild der Python und der Maus erinnerte. Da musste er Mück schon wieder recht geben.

Er musste mit Steiner reden, während sich hier eine ganze Mannschaft in eine nie dagewesene Feierlaune verabschiedete.

Vollmer hatte Steiner heute noch nicht gesehen. Die Nachricht seiner Kündigung hatte vom Personalbüro aus die Runde gemacht. Ausgerechnet ein Waschweib wie Simone Albrecht mit den Interna des Personalwesens zu betrauen war eine der schwächeren Leistungen Steiners gewesen. Oder knallharte Kalkulation.

Vollmer hängte seinen Kittel an den Haken. Ging an den Kollegen vorbei hinüber zum Verwaltungsgebäude, das auch an jenem Morgen wie Dornröschens Schloss nichts als Frieden ausstrahlte.

Er hatte noch nicht einmal an der Tür geklopft, da hörte er von innen schon ein »Herein«.

Steiner saß an seinem Schreibtisch. Das Hemd halb offen. Drückte gerade eine Zigarette im Satz seiner Kaffeetasse aus.

»Doktor Steiner, ich wollte nicht stören …«

Steiner war betrunken. Er erhob sich aus seinem Schreibtischsessel und wies Vollmer überschwänglich den Stuhl ihm gegenüber zu.

»Sie können mich doch gar nicht stören«, sagte er. Lachte dabei nur mit dem Mund. Seine Augen behielten den jungen Mann im Blick. »Und überhaupt! Wobei sollten Sie mich denn auch stören, Sie Jungspund? Beim Arbeiten etwa? Paaah!«

Klatschend landete ein Stapel Hängeordner auf Vollmers Schoß.

»Die hätte ich gern alle noch abgearbeitet, ja, genau! Aber als Rauswurf ist man nichts als Auswurf und damit ganz bestimmt nicht verpflichtet, hier noch irgendeinen Handschlag zu tun.«

Vollmer spürte schon wieder kalten Schweiß auf seiner Stirn. Er legte die Akten behutsam zurück auf Steiners Schreibtisch. »Ich wollte mich nur erkundigen, ob …«

»Sie meinen Job übernehmen können? Deshalb sind Sie hier? Um zu wissen, ob die ganze Scheiße gefruchtet hat, die Sie von einer Petrischale in die andere geschaufelt haben?«

Steiner hieb mit der flachen Hand auf den Schreibtisch. Die Kaffeetasse fiel auf den Parkettboden und zerbrach.

»HAT ES, VOLLMER! HAT ES!«, brüllte Steiner nun so laut, dass Coral erschrocken die Tür öffnete.

»Hab ich Hilfe gerufen?«, schnauzte Steiner sie an. »Oder warum kommen Sie ständig ungefragt zur Tür herein?«

»Ich dachte nur …«, sagte Coral verstört mit besorgtem Blick auf Vollmer, der in Angstschweiß zu zerfließen schien.

»Dann denken Sie gefälligst draußen weiter!«

Coral schloss die Tür.

Steiner ließ sich wieder in den Sessel an seinem Schreibtisch fallen. Er klopfte mit den Fingern auf die Tischplatte. Tack, tacktack, tack, tacktack, tack …

So ging das einige Minuten. Wann immer Vollmer ansetzte, etwas zu sagen, setzte sich das Geräusch lauter fort. Tack, tacktack, tack, tacktack, tack. Bis Steiner ganz plötzlich damit aufhörte. Er faltete die Hände und beugte sich zu Vollmer.

»Wissen Sie, was ich gerade getan habe?«

Steiner wartete nicht auf eine Antwort des schwitzenden Doktoranden.

»Ich habe gerade meine Aggressivität aus meinem Körper über meine Fingerkuppen in die Schreibtischplatte abgeleitet. Diese Wut hätte nämlich sonst Sie getroffen, völlig unberechtigterweise. Ich hätte den Brieföffner genommen und ihn in Ihr Auge gerammt. Sie wären qualvoll und nahezu lautlos an einer Hirnblutung gestorben. Dann hätte ich Sie in dem frischgepflügten Kakteenhaus vergraben, bevor der Boden dort unwiederbringlich zu Ton wird und Sie für immer – oder zumindest bis zur nächsten Umbauaktion eines Idioten, der sich dann hier Chef nennen darf – aufbewahrt. Wahrscheinlich sogar im mumifizierten Zustand.«

Der Mann ist wahnsinnig, dachte Vollmer. Wollte aufstehen. Rausgehen und den Rest der Welt vor diesem gemeingefährlichen Soziopaten warnen. Dass Steiner nicht ganz rund lief, wie es unter den Kommilitonen hieß, war ein offenes Geheimnis. Aber Vollmer hatte diesen Verrückten immer verteidigt. Weil er fest daran glaubte, dass hinter seiner unberechenbaren Art ein Genie rotierte. Seit 30 Jahren regierte der Mann sein Reich, während andere seiner Generation und Position alle paar Jahre rausgeworfen wurden und den Job wechselten. An Steiner hatte sich noch nie jemand herangetraut. Er hatte dem verstaubten Image der Holländischen Gartenakademie neuen Glanz verliehen. Als Referenz zu den Holländern wurde hier sogar Cannabis angebaut – auf eigens produzierter Bio-Erde – und in Form von getrocknetem Gras an pharmazeutische Unternehmen geliefert, seit die Blüten der Kultpflanze in der Medizin auch offiziell als Schmerzmittel zugelassen waren. Der Garten stand für Klassikkonzerte offen, die so gut besucht waren, als ob die Stadt sonst nichts an Kultur zu bieten hätte.

Steiner war ein Allround-Talent. Ein knallharter Geschäftsmann des »Hire and Fire« und druidengleicher Beschützer der Pflanzen, die er als seine Verbündeten in seiner Vision einer gesunden Welt betrachtete. Er hielt ausgezeichneten Kontakt zu den Lehrkräften der Universität.

War immer auf dem neuesten Stand der Forschungsaufträge in Botanik-Instituten. Befasste sich mit den Internetprofilen der dort Angestellten, um sie dann erfolgreich für sein Forschungslabor anzuwerben. Genau so war er auf ihn, Vollmer, gestoßen. Steiner wusste alles über Vollmer und seine Visionen. In Steiner glaubte Vollmer nun endlich seinen Lehrmeister gefunden zu haben. Ihm war es nie darum gegangen, von Steiner gemocht oder gar nett behandelt zu werden. Er lernte jeden Tag von ihm. Saugte an seinem Wissen wie an einer Haschischpfeife und befand sich seit seinem ersten Tag an der Gartenakademie in einem Dauerrausch. Es durfte nicht sein, dass Steiner ging.

»Ich wollte Ihnen eigentlich nur sagen, dass ich auf Ihrer Seite bin, Doktor Steiner.«

Er hatte es zögernd gesagt. So, als glaubte er selbst nicht daran. Hatte dabei den Stuhl zurechtgerückt, als erwartete er nun den Todesstoß. Aber es kam nichts. Gar nichts. Steiner starrte ihn mit weit offenen Augen an. Jetzt erst sah Vollmer die halbleere Whiskyflasche auf dem Fensterbrett.

»Was haben Sie da gesagt?«, fragte Steiner. Seine Stimme war nur noch ein leises Seufzen.

Vollmer nahm seinen ganzen Mut zusammen. »Dass Sie auf mich zählen können. Ich mache gerne weiter mit Ihnen.«

Er sah seine Doktorarbeit plötzlich in weiter Ferne. Den Abgabetermin würde er nicht mehr halten können. Seinen Doktorvater zu überzeugen, würde ein Stück Arbeit werden. Seine Eltern zu überzeugen, war das größere Problem. Er sah seinen Vater schon vor sich mit diesem unerträglichen Ich-hab's-ja-gewusst-Blick. Der Gedanke daran, wie sehr der Despot sich bestätigt fühlen würde, ließ Vollmer jetzt schon vor Übelkeit schwindlig werden. Für seinen

Vater war eine verschobene Doktorarbeit so viel wert wie ein zweiter Platz im Champions-League-Finale.

»Und wenn nicht hier«, sagte Vollmer im Brustton der Überzeugung, »dann eben woanders.«

KAPITEL 43

Bernie deBlank maß dem Termin um 12 Uhr nicht allzu viel Bedeutung bei. Natürlich lag ihm der deutsche Ableger der Gartenakademie am Herzen. Genauso sehr wie die Gartenakademien in Hongkong, Paris, Venedig, Marrakesch, Nairobi und natürlich hier in Amsterdam. Allerdings gab es mit denen im Gegensatz zu dem Garten in Berlin keinerlei Probleme.

In Berlin war auch nicht der Garten das Problem, sondern nach drei Jahrzehnten nur der Chef. Die Umsätze hatten dank seiner resoluten Sparmaßnahmen gestimmt. Störend und rufschädigend für das ganze Unternehmen waren die anonymen Briefe, Steiners Forschung über den Anbau und die Nutzung von Energiepflanzen sei größtenteils gestohlen. Einer von Steiners Mitarbeitern oder Forschungsstudenten schien es auf seinen Job abgesehen zu haben. Was dachte sich dieser zweifelhafte Charakter bei seinem heimtückischen Tun? Dass er, deBlank, einen angeblich Kriminellen rauswarf, um ihn gegen einen tatsächlichen Verräter auszutauschen?

Steiner mochte ja über all die Jahre hinweg auf der Scholle seiner Arbeit oder sogar seines Lebens müde geworden sein. Aber er hatte immer Außergewöhnliches geleistet. Sich die potenzielle Bewerberin anzuschauen, die ausgerechnet Steiner ihm nun vorgeschlagen hatte, war für deBlank also so etwas wie eine Ehrensache.

Es klopfte.

»Herein.«

Er roch es augenblicklich. Frischgewaschene Baumwollwäsche, die im Wind trocknete. DeBlank wunderte sich selbst über die poetischen Bilder, die er fand, als Margrit Kunkel sein Büro betrat.

»Fräulein Kunkel, nehmen Sie Platz.«

Die Frau stutzte und hielt sich kurz an der Stuhllehne fest.

»Sie müssen mich nicht als Fräulein bezeichnen, nur weil ich nicht verheiratet bin, Herr deBlank.«

Aber so, wie sie lächelte, merkte deBlank recht schnell, dass sie es nicht böse meinte und seine Anrede auch nicht falsch aufgefasst hatte. Sie sorgte schlichtweg von Anfang an für Ordnung in ihrem Umgang. Das machte sie umso interessanter. Zudem schien sie über ein gehöriges Maß an Intellekt zu verfügen, was immer auch einen guten Sinn für Humor voraussetzte. Also lehnte sich deBlank noch ein bisschen weiter aus dem Fenster.

»Da ich recht gut Deutsch spreche und auch mit den Gepflogenheiten meines Nachbarlandes vertraut bin, käme mir nie in den Sinn, Sie – aus welchem Grund auch immer – als Fräulein zu bezeichnen. Ich habe Sie lediglich so *genannt*.

Das ist ein himmelweiter Unterschied. Und nun nehmen Sie Platz.« Er zeigte auf den Stuhl, an dem sich Margrit seit einer kleinen Ewigkeit festhielt. »Kaffee?«

»Gern«, antwortete Margrit. Sie setzte sich.

Während sie beim Kaffee saßen und Margrit von der elterlichen Gärtnerei bis zur Promotion so ziemlich jede Etappe ihres Lebens unaufgeregt schilderte, musterte deBlank sie ziemlich unverhohlen und amüsiert. Wahrscheinlich badete sie in selbstgemachten Kräuterölen und hielt sich auf dem Balkon einen eigenen Bienenstock. Auf jeden Fall war sie die Richtige für den Posten. Gegenüber Steiner hatte sie einen großen Vorteil, den der mit noch so viel Kompetenz nie hatte wettmachen können. Sie war eine Frau. Eine etwas schrullige Frau, wie deBlank an ihrer langsamen Art zu reden und sich zu bewegen zu erkennen glaubte, aber auch eine Schnecke hat am Ende eines Tages ihr Tagwerk vollbracht.

Es würde ein neuer Wind wehen zwischen den Bäumen und Sträuchern der Akademie. Auch der Umbau des Kakteenhauses war, darauf hätte deBlank wetten können, eine Idee dieses seltsamen Nachtschattengewächses, dessen Blüte im Gegensatz zu den anderen seiner Gattung bereits am Tag einen betörenden Duft verströmte.

Dem anonymen Briefeschreiber war er dankbar. Hatte der ihm diese seltene Pflanze doch erst in den Garten geweht.

KAPITEL 44

Sie musste ihn erwischen. Am besten gleich morgens. Diesen einen kleinen entscheidenden Moment, der den Verlauf des Tages bestimmte. Das war ihr in den letzten drei Tagen nicht gelungen und musste nun anders werden. Und zwar genau Jetzt!, dachte Margrit und schwang sich aus dem Bett, dass die »Berliner Zeitung« mit der großen IGA-Beilage auf den Boden klatschte.

»Tschüss, IGA! Hallo, HGA!«

Margrit öffnete die Fenster im Wohnzimmer. Eine milde Brise Winterluft fegte durch die Wohnung. Am CD-Spieler drückte sie die Taste mit dem Dreieck. »Schwanensee«-Klänge füllten den Raum. Sie ließ eine Wanne ein, träufelte selbstgemachtes Badeöl aus einer kleinen Apothekenflasche ins Wasser – Thymian, Kamille, Salbei, Rosmarin und Kiefer waren die Essenzen für einen produktiven Tag –, während sich draußen ein Sonntag formierte aus eingemummten Spaziergängern und Spätfrühstückern.

Ihre Reisetasche stand seit drei Tagen unberührt im Flur. Margrit befürchtete, sie könne sich bei Berührung zusammen mit dem Traum der Leitung der Holländischen Gartenakademie Berlin in Luft auflösen. Sie hatte alles fallen lassen am Abend ihrer Rückkehr aus Amsterdam. War ins Bett gekrochen und in einer festen Umarmung mit sich selbst eingeschlafen. Seitdem hatte sie das Bett nur für die notwendigen und nicht vermeidbaren Gänge ins Bad und an den Kühlschrank verlassen. Sich ansonsten in Bücher, Zeitschriften, Kalender, Notizen und Schlaf vertieft. Genau so sah es jetzt in ihrer Wohnung aus.

Sie setzte einen Topf Wasser auf den Herd. Immerhin war der Morgen schon so reif, dass er jeden Moment zum Mittag werden würde. Dann wäre das Essen rechtzeitig fertig. Ihre Nervennahrung aus Pellkartoffeln, frischem Quark mit Crème fraîche und gehackten Zwiebeln, Leberwurst und Butter. »Echter Butter«, wie ihr Vater auch heute noch zu allem sagte, was wie Butter schmeckte und kein »light« auf dem Etikett stehen hatte.

Dieser Tag war der Anfang eines neuen Lebens.

DeBlank ließe sie in ihrer Arbeit gewähren. Die Unterschrift unter dem Vertrag war nur noch eine Frage von Tagen. Dann folgte der Umzug. Margrit konnte es kaum erwarten. Dabei war ihr Zeit, die zu schnell verging, immer suspekt gewesen.

Sie brachte das herumstehende Geschirr der letzten Tage und Nächte Stück für Stück in die Küche. Verstaute es in der Geschirrspülmaschine. Fand überall in der Wohnung noch Tassen und Gläser. Auf dem Nachttisch. Im Bücherregal. Sogar im Bad. Dann kippte sie die Reisetasche aus. Legte das Flugticket und die Wegbeschreibung vom Flughafen Schiphol ins Zentrum in ihren Reiseführer. Stellte das Büchlein zurück ins Regal neben die anderen.

Sie hatte den Taxifahrer am Flughafen in Amsterdam gebeten, sie an einer besonders schönen Stelle der Stadt abzusetzen. Von wo sie zu Fuß zur Gartenakademie gelangen konnte, ohne zu spät zu ihrem Termin mit deBlank zu kommen. Bis sie dem tschetschenischen Studenten ihr Anliegen erklärt hatte, fuhren sie bereits am »Nieuwe Meer« vorbei. Margrit wäre am liebsten ausgestiegen, um sich beim

Blick über das Meer am Rande der Großstadt auszuruhen von ihrer inneren Aufregung, die sie nicht mehr losgelassen hatte, seit sie in Berlin ins Flugzeug gestiegen war. Schließlich war sie in der Museumstraat ausgestiegen. Über Prinsengracht und Amstel hinweg zu Fuß gegangen. Bis zum Tor der Holländischen Gartenakademie Amsterdam. Sie hatte noch immer eine halbe Stunde Zeit gehabt bis zum Termin.

An diesem winterlichen Wochentag herrschte eine wohltuende Ruhe. Es waren kaum Besucher auf den Wegen zu sehen. Margrit hatte sich auf eine Tasse Tee in das gemütliche Café gesetzt und war trotzdem noch angemessen aufgeregt gewesen, als sie schließlich an deBlanks Bürotür klopfte.

Jetzt stopfte sie ihre Wäsche in die Waschmaschine und stellte den Waschgang ein. Es gab doch nichts Beruhigenderes, als wenn die Geschirrspülmaschine und die Waschmaschine im Hintergrund des eigenen Tuns kommentarlos ihre Arbeit taten in dem wunderbar verlässlichen Kreislauf der Reinigung, während man selbst Kopf und Hände frei hatte für das, was keinen Aufschub duldete.

Zufrieden schaltete Margrit den Computer an. Sie öffnete auf dem Bildschirm ein jungfräulich weißes Blatt. (Über ihre Bemerkung, sich mit der Arbeit am Computer schwerzutun und der Frage, ob das ein Manko für ihre Bewerbung sei, war deBlank mit einem verschwörerischen Blick hinweggegangen, als teilten sie nun ein Geheimnis. Daran also würde sie garantiert nicht scheitern.)

»Speichern unter« … Margrit dachte nach und tippte »Slow Gardening« in das Feld. Angetrieben von der Forschheit des Tangos »Invierno Porteno« aus Astor Piazzollas »Vier Jahreszeiten«.

Margrit würde der Holländischen Gartenakademie hier in Berlin einen ganz neuen Stil verleihen. Der sich auf die Natur, auf die Mitarbeiter und die Besucher übertrug, wenn sie alles richtig machte. Sie sah die beiden Petrischalen schon vor sich. In der einen die Kultur eines langsamen, willkürlichen Wachsens. In der anderen die Töne und Frequenzen, die dieses Wachsen begleiten und nähren würden wie Sonne, Erde und Wasser.

Das langsame Gärtnern. Sie würde es für alle Lebensbereiche der Welt, in der sie lebte, durchdeklinieren. »Slow Gardening«. Den Garten machen lassen. Die Menschen machen lassen in ihren Gärten. In den Kindergärten. In den Schulen und Fabriken. Das Leben machen lassen. Nur so kämen ganz von selbst die guten, die brauchbaren, die standhaften Zellen allen Lebens zum Tragen. Alles auf Falschheit, Betrug und Kunstdünger Wachsende würde von der Wildheit der Natur, die auch dem Menschen innewohnte, überwuchert. Landschaften einer ganz neuen Schönheit würden entstehen und alles überdauern.

Das Telefon klingelte. Sie kannte die Nummer. So sehr sie sich sonst gefreut hatte, diese Zahlenfolge auf dem Display zu sehen, als so störend empfand sie sie nun.

»Margrit?«

»Herr Steiner.«

Sie war eine erbärmliche Schauspielerin und unhöflich noch dazu. Immerhin war es Steiner, dem sie das Vorstellungsgespräch bei deBlank zu verdanken hatte. Entsprechend still war es kurz am anderen Ende der Leitung.

Steiner räusperte sich. »Ich wollte eigentlich fragen, wie Ihr Besuch in Amsterdam gelaufen ist, aber an Ihrer Reaktion glaube ich zu entnehmen, dass …«

»Sie und Ihr Glaube!«, sagte Margrit tonlos.

Im Hintergrund lief gerade die »Johannes-Passion« in der Lautstärke eines Kirchenkonzerts. Margrit hielt den Hörer in die Luft. Eine Bass-Stimme besang den Himmelsschlüssel. Die mystische Schlüsselblume, die das Tor zum Himmel öffnete und den Glauben herabfallen ließ auf die Ungläubigen:

Betrachte, meine Seel, mit ängstlichem Vergnügen,
Mit bittrer Lust und halb beklemmtem Herzen,
Dein höchstes Gut in Jesu Schmerzen,
Wie dir auf Dornen, so ihn stechen,
Die Himmelsschlüsselblumen blühn!
Du kannst viel süße Frucht von seiner Wermut brechen,
Drum sieh ohn' Unterlaß auf ihn!

Zu gern hätte sie jetzt das Gesicht des überzeugten Atheisten Steiner gesehen. So wie sie sein Gesicht überhaupt gern einmal im direkten Gegenüber sehen würde.

»Amsterdam war … ein Erfolg«, meldete sich Margrit zurück.

»Ich merk das schon. Und am Kulturprogramm für den neuen Garten wird wohl auch schon gebastelt.«

Margrit konnte nicht ausmachen, ob er ihr zugewandt war oder einfach nur zynisch sein wollte. »Auch schon?«

»Nun …«, sagte Steiner leicht zögernd.

An ihre Direktheit hätte er sich mittlerweile mal gewöhnen können, fand Margrit. Auch wenn der gemeine Schneckenmensch naturgemäß als zu langsam für diese Welt verunglimpft wurde, sollte man sie nicht für unterbelichtet halten.

»Ich gehe davon aus, dass Sie grünes Licht haben, was Ihren neuen Arbeitsplatz betrifft.«

»Wissen Sie etwas, das ich noch nicht weiß?«, fragte Margrit. »Ich habe noch nicht einmal einen Arbeitsvertrag.«

»Noch nicht einmal, soso.« Das Gespräch nahm nun tatsächlich eine Wendung, die Margrit nicht gefiel. Sie würde sich nicht schon wieder von einem Nörgler ihre schöne Gedankenwelt zerstören lassen.

»Natürlich haben Sie noch keinen Arbeitsvertrag, immerhin bin ich ja noch da. Und erst, wenn ich gehe und Ihnen den Stuhl überlasse, können Sie kommen und sich draufsetzen. So läuft das, und das dürfte Ihnen bekannt sein. War im Osten, vermute ich, auch nicht anders.«

»Im Osten hat man auch keine Interna ausgeplaudert. Dann hätte man nämlich ziemlich böse auf die Nase fallen können«, erinnerte ihn Margrit.

»Ach, daher weht der Wind … Sind Sie etwa immer noch sauer wegen Vollmer? Sehen Sie es doch mal von der anderen Seite. Der Junge ist gar nicht schlecht. Zum Prozess der Anpassung Ihrer Chimären an extreme Trockenheit liefert Vollmer uns die passenden Xerophyten. Der kann das. Ich hab's gesehen!«

»Herr Steiner, was wollen Sie von mir?« Sie wollte nicht schon wieder über diesen Vollmer reden. Er war schon viel zu stark involviert.

»Ich möchte Sie warnen.«

Margrit wurde hellhörig. Das waren neue Töne in ihrem Zusammenspiel. »Vor wem oder was?«

»Vor einem meiner Mitarbeiter oder Doktoranden, der sich bei Ihrer Ankunft sofort auf Ihren Schoß setzen wird und den Sie nur schwer wieder abschütteln können.«

»Die Beschreibung passt auf Vollmer«, sagte Margrit zynisch.

»Der doch nicht. Der würde am liebsten alles hinschmeißen und mit mir zusammen in die Pampa nach Tunis ziehen.«

»Nun gut«, lenkte Margrit vorsichtig ein, »warum aber sollte mir jemand Probleme bereiten?«

»Weil derjenige meinen Job nun im ersten Anlauf nicht bekommen hat und es ein zweites Mal versuchen wird.«

»Wie wird er es denn versuchen?«

»Indem er Sie denunziert. Vorzugsweise bei deBlank in Amsterdam. Also behalten Sie das freundliche Gesicht des Holländers lieber gut in Erinnerung, es könnte sein, dass Sie es gestern zum ersten und zum letzten Mal gesehen haben.«

KAPITEL 45

Im Briefkasten lagen Werbebroschüren für Tiefkühlkost bei Edeka. Eine Spenden-Broschüre der UNICEF. Ein Einschreiben und eine Postkarte aus dem Harz, an die Familie gerichtet, die ein Stockwerk unter Margrit wohnte. »Freuen uns auf ein Wiedersehen, hoffentlich, bevor eure Kleine in die Schule kommt. Sobald es Walter besser geht, kommen wir mit dem Zug. Ihr müsst uns nicht abholen«. Ein Wiedersehen zum Schulanfang würde noch mindestens fünf Jahre dauern, dachte Margrit. Sie hörte die Kleine jeden Abend im Stakkato eines Neugeborenen schreien.

Lächelnd steckte sie die Postkarte in den richtigen Briefkasten. Den Rest der Papiere stopfte sie in ihre Umhängetasche.

Die vier Treppen in ihre Wohnung ging sie heute noch langsamer als sonst. Die Dinge würden sich genau so fügen, wie Margrit sie geplant hatte. Das Einschreiben konnte Vieles bedeuten. Manchmal schickte ihr Vater ihre Post auf diese Weise. Auch wenn es sich um unwichtige Briefe und Karten handelte, die noch immer an der Adresse in Brandenburg landeten. Einladungen zu Klassentreffen oder andere unsinnige Informationen, die Margrit gar nicht meinen konnten, sondern eher aus Pflichtgefühl an sie gerichtet waren. Darauf konnte sie gut verzichten.

Margrit schloss ihre Wohnungstür auf und vernahm gerade noch den Piepton vom Anrufbeantworter. Die Rufnummer auf dem Display war eine niederländische. Amsterdam. Margrit schloss die Augen und lächelte.

Sie nahm eine Flasche Rotkäppchen-Sekt aus dem Kühlschrank. Ließ den Korken an die Zimmerdecke knallen. Leise knisternd floss der Sekt in den Kristall-Römer. Neben den alten Pflanzenbibeln das einzige Erbstück, das sie von ihren Großeltern besaß. Mit dem Glas in der Hand stand sie vor ihrem Bücherregal. Nahm eine CD aus dem Fach neben den Musiker-Biografien. Das nostalgische Cover zeigte eine junge Frau mit nachdenklichem Blick. Fanny Hensel. Neben ihrem Bruder Felix Mendelssohn Bartholdy hatte sie keine Karriere machen können. Für eine Frau hatte es sich nicht geziemt, eigenes Geld mit eigenen Kompositionen und Auftritten zu verdienen. Ganze Generationen von Feingeistern waren unter absurden Vorschriften und verlogenen Dogmen wie diesem verstummt.

Margrit legte die CD ein, »Das Jahr« begann mit »Januar« und »Februar«. Bis zum »März« hatte Margrit bereits das dritte Glas Sekt ausgetrunken. In melancholischen Tönen zog das Stück vorbei, während sie das Spiel der Schneeflocken vor dem Fenster betrachtete. Sie drückte auf die Taste des Anrufbeantworters.

»Hallo, Frau Kunkel, Bernie deBlank am Apparat. Holding der Holländischen Gartenakademien Worldwide. Unsere Entscheidung ist gefallen. Wir freuen uns, Sie zum 1. März als neue Direktorin der Holländischen Gartenakademie Berlin begrüßen zu dürfen. An Ihrem ersten Tag melden Sie sich einfach bei Simone Albrecht im Personalbüro. Die Kollegen freuen sich auf Sie und werden Sie schnell in alles einweisen. Die Dienstwohnung steht Ihnen wie gewünscht als Privatwohnsitz zur Verfügung. Den Mietvertrag habe ich Ihnen zusammen mit Ihrem Arbeitsvertrag per Einschreiben geschickt. Und wir geben eine Pressemitteilung an die deutschen Medien heraus. Alles zu Ihrer Zufriedenheit? Rufen Sie mich gern zurück. Jederzeit. Ach so: Auch Ihr Aufsatz zur botanischen Evolution hat zu unserer Entscheidung beigetragen. Weiter so! Die Pflanzenlabore der HGA stehen Ihren Ideen zur Verfügung.«

Margrit ließ sich auf den Stuhl am Schreibtisch fallen. Wieder und wieder drückte sie auf den Knopf an ihrem Telefon. Sie konnte Steiner nicht mehr böse sein. Er hatte es geschafft. Er hatte sie auf seinen Posten gehievt. Dieses Schlitzohr. Jahrelang hatte er sie auf Distanz gehalten. Sie bis zur Schmerzgrenze von oben herab behandelt. Ideen von ihr geklaut, wie Kirschen vom Wegesrand. Und nun stellte sich alles als ein großes, wohlmeinendes Förderprogramm heraus. Seine Überzeugungskraft war ganz offensichtlich beispiellos. Er war ein Menschenfänger, sonst wäre ihm dieser Coup nie gelungen. Ihn selbst schmissen sie hochkantig raus. Aber seine Nachfolgerin durfte er noch bestimmen. Er dachte nicht an Ruhestand. Hatte Größeres vor. Und Margrit spielte dabei eine Rolle.

Sie warf die Werbebroschüren in den Papierkorb. Bei dem Heft mit dem UNICEF-Logo zögerte sie. Acht Wochen Erdnussbrei brächten ein halbtotes Kind zurück ins Leben, stand da geschrieben. Margrit blätterte in der Broschüre, die für Spenden warb nach drei Jahren ohne Ernte in Somalia und Äthiopien und nun auch noch nach der Dürre in Kenia. Ein ganzer Kontinent trocknete aus, während sich die Welt von Europa bis Australien um einen durchgeknallten amerikanischen Präsidenten drehte. Würde der auch nur einen einzigen Spendenaufruf für Afrika twittern, mindestens ein afrikanisches Land wäre für ein halbes Jahr komplett mit Nahrung versorgt.

Margrit schenkte sich nach und blätterte weiter. Der Anruf deBlanks brachte ihr eine Erinnerung aus der Schulzeit zurück. Margrit war zwölf gewesen, als das Thema eines Schulaufsatzes »Eine Woche Alltag« hieß. Diese damals eher außergewöhnliche Aufgabe hatte sie ihrer aufgeschlossenen Deutschlehrerin zu verdanken. Die Kinder sollten alle Handlungen und Beobachtungen von morgens bis abends dokumentieren und, ohne sie zu bewerten, aufschreiben und dabei nicht nach wichtigen oder unwichtigen Begebenheiten unterscheiden. Als sie den Aufsatz zurückbekommen hatten, war Margrit die einzige mit einer Fünf gewesen. Sie hatte sich von der aufgeschlossenen Lehrerin den Vorwurf anhören müssen, alles erfunden zu haben. Dabei waren sie ihr wirklich begegnet, die sprechenden Pflanzen am Morgen im Garten.

In der Schule wurde damals Geld gesammelt für die hungernden Kinder in Afrika. Aß Margrit abends zu Hause so langsam, dass die Hälfte ihres Essens auf dem Teller kalt und ungenießbar wurde, bekam sie ebenfalls von den hungernden Kindern in Afrika zu hören. Die hätten sich über genau dieses Essen gefreut und waren wegen ihr verhungert.

Die Schuld an der Misere wurde entweder beim imperialistischen Klassenfeind oder auf Margrits Teller abgeladen. Schon damals pflegte sie ein kleines Trockenbeet im Garten. Unter einem selbst gezimmerten Dach mit einer Plane hatte Margrit Alraunen, Mangold und Herbstzeitlose angepflanzt. In den lockeren Boden, den das Kondenswasser befeuchtete, hatte sie kleine Kieselsteine gemischt. Afrikas Hungersnot hatte viele Gründe. Einer davon war der geografisch bedingte Wassermangel. Sonne hingegen gab es im Überfluss. Die beiden Elemente bedingten sich. Also musste Sonne für Wasser sorgen. Einen Rest des vitaminreichen Mangolds hatte Margrit stehen und verwelken lassen. Der gammelnde Kompost wiederum lieferte Nährstoffe an die Alraunen. Die Blütezeit der Herbstzeitlose schloss sich derjenigen der Alraune an. Ein kleiner, selbstständiger Naturkreislauf hatte sich entwickelt. Alle drei Pflanzen waren nahrhaft und vitaminreich. Zwei davon giftig. Auf das Wissen um ihre Bestandteile und die richtige Verarbeitung kam es an. Schon als Fünfjährige, bevor sie lesen konnte, hatte Margrit die Kräuterfibel Hieronymus Bocks betrachtet. Zuerst wie ein Bilderbuch. Immer und immer wieder auf Entdeckungsreise zu den Geheimnissen der Natur. Mit dem Lesen kam Leben in die vergilbten Seiten. Konnte Margrit plötzlich Zusammenhänge herstellen und mit der alten Schrift in die Gedankenwelt eines Gleichgesinnten vor fast 500 Jahren eintauchen. Genau hier war sie entstanden, ihre Liebe und Achtung für Pflanzen, die in ihrem Organismus Gift produzieren. Die Natur hatte alles gerecht gestaltet. Sie ließ nicht zu, dass Gift zum Töten aus Lust am Töten produziert wurde. Die Natur baute keine Waffen. Die Natur sorgte für ein Gegengewicht zu allem Kranken, das auf der Welt bereits existierte und von Menschenhand geschaffen war. Afrikas Kinder brauchten nicht nur Nahrung. Sie brauchten Medikamente gegen die Krankheiten, die der Mangel in ihrem Körper auslöste. Aus Giftpflanzen waren diese Mittel zu gewinnen. Kostenlos von der Natur bereitgestellt. Margrits Trockenbeet hatte bewiesen, dass die scheinbar so gegensätzlichen Pflanzen vorzüglich harmonierten, was ihr noch nicht einmal mit miteinander verwandten Kohlgewächsen gelungen war. Sollte sie doch für Lacher sorgen. Sie hatte ja nur die Idee in die Welt setzen wollen. Ausbauen konnten sie andere, während sie sich wieder in ihre Denkhöhle zurückzog.

All das hatte sie damals aufgeschrieben. In ihrem Aufsatz »Eine Woche Alltag« waren sie zu hören gewesen, die Schreie der Alraune, wenn Margrit nur leicht an dem Pflänzchen ruckelte. Die Wurzeln sahen aus wie Gehängte, die alle viere von sich streckten. Margrit hatte sich gehütet, sie freizulegen, auch wenn sie ihre Neugier nur schwer hatte aushalten können. Im Mittelalter benutzte man Hunde, um die Wurzeln der Alraune aus dem Boden zu ziehen. Man band ihnen den Strunk an den Schwanz. Es hieß, der Schrei dieser Pflanze tötete jedes Lebewesen in unmittelbarer Nähe und der Teufel wohne in der Wurzel der Alraune.

Jeden Morgen war Margrit noch vor dem Frühstück hinaus in den Garten zum Beet gelaufen. Sie kostete vom Mangold, der wie Sauerampfer schmeckte. Wusste, wie gefährlich das war. Die Blätter des Mangolds wuchsen nah an denen der tödlichen Herbstzeitlose. Sie spielte mit der Gefahr. Fühlte sich durch ihr Wissen in Sicherheit. Das gab ihr Selbstbewusstsein für den Tag, den sie wieder etwas abseitig von den anderen Kindern verbringen würde. Abseits von Spielplätzen und Waldabenteuern. Bei ihren Pflanzen fühlte sie sich aufgehoben in einer Kameradschaft, die es da draußen nicht gab. Alraune und Herbstzeitlose teilten das Schicksal sagenumwobener Gewächse. Sie wurden mit Tod und Verderben in Verbindung gebracht. Mit Medea, der historischen Giftmischerin und zauberkundigen Tochter eines Königs, dessen Reich an der Ostküste des Schwarzen Meeres lag. Sie standen für jene fantastischen Wesen, die der Mensch mit dem Bösen schlechthin verband. Weil es seine eigene Fehlbarkeit spiegelte und sehr viel anregender war als das Gute.

Margrits Aufsatz hatte also nichts als ihren Alltag wiedergegeben und war von der aufgeschlossenen Lehrerin mit einer Fünf bewertet worden. »Thema verfehlt« hatte darunter gestanden.

… auch Ihr Aufsatz zur botanischen Evolution hat zu unserer Entscheidung beigetragen …

Und Steiner sollte tatsächlich der Coup gelungen sein, vor seinem hochkantigen Rausschmiss seine Nachfolgerin zu bestimmen?

Margrit schenkte sich nach. Grübelte noch ein Weilchen. Das waren eindeutig zu viele Bestandteile für eine glückliche Fügung.

KAPITEL 46

Peter Krause stellte sein Kofferradio an. Ließ die Schlagersendung im Hintergrund laufen, während er Eintrittskarten verkaufte.

Simone Albrecht war gerade auf dem Weg in ihre Mittagspause, als sie sich noch einmal umdrehte und ihren Kopf neugierig ins Pförtnerhäuschen steckte.

»Na, Peter, heute endlich mal gut gelaunt? Dass ich das noch erleben darf.«

Krause lächelte sie vielsagend an. »Haste gemerkt, dass Steiner heute gleich gar nicht mehr zur Arbeit gekommen ist? Und sein Adlatus hinten aus'm Labor auch nicht?« Krause lehnte sich entspannt in seinem Schreibtischstuhl zurück und wippte, bis der verdächtig zu knacken begann. »Ich sag's dir, die Ratten fliehen vom sinkenden Schiff.«

»Was sinkt denn hier?« Mit theatralischer Geste wies Simone Albrecht auf eine Reisegruppe, die gerade durch das Tor hereinkam. »Hier geht es ab jetzt nur noch aufwärts, wirste sehen.«

Krause horchte auf. »Wieso? Weeßte etwa was?«

Simone rückte ihren Busen unterm Kleid zurecht. Zog die Augenbrauen hoch. »Ich bin Personalchefin. Ich weiß immer was. Und die Neue, die für Steiner übernimmt, die ist eine ›Korifee‹.«

»Eine was?«

»Na weißt schon! Eine Fachfrau halt. Und was ich gegoogelt habe, ist auch ganz brauchbar. Den Schönheitswettbewerb gewinnt sie zwar maximal bei den Sumpfdotterblümchen, aber sie hat was.«

»Vor allem hat sie eines«, gab Krause zu bedenken. »Und zwar einen guten Draht zu Steiner. Wie ist die an den Job gekommen? Weil er sie selber vorgeschlagen hat.«

»Was du alles weißt!« Simone Albrecht schüttelte erstaunt den Kopf.

»Hey, wer hier reinkommt, muss auch wieder raus!«, sagte Krause wichtigtuerisch. »Und wer hier anruft, der landet oft bei mir, und wer uns schreibt, dessen Brief geht durch meine Hände!«

»Jaja, Sachbearbeiter Empfang«, sagte Simone Albrecht kichernd. »Dann kann ich es dir ja guten Gewissens verraten: Die Käsköppe in Holland haben die Kunkel – das ist die Neue – schon länger auf dem Kieker, weil sie sich um ein neues Gartenmodell verdient gemacht hat. ›Slow Gardening‹, genau was für dich: alles schön langsam und einfach nur machen lassen. Dass die den Steiner kennt, haben die ihr dafür glatt verziehen.«

Die Reisegruppe drängelte sich vor dem Pförtnerhäuschen.

»Und nu mach, dass wir hier ein bisschen Umsatz generieren, um uns Steiners fette Abfindung leisten zu können.«

Sie zwinkerte ihm zu und ging hinaus auf die Straße, wo Krauses Schlagermusik noch als fliegender Klangteppich in der Luft hing. Mal schauen, wie schnell die Mär mit der Abfindung hier die Runde macht, dachte Simone Albrecht. Bestärkt von ihrem wertvollen Wissen. Sie beschloss, sich heute mal zwei Stunden Mittagspause zu gönnen und im Späti am S-Bahnhof Schöneberg ein paar Piccolo mit ihren schnell herbeigerufenen Freundinnen zu trinken. So ein Tag gehörte gefeiert.

Susi und Karola saßen schon ganz hibbelig am Tisch. Sie wussten, wie sehr sich die ganze Belegschaft der HGA und vor allem ihre Freundin Simone Albrecht den Rausschmiss von Claus Steiner gewünscht hatten.

»Ich sag's euch«, setzte Simone an, »der geht nicht von selbst.«

Das türkische Mädchen hinter dem Tresen fragte: »Wie immer, Schätzchen?«

»Wie immer, Schätzchen«, antworteten die drei Frauen im Chor.

»Also, was ist los?«, fragte Karola ungeduldig.

Simone konnte es kaum erwarten loszulegen. »Ich habe ja in den letzten Tagen mehr als ein Telefonat der Holländer mitbekommen, das sie mit Steiner geführt haben. Also nicht ich hab's mitbekommen, aber Korallchen in seinem Vorzimmer hat alles mitgehört, und durch sie landete die Info direkt bei mir. Bei den Telefonaten ging es angeblich laut zu und leider auf Englisch. Die Kollegin hat diesbezüglich keine allzu guten Kenntnisse.«

Simone Albrecht inspizierte eingehend ihre Fingernägel und griff dann – den kleinen Finger vornehm abgespreizt – zur Piccolo-Flasche, um sich nachzuschenken.

»Aber die nötigsten Schimpfwörter konnte selbst unsere kleine Köpenickerin verstehen.«

Die kleine, dickliche Personalchefin dachte kurz nach. Ihre Freundinnen starrten sie in Erwartung weiterer Enthüllungen an.

»Ich frage mich nur, was die dem anhängen. Er ist ein Unsympath, ein Narzisst und Manipulator. Aber all das wird sich ja nun nicht bis zu den Tulpenheinis in Amsterdam rumgesprochen haben. Die wollten immer nur Bilanzen sehen, und die hat der olle Steiner im Griff, um nicht zu sagen, er beschert uns super Einnahmen mit seinen Sparmaßnahmen. Und dann noch auf den letzten Drücker die Umgestaltung des Kakteenhauses! So ein Budget muss man erstmal durchkriegen!« Sie hob den Zeigefinger und zugleich die Stimme an: »Und nun heißt es, in seiner Größe und Vielfalt und der Pflanzenkombination sei das Sukkulenten-Haus der Holländischen Gartenakademie einzigartig, *einzigartig* in der Welt!«

Sie war ganz in ihrem Element und merkte wie so oft nicht, dass sie die Einzige war, die redete. Und das pausenlos.

»Einer, der 30 Jahre dabei ist, ich meine …«, sie schüttelte den Kopf, als würde ihr die Absurdität von Steiners Entlassung erst jetzt richtig bewusst werden, »der muss doch Dreck am Stecken haben!«

Sie lächelte und nickte unbewusst einer molligen Frau um die 50 zu, die sich an den Tisch neben die Piccolo-Runde gesetzt hatte und die ihr irgendwie bekannt vorkam.

»Aber eine Buchprüfung hätte ich mitbekommen. Und wenn wiederum in den Büchern etwas nicht stimmte, wäre ihm Guntram aufs Dach gestiegen, ihr wisst schon, unser stiernackiger Buchhalter. Über den laufen sämtliche Abrechnungen, Materialbestellungen, Reisekosten und Gehälter. Er ist kaufmännischer Leiter und Chefcontroller in einem und damit das Gewissen der Holländischen Gartenakademie.«

Ein Handy klingelte. Panisch wühlte Simone Albrecht in ihrer Handtasche und förderte es schließlich zutage.

»Hach, ist das alles aufregend, Mädels! Immer muss man erreichbar sein an Tagen wie diesen … Wer stört?« Sie nickte mehrmals und zuckte mit den Schultern, wobei sie ihren Freundinnen wichtigtuerische Blicke zuwarf. »Nein, weder von Steiner noch von diesem Doktoranden habe ich heute etwas gesehen oder gehört. Schreib dem Jungchen doch eine Mail, findest du bei uns im Outlook-Adressbuch. Sascha Vollmer. Ja. Steht drinne. Der ruft seine Mails auch von außerhalb ab. Vielleicht hörste was. Juti! Tschüssi!«

Wieder theatralisch die Augen verdrehend steckte sie das Handy zurück in die Tasche. »Koralle mal wieder verloren im Meer. Wenn die mich alle nich hätten da drüben, ich sach's Euch! Und jetze Skål, Sláinte und Prost auf die polyglotten Trinker!«

Die Runde kicherte. Die drei Frauen hatten tatsächlich jeweils drei kleine Sektflaschen geschafft.

Die Frau am Nachbartisch trank ihren Kaffee aus. Sie hatte genug gehört. Steiner und Vollmer waren heute nicht zur Arbeit erschienen. Erleichtert legte sie das Geld für den Kaffee auf den Tisch. Stand auf und ging.

KAPITEL 47

Um diese Uhrzeit standen nur wenige Leute bei »Mario's Imbiss« an. Margrit bestellte eine Currywurst.

»Was ist eine vegane Currywurst?«, fragte sie, während sie auf das wartete, was heute ihr Frühstück sein sollte.

Jetzt erst schaute die Verkäuferin auf Margrit und musterte sie ausgiebig. »Warum fragen Se, woll'n Se eene?«

»Nein, meine bitte mit Fleisch. Aber Ihr Laden macht viel Werbung damit, und da hat es mich einfach interessiert.«

Die Frau krempelte kampflustig die Ärmel ihres blütenweißen Hemdes hoch. »Vegan is nich nur ohne Fleisch, sondern total ohne Tiere.«

»Und das heißt?«, hakte Margrit neugierig nach.

»Das heißt, Ihre Currywurst ist fertig«, sagte die Verkäuferin mürrisch. Sie knallte Margrit eine Currywurst und ein Brötchen auf den Tresen.

»Dann ist die vegane Currywurst also eine vegetarische Currywurst«, sagte Margrit ruhig.

»Nee, nich janz«, korrigierte die Verkäuferin und klang genervt. Offensichtlich war sie besorgt um ihren Anteil am veganen Treiben der Welt.

Über ein so gewöhnliches Thema wie die Zusammensetzung einer Currywurst mit jemandem in Streit geraten zu können, erschien Margrit völlig absurd. Also fragte sie weiter, obwohl sie der Blick der Verkäuferin nicht dazu einlud. »Was ist die vegane Currywurst, wenn sie keine vegetarische ist?«

Die Frau schaute sich geradezu verzweifelt nach weiteren Kunden um. Niemand kam ihr zu Hilfe. Also ergab sie sich ihrem Schicksal, wechselte aber in einen Tonfall, der Margrit nicht gefiel.

»Na, dass da ooch in Fleischersatz und Sauce und Bratfett keene tierischen Produkte drinne sind, heeßt det. Zufrieden? Ick mach hier keene Beratungsstelle, ick vakoofe Wurscht!«

So abfällig redete die Frau auch mit den Obdachlosen, die ein paar Meter weiter unter der U-Bahnbrücke hausten. Hin und wieder hatte Margrit abends im Vorbeigehen beobachtet, wie einer von ihnen am Stand nach etwas zu essen fragte. In dieser Stadt war es ein ungeschriebenes Gesetz, dass man sich aushalf. Erst recht als umsatzstarker Bio-Imbiss, wenn es um Centware wie Schrippen ging. Doch die Jungs von der Brücke bissen sich an dieser Dame die Zähne aus.

»Wurscht«, sagte Margrit und schaute wieder auf die Angebotstafel, als fände sie dort die Antwort. »Und warum schreiben Sie Marios Imbiss mit Apostroph?«

Die Frau musste ja nicht Mario sein, aber etwas Nachhaltigkeit auch in der deutschen Sprache zu üben, hielt Margrit für die Pflicht eines jeden. Ob er nun eine Wurstbude betrieb oder einen Buchverlag.

Erwartungsgemäß brauste die Frau auf. »Sachen Se mal, wissen Se, watt ick hier noch zu stehen hab heute? Wollen Se mich fertichmachen früh um zehne?«

»Natürlich nicht«, antwortete Margrit.

Es waren noch immer keine weiteren Kunden in Sicht. Also konnte sie das Gespräch noch ein wenig fortführen. Zwei dämliche Auskünfte auf einem Schild, das jeden Tag Hunderte Menschen lasen. Dafür konnte man schon mal ein paar Minuten investieren, dachte sie und spießte ein Stückchen Currywurst mit der Plastikgabel auf.

»Ich finde nur, man sollte wissen, was auf der eigenen Fahne steht. Oder wenigstens, was damit gemeint ist.«

Nun war es endgültig vorbei mit der Geduld der Verkäuferin. Ihre prallen Brüste drohten die Knöpfe vom Kittel zu sprengen. »Ick schreib Sie gleich ma watt uff Ihre Fahne. Wenn ick Klugscheißer hören will, denn mach ick 'n Fernseher an!«

Margrit hörte zu und aß in aller Ruhe. Dann warf sie das Plastikgeschirr in den bereitstehenden Mülleimer. Diese war ihre letzte Currywurst hier am Stand gewesen.

»Und den Jungs unter der Brücke können Sie ruhig beim nächsten Mal eins Ihrer vertrockneten Brötchen abgeben. Damit tun Sie mehr für die Nachhaltigkeit als mit Ihren veganen Biowürsten auf Plastiktellern.«

Den Abschiedsgruß der Verkäuferin hörte Margrit schon nicht mehr. Sie war in Gedanken, als sie die Treppe zur U-Bahn hinaufstieg.

In der Schönhauser rollte die U2 oberirdisch. Fuhr man von der Station Eberswalder Straße Richtung Pankow, konnte man zur Linken und Rechten in Wohnungen schauen. Das war im Sommer schön, wenn die Fenster der Wohnungen offen standen und Balkone zu kleinen Oasen wurden. Und auch im Winter, wenn Weihnachtsbäume und Deckenlampen die Zimmer warm beleuchteten.

Das tun, was auf meiner Fahne steht, dachte Margrit, während sie sich in den Wagen zwängte. Nach einigen Metern Sonnenlicht tauchte der Zug in den Untergrund ab. Am Potsdamer Platz stieg sie in die S-Bahn und fuhr bis nach Schöneberg. Bald war es so weit.

»Slow Gardening« würde auf ihrer Fahne stehen und überall dort, wo sie vom heutigen Tag an mit den Händen endlich wieder in der Erde graben würde. Weg vom Schreibtisch und dorthin, wo ihre Seele aufblühte.

KAPITEL 48

Berliner Zeitung. 28. Februar 2017

Das Kreuz mit dem Garten

Die Holländische Gartenakademie verliert ihren langjährigen Direktor an eine Avantgardistin

Ein Kommentar von Ulrich Knoth

Heute wurde offiziell bekanntgegeben, worüber es bereits Gerüchte gab: Dr. agr. Claus Steiner, seit 1987 Direktor der Holländischen Gartenakademie Berlin, tritt mit sofortiger Wirkung von seinem Posten zurück. In der Pressemitteilung der Holding in Amsterdam heißt es, es habe »in den letzten Jahren verstärkt unterschiedliche Auffassungen zur Führung der Gartenakademie« gegeben hinsichtlich der Ausgewogenheit ihrer Bereiche Gartenbau, Forschung und Kultur. Steiner habe »mit sofortiger Wirkung sein Amt niedergelegt« und man wünsche ihm »für seinen weiteren Weg alles Gute«.

Worte, die spiegeln, wie tief die Kluft zwischen der Holding und ihrem Ableger in Berlin gewesen sein muss. Steiner, ein international anerkannter Wissenschaftler mit Schwerpunkt in der Agrarwissenschaft, machte sich einen Namen durch seine Forschung über Chancen und Herausforderungen im Anbau und der Nutzung von Energiepflanzen. Nun allerdings werden Plagiatsvorwürfe gegen Steiner erhoben. Im Bereich der Forschung ist die Botanik eng mit der Pharmaindustrie verknüpft, und gerade in Zeiten der Globalisierung und damit einhergehender neuer Landwirtschaftsprojekte auf dem afrikanischen Kontinent sind diese Patente Millionen Euro wert. Der »Berliner Zeitung« liegen in einem konkreten Fall Beweise vor, dass Steiner sich am Wissen anderer bediente.

Darüber hinaus wurde bekannt, dass der scheidende Direktor das Potenzial der Holländischen Gartenakademie mit ihren etwa 18.000 verschiedenen Pflanzenarten und einem Forschungs- und Pflanzenlabor auf höchstem technischem Niveau nicht den Anforderungen entsprechend nutzte. Botanische Gärten haben schon lange nicht mehr nur den Auftrag, den Menschen einen Mix aus Erholung und Nachhilfe in Biologie zu bieten. Sie sind kleine Kraftwerke der Forschung, sind mit nachhaltigen Systemen der Energieversorgung ausgestattet und erklären anhand ihrer Exponate so ganz nebenbei die Geschichte unseres Planeten und wie man ihn erhalten kann. Eine passende Führungspersönlichkeit, der man zutraut, die Versäumnisse ihres Vorgängers aufzuholen und die Holländische Gartenakademie zu neuer Blüte zu treiben, ist bereits gefunden: Dr. agr. Margrit Kunkel, die zum Thema Nutzbarmachung von Giftpflanzen promovierte, tritt mit sofortiger Wirkung die Stelle an.

Kunkel stammt aus Brandenburg/Havel und ist 52 Jahre alt. Sie gilt als Vordenkerin revolutionärer Gartenphilosophien, so ist sie Mit-Initiatorin des weltweiten »Guerilla Gardenings« und Erfinderin des »Slow Gardenings«, einer völlig neuen Form des Gärtnerns.

In der Branche und in ihrem Fachgebiet der Gartenbauwissenschaften machte Kunkel mit spektakulären Veröffentlichungen auf sich aufmerksam, so zu nachhaltigen Modellen der Landwirtschaft in Afrika, der Nutzung von Giftpflanzen im Programm der WHO und der Idee des »planetarischen Gartens«, wie ihn der französische Landschaftsgärtner Gilles Clément entworfen hat.

Der HGA steht also ganz offensichtlich ein Wandel ins Haus. Bleibt zu hoffen, dass Kunkel nicht an ihrer größten Herausforderung scheitert, denn bevor sie auch nur ein Samenkorn in die Erde versenken kann, muss sie eine zutiefst entfremdete Mitarbeiterschaft wieder in den Garten integrieren.

Unter den momentanen Umständen ein äußerst ambitionierter Kreuzungsversuch.

KAPITEL 49

Der Bahnhof war dreckig. Die Bahnsteige extrem zugig. Und es roch hier wie im Urinal eines ganzen Fußballstadions. Links und rechts drängten Leute an Margrit vorbei. Sie blieb stehen. Ihr Blick fiel schon von Weitem auf das zartgrüne Portal aus gewundenen Metallstreben. Jugendstil. Sicher gut 100 Jahre alt. So alt wie die Holländische Gartenakademie.

Zum ersten Mal nach 25 Jahren war sie nun wieder hier. Ging alles gut, dann würde sie diesen Anblick von jetzt an jeden Tag haben. Und das bis zur Rente. Sie hätte ihr Auskommen. Könnte sich ganz ihrer eigenen Pflanzenwelt widmen. Diesem Universum, in dem ihre Phantasie wandelte. Fern von der Welt, die sich immer schneller drehte.

An der Ampel blieb sie stehen. Auf der anderen Seite lag der Garten. Vor dem Eingang lungerten ein paar Jugendliche herum. Rauchten und machten mit ihren Handys Fotos von sich selbst.

Kichernd stellte Margrit fest, dass Jahrzehnte technischen Fortschritts unbemerkt an ihr vorbeigezogen waren. Selfies hielt sie für das, was früher ein kurzer Blick in den Spiegel war. Nur dass man den für sich selbst hatte und im besten Fall etwas daraus mit in den Tag nahm.

Die Ampel schaltete auf Grün. Margrit näherte sich dem Ort, an dem sie nun den Rest ihres Arbeitslebens verbringen würde. Das war beängstigend. Damit wurde ihre verbleibende Zeit messbar und endlich. Margrit musste sie noch langsamer vergehen lassen, damit das alles nicht zu schnell vorbei war.

Die Jugendlichen vor dem Eingang rempelten sich gegenseitig an. Neckten sich wie Hundewelpen. Traten aber sofort höflich zur Seite, als Margrit auf sie zukam.

»Tach, junge Frau!«, sagte einer. Er verbeugte sich, galant den Weg zum Portal weisend.

»Danke, mein Prinz!«

Ihre Zweifel waren verflogen. Und wenn sich hier der Rest ihres Lebens abspielen sollte, dann gab es sicher schlimmere Orte dafür.

Hinter dem Portal saß ein älterer Herr in einem kleinen Backsteinhaus.

»Guten Tag«, sagte Margrit. »Ich bin die Neue. Ich komme jetzt öfter.«

Der Mann hob den Blick. »Peter Krause« stand auf dem Namensschild am Revers seines Sakkos. Margrit sah Karos und aufgenähte Ellbogenschoner aus Leder und dass sein Blick etwas unaussprechlich Verlorenes hatte. Er setzte eine kleine goldgerahmte Brille auf und tippte etwas in einen Laptop ein. Der Mann, die Technik und der Platz, an dem er saß, hatten keinerlei Verbindung zueinander. Steiner musste hier verbrannte Erde hinterlassen haben, was in der Botanik, so tröstete sich Margrit, schon wegen der fruchtbaren Asche von Vorteil war. »Sie werden erwartet. Einfach geradeaus. Verwaltungsgebäude, Erdgeschoss, Personalabteilung. Frau Albrecht.«

Mister Stakkato, dachte Margrit. Sie bedankte sich freundlich.

»Ach, Moment!«, rief Krause ihr hinterher.

Margrit drehte sich um und lief das kurze Stück zurück. »Ja, Herr Krause?«

Wie auf Knopfdruck zog ein breites Lächeln seine Stirnfalten glatt. »Bei Ihrem ambitionierten Kreuzungsversuch sind wir gerne dabei. Und ich glaube, da spreche ich für alle hier.«

Margrit wusste weder den Satz noch sein verschwörerisches Lächeln zu deuten. Waren ihre Herbstzeitlose und Alraune hier schon Flurgespräch? Aber woher? Hatte Steiner als letztes noch eine Hausmitteilung zu diesem tatsächlich ambitionierten Kreuzungsversuch verfasst?

»Das klingt sehr nett, lieber Herr Krause, aber ich weiß beim besten Willen nicht, wovon Sie reden …«

Krause wurde knallrot und reichte ihr die Zeitung, in der er gerade noch gelesen hatte. »Ich dachte, Sie hätten denen ein Interview gegeben … ich meine, was da so drinsteht, das haben die sich doch nicht alles selber ausgedacht.«

Margrit überflog den Artikel und tat überrascht. »Das stimmt wohl. Die werden mit jemandem gesprochen haben, aber leider nicht mit mir.«

Steiner würde ausflippen, wenn er die heutige »Berliner Zeitung« las. Wahrscheinlich hing er schon mit Schnappatmung am Tresen einer Kneipe, vermutete Margrit.

»Na ja«, Krause schaute verlegen, »was heißt leider. So schlecht kommen Sie ja gar nicht weg dabei.«

Schmunzelnd gab ihm Margrit die Zeitung zurück. »Dann auf einen guten Kreuzungsversuch!«

»Richtig so!«, sagte Krause zuversichtlich. Er tippte einen Gruß an die Stirn.

Der Artikel war eine Punktlandung für ihren Start hier in der Gartenakademie. Auf dem Heimweg musste sie sich unbedingt ein Exemplar der Zeitung besorgen.

Mit jedem Schritt schlug ihr Herz höher. Es war nicht nur das Verwaltungsgebäude, auf das sie nun zusteuerte, sondern ihr neues Zuhause. Sie hatte diesen Garten ein Vierteljahrhundert lang gemieden. Er war Steiners Reich gewesen. Sie wäre ihrem Idol ungern bei der Arbeit begegnet. Durch ihre Erinnerung an ihren einsamen Sonntag hier und den jahrelangen Briefwechsel mit Steiner hatte Margrit ein detailliertes Bild von jeder Ecke des Gartens. Als sie das Haus am Ende des Hauptweges sah, stockte ihr der Atem. Sie atmete tief durch und genoss den Anblick.

An den Mauern des Hauses wuchs eine tiefgrüne Rebe mit weißen Blüten. Dicht wie das Fell eines Seehundes. Nur an wenigen Stellen war der rote Backstein darunter sichtbar. Das Haus hatte Sprossenfenster mit weißen Streben wie ein Landhaus in Cornwall oder eine Kirche im irischen Kerry. Hinter dem Haus wuchsen hohe Lärchen und

Ahornbäume. Schon jetzt im Frühling war eine Augenweide, was im Herbst sicher eine Kulisse geben würde wie von William Turner gemalt.

Sie hatte den Garten von sich aus gemieden. Steiner hatte sie auf seine ganz subtile Art von diesem Ort ferngehalten. Sie nahm es ihm noch nicht einmal übel. Sie war genauso und ließ ungern jemanden in den Bereich, der ihr der wichtigste war. In den Raum, in dem sie ihre Gedanken und Ideen zu dem Leben verspann, das sie lebte.

Eine kleine korpulente Frau mit einem vereinnahmenden Lächeln öffnete Margrit die Tür.

»Hallo, Frau Kunkel!«

Sie bat Margrit in ein kleines Büro, das – innen von Zimmerpflanzen und außen von der Rebe bewachsen – wie ein Biotop aussah.

»Das ist ja dann heute nicht nur die Besichtigung Ihrer neuen Arbeitsstätte, sondern auch eine Wohnungsbegehung! Ich finde übrigens wunderbar, dass sie sich der Räume da oben annehmen, weiß gar nicht, warum Ihr Vorgänger«, die Frau vermied spürbar mit Absicht, Steiners Namen zu nennen, »die Wohnung nicht nutzen wollte. Ach nein, stimmt ja gar nicht, Sie sind die Erste, der das überhaupt gestattet wird. Na ja, vielleicht hätte er ja nur fragen müssen. Auf jeden Fall wird sie Ihnen gefallen. Mich wundert übrigens, dass Sie noch kein einziges Mal in unserem Garten waren, wie Sie mir geschrieben haben. Allein für das Vorstellungsgespräch wäre das doch notwendig gewesen, oder? Aber was soll's. So hat man Ihnen wenigstens keine Chance gegeben, es sich noch einmal anders zu überlegen, hahaha. Dass Sie die Ware ungesehen kaufen, spricht doch für Sie, liebe Frau Kunkel. Sie sagen ja gar nichts?«

Wann hätte ich die Chance gehabt, etwas zu sagen?, wollte Margrit gerade entgegnen. Sie lächelte freundlich und ließ sich auf den angebotenen Stuhl fallen.

Für eine Personalchefin redete Frau Albrecht sehr viel und sehr offen. Das gefiel Margrit. Aber sie war vorgewarnt.

»Der Dreispitzigen Jungfernrebe scheint das Schöneberger Klima zu bekommen«, sagte Margrit und zeigte auf die Zweige der Rebe, mit denen am offenen Fenster eine sommerliche Brise spielte.

»Ich dachte schon, Sie meinen mich!«, sagte Simone Albrecht verwegen. Sie kicherte munter drauflos. »Man sagt mir hier ja einiges nach, aber die Jungfer nehme ich Ihnen übel. Seit 25 Jahren glücklich verheiratet, mit einem Wessi, der mich in unseren kleinen schmutzigen Momenten immer noch seine Magdeburger Börde nennt.«

Die Frau hatte entweder zum Frühstück einen Doppelkorn genommen oder mit dem Weggang von Steiner ihre Sprache neu entdeckt. Steiner selbst hatte Margrit immer von dem großen, schweigenden Garten erzählt, dessen Mitarbeiter unter Omertà zu stehen schienen. Dem Schweigegelübde, das zu brechen tödlich enden konnte. Diese Kollegin hier konnte er damit nicht gemeint haben.

»Die Pflanze an diesem Haus«, sagte Margrit, »sie kommt aus Asien.«

»Ich wachse auch besonders gut in Asien«, gab die Personalchefin zum Besten. »Beim Karaoke an der Hotelbar im Thailand-Urlaub, wie mir mein Mann immer versichert.«

»Schön.« Margrit wurde immer neugieriger auf diesen Tag. »Unsere Freundin hier ist eine Selbstklimmerin. Braucht weder Haken noch Ösen, um zu kriegen, was sie will.«

»Und nun hat sie das Haus.« Die kleine korpulente Frau lächelte verschwörerisch.

»Und mich als Nachbarin«, fügte Margrit hinzu. »Zeigen Sie mir erst die Wohnung und dann den Garten?«

»Natürlich. Und dann das Büro?«

Margrit spürte einen Stich. Der Gedanke, dass Steiner da gerade noch gesessen und Briefe an sie geschrieben hatte, verursachte ihr Übelkeit. Sie würde sich Wohnung, Garten und Büro erobern. Genau in dieser Reihenfolge.

»Nennen Sie mich abergläubisch, aber die Wohnung und der Garten gehen vor, das Büro ist immer noch seins. Bin ich hier weitestgehend eingerichtet, dann werde ich es entern. In Ordnung?«

»Aber sowas von!«

Die Wohnung bestand aus drei Zimmern, einem Bad und einer großen Küche, in der ein Esstisch Platz hatte.

»Bei dem riesigen Garten wird Ihnen ein Balkon sicher nicht fehlen.«

»Da haben Sie recht, Frau Albrecht.«

»Ich bin Simone.«

»Ich danke Ihnen, Simone. Ich heiße Margrit«, sagte sie und lief bedächtig über den knarrenden Boden. »Lassen wir die Nachnamen einfach weg«, fügte sie noch hinzu, um nicht gleich noch geduzt zu werden.

Die Wände der Wohnung waren frisch geweißt. Die Konturen der darunterliegenden Backsteinmauer jedoch noch sichtbar. Überall roch es nach Farbe und blankgebohnerten Holzdielen.

»Hier hat sich jemand richtig Mühe gegeben«, sagte Margrit gedämpft. Ihr innerliches Jubeln verbarg sie.

Alles sah so perfekt aus. Wie in eine Form gegossen, die

sie selbst entworfen hatte. Ihre Möbel hätten Platz, ebenso ihre Bücher und Bilder. Und wenn ihr Vater zu Besuch käme, dann auch er. Sogar ein Arbeitszimmer konnte sie sich hier einrichten, auch wenn das darunterliegende Büro zum Arbeiten gedacht war. Für ihre eigenen Gedanken brauchte sie einen eigenen Raum. Der läge ab sofort hinter der Tür neben der Küche.

»Ich ziehe erst am Freitag ein. Dann bin ich in den ersten Tagen wenigstens nicht nur mit dem Auspacken beschäftigt, sondern kann mich ganz auf Ihre Kollegen konzentrieren und mich mit den Arbeiten im Labor vertraut machen.«

Simone nahm Margrit am Arm. Zog sie zu einem breiten Fensterbrett, auf dem sie umständlich Platz nahm.

»Hören Sie, Margrit. Wir sind alle sehr froh, dass Sie da sind. Das einzige, was hier noch gesät worden ist, sind Misstrauen und Zwietracht. Das einzige, was hier noch wächst, sind Ärger, Enttäuschung und Wut.«

Sie redete plötzlich ganz anders. Alles Bisherige schien ein Prolog gewesen zu sein, welcher der Handlung vorausgriff. Jetzt waren die dunklen Kapitel dran. Margrit wurde hellhörig.

»Dass ich die Stelle bekommen habe, verdanke ich aber dem Mann, der, wenn ich Ihre nicht ausgesprochenen Worte richtig interpretiere, genau daran schuld ist«, gab sie zu bedenken. Das Spiel mitzuspielen, sah sie als einzigen Weg, um hier anzukommen und die Dinge wieder auf den Weg zu bringen, auf dem sie so erfolgreich gewesen waren, bevor Steiner den Überblick verloren hatte. Eine weibliche Hand war eine ordnende Hand. Margrits Blick war noch nicht verstellt von dem Gerangel der Befindlichkeiten, das ihren Gönner genau hier aufgerieben hatte.

Die beiden Frauen saßen am offenen Fenster. Schauten ins Grüne. Der Hauptweg war gesäumt von pastellfarbenen Streifen aus Lavendel. Dazwischen würden dessen ideale Begleiter Rittersporn und Phlox in wenigen Wochen ihre Blüten öffnen. Die Kombination war Margrits Idee gewesen. Steiner hatte sie umgesetzt. Den Irrglauben, Lavendel vertrüge sich besonders gut mit Rosen und diese seien eine unschlagbare Front gegen Blattläuse, hatte sie Steiner gerade noch ausreden können. So firm er in der Theorie über die Genetik der Pflanzenresistenz war, so unbeholfen wirkte er in der Praxis, wo er auf längst widerlegte Ratschläge aus vergangenen Zeiten schwor. Daran erkannte Margrit, was ihm wichtig war, und was nicht. Und dass ein Weg, den Besucher eines Botanischen Gartens als erstes betraten, bepflanzt sein sollte, hatte Margrit ihm regelrecht einbläuen müssen. »Meine ordnende weibliche Hand« hatte er sie genannt. Nun sah Margrit zum ersten Mal das Ergebnis ihrer Ordnung und hätte Simone Albrecht gern davon erzählt.

Simone zündete sich eine Zigarette an und bot auch Margrit eine an. Erst dann fiel ihr auf, dass es Margrits Wohnung war, in der sie rauchte.

»Ist das in Ordnung?«, fragte sie. Margrit nahm eine Zigarette aus Simones Schachtel. »Natürlich.«

Simone gab ihr Feuer. »Im Vertrag Ihres Vorgängers stand eine Kündigungsfrist von einem halben Jahr«, sagte sie nach einer langen Pause. »Trotzdem ist er von heute auf morgen gegangen. Der Direktion in Amsterdam fehlte ganz einfach die Zeit, um noch mehr Bewerber zu sichten. Und Ihre Bewerbung, liebe Margrit, war zur rechten Zeit am rechten Ort …«, erschrocken blickte Simone auf. »Entschuldigung … Ich wollte damit nicht sagen, dass …« Nervös drückte sie die Zigarette auf dem Fensterbrett aus und warf die Kippe hinaus.

»Ich weiß schon, was das nicht heißen soll.«

Hier lag einiges im Argen. Dieses Gefühl war greifbar. Es spielte offenbar überhaupt keine Rolle mehr, dass Steiner so lange hier gearbeitet hatte. Dass er die Forschungsprojekte in den Laboren der Holländischen Gartenakademie und an der Freien Universität in Gang gebracht und international davon reden gemacht hatte.

Margrit drückte ihre Zigarette an der Hausmauer aus. Legte die Kippe aufs Fensterbrett.

Eine gesprächige Personalchefin, die in der neuen Wohnung ihrer Chefin ungefragt rauchte und Müll in den Garten warf, für dessen Erfolg sie eingestellt war, sprach bereits Bände.

Es war Nachmittag geworden. Noch gut zwei Stunden würde es dauern, bis Margrit die Anlage gesehen hatte und einigen Kollegen vorgestellt worden war. Gegen 18 Uhr würde sie zurück nach Hause fahren. Auf dem Weg eine Zeitung kaufen und im »Esquina«, Ecke Dunckerstraße, noch eine Kleinigkeit zu Abend essen. Bis 20 Uhr hatte der SPAR am Helmholzplatz geöffnet. Wenn alles genau so klappte, dann war sie gegen 20.30 Uhr zu Hause. Die Umzugsfirma war bereits bestellt. Es war Dienstag. Am Freitagmorgen musste Margrit alles gepackt haben. Damit hatte sie schon am Wochenende begonnen. Bei ihrem überschaubaren Haushalt ging das recht schnell. Gleich um 9 Uhr wollte sie am nächsten Morgen wieder in der Gartenakademie sein. Margrit hatte das Gefühl, keinen weiteren Tag ungenutzt vergehen lassen zu dürfen, obwohl hier noch keiner mit ihr rechnete.

Steiner hatte tatsächlich verbrannte Erde hinterlassen. Daraus fruchtbaren Dünger zu machen, stand für Margrit an erster Stelle.

KAPITEL 50

In seiner Junggesellenbude stapelten sich Umzugskisten. Sein Leben würde schon am nächsten Tag zusammengepfercht in 200 Kubikmetern in einer Lagerhalle am Stadtrand von Berlin stehen. Zum Glück hatte ihm das nie einer prophezeit. Womöglich hätte er sich dann abbringen lassen von dem Weg, der ihm mit 60 Jahren endlich Freiheit schenkte. Das Flugticket nach Tunis lag auf dem Tisch. Daneben sein Pass und eine Flasche Whisky. Im Büro hatte er noch eine Nachricht für seine Nachfolgerin hinterlassen. Sie würden eines Tages zueinanderfinden. Er war sich dessen ganz sicher. Aber Margrit Kunkel war noch nicht so weit, den Weg mit ihm zusammen zu gehen. Mit Vollmer sah die Sache schon ganz anders aus. Also los, dachte Steiner. Schenkte sich einen Whisky ein. Griff zu seinem Handy.

Als hätte Vollmer das Telefon in der Hand gehalten und nur auf diesen Anruf gewartet, ging er beim ersten Klingeln ran.

»Hallo?«

»Steiner hier.«

»Ich hatte schon nicht mehr mit Ihrem Anruf gerechnet.«

»Ich habe auch nicht mehr viel Zeit bis zu meiner Abreise. Aber vielleicht wäre es ganz gut, wir würden uns einmal zu dritt mit Margrit Kunkel zusammensetzen. Was machen Sie heute Abend?«

Vollmer tat, als müsse er überlegen und sagte schließlich: »Gar nichts.«

»Wusste ich's doch«, konnte Steiner sich nicht verkneifen zu sagen. »Nun muss ich nur noch Frau Kunkel erreichen. Dann treffen wir uns. Ich gebe Ihnen noch Bescheid, wann und wo das sein wird. Einverstanden?«

»Einverstanden. Rufen Sie mich an.«

»Mach ich.«

Steiner stellte sich vor, wie Vollmer nun wieder in seinen Stuhl sank, das Handy fest umklammert, den Blick aufs Display gerichtet. Diese Ergebenheit gepaart mit Vollmers Biss am eigenen Fortkommen waren ein einziger Glücksgriff. Margrit war ihm viel zu schnell auf die Schliche gekommen, Vollmer hingegen hatte Blut geleckt und würde ergeben in Steiners Windschatten verharren, auf seine Chance wartend.

Steiner trank aus und schenkte sich einen zweiten Whisky ein. Nun Margrit. Da er keine Handynummer von ihr hatte, hoffte er, sie zu Hause zu erreichen.

KAPITEL 51

Er war nicht allein. Ein anderer wurde hier genauso gequält wie er selbst. Sein Flehen mit anzuhören, einem Menschen in Agonie verbunden zu sein, es vervielfachte den eigenen Schmerz. Irgendetwas musste er im Leben angerichtet haben, das ihn jetzt heimsuchte. Er war so glücklich gewesen. Alles schien sich zu fügen. Und plötzlich blieb ihm nur, zu flehen und zu schreien, bis seine Stimme aufgab. Die Schreie des anderen gingen in ein Röcheln über, das bald darauf verebbte. Der andere hatte ihn hinter sich gebracht. Den Weg ins Licht, der durch die Hölle führte und in ewiger Verlorenheit endete. Das Wissen um die Tortur, die ihm selbst nun bevorstand, war das größere Übel als die Qual. Dem Vorangegangenen nun dahin folgen zu müssen, wo das Ziel zugleich das Ende seines Lebens war, der grausame Höhepunkt. Seine Sinne verließen ihn nach und nach. Retteten sich vor dem Abgrund und blieben oben an der Klippe, während er hinabfiel in das ewige Nichts. Ohne auch nur einmal zurückschauen zu können und ein Bild des Lichts mitzunehmen. Dorthin, wo nur Dunkelheit, Moder und rieselnde Erde auf ihn warteten.

Nach der Blüte und der Befruchtung im Herbst zog sie sich in den Boden zurück, von außen eine Festung, innen ein heiliger Ort, an dem ihre weisen Schwestern wuchsen. Hier überwinterte sie, lernte von ihnen Heilkunst und Schadenszauber, um von dem bösen Kind zur urzeitlichen Zauberin zu werden.

KAPITEL 52

Der Brief lag ohne Marke in ihrem Briefkasten. Sie las ihn noch im Hausflur.

Hochverehrte Margrit,

ich weiß, dass Sie soeben Ihr Lager abbrechen und in die Gartenakademie übersiedeln, und das trifft sich gut, denn auch ich sitze auf gepackten Kisten. Schon am 1. zieht der neue Mieter ein. Doch mein Flug nach Tunis geht erst am 2. Wäre es sehr unverschämt, Sie zu bitten, mir für meine letzte Nacht in Berlin Asyl zu gewähren? Das kommt zwar einem Overkill an Neuerungen in unserer langjährigen Freundschaft gleich, ich bin mir dessen durchaus bewusst, denn wir werden nach unserem romantischen Picknick nicht nur erneut unsere Stimmen befreit vom technischen Überbau der Telekom hören, uns erneut von Angesicht zu Angesicht gegenüberstehen, sondern die erste Nacht unter dem gleichen Dach verbringen, natürlich nur, wenn auch Sie das wollen.

Ich habe keine bösen Absichten und anzügliche schon gar nicht. Ich bin camping-erprobt und kann gut auf dem Boden schlafen. Eine eigene Zahnbürste habe ich auch.

Meine Bitte erreicht Sie wahrscheinlich sehr kurzfristig, und nun wissen Sie nicht, wie Sie mir Bescheid geben sollen. Ich sitze am Abend des 1. im »Osswald«. Das ist ganz in Ihrer Nähe und Sie kennen es bestimmt. Dort werde ich mir die Nacht um die Ohren schlagen. Entweder Sie lösen mich dort aus, oder Sie müssen mit einer Schnapsleiche auf dem Konto Ihrer Verfehlungen leben, und zwar bis an Ihr Lebensende.

Hochachtungsvoll, Claus

Romantisches Picknick, dachte Margrit. Von wegen. Anstelle eines Abschiedsdinners war das ein hochoffizielles Treffen zur weiteren Planung von Steiners Forschungsarbeit gewesen. Und selbst den teigigen Emporkömmling Vollmer hatte Margrit an dem Abend ertragen müssen. Vielleicht hätte sie sich Steiner ja noch schöngetrunken. Aber schon die steile Falte auf seiner Stirn und der stierende Blick, als er gekränkt von der Vergangenheit und seltsam besessen von seiner Zukunft gesprochen hatte, hatte ihn so unattraktiv für Margrit gemacht, wie es alle Männer waren. Sie würde allein bleiben, hatte sie an jenem Abend beschlossen. Auch Steiner war ein Griff ins Leere gewesen. Die Luft war raus. Aber wie so oft im Leben wuchs das Interesse des einen, sobald das des anderen nachließ. Also spielte sie mit.

Zum ersten Mal hatte er seinen Namen nicht handschriftlich ans Ende des Briefes gesetzt. Margrit dachte nicht weiter darüber nach. Sie schaute auf die Uhr. Es war 19.30 Uhr am 1. März. Jetzt musste sie sich in Schnelligkeit üben.

Zum Picknick war sie recht schmucklos erschienen. Nun rannte sie hinauf in ihre Wohnung. Duschte kurz. Schminkte sich zum ersten Mal seit der Verteidigung ihrer Doktorarbeit. Zog ein samtenes Winterkleid an. Dicke Schnürstiefel und den Mantel, den sie nur fürs Ausgehen hatte und somit niemals trug. Dazu den Seidenschal, der ein ebenso trauriges Dasein in ihrem Schrank fristete. Aufgeregt schloss sie die Wohnungstür hinter sich und machte sich zügig auf den Weg.

Warmes Licht schien aus der Kneipe auf den frischverschneiten Gehweg. Margrit blieb kurz stehen. Atmete tief durch. Im gewohnt langsamen Tempo ging sie weiter.

KAPITEL 53

Schon in der Gärtnerei ihrer Eltern hatte Margrit Freude am Schreddern von Holz gehabt. Das Geräusch der Maschine war Musik in ihren Ohren gewesen, während sie Äste, Zweige und Rinde, im Herbst alles vermischt mit Laub, in den Trichter schob, der das Holz als wohlduftenden Rindenmulch auf einen Haufen in der Schubkarre auswarf. Der Schredder, den sie nun benutzte, war genauso antik wie der ihres Vaters. Ein scheppernder Metallkoloss mit abblätternder Farbe, der wohl die nächsten 50 Jahre noch seinen Dienst tun würde und bereits ganze Wälder in ihre Einzelteile zerlegt hatte.

Die Nacht war kalt. Margrit konnte ihre Atemluft als weißen Nebel sehen. Der Garten lag unter einer dünnen Schneedecke. Eine Lampe über der Tür zum Labor war ihre einzige Lichtquelle. Hier gab es keine Anwohner, die sich über den nächtlichen Lärm beschweren würden. Aus der Ferne klang das Scheppern der S-Bahn synchron zu dem scheppernden Gerät, das sie mit den Holzabfällen des letzten halben Jahres speiste. Im Zuge ihrer täglichen Arbeiten hatten die Gärtner alles an abgefallenen und morschen Resten auf Haufen geworfen, um die sich dann niemand mehr gekümmert hatte.

In ihrer neu bezogenen Wohnung standen Umzugskisten. Lediglich für ihre Matratze hatte Margrit einen Platz geschaffen. Alles andere konnte warten. Hier draußen in der Stille der Winternacht fühlte sie sich geerdeter als drin. Nur hier konnte sie den ersten Kontakt aufnehmen zu ihrer neuen Welt, in der sie fortan leben würde. Es fühlte sich an wie der Beginn einer erfüllenden Beziehung zwischen zwei Menschen, die nach den ersten zarten Berührungen ihren Lauf nahm.

Fünf volle Schubkarren hatte sie bereits ins Lager geschoben und in große Plastiksäcke geschaufelt. So lagerte das geschredderte Holz bis zum Herbst trocken neben ausrangierten Kühltruhen, von denen eine immerhin noch funktionierte, wie Margrit erfreut festgestellt hatte. Dann würden diese winzigen Stückchen als wärmende Schicht auf den Beeten, zwischen den Sträuchern und auf den Wegen verteilt werden. Würden das, was sich im Boden zaghaft formierte, vor der zerstörerischen Kraft des Frostes bewahren. Es fühlte sich reinigend an und auf seltsame Art befreiend, was Margrit tat in jener Nacht, als sie dem Schredder überließ, was in ihrem neuen Leben nichts mehr zu suchen hatte.

KAPITEL 54

Das kleine Arbeitszimmer wurde zum Abstellraum. Schreibtisch und Esstisch standen im Wohnzimmer. Hier wollte sie sein. Freunde empfangen (die sie noch nicht hatte). Sitzen und schreiben. Musik hören und lesen. Und die eine oder andere Flasche Wein mit einem herrlichen Ausblick am Fenster genießen.

Margrit räumte gerade die letzten Umzugskisten aus, als das Telefon auf dem Schreibtisch klingelte.

»Der neue EDV-Spezialist wird sich gleich heute bei Ihnen melden.«

»Danke, Simone!«

Sie rechnete jeden Moment mit ihm, hatte aber vergessen, nach seinem Namen zu fragen.

Aber was war schon ein Name auf einem Gebiet, das Margrit so fremd wie die Mondlandschaft war. Simone Albrecht aus der Personalabteilung hatte bei all ihrer Mitteilsamkeit ein äußerst professionelles Gespür für die richtige Stellenbesetzung. Bei Guntram Maier, dem Chef des Controllings, hatte der Neue sein Einstellungsgespräch immerhin mit Bravour absolviert.

Auf dem Schreibtisch lag ein nagelneues Smartphone neben einem nagelneuen iPad. Nun wäre Margrit rund um die Uhr erreichbar. Bekäme E-Mails und Nachrichten via WhatsApp auf dem Klo, im Gewächshaus und im Labor zugestellt und könnte genau von da aus auch das Weltgeschehen verfolgen, bei Petitionen abstimmen oder ihrem Vater das Foto eines zweigeteilten Regenwurms schicken.

Die Umstellung von ihrem alten Computer, der aussah wie eine Kopie des ersten Robotron in der Gärtnerei Kunkel, auf dieses flache Ding mit dem Apfel drauf würde eine Herausforderung werden. Viel Zauberei in der Größe eines Notizblocks steckte darin. Und damit alles, was Margrit misstrauisch machte. Diese Dinger hatten für Margrit keine Vergangenheit. Ihre Entwicklung war bisher nahezu spurlos an ihr vorübergegangen. Und nun standen sie ihr ganz plötzlich zur Verfügung, als wären sie vom Himmel gefallen. Das Internet war nicht greifbar. Dennoch war es da und kontrollierte alles und jeden. Heute ließ sich unter einem T-Shirt schmuggeln, was früher den Umfang eines Wäschetrockners hatte. Margrit ging das alles viel zu schnell. Die wichtigen Dinge – den Menschen, die Pflanze, das Tier – mit auf die Reise zu nehmen, hatte man schlichtweg vergessen auf dieser rasanten Fahrt, bei der man das Ticket aufgedrängt bekam. Gut Ding brauchte nun mal Weile. So sah Margrit ihr Leben. So sollten auch diejenigen es sehen, die es prägten und durch technische Entwicklungen mitbestimmten. Die Illusion, mit einer ausgeklügelten Technik Zeit zu gewinnen, löste sich in 60-Stunden-Wochen auf, die Menschen diesen Dingern bereitwillig von ihrer Lebenszeit opferten.

Margrit schaute auf die Uhr. Es war neun. Den EDV-Fritzen hätte sie wahrscheinlich länger am Hals. Sie griff zum Telefon.

»Simone?«

»Ja, Frau Kunkel?« Der Name »Margrit« ging ihrer Personalchefin noch nicht so leicht von den Lippen.

»Ich würde doch ganz gerne schon damit beginnen, mir mein Büro unten einzurichten. Wenn der Computermensch aufschlägt, rufen Sie mich bitte unter Steiners Nummer an. Da bin ich jetzt für 'ne Weile.«

»Das ist nicht mehr Steiners Nummer, sondern Ihre, liebe Frau Kunkel, äh, Margrit. Coral Schulze hat heute frei, aber ich sitze ja nebenan und klopfe dann einfach, wenn er da ist.«

»So machen wir das.«

Margrit ging hinunter, durch das Vorzimmer zum Büro. Vor der geschlossenen Tür blieb sie stehen. »Direktion« stand auf dem Schild. Sein Namensschild darunter war bereits entfernt worden. Ausgelöscht, dachte sie.

Im »Osswald« war Steiner nicht gewesen. Keiner der Kellner konnte sich an einen Mann erinnern, der dort allein mit Gepäck gesessen und stundenlang gewartet hatte.

Ausgelöscht, dachte sie erneut und öffnete die Tür.

Seine antike Reiseschreibmaschine thronte vor dem hochmodernen Flachbildschirm. Die Maschine hatte ein Farbband, das es sicher gar nicht mehr zu kaufen gab. Die Tasten mit dem »M« und dem »O« waren am meisten abgenutzt. Ein Blatt Papier klemmte noch auf der Rolle. Margrit zog es behutsam heraus und setzte sich, um es in Ruhe zu lesen.

Liebe Margrit,

nun brauchen Sie mich ja nicht mehr. Der Mohr hat seine Schuldigkeit getan und kann ins Moor gehen, so er will. Aber glauben Sie mir, ganz so weit werde ich nicht gehen, sondern nur an einen anderen Ort.

Mich zieht es dorthin, wo ich einbringen kann, was ich über all die Jahre gesammelt habe an Erfahrung und an Wis-

sen, ja, auch an Wissen, das eigentlich Ihnen gehörte und das Sie so freimütig mit mir teilten. Die Zeit hier in der Akademie und auch unter Ihrer Obhut, das sage ich gern, sie erinnert mich nun im Rückblick an Momente, die ich mit meinem Vater verbrachte. Er war ein Genie auf vielen Gebieten; seine Ideen hatten das Zeug, die Welt zu revolutionieren. Er machte nur einen einzigen Fehler, und den immer wieder: Er sammelte Wissen, bis ihm schier der Kopf platzte. Es fehlte ihm das, was Sie und ich haben, nämlich der Mut, aus der Erkenntnis heraus zu handeln. Er verbrachte sein Leben vor einer Leinwand, auf der andere seine Rolle spielten. Ich will nicht an diesen Punkt gelangen. Ich weiß genug und werde handeln. Deshalb fällt es mir nicht schwer, das alles hinter mir zu lassen.

Die Reiseschreibmaschine unseres Briefwechsels, an dem ich lange genug wie an einer Nabelschnur hing, sie steht nun vor Ihnen zu Ihrem Gebrauch, so Sie mögen. Vielleicht freut sich auch der eine oder andere Kollege darüber, wenn ich schon sonst nicht viel an Freude hinterlassen konnte. Oder fragen Sie am besten Vollmer, ob er sie haben will. Der freut sich über alles, was ich ihm an Aufmerksamkeit schenke.

Ihnen gebe ich nur eines mit auf den Weg: Ich habe Sie immer geschätzt, der beste Beweis dafür ist der Stuhl, auf dem Sie jetzt gerade sitzen.

Ich bedaure nicht, dass wir uns nie persönlich begegnet sind. Und wer weiß, vielleicht warte ich ja irgendwo auf Sie. Ich werde Sie erkennen und mich auch selbst zu erkennen geben.

Das als Schlusswort ist doch gar nicht mal schlecht geraten, oder?

Hochachtungsvoll, Claus. 27. Februar 2017

PS:

Ihre schönsten Ecken hat die Holländische Gartenakademie sowieso Ihnen zu verdanken. Da sind Rittersporn und Phlox als formvollendetes Ganzes am Wegesrand, die wild verstreuten Blumenzwiebeln Ihrer Guerilla-Gardening-Phase, eine jüngferliche Rebe auf einst schmucklosen Hausmauern, und nicht zuletzt das neue Kakteenhaus mit einer Vielfalt, von der ich nicht einmal eine Vorstellung hatte.

Die Idee, sich mit ihr und mit Vollmer zu treffen, war ihm also sehr spontan gekommen. Nach diesen salbungsvollen Abschiedsworten.

KAPITEL 55

Beim dritten Klingeln ging er ran. Hauptkommissar Schmonz, Polizeiabschnitt 41 Berlin-Schöneberg, war am Apparat. Die Kollegen aus Berlin erbaten also Schützenhilfe.

»Sach mal, hast du nicht Kontakt zu dieser Kunkel, die gestern in der Zeitung stand?«

»Tach erstmal, Kollege«, wies Everding den Ermittler am anderen Ende der Leitung väterlich zurecht. »Worum geht es denn?«

Er hatte endlich mal Urlaub gemacht. Eine ganze Woche Skifahren und Wandern mit Cornelia und den Jungs in der polnischen Tatra. An seinem ersten Tag auf Arbeit tat er sich noch etwas schwer mit Schmonz' burschikoser Art.

»Tach, Manfred. Da wird ein junger Mann vermisst. Sascha Vollmer. Ich schick dir gleich mal die Infos per Mail. Zuletzt war er zugange im Labor der Holländischen Gartenakademie.«

»Und nun?« Everding stellte sich gerne dumm, um etwas Zeit zu gewinnen, in der er die aufgelaufenen E-Mails in seinem Postfach überfliegen konnte.

»Und nun ist er weg«, sagte Schmonz, als wäre damit die Aufgabenstellung für Everding hinreichend erläutert.

»Das habe ich verstanden.« Everding wurde nun doch ungeduldig. »Aber was hat das mit Margrit Kunkel zu tun?«

»Na, die ist doch die neue Direktorin. Sach mal, liest du keene Zeitung?«

Everding fühlte sich etwas überrumpelt. Auch wenn er dem Kollegen nicht abnahm, dass in der Hauptstadt der Wechsel im Direktorium eines Botanischen Gartens Tagesthema war.

Er gab Margrits Namen in die Suchmaschine ein und stieß auf den Artikel in der »Berliner Zeitung«.

»Da brate mir einer 'nen Storch. Das ist sie tatsächlich. Dass sie es mal weit bringen würde, wusste ich schon immer«, sagte Everding stolz, als wären Margrits Verdienste die seinen.

»Also machst du es?« Nun war es Schmonz, der ungeduldig wurde.

»Äh, was denn?« Everding stand tatsächlich auf dem Schlauch. Die sagenhaft schönen Ferientage und nun die Neuigkeiten über Margrit Kunkel waren einfach zu viele Eindrücke, um sie alle auf einmal verarbeiten zu können.

»Na, mal hinfahren und dich ein bisschen umhören in der Holländischen Gartenakademie. Die Kunkel muss doch wissen, wo der Junge abgeblieben ist.«

Nun las Everding auch die E-Mail des Kollegen aus Berlin. Allmählich brachten sich seine Hirnwindungen wieder in den Ermittlermodus.

»Der Junge ist 27. Da kann man doch mal ein, zwei Tage blau machen. Wer hat ihn denn vermisst gemeldet?«

»Seine Eltern. Die sind sich sicher, dass ihm etwas zugestoßen ist. Er ist sonst sehr verlässlich.«

»Sagen die Eltern«, hakte Everding lakonisch nach.

»Sagen die Eltern«, wiederholte Schmonz dienstbeflissen.

»Na gut. Dann werde ich mal den grausamen Fall von Vandalismus an einer Bushaltestelle hier im Dorf nach hinten stellen und den Kollegen in der Hauptstadt zu Hilfe eilen.«

»Bist halt ein echter Genosse!«

»Und du ’ne echte Schmonzette!«, sagte Everding und legte auf.

KAPITEL 56

Margrit klopfte nebenan bei Simone Albrecht. Steckte dann den Kopf kurz durch den Türspalt. »Bin draußen. Nun muss der EDV-Mann eben hier auf mich warten. Will mal kurz an die frische Luft.«

»Na klaro, Frau Margrit, nichts haben wir hier so viel wie frische Luft!«

Sie ging den Hauptweg entlang bis zu den Laboren. Dann am Sumpfgarten vorbei in Richtung des Kakteenhauses. Neben den Krokussen und Schneeglöckchen rollten auch Narzissen und Rosen bereits ihre Blätter aus in Erwartung des Frühlings. Der Winter war zwar mild, aber noch nicht vorbei. Sie waren zu früh dran.

Steiner hatte kaum noch geschlafen zum Schluss und auch die Wochenenden mit Arbeit verbracht. Trotzdem sah die Holländische Gartenakademie wie ein Wirtschaftsunternehmen aus. Keine belebenden Mischungen in der Kombination der Arten. Keine Neugier am Werden der Pflanzen war hier zu erkennen. Das Nullachtfünfzehn-Programm des Hobbygärtners, der Rosen pflanzte, wo sie ranken konnten, und Gemüse, wo es die Schönheit der Rosen nicht störte. Am Reißbrett entstanden nur Englische Gärten. So charismatisch wie frisierte Pudel. Ein Garten war nun mal keine Kopfgeburt, hatte ihm Margrit wieder und wieder gepredigt. Zum Schluss hatte er ihr gar nicht mehr zugehört. Samen flogen schließlich, wohin der Wind sie wehte. Dort, wo sie zu prächtigen Pflanzen austrieben, war offensichtlich die geeignetste Stelle. In Margrits Augen war das der Anfang. War das die Schöpfung. War das der Zeitpunkt, an dem der Mensch ins Spiel kam und andere Pflanzen danebensetzte. Und keinen Moment früher.

Wiederholung, Abwechslung, Balance, Betonung, Reihenfolge und Größenverhältnis waren die Parameter, die der Mensch einbringen sollte, wenn die Natur den Anfang gemacht hatte. Nur so konnte er sich seinen eigenen Garten

Eden als Denkmal setzen und der Nachwelt etwas Wertvolles hinterlassen.

Steiner war ein Genie auf dem Gebiet der Botanik, die im Labor entstand. Er hatte ein Gefühl gehabt für Technik, Kommunikation und ein gutes Händchen für Recherche und die richtigen Leute dafür. Mit dem Rest – dem Garten, den er zu beackern hatte – hielt er es wie ein Schreiner, der die schönsten Möbel lieferte und zu Hause auf dem Fußboden schlief. Margrit realisierte mehr und mehr, wie wenig Gefühl Steiner in all den Jahren für diesen Ort entwickelt hatte. Mit den Holzabfällen des Gartens hatte sie auch die Erinnerung an Steiner geschreddert. Margrit atmete tief durch. Nun war sie diejenige mit der großen Chance, von der andere nur träumten. Sie konnte die Dinge in die Hand nehmen. Selbst anpacken. Mitgestalten.

Sie ging zurück in ihr Büro. Steckte den Brief in ihre Jackentasche. Klemmte sich die Reiseschreibmaschine unter den Arm und wollte gerade hinauf in ihre Wohnung gehen, als sie die antiquarische Ausgabe des Strasburgers im Regal entdeckte. Sie steckte das Buch unter den anderen Arm und ging nach oben in ihre Wohnung. Die Schreibmaschine bekam ihren Platz im Bücherregal.

Margrit schaute auf die Uhr. Es war halb zehn. EDV-Fritzen waren Nachttiere. Sie konnte wohl erst gegen Mittag mit dem Neuen rechnen. Also nahm sie das nagelneue Handy in die eine und das nagelneue iPad in die andere Hand. Was Idioten bedienen konnten, konnte auch für sie so schwierig nicht sein.

Margrit schaltete erst das iPad und dann das Handy ein. Jetzt begann ein neues Leben. In dem neuen Leben gab es neue Medien. Weder am Handy noch am iPad tat sich etwas.

Erst nach einer gefühlten Ewigkeit sendeten beide Geräte Lebenszeichen in Form eines Logos, das anbiedernd in allen Farben des Regenbogens changierte. Sonst tat sich weiterhin nichts. Diese Langsamkeit, in die sie plötzlich gezwungen war, empfand Margrit als zermürbend. Das iPad reagierte zuerst. Margrit sollte einen Zahlencode eingeben. Na super. Sie griff zum Telefon.

»Simone?«

»Ja?«

»Ich bin wieder oben!«

»Hab's gehört.«

»Wissen Sie, was ich eintippen muss ins iPad?«

»Na, Ihren Geheimcode. Der hat vier Ziffern.«

Margrit hätte schwören können, dass Simone Albrecht ein Kichern unterdrücken musste. »Und wo finde ich den Geheimcode?«

»Habe ich Ihnen auf die Rückseite des iPads geklebt und extra noch an die Pinnwand unten in Ihr Büro gehängt.«

»Super Geheimcode also.«

»Äh …«

»Danke, liebe Simone. Und wie gesagt, den Computer-Struppi direkt zu mir.«

Gesprächige Personalchefin, die Geheimcodes wie Gutscheine verteilte. Das konnte heiter werden.

Margrit tippte die Ziffern ein, und vor ihren Augen eröffnete sich die Welt des Apfels. Sie drückte mit dem Finger auf den Kompass und war im Internet. Dort suchte sie nach den E-Mails der letzten Tage und stieß schließlich auf die Website der Holländischen Gartenakademie. Übersichtlich gestaltet und mit den anderen Gartenakademien verbunden machte sie was her. Margrit war zufrieden. Sie harkte einmal durch alle verfügbaren Funktionen des iPads, die sie auf den ersten Blick ausmachen konnte. Schaltete das Diktiergerät an und sprach ein paar Worte. Als sie gerade Steiners Namen in die Suchmaschine eingeben wollte, entwickelte das Gerät plötzlich ein Eigenleben. Kamerafunktionen poppten auf. Piep-Töne waren zu hören. Cookie-Hinweise, die offensichtlich keine Kekswerbung waren. Und jede Menge junger Frauen, die sich mit Margrit verabreden wollten. Ärgerlich drückte sie auf dem Bildschirm herum, bis sich das Gerät wieder beruhigt hatte. Eine Stunde hatte sie damit zugebracht. Und nichts erreicht.

Diesen Schnickschnack hatte sie nie haben wollen. Nun steckte sie mittendrin und wurde aufgehalten von zahllosen Apps und Webseiten, die sich alle gleichzeitig um ihre Gunst bewarben und ihre To-do-Liste zu einem Wunschzettel degenerierten. Bei jedem weiteren verzweifelten Hieb auf das iPad begann plötzlich eine »Siri« mit ihr zu reden. Am Ende konnte Margrit nichts anderes als »SCHNAUZE!« brüllen.

Da klopfte es zaghaft an ihre Tür.

KAPITEL 57

Brigitte und Ralph Vollmer warteten bereits seit einer geschlagenen Stunde auf dem Polizeiabschnitt 41. Hier hatten sie die Vermisstenanzeige aufgegeben und hier wollten sie so schnell wie möglich erfahren, wo sich ihr Sohn aufhielt.

Die Kollegen beorderten Schmonz, den beiden Leuten auf dem Flur, die sich ununterbrochen an den Händen hielten, wenigstens einen Kaffee anzubieten.

»Nein danke«, sagte die Frau, »wir möchten hier einfach nur warten.«

Sie taten Schmonz leid. Ständig sah er das Elend verunsicherter Eltern auf seinem Revier. Nie war es ihm gleichgültig. Schließlich säße er genauso hier, wenn Moritz einfach so verschwände. Aber irgendwann war es notwendig, den Dingen, in diesem Fall den Ermittlungen, ihren Lauf zu lassen.

»Hören Sie, ich verspreche Ihnen, dass wir Sie sofort anrufen, wenn wir Neuigkeiten zum Verbleib Ihres Sohnes haben.«

Bei dem Wort »Verbleib« jaulte die Frau weinend auf. Ihr Mann nahm sie schützend in den Arm.

»Na gut«, sagte Schmonz. »Kommen Sie mit.«

Das Pärchen – er massig und glatzköpfig, ein Abziehbild von Kojak ohne Lutscher, sie zierlich und elegant mit den Zügen eine Maggie Thatcher – folgte Hauptkommissar Schmonz ins Vernehmungszimmer 3.

Nach seiner Ankündigung, sie könnten ihm nun erzählen, was ihnen sonst noch über ihren Sohn einfiel und mit seinem Verschwinden zu tun haben könnte, nahmen sie auch den angebotenen Kaffee an.

»Meine Frau wollte Ihnen eigentlich nur noch sagen, dass unser Sohn über eine gewisse Form von Mobbing auf der Arbeit klagte.«

Schmonz wurde hellhörig. »Durch die Kollegen oder den Chef?«

»Durch den Chef, den sie jetzt entlassen haben«, sagte die Frau, auf die das Gespräch wie ein Tranquilizer wirkte. »Vielleicht hat seine Entlassung ja was mit dem Mobbing und unserem Sascha zu tun!«

Schmonz stellte mit Sorge fest, dass sie die Ermittlungsarbeit übernahm. Noch konnte er die Sache nicht ernst nehmen. Ein junger Mann kam mitten im hippen Schöneberg mal zwei Nächte nicht nach Hause.

»Wie haben Sie bemerkt, dass Ihr Sohn verschwunden ist? Er wohnt doch nicht mehr bei Ihnen?«

»Das haben wir dem Kollegen bei der Anzeige schon erklärt«, sagte der Mann. »Wir wohnen nur drei Blocks entfernt. Und Brigitte geht einmal am Tag rüber und bringt ihm Wäsche beziehungsweise holt seine Schmutzwäsche ab. Als dann den zweiten Tag in Folge alles unberührt dalag, haben wir uns Sorgen gemacht.«

Das sind mir die richtigen, dachte Schmonz. Tagsüber im Labor die Welt verändern und abends der Mutti die Schmutzwäsche mitgeben.

»Ich kann mich nur wiederholen«, sagte er und stand auf. »Wir melden uns, sobald wir etwas herausgefunden haben.«

So leid es ihm für die beiden auch tat, die nun traurig den Gang entlang zum Ausgang gingen, aber Schmonz hatte Arbeit, und zwar richtige Arbeit, zu erledigen.

KAPITEL 58

»SCHNAUZE! SCHNAUZE! SCHNAUZE!« Margrit brüllte das iPad an, als es an der Tür klopfte. »Ja bitte?«

Ein Mann betrat den Raum. Sein Wuchs erinnerte sie an eine Tulpe. Die langen Arme hingen runter. Der breite Gürtel hielt die Jeans auf den Beckenknochen. Die Schultern nach vorn gezogen. Tief liegende Augen mit einem hellen Blick hinter dickem Brillenglas. Die Haut zeugte von schlechter Ernährung und wenig Aufenthalt an der frischen Luft. Trotzdem erkannte ihn Margrit sofort. Doch davon musste er nichts wissen.

»Was kann ich für Sie tun?«, fragte sie freundlich.

»Was ich für *dich* tun kann, außer meine Schnauze zu halten, wollte ich *dich* gerade fragen, liebe Margrit Kunkel. Holm Schieber mein Name, wie du vielleicht noch weißt. Siehst ja noch aus wie damals. In natura noch hübscher als auf dem Bild in der ›Berliner Zeitung‹.«

Der Artikel machte offenbar die Runde. Und sie schien sich im Gegensatz zu ihm nicht verändert zu haben in 30 Jahren. Ob das etwas Gutes oder etwas Schlechtes war, war Margrit für den Moment egal. Sie freute sich, ihn wiederzusehen. »Wenn wir heiraten, will ich Schieber-Kunkel heißen. Klingt schon mal besser als Kunkel-Schieber«, sagte sie, ohne groß zu überlegen.

Wer ihre Art hier nicht abkonnte, der eignete sich auch nicht für ihr Team. Und dass ihr ehemaliger Nebenbuhler um die Redaktionsstelle bei »Zu Hause im Grünen«

genau diesem zugeteilt war, hielt Margrit für eine hilfreiche Fügung.

Er schien nochmal gewachsen zu sein. War bestimmt zwei Meter groß. Ein Schlacks. Vielleicht aber war sie auch geschrumpft, so wenig Wasser, wie sie trank. Auf jeden Fall lächelte Holm Schieber notgedrungen von oben auf sie herab.

»Ich betreue ab sofort hier im Haus die EDV.«

»Wohl eher mich, wenn dieses Haus vorher keinen EDV-Bevollmächtigten nötig hatte«, sagte Margrit. Sie bat ihn herein.

»Ob du es glaubst oder nicht«, sagte Holm, »ich bin so froh über den Job, dass ich hier auch Alpenveilchen umtopfen würde, den ganzen Tag, wenn es sein müsste.«

Welch ein Glück, dachte Margrit. »Sie werden es nicht leicht haben mit mir. Bin gerade eben schon am Handy und am iPad gescheitert. Ich glaube, das wird ein Fulltime-Job für Sie. Und ich brauche die Hände frei für den Garten.«

Margrit hatte die Nase voll von den neumodischen Energieräubern in ihrem konturlosen Design. Außerdem hatte sie viel zu viele Jahre am Computer verbracht und über Pflanzen geschrieben, statt welche zu setzen. Ihre Aversion gegen die leblose Materie voll unheimlicher Strahlung würde sie nun umso mehr hinter gespielter Unfähigkeit verstecken. Würde sich noch inkompetenter anstellen als bisher. Diese Legende hatte sich herumgesprochen. Ihr wurde ein Spezialist an die Seite gesetzt.

»Nehmen Sie Platz.« Sie schob ihm einen Stuhl an den runden Tisch in der Mitte ihres Büros. Sie setzte sich Holm Schieber gegenüber.

Er ließ sich auf den Stuhl fallen. »Ich wette, du schreibst deine Artikel noch immer auf der Schreibmaschine.« Er zeigte auf Steiners Reiseschreibmaschine im Regal.

Margrit lächelte. »Welche Artikel?«

Sie legte die Bücher auf dem Tisch zur Seite und machte Platz für einen Teller mit Keksen. »Greifen Sie zu.«

»Danke«, sagte Holm Schieber. Mit bewundernder Geste wies er auf die Bücher. »Hast dir doch schon immer deinen Kopf mit Wissen vollgestopft und dann darüber geschrieben. Tausende deiner Artikel meine ich.«

Margrit lächelte ihn mütterlich an. Es war schon bemerkenswert, wie er seine Lässigkeit gegen ihre Förmlichkeit durchsetzen wollte.

»Mein Wissen und meine ach so wichtigen Erkenntnisse, die wachsen jetzt da draußen.« Sie zeigte zum Fenster. »Ich muss nichts mehr auf Papier verewigen, das irgendwann im Katzenklo landet.«

»Auch wieder wahr«, pflichtete Holm Schieber ihr bei.

Margrit hob die Augenbrauen. »Außerdem kann ich Sie als meinen Assistenten ja zum Diktat bitten, falls ich doch wieder Lust auf Artikel bekomme.«

Holm Schiebers Lächeln missriet etwas. Doch er behielt ganz gut die Fassung, wie Margrit fand. Er war ein »Nerd« geworden und damit in den Augen seiner neuen Chefin so etwas wie ein Zauberer. In der Redaktion von »Zu Hause im Grünen« hatte er keine Zukunft gehabt. Er war ein lausiger Schreiber. Dafür aber ein verdammt guter Zeichner.

»Wie ging es für Sie weiter in der Redaktion?«

»Ich konnte ja schon immer besser malen als schreiben«, Holm kicherte, »doch für einen eigenen Illustrator hatte Müller keine Planstelle. Also bin ich gegangen und habe Informatik studiert.«

Und deine Zeit im so genannten Computerzeitalter nicht nutzlos vergehen lassen, fügte Margrit in Gedanken hinzu. Sie betrachtete ihn stolz wie das Ergebnis ihres ersten Kreuzungsversuches. Im Windschatten ihrer gespielten Ahnungslosigkeit in Sachen Computer würde sie gut navigieren können. Sie hatte ihn bereits durchschaut. Das war eine ihrer leichtesten Übungen. Holm Schieber hatte sich beim ersten Anblick von Margrit nach all den Jahren nicht lange mit Zurückhaltung oder wenigstens einem Zeichen von Überraschung aufgehalten. Im Gegenteil. Er war sofort der mittlerweile normalen Duz-Mode verfallen, die er selbst vor drei Jahrzehnten entworfen zu haben schien. Es hatte Margrit schon damals in der Redaktion nicht gefallen. Es gefiel ihr auch jetzt noch nicht, mit einem Kind oder einem Haustier gleichgesetzt zu werden. Eine gegenseitige Achtung trotz Hierarchien am Arbeitsplatz beruhte in Margrits Augen auf sehr viel mehr als dem Ritual des ungefragten Duzens. Für sie hatte ein Du so viel mit Wertschätzung zu tun wie die Blumen des Bösen mit Botanik.

»Zeichnen Sie noch?«

»Warum duzt du mich nicht mehr?«

»Herr Schieber. Bei mir gibt es die Höflichkeitsform, das ›Du‹ biete ich Ihnen an, wenn wir so weit sind. Und lassen Sie sich nicht von der Unordnung hier stören. Dieser Sauhaufen«, sie wies auf die Stapel von Magazinen, CDs und Vinylplatten auf allen möglichen Ablageorten, »hat mehr mit unserer Pflanzenwelt zu tun, als Sie sich gerade vorstellen können.«

Nun war er es, der lächelte. »Sie haben ja keine Ahnung davon, was ich mir alles vorstellen kann, und ja, ich zeichne noch.«

»Schön«, sagte Margrit. »Und da Sie sich alles vorstellen können, stellen Sie sich doch bitte vor, dass diese beiden Dinger hier«, sie nahm Handy und iPad und knallte ihm beides vor die Nase, »meine Arbeit behindern, statt sie zu erledigen.«

Holm schaute sich die Geräte eingehend an, drückte wahllos auf dem Handy herum. Widmete sich dann dem iPad.

Die Arme verschränkt schaute Margrit ihm zu.

»Kennen Sie das? Sie haben den Schlüssel zu einer Wohnung oder zu einem Hotelzimmer, dort finden Sie alles klinisch rein vor und mit Technik allerersten Kajüte ausgestattet. Sie nehmen eine der drei herumliegenden Fernbedienungen zur Hand und kriegen noch nicht mal den Fernseher an. Ebenso wenig das Radio und noch nicht mal das Licht. Von Hightech umgeben sitze ich im Finstern. So komme ich mir vor.«

»Hätte es bei Freud schon Hightech gegeben, er hätte Ihnen eine super Diagnose gestellt«, entgegnete Holm Schieber lächelnd.

»Witzig, Herr Schieber, sehr witzig. Aber nun mal im Ernst. Das alles ist nicht mehr meine Welt. Oder ich war noch nie von diesem Planeten, wer weiß. Die technische Aufrüstung ist doch nichts als ein Zeichen der Verzweiflung, finden Sie nicht?«

»Da fragen Sie den Richtigen. Ich lebe in der Welt, die Sie angeblich verlassen haben. Und, glauben Sie es mir oder nicht, ich gestalte sie mit. Sonst wäre ich jetzt nicht hier bei Ihnen. Es ist also zufällig genau meine Welt, die Sie da in den Dreck ziehen.«

»Ändert nichts dran, dass ich diese Langsamkeit nicht mehr aushalte.«

»Was kann ich für Sie tun?«, quäkte »Siri«.

»SCHNAUZE HALTEN KANNST DU!« Margrit erkannte sich selbst nicht wieder.

Holm Schieber hatte genau jetzt die Chance, den Raum zu verlassen und nie wieder zurückzukehren. Oder zu bleiben, und zwar so lange sie ihn brauchte.

Er blieb.

»Sie halten die Langsamkeit nicht mehr aus?«

Er lachte schallend, schien also doch mehr von ihr in Erinnerung behalten zu haben, als dass sie Artikel auf der Schreibmaschine schrieb und sich ungefragt duzen ließ.

»Ja, Herr Schieber! Auch ich halte eine gewisse Art von Langsamkeit nicht aus. Da will ich meinem Diktiergerät ein paar Gedanken zur Gartengestaltung erzählen, doch die App ist unter einem Dutzend anderer Anwendungen begraben, von denen ich keine einzige bestellt habe.« Sie gestikulierte und redete sich in Rage. »Will ich dann die paar Gedankenfetzen, an die ich mich nach dem ersten Wutanfall noch erinnern kann, in das iPad eintippen, fragt mich Siri, was sie für mich tun kann, aber Word scheint sie nicht mal buchstabieren, geschweige denn aufrufen zu können!«

Spätestens jetzt dachte Simone Albrecht im Büro darunter, dass hier oben die Fetzen flogen. »Und für die Schreibmaschine, die ich jetzt noch alternativ hätte nutzen können, muss ich erstmal ein neues Farbband kaufen!«

Aber Margrit konnte noch lauter, da war noch viel Luft nach oben.

»Da kein Laden mehr so ein SCHEISSFARBBAND anbietet, muss ich es online bestellen, wofür ich wiederum den Computer brauche, womit wir wieder beim iPad wären. So greift hier ein Rad bremsend ins andere UND ICH BIN NAHE DRAN …«

»… sich bei mir zu bedanken, weil ich ausgerechnet heute nicht verschlafen habe, sondern als Ihr Retter pünktlich meinen Dienst antrete. Scheint ja höchste Eisenbahn zu sein«, unterbrach Holm Schieber beschwichtigend ihren Redeschwall. Sie glaubte, ein ängstliches Zucken in seinem Gesicht zu erkennen.

Höchste Eisenbahn. Wie recht er damit hatte. Margrit lächelte zufrieden und war stolz auf ihre schauspielerische Leistung.

KAPITEL 59

Margrit war gerade auf dem Weg, um sich Zigaretten zu kaufen, als sie einen Mann vorn bei Krause in der Pförtnerloge stehen sah. Sie erkannte Everding nach all den Jahren sofort wieder und fragte sich, ob er den Artikel gelesen hatte und ihr nun persönlich gratulieren wollte.

Sie ging ihm langsam entgegen. Er schien noch mit Krause ins Gespräch vertieft zu sein. Fußball und Schlager. Das umriss so in etwa die Interessenswelt von Peter Krause. Everding würde sich ganz schön ins Zeug legen müssen, um mit diesem Wissensschatz mitzuhalten. Aber nun hatte er Margrit auch schon entdeckt, verabschiedete sich und kam auf sie zu.

Es hatte etwas von einem Wiedersehen eines alten Freundes, als sie sich mit einem festen Handschlag begrüßten.

»Ich gratuliere Ihnen zur neuen Stelle, liebe Margrit.«

»Danke, lieber Manfred. Sind Sie extra aus Brandenburg gekommen, um sich zu überzeugen, dass das auch keine Zeitungsente war?«

»Leider nicht.« Da war er wieder, dieser Everdingsche Blick, an dem es nichts zu rütteln gab.

»Ist etwas passiert?« Margrit erstarrte bei dem Gedanken, ihrem Vater könne etwas zugestoßen sein.

»Können wir irgendwo ungestört reden?«, fragte Everding ruhig.

»Natürlich«, sagte Margrit, nun völlig verunsichert. »Kommen Sie mit nach oben in meine Wohnung. Mein Büro ist noch nicht repräsentabel.«

Oben angekommen nickte Everding anerkennend. »Sie verstehen es wirklich, sich ein gemütliches Nest zu bauen.«

Margrit wiegelte ab. »Eigentlich sieht es doch genauso aus wie in meiner alten Wohnung.«

»Genau das meine ich ja. Darf ich mich setzen?«

»Natürlich. Kaffee oder Tee?«

»Nein danke, gar nichts. Ich komme auch direkt zum Punkt. Sascha Vollmer, einer Ihrer Doktoranden, wurde von seinen Eltern vermisst gemeldet. Wann haben Sie ihn zuletzt gesehen?«

Margrit konnte spüren, dass sie leichenblass wurde. »Vollmer?«

Everding schien von Margrits Reaktion überrascht. »Ja, Sie kennen ihn?«

»Nicht persönlich. Nur vom Namen her. Er arbeitete hier im Labor unter Doktor Steiner, meinem Vorgänger. Ich bin ihm aber noch nicht begegnet.«

»Das ist ja interessant«, sagte Everding nachdenklich. »Zeitgleich mit Steiners Weggang war also auch Vollmers Stelle hier beendet?«

Margrit zögerte. Sie hätte sich schon längst mit den Personalunterlagen befassen sollen, um schlagfertiger reagieren zu können. Also improvisierte sie weiter. »Das kann ich nicht sagen, ich bin erst seit Kurzem hier und habe noch nicht einmal mein Büro bezogen. Über den Personalstand und die Arbeit in den Laboren muss ich mir erst noch ein Bild verschaffen. Ich hätte das längst ...« Sie ließ den Satz ins Leere laufen.

Everding wirkte erleichtert. »Ich habe mir schon gedacht, dass Sie mir da nicht groß weiterhelfen können. Es waren die Kollegen hier in Berlin, die bei dem Namen Kunkel gleich auf mich geschlossen haben, na ja, weil ich Sie kenne und so. Das hat schon auch mit dem Artikel zu tun.«

Er zog die »Berliner Zeitung« aus der Innentasche seiner Jacke.

»Schöner Artikel!«

»Ach, kommen Sie!«, wiegelte Margrit ab. »Nichts ist so alt wie die Zeitung von gestern. Und die ist sogar von vorgestern.«

»Nichts für ungut«, sagte Everding verschmitzt. »Die kommt zu Hause in die Vitrine. Unsere ganz private Straße der Besten.«

Wie schön er »unsere« gesagt hat, dachte Margrit mit einem seltsamen Gefühl von Traurigkeit. »Sollte ich etwas von Vollmer hören, dann gebe ich Ihnen Bescheid«, lenkte sie ab. Sich das gemütliche Zuhause von Everdings Ehe vorzustellen, war ihr dann doch zu viel.

»Machen Sie das. Ich kann Ihnen auch nicht versprechen, dass ich das letzte Mal hier war in Ihrem schönen Garten.«

»Das müssen Sie mir nicht versprechen«, sagte Margrit. Weil sie spürte, dass sie ihn wiedersehen wollte.

KAPITEL 60

Der Hund vom ehemaligen LPG-Gelände bellte sich heiser. Die LPG war jetzt eine kleine Genossenschaft unter der Regie eines Biobauern aus Husum. Den kleinen Terrier hatte er übernommen und ihn in einen gestrickten Ringelpulli in Rosa und Grau gesteckt. Margrit zwängte ihre Hand durch den Zaun und streichelte ihn. Das Kerlchen musste mittlerweile um die 20 Jahre auf dem Buckel haben, so lange wie Margrit ihn nun schon kannte. Der Ton seines Bellens war zwar etwas faseriger geworden über die Jahre. Aber seine Fitness ließ nach wie vor nichts zu wünschen übrig. Und er schien seitdem keinen Zentimeter gewachsen zu sein. Nach einer ausgiebigen Streicheleinheit ließ er von ihr ab. Lief hinüber zu den Scheunen, wo es sicher Spannenderes als eine behäbige Landpomeranze in Gummistiefeln zu sehen gab.

Es war wieder so weit. Frische Erde in jeder Ritze ihrer Hände und unter den Fingernägeln. Feucht und so kalt, dass die Finger allmählich taub wurden. Erde zu Erde. Das war der Mensch. Aus der Erde gekommen. Wieder zu Erde werdend.

»Margrit, kommst du?«

Er fragte noch immer, als ob er eine Antwort erwartete. Als ob er eine Antwort überhaupt erlauben würde.

Doch Margrit duckte sich nicht mehr. Hielt auch nicht mehr still. Heute macht er ihr keine Angst mehr.

»Gleich!«

»Gleich ist gleich und jetzt ist jetzt«, entgegnete der Vater so laut, dass nun auch der letzte im Dorf mitbekommen haben durfte, dass Kunkels Tochter mal wieder auf Besuch bei ihrem alten Herrn war.

»Nach dem Tag des Fridolin muss der Pflug zum Felde hin. Also lass mich noch ein bisschen mit den Händen pflügen, ja?«

»Ist aber noch vor dem Tag des Fridolin und die Buletten werden kalt!«

»Ess ich gerne kalt.«

Der Vater winkte ab und ging ins Haus.

Margrit beugte sich wieder hinunter zu der frisch gezogenen Furche. Ließ gleichmäßig eine Mischung aus verschiedenen Samen in die Erdritze rieseln. Vater hatte sich einen Sichtschutz aus irgendeiner Schlingpflanze gewünscht und würde im Frühsommer sein ganz persönliches Wunder erleben. Prunkwinde gemischt mit Edelwicke, Glockenrebe und Hopfen statt eines Ausblicks auf die tristen Mauern der angrenzenden Scheunen und die noch tristeren Gesichter der nur noch stundenweise hier beschäftigten Bauern.

Margrit drückte alles mit der Hand fest. Steckte einen Schaschlik-Stab in die Erde, auf den sie alle vier Samentüten spießte. Nur zur Erinnerung, bevor ihr Vater hier irgendwann glaubte, Unkraut zupfen zu müssen.

Sie schaute zum Haus. Ihr Vater stand am Fenster und beobachtete Margrit. Sie winkte ihm und gab ihm ein Zeichen, das eine schneidende Schere andeutete. Der Frühjahrsschnitt der Rosenstöcke war von Anbeginn ihre Aufgabe in der elterlichen Gärtnerei gewesen. Dafür brauchte sie nur wenige Minuten. Schräg über dem dritten, nach außen gerichteten Auge des Rosenstocks. Beim letzten Mal war ich wo in meinem Leben? Nie konnte sie sich genau daran erinnern, was sie um die gleiche Zeit im Vorjahr getan hatte. Nur daran, die Rosenstöcke beschnitten zu haben. Für ihre Erinnerungen hatte sie ihre tagebuchgleichen Terminkalender, die wuchtig waren im Vergleich zu den smarten Telefonen, die mittlerweile jeder nutzte. Doch Margrit wollte ihre Erinnerungen, die nicht mal in ihrem gut funktionierenden Gedächtnis haften blieben, nicht auch noch einem elektronischen Gedächtnis überlassen. Ihre Kalendernotizen wären erst dann unwiederbringlich verloren, wenn die ledergebundenen Büchlein einem Wohnungsbrand oder Wasserschaden zum Opfer fielen. Beides war dank Margrits Sorgfalt nicht sehr wahrscheinlich.

An die ersten Tage im März dieses Jahres hingegen würde sie sich ein Leben lang erinnern. Wie die redselige Simone Albrecht Margrit das neue Domizil gezeigt und sie dort am Fenster zusammen eine Zigarette geraucht hatten. Wie sich im Folgenden alles problemlos entwickelt hatte und Margrit nun die erste Festanstellung ihres Lebens und einen Wohnung gewordenen Traum ihr eigen nennen konnte. Um all das ihrem Vater in Ruhe zu erzählen, war sie an diesem Wochenende hergekommen. Und auch in die neue Form des Gärtnerns wollte Margrit ihn einweihen. Dann hätte er eine erfüllende Aufgabe bis an sein Lebensende und würde nicht so schlechtgelaunt wie bisher seiner Arbeit nachgehen.

Margrit hörte, dass jemand am Tor zum Hof klingelte. Das Klingeln war noch nicht ganz verhallt, da erblickte sie ihren Vater, der flink wie ein Wiesel die Stufen herunter um die Hausecke zum Tor lief und es geräuschvoll öffnete. Neugierig legte Margrit die Rosenschere beiseite. Zog die Handschuhe aus, in denen vereinzelt Rosendornen steckten. Ein seltsames Gefühl kam in ihr hoch und nun auch eine Erinnerung. Vor vielen Jahren, sie hatte gerade ihre Doktorarbeit in der Tasche, hatte sie dieses neue Leuchten im Haus und auch in den Augen ihres Vaters bemerkt. Als sie ihn so rennen sah, war ihr ganz plötzlich klar, dass sie wohl richtig lag mit ihrer Vermutung und ihr Vater sich – ganz anders als damals und trotz des mageren Angebots im hiesigen Dorfkrug – nun doch wieder weibliche Begleitung in sein Leben geholt hatte.

Margrit schmunzelte vor sich hin, als sie von Weitem die Stimme einer Frau vernahm. Die beiden standen noch am Tor. Konnten weder Margrit sehen, noch konnte sie etwas von ihrer zärtlichen Begrüßung erhaschen. Margrit schnitt ein paar knospende Zweige von den dürren Büschen. Steckte in deren Mitte eine Kamelie, deren Aufzucht ihr in diesem Winter zum ersten Mal gelungen war. Räumte Rosenschere, Pflanzholz und Harke zurück in den Geräteschuppen. Sie band ihre Schürze ab. Tauschte die Gummistiefel gegen Clogs. Auf einem Regal entdeckte sie ein altes Einweckglas, in die sie die Zweige mit der Kamelienblüte steckte. Kurz darauf stand sie erwartungsvoll in der Haustür und rief belustigt: »Vater, kommst du?«

»Gleich«, rief er zurück.

Aus dem Haus duftete es verführerisch nach in Butter gebratenen Buletten. Margrit hatte nun wirklich Hunger. Sollte sich das junge Glück doch drinnen im Warmen weiterküssen.

»Gleich ist gleich und jetzt …«

»Bin ich da. Hallo, Margrit!«, sagte Karin Loth.

Das Einweckglas mit dem Strauß aus Zweigen und einer Kamelienblüte in der Mitte zerbarst auf dem Boden.

KAPITEL 61

Die Sonne blieb im Juni bis kurz nach 22 Uhr. Auch an diesem Abend hatten ihre letzten Strahlen noch ein paarmal durch die tief hängenden Wolken geblitzt, bevor der ganze Garten in wohltuender Dunkelheit lag.

Astor Piazzollas »Vier Jahreszeiten«, die »Cuatro Estaciones«, mündeten in die für Margrit schönste Komposition des Argentiniers. »Adios Nonino«, Adieu, Väterchen. Wie einen Hund hatten sie Piazzolla behandelt. Auf der Straße beschimpft für dieses Stück, als wäre die Zeit nicht längst reif gewesen für seine neuen Ideen. Für das fordernde Tempo des Tango Nuevo.

Nachdenklich stellte Margrit die Musik noch lauter und öffnete das Fenster weit. In den Niederlanden hatte eine Prinzessin ihren Prinzen unter Tränen geheiratet bei diesem Stück. Hatte sie ihren Vater in der Ferne gegrüßt mit diesem Stück. Dem Vorwurf der unreifen Zeit hatten die

Menschen schon zu viele Ideen geopfert. Dabei waren sie einfach zu bequem, neue Wege zu gehen und den Spatenstich auf unbeackertem Boden zu wagen. Und immer gab es Mutige, die den ersten Schritt für alle riskierten.

Die Klänge des Bandoneons berührten Margrit plötzlich als längst vergessene Gefühle. Die sich ihren Weg bahnten. Bilder mit sich brachten und sie, Margrit Kunkel, kurz verschwinden ließen von dieser Welt.

Sie stand am Fenster und wusste nicht, was dieser Moment mit ihr machen würde. Und doch ließ sie die Erinnerungen zu. Wie ein tanzendes Paar, im Tango vereint, versöhnte sie sich in dieser selten schönen Abendstunde mit ihrem Leben. Und damit vor allem mit ihrer Vergangenheit.

Der Garten lag vor ihr wie ein gemachtes Bett. Die Blätter der Birken rauschten in einer sanften Brise. Margrit schloss die Augen. Lauschte und atmete den balsamischen Duft tief ein. Sie trug ein weites, malvenfarbenes Kleid. Zog eine Strickjacke darüber. Schnürte die Turnschuhe fest für ihre kurze Wanderung. Nahm beim Hinausgehen die Taschenlampe von der Garderobe. Die Tür ließ sie offen. Die Bandoneonklänge begleiteten sie die Treppe hinunter. Dann war es kurz still, als sie die Haustür öffnete und hinausging.

Schon bei den ersten Schritten auf dem Weg zum Kakteenhaus holte Piazzolla sie wieder ein. Mit »Primavera Portena« hallte der Frühling aus Buenos Aires in dieser friedlichen Wildnis wider. Margrit ging an den Teichbeeten vorbei, über denen Libellen wie Drohnen in der Luft standen. Sie lief bis zu einer Stelle mit verwitterten Findlingen. Eine Kolonie Blausterne wuchs in dicken Kissen um die Steine herum. Eine Laterne auf dem Weg warf warmes Licht auf die lila Kreuzchen am Boden. Margrit strich sanft mit der Hand über die zarten Blüten. Dann über den Stein, der feucht war und voller Moos. So feucht und kalt hatte sich die Haut der Mutter angefühlt, wenn sie nach stundenlanger Arbeit im Garten wieder ins Haus kam. Margrit konnte ihr Stöhnen oft bis nach oben in ihr Zimmer hören. Die Mutter wirkte immer nur müde und unglücklich. Erst mit dem Abstand der Jahre hatte Margrit verstanden, dass ihr Stöhnen ein Hilferuf gewesen war. Und wenn das Leben der Mutter einen Sinn gehabt hatte, dann den, Margrit vor einem solchen Leben zu bewahren.

Es war bestimmt nicht die Schuld des Vaters gewesen, die Mutter nicht glücklich gemacht zu haben. Den Sensor, um ihre Gedanken ausfindig zu machen – die wie verlorene Kinder durch einen Wald irrten –, den hatte kein Mensch dieser Welt. Margrit war überzeugt davon, dass es Menschen gab, die nicht in diese Welt gehörten. Sie wurden hineingeboren, ohne darum gebeten zu haben. Genauso viele wurden abgetrieben und hätten in dieser Welt durchaus ihren Platz gehabt. Margrit wusste, dass sie selbst keine gute Mutter gewesen wäre. Sie hatte das Urvertrauen, das ein Kind in seine Eltern hat, von klein auf in ihre pflanzlichen Freunde gesetzt und alles weitere Vertrauen in sich selbst.

Auch wenn sie ihrer Mutter vergeben konnte, diese Welt in so düsteren Farben gemalt zu haben, konnte sie doch diesen Dauerton eines monotonen Nörgelns nicht vergessen, den sie ausstrahlte wie einen Alarmton, der Katzen abwehren sollte, Einbrecher oder Insekten. War man erst einmal am Leben, dann hatte man nicht zu nörgeln. Margrit war nicht gläubig, sie hatte die Religion oder den Halt, den Menschen darin fanden, für sich nie erkannt. Aber sein Leben benörgelte man nicht. Es war einem – wenn auch nicht von Gott, so aber doch von einer nicht weniger mächtigen Natur – geschenkt worden. Von einer Natur, welche die Spreu vom Weizen trennte und von vornherein nur am Leben ließ, was das Zeug zum Überleben hatte.

Margrit sah das Kakteenhaus und bog nach links ein, während sie in der Jackentasche nach dem Schlüssel kramte.

»*New feet within my garden go*« – Gedichte aufzusagen würde ihre Gehirnwindungen sauber halten von all dem Ballast wiederkehrender Gedanken. »*New fingers stir the sod*« – dass Steiner an seinem letzten Tag noch das Kakteenhaus eröffnet hatte, war ihm hoch anzurechnen. »*A troubadour upon the elm betrays the solitude*« – mit Stolz und dem Wissen um etwas Bleibendes, das er diesem Garten gegeben hatte, war er aufgetreten und hatte seine Arbeit zu Ende gebracht. »*New children play upon the green*« – sie drehte den Schlüssel im Schloss und horchte in die Stille. Das Tieforange der Abendsonne umriss diese neue Vielfalt, die Steiner hier angelegt hatte, in ihrer ganzen filigranen Schönheit. »*New weary sleep below*« – die einzigen Geräusche kamen von Margrits Schritten auf den Holzbohlen und dem leisen Plätschern des Flüsschens, das, von einer Pumpe betrieben, in Schlangenlinie durch das Kakteenhaus floss. »*And still the pensive spring returns*« – Emily Dickinson war zu Lebzeiten viel bekannter für ihre Gartenkunst gewesen als für ihre Poesie, was in ihrem Falle nah beieinander lag. Beides lebte vom Zyklus des Lebens. Von den emporkommenden neuen Generationen nach den abgestorbenen alten. »*And still the punctual snow!*« – und von der Verlässlichkeit, die diesem unveränderlichen Zyklus innewohnte.

Die Tamarixbüsche mit ihren plüschigen Häuptern waren eine Augenweide. Margrit dachte bei ihrem Anblick zurück an all die Länder, die sie einst so gierig bereist und in denen sie das klassische Sightseeing-Programm beiseite gelassen hatte. Um auf Streifzüge zu gehen, wohin nur Kleinbusse oder klapprige Züge fuhren. In die Wälder und Steppen und Wüsten an den Rändern der Städte. Zu neuen, exotischen Pflanzenfreunden, die sie statt im Gewächshaus nun in Freiheit betrachten konnte.

Margrit atmete tief durch und ließ ihren Blick durch das Gewächshaus schweifen. Der Boden war stellenweise noch aufgelockert. Es würde nicht lange dauern, und seine Krumen verschmolzen unter der permanenten Wärme und Trockenheit zu einer Schicht so fest wie Ton. So hart wie Beton. So endgültig verschlossen wie der Deckel eines Sarges.

KAPITEL 62

Sie hielt sich am Geländer der Brücke fest, die über das Flüsschen führte. Zog ihre Schuhe aus. Barfuß lief sie zwischen den buntgemischten Kakteen entlang. Spürte die weiche, warme Erde unter den nackten Sohlen.

Die Sonne schickte ihre letzten Strahlen des Tages in das Glashaus. Mit der rechten Hand hielt Margrit in der Tasche ihrer Strickjacke eine Taschenlampe umklammert wie eine

Waffe. Sie hatte keine Angst an diesem magischen Ort. Es war die Dunkelheit, der sie nicht allein begegnen wollte.

Bis auf das Zirpen einiger Grillen war es still. Da fielen sie ihr wieder ein, die Schmetterlinge. Sie hatte ihn völlig vergessen, diesen Traum, den sie bisher nur träumen und nun endlich verwirklichen konnte. Im Botanischen Garten in München waren sie ihr begegnet. Dort im Wasserpflanzenhaus hatte sie es erlebt. Das große Flattern. Die exotischen Kreaturen flogen frei herum in lebender Pracht und Schönheit. Sie war nicht herausgekommen aus dem Schauen und Staunen. Die Welt um sie herum schien aus der Zeit gefallen für einen Moment, der sich wie eine Ewigkeit angefühlt hatte zwischen den Flügelschlägen dieser zauberhaften Wesen. Sie wollte lebende Schmetterlinge im Kakteenhaus aussetzen und sie dort ihren Kreislauf von der verletzlichen Raupe über die dick verpackte Puppe bis zu der märchenhaften Kreatur zelebrieren lassen. Dutzendfach. Hundertfach. Und irgendwann zu Tausenden.

Noch tief in Gedanken, die sie gleich am Abend aufschreiben wollte, stieß ihr Fuß an eine Wurzel, die an dieser Stelle aus dem Boden ragte. Margrit beugte sich hinunter. Von draußen fielen nur noch dünne, orangefarbene Strahlen in das Haus. Sie waren zu schwach, um bis auf den Boden zu reichen.

Margrit schaltete ihre Taschenlampe an. Als der Lichtstrahl auf die vermeintliche Wurzel traf, schreckte Margrit wie von einer unsichtbaren Hand getroffen zurück. Sie wich aus, ging zwei Schritte rückwärts aus Angst vor dem, was sich jeden Moment bewegen konnte. Was da nur gelegen und auf sie gelauert hatte. Was keinen Ton von sich gegeben, sondern gefräßig das Maul zusammengepresst hatte in

Vorfreude auf ein ahnungsloses Wesen, das mit Blindheit geschlagen genau diesen Weg nehmen würde.

Margrit sank auf die Knie. Auf allen Vieren, die Taschenlampe zwischen den Zähnen, den Lichtstrahl auf das drohende, halbvergrabene Wesen gerichtet, tastete sie sich näher heran. Keine der Pflanzen hier hatte Wurzeln wie diese. Und es war auch keine Wurzel, die sich da aus dem Boden drängte, als wäre darunter nicht genug Platz. Das hier war ihr Traum, der Realität geworden war.

Mit den Fingerspitzen berührte sie die Hand, die sich ihr aus der Erde entgegenreckte. Die Haut fühlte sich zäh an wie die einer Mumie oder eines stark geräucherten Hühnchens. Es war die Hand eines Mannes. Die Fingerknochen und Nägel waren vollständig erhalten, die Haut war sonnengebräunt und faltig. Alle Flüssigkeit war entwichen. Knallte hier tagsüber die Sonne auf das Glasdach, herrschten in Bodennähe permanent um die 35 Grad.

Margrit hatte ihren ersten Schreck überwunden. Vorsichtig kratzte sie zuerst mit den Fingernägeln und dann mit dem Schaft ihrer Taschenlampe um das gut erhaltene Handgelenk herum etwas Erde weg und grub tiefer. Das Gelenk ging in einen Unterarm über. Sogar ein Stück Stoff konnte sie nun erkennen und zog leicht daran. Der Stoff riss ab. Sie hielt den Streifen gegen das Licht der Taschenlampe. Manschetten eines Herrenhemdes. Sie steckte das Stück Stoff in ihre Jackentasche. Dann stand sie auf und leuchtete mit der Taschenlampe das Kakteenhaus ab, soweit der Strahl es zuließ. Sie trat ein paar Schritte zurück. Betrachtete die Stelle, an welcher sie über die Hand gestolpert war, die wie die Spitze eines Eisbergs nur den kleinsten Teil des wirklichen Problems anzeigte.

Sie sollte die Polizei rufen. Dafür musste sie zurück ins Haus. Sie klopfte sich den Dreck von den Händen und zog ihre Schuhe wieder an. Die Polizei. Wie rief man die nochmal? Eins und Eins und Null. Was sagte man nochmal? Die drei W. Wer man war, Wo man war und Was passiert war.

Was passiert war? In Gedanken formulierte sie das, was sie sagen würde: Sie habe die Überreste eines Menschen entdeckt. Durch Zufall. Beim Spazierengehen. Ja, auf einer ihrer spätabendlichen Wanderungen. Ja, das mache sie fast jeden Abend vor dem Zubettgehen. Weil die Nacht und die Pflanzen ihre Freunde waren und sie sonst keine Freunde hatte und auch keine brauchte. Ja, das hielt sie für normal. Ja, sie habe die Erlaubnis, hier zu wohnen und auch nachts hier spazieren zu gehen so oft und so spät sie wollte. – So oder so ähnlich würde die erste Vernehmung verlaufen. Denn dass man sie vorladen würde, dessen war Margrit sich sicher, wenn man sie nicht sogar verdächtigen würde, die bedauernswerte Kreatur selbst dort vergraben zu haben. Die Folge des Ganzen wäre jede Menge Aufregung. Vorübergehende Schließung der Gartenakademie. Eine polizeiliche Ermittlung. Umsatzeinbußen. Gerüchte. Personalfluktuation. Rufschädigung. Und das alles noch während einer Probezeit, in der ihr Garten gerade erst zu neuer Blüte kam. Von hier würde sie nie wieder weggehen. Sie hatte den Gipfel erklommen. Es wäre geradezu fahrlässig, nun sang- und klanglos den Abstieg anzutreten.

Die Polizei einzuschalten war das Schlimmste, was sie tun konnte.

Sie schloss ihre Wohnungstür auf und ließ sich erschöpft auf einen Stuhl fallen. In der Blumenvase welkten Zitronenmelisse und Pfefferminze vor sich hin. Nur die Lavendelzweige sahen noch prall und frisch aus, obwohl das Wasser in der Vase längst verdunstet war.

KAPITEL 63

Sie sah sofort, dass Holm Schieber etwas hinter seinem Rücken versteckte. Und sie ahnte bereits, was es war. »Holm, ich habe eine Bitte«, sagte Margrit und bat ihn mit ausladender Geste herein.

»Und ich habe Theaterkarten.«

»Schon wieder?«

»Ich geb's nicht auf.«

Er streckte ihr die beiden Tickets entgegen und brüllte: »HEUTE NACHT ODER NIE!«

Margrit schaute zum offenen Fenster. Sollten die Leute doch denken, was sie eh schon dachten. Beim Blick auf die Karten erkannte sie, dass es der Titel einer Operette war.

»Komische Oper, na sowas«, sagte Margrit zerstreut auf der Suche nach einer Ausrede.

»Komisch, nä? Vielleicht waren Ihnen meine Volksbühnen- und BE-Vorschläge ja zu humorloser Tobak. Also versuche ich es jetzt mal mit der komischen Sorte. Kommen Sie mit?«

»Zeigen Sie mal her.«

Margrit schaute auf das Datum. An diesem Tag stand in ihrem Kalender so wenig wie an den anderen Tagen.

»Da hab ich leider schon was vor, einen Vortrag an der Urania.«

Das Letzte, was Holm Schieber interessierte, waren Vorträge an der Urania. Deshalb hatte sich Margrit nach seinen ersten beiden Versuchen, sie auszuführen, gleich das ganze Urania-Programm in den Kalender übertragen. Für dieses Datum würde sie sogar noch einen Vortrag erfinden, wenn es denn sein musste.

Der Zwei-Meter-Mann ließ traurig seine Schultern hängen. »Aber wenigstens mal auf einen Wein oder so?«

»Den können Sie gleich hier haben«, sagte Margrit. Sie ging zum Kühlschrank. »Chardonnay, eiskalt, das Beste, was es gibt im Sommer.«

»Dann könnten wir endlich Brüderschaft trinken«, schlug Holm Schieber vor und schaute zu, wie Margrit gemächlich zwei Gläser füllte.

»Das schlägt immer noch die Ältere dem Jüngeren vor«, sagte Margrit und wusste im selben Moment, dass sie sich gerade selbst ein Bein gestellt hatte. Kein Wunder. Ihre Gedanken waren woanders.

»April 65 gegen August 65. Die Runde habe ich gewonnen. Also, Margrit, wie wär's mit dem Du? Ich bin Holm.«

Zögernd stieß sie mit ihm an. Vielleicht keine schlechte Idee. Vielleicht kein schlechter Zeitpunkt. »Na gut, du Holm, du!«

»Schön, du Margrit, du!«, sagte Holm. Er beugte sich zu ihr herab, um ihr einen Kuss auf die Wange zu geben. Erst jetzt roch sie sein Rasierwasser. Für Düfte hatte sie für gewöhnlich Vergleiche aus der Pflanzenwelt parat. Jetzt fiel ihr nur Blutwurst ein. Zögernd hielt sie ihm ihre Wange hin. Er hatte sich schick gemacht, trug ein Hemd zu einer Anzughose. Allmählich wurde ihr alles klar. Erklärte sich sein Verhalten in den letzten Wochen von selbst.

»Du bist ganz schön einsam, oder?«

Ihre Frage war alles andere als angebracht und musste ihn verletzen. Aber sie konnte nicht anders. Sie machte sich nichts vor. Niemand interessierte sich deshalb für sie, weil sie eine Frau und interessant und gut aussehend war. Von diesen drei Bedingungen traf auf Margrit gerade mal die erste zu.

»Warum sagst du das?«, fragte Holm. Nahm sein Glas in die Hand und setzte sich an das andere Ende des Tisches.

Um ihn herum Bücherregale. Aus dem CD-Spieler leise Musik. Rodrigos »Música para un jardín« mit munterer Oboe, einem Plätschern aus Flöten und Xylophon, aus Glocken und einer zaghaft quietschenden Geige. Musik, bei der man sich lieben sollte, dachte Margrit, eine ganze Frühlingsnacht hindurch bis zum sommerlichen Morgen und dann den ganzen Herbst und Winter davon zehren. An ihre kleine, feine Schmetterlingszucht dachte Margrit und wie sie zur Musik im ganzen Haus herumflogen ... Das Leuchten eines Windlichts im Fenster kam allmählich zur Geltung, während hinter den Wipfeln der Linden am Rande des Gartens die Sonne versank.

Margrit versuchte, ihren verletzenden Worten, die sie durchaus so gemeint hatte, etwas Schärfe zu nehmen. »Weil du um diese Zeit an einem Sommerabend noch Zeit hast, bei deiner Chefin vorbeizuschauen.«

Auf dem Tisch lag Schmierpapier und ein Kugelschreiber. Holm nahm ein Blatt und fing an zu zeichnen. »Du hattest gesagt, es sei dringend.«

Auf dem Zettel sah Margrit einen Löwenzahn wachsen. Einen Blütenkorb mit zahllosen Zungenblüten.

»Dringend, ja. Danke, dass du gekommen bist.«

Margrit stand noch unter dem Eindruck des Fundes der letzten Nacht. Was bei normalen Menschen Entsetzen auslöste, weckte in ihr Neugier und Forscherdrang. Sie wollte herausfinden, ob die Bodenbeschaffenheit zusammen mit dem Klima im Kakteenhaus zur Mumifizierung der Leiche geführt hatte, so, wie sie es einst geträumt und Steiner geschrieben hatte.

Das Archäologen-Besteck für ihren Nachtspaziergang lag in einer Schreibtischschublade bereit. Mit Skalpellen, Messerchen und Pinzetten aus dem Labor ausgerüstet wollte sie gegen Mitternacht aufbrechen und weitere Teile der Leiche freilegen.

»Was kann ich für dich tun?«, fragte Holm und verschränkte die Hände hinter dem Kopf, als fühlte er sich hier schon ganz wie zu Hause. Nur dass es hier nicht ganz so einsam war, dachte Margrit bei seinem entspannten Tun.

Holm sollte ihr einen Zugang zum Verwaltungssystem der Gartenakademie von ihrem privaten Computer aus legen. So konnte sie in aller Ruhe und vor allem ungestört die Personalakten der Mitarbeiter lesen. Auch derjenigen, die vor ihrer Zeit in der Gartenakademie gearbeitet und Forschungsberichte verfasst hatten.

Margrit zeigte auf ihren Schreibtisch am Fenster. »Könntest du mir auf diesem Computer …«

»Das ist ein Laptop.«

»Könntest du mir auf diesem Laptop einen Zugang zu den Ordnern der Gartenakademie legen, wie ich ihn auch unten im Büro auf dem Computer habe?«

»Du willst also einen Exchange-Zugang?«

»Oder Kartoffelsuppe mit Wienerwürstchen! Wie auch immer du das nennst, lieber Herr Schieber, ich hätte es einfach gern.«

»Und noch ein Geduldsspiel dazu?«, fragte Holm gelassen.

»Jawoll, und zwar zack zack!«

Jetzt musste Margrit selber lachen. Merkte, wie lächerlich ihre Chef-Allüren waren. Sie konnte längst schon nicht mehr ohne ihn. Sie gestand sich sogar ein, dass es ein beruhigendes Gefühl war, ihn jeden Tag um sich zu wissen. Auch wenn er meist in seinem Büro hockte und Trojaner abwehrte, wie er ungefragt und permanent Beifall heischend erzählte.

»Okay«, sagte Holm. Er krempelte die Ärmel hoch und setzte sich an den Schreibtisch. »Eigentlich habe ich ja jede Menge anderer Dinge um die Ohren«, fügte er bedeutungsvoll hinzu, während er mit schlafwandlerischer Sicherheit über ein paar Tastenkombinationen Dutzende von Fenstern auf Margrits Computer aufpoppen ließ.

»Ja, was denn zum Beispiel?«, fragte Margrit, weil er es so erwartete.

»Wie du weißt, ist in zwei Tagen unser Markt hier auf dem Gelände. Bleibt abzuwarten, ob meine Online-Aktionen und die Plakate überall in der Stadt etwas bewirkt haben.«

Siedend heiß fiel Margrit wieder ein, worauf sie sich so lange gefreut und was sie durch den Fund im Kakteenhaus komplett vergessen hatte. Sie schaute auf die Uhr und wusste, dass sie wiedermal nicht umhin kam, sich zu beeilen.

Holm sprang plötzlich auf. »Ich muss mich einklinken in deinen PC, das kann ich nur unten von meinem Büro aus, gib mir drei Minuten. Oder besser fünf.«

Die Tür war gerade hinter ihm ins Schloss gefallen, als Margrits Telefon klingelte.

Lange Vorwahl. Kurze Nummer. Die Gärtnerei Kunkel war am Telefon oder das, was von ihr übrig war.

»Margrit, ich bin's.«

»Ich weiß.«

Sie war in Gedanken noch so damit beschäftigt, wie sie ihren Leichenfund verbergen konnte, dass sie ganz automatisch zum Hörer gegriffen hatte. Seit einem Vierteljahr hatte sie sich nicht mehr bei ihrem Vater gemeldet und das Telefon klingeln lassen, wenn sie seine Nummer sah. Aber so konnte es ja auch nicht weitergehen. Trotzdem würde sie kein bisschen nachgeben.

»So kann es doch nicht weitergehen, Margrit.«

»Hab ich auch grad gedacht.«

»Du hast dich Karin gegenüber unmöglich benommen!«

»Und du wie ein gespreizter Gockel!«

»ICH HABE EIN RECHT DARAUF, GLÜCKLICH ZU SEIN!«

»JA! ABER DOCH NICHT MIT DER!«

Das Fenster stand immer noch offen. Wenn da unten mittlerweile Stuhlreihen für Zuhörer aufgebaut wurden, hätte das Margrit nicht gewundert.

»Margrit.«

»Ja, Vater.«

»Ich bin 74 Jahre alt und war 45 Jahre lang Witwer. Meinst du nicht, dass ich alt genug bin und lange genug getrauert habe, um mich wieder auf eine Frau einzulassen?«

Margrit stand am Fenster und nippte am Wein.

»Aber warum aus den Millionen Frauen in diesem Land denn ausgerechnet die, die beinah meine Schwiegermutter geworden wäre?«

Sie konnte ihm nicht verzeihen. So sehr sie es sich auch wünschte. Sie sehnte sich längst nach den harmonischen Abenden mit ihrem Vater zurück. Wer blieb ihr denn noch, wenn er nun auch noch ging?

Sie spürte, wie sehr ihr Vater sich bemühte, ruhig zu bleiben, obwohl ihm das Benehmen seiner Tochter offensichtlich zuwider war. Irgendwann waren die Kinder raus aus dem Nest. Dann flogen sie frei und zeigten, was sie von den Alten gelernt hatten. Margrit konnte mittlerweile erwachsen und mit einem Doktortitel dekoriert sein. Trotzdem fand ihr Vater, dass sie so nicht mit ihm zu reden hatte.

»Erstens leben hier eben keine Millionen von Frauen, aus denen ich wählen könnte, und zweitens war Karin weit davon entfernt, deine Schwiegermutter zu werden.«

Margrit wusste sehr gut warum. »Richtig! Weil dir genau das nicht gefallen hätte. Ihr Sohn war ja nur ein Schreiner!«

»Nun hör aber auf!«, wetterte der Vater wieder los. »Wie lange soll ich mir das noch anhören?«

Margrit ließ ihn reden. Genoss seine Wut mit Genugtuung. Nichts hatten sie ausgesprochen über all die Jahre. Und genau das rächte sich nun. Zumindest an ihm.

»Von Karin hab ich das gehört«, schimpfte Harald Kunkel, »von Everding hab ich das gehört, und nun fängst auch du schon wieder davon an. Was hat sich da nur in euren Köpfen festgesetzt?«

Margrit wurde hellhörig. »Everding? Kommissar Everding? Schleicht unser Dorfsheriff immer noch bei dir herum?«

»Ja.« Harald Kunkel senkte verschwörerisch die Stimme. »Der Mann muss unter Eisenmangel leiden, so viel wie der an Spinat, Wirsing und Rote Beete bei mir kauft. Irgendwann kann ihn seine Frau als Kühlschrankmagneten verwenden.« Gurgelndes Lachen.

Auch Margrit musste lächeln. Ihren verunsicherten Gesichtsausdruck konnte ihr Vater ja zum Glück nicht sehen. »Was will er denn außer Gemüse sonst noch von dir?«

Dass der Kommissar der Brandenburger Kripo mit ihrem Vater erst jahrelang über die Mutter und nun wieder über Frieder redete, war ihr nicht geheuer. Gerade so, als wäre die Familie Kunkel die Brandenburgische Version der Addams Family, in der man Makaberes, Marodes und vor allem Totes für normal hielt.

»Vielleicht verdient er bei der Kripo nicht genug und macht nebenbei Kuppelgeschäfte. Mich hat er jedenfalls mit Karin zusammengebracht, dabei aber leider nix verdient!«

Der Vater lachte so laut, dass Margrit den Hörer ein Stück vom Ohr weghielt. Sie hoffte, die liebe Frau Loth wäre nicht gerade in Vaters Nähe; wobei, warum eigentlich nicht? Die sollte seine ungehobelte Seite genauso schnell kennenlernen wie die glattpolierte. Dann wäre der Spuk bald vorbei.

Margrit hörte, wie Holm die Treppe heraufkam.

»Ich muss Schluss machen«, sagte sie tonlos. So richtig wusste sie immer noch nicht, warum ihr Vater angerufen hatte. Über dem Streit hatte er es wohl selbst vergessen.

»MAGGIE, SCHAUST MAL, OB ES FUNKTIONIERT?«, rief Holm laut und beschwingt, als er ins Zimmer stürmte.

»Aaach sooo!«, hörte Margrit ihren Vater am anderen Ende der Leitung säuseln. Diese altkluge Bemerkung verdarb ihr augenblicklich den Rest des Abends. »Hast du also auch einen ausgewählt aus den Millionen.«

»Nichts hab ich, Vater!« Margrit biss sich auf die Lippen. Sie bedeutete Holm, den Mund zu halten. Warum musste er gerade heute so spät bei ihr zu Hause herumfuhrwerken? Warum platzte er genau jetzt in ihr Telefonat? Warum hatten sie gerade heute das Du wieder eingeführt? Und warum nannte er sie nun zu allem Überfluss auch noch Maggie, was sie überhaupt nicht mochte?

»Ich habe ja nur angerufen, damit zwischen uns wieder Frieden herrscht, Margrit. Und von Karin soll ich dich grüßen. Vielleicht kommste uns ja mal wieder besuchen.«

Jetzt hieß ihr Zuhause schon »unsbesuchen«. Margrit besann sich darauf, was sie eigentlich vorhatte an diesem Abend.

»Na klar, Vater. Mach ich. Bis bald.«

Sie legte auf.

»Geht es ihm gut, deinem Vater?«, fragte Holm höflich. Er nahm die Duzerei als Einladung in Margrits Familienleben. Da hatte er sie gründlich falsch verstanden.

»Zu gut, befürchte ich. Was hast du für mich?«

Holm drückte auf der Tastatur ihres Laptops herum, bis sich ein vielversprechendes Fenster öffnete.

»Jetzt bist du drin im System, jetzt hängst auch du an der Nabelschnur des Gartens.«

»Der Garten hängt an meiner. Wennschon, dennschon«, sagte Margrit. »Wir wollen hier doch mal nicht die Hierarchien vertauschen.«

»Richtig«, sagte Holm und scrollte über die einzelnen Ordner. »Hier die Personalunterlagen, Beurteilungen, Arbeitszeugnisse, Zugehörigkeiten – alles in Excel erfasst.

Hier Laborberichte, wer mit wem – zusammen die Versuchsreihe gemacht hat, meine ich – und alles Kaufmännische hier, wo nur du und Maier vom Controlling Zugriff habt.«

»Und du«, ergänzte Margrit.

»Und ich. MoD. Master of Desaster.«

»Gut«, sagte Margrit. »Ich kämpfe mich mal durch. Vielen Dank!«

Holm verstand und trank sein Glas leer. »Machen wir das bald wieder?«

»Wenn ich Geschmack an Zugängen finde, kannst du mir ja demnächst den zum BND legen.«

»Sagt die Frau, für die ein Computer vor Kurzem noch Teufelszeug war!«, entgegnete Holm amüsiert. »Ich meine natürlich unser Tête-à-tête beim Wein.«

Margrit überlegte kurz. Er war kein Schlechter. Sie sollte ihn festhalten, bis der Richtige kam. »Warum nicht?«, sagte sie so verführerisch wie möglich, als habe sie große Übung darin.

Kaum hatte sich die Wohnungstür hinter Holm geschlossen und waren seine Schritte auf der Treppe verhallt, nahm Margrit das Sezierbesteck aus dem Schreibtisch.

»Música para un jardín«, flüsterte sie leise zur Musik aus dem CD-Spieler, »es la música para un muerto«.

KAPITEL 64

»Ich muss Sie um unbedingte Diskretion bitten!«

Diese Bitte war Everding so geläufig wie die Unschuldsbekundungen seiner Verdächtigen. Aber er versicherte der Frau am anderen Ende der Leitung, sich nichts anmerken zu lassen. »Wann soll ich da sein?«

»Heute Abend gegen 20 Uhr wäre in Ordnung für Sie? Dann sind wir fertig mit dem Abendbrot.«

Und gehen zum gemütlichen Teil über, dachte Everding. Der alte Kunkel würde sich herzlich bedanken bei Everdings Anblick vor seiner Haustür. »Ich werde da sein.«

»Ich danke Ihnen, Herr Kommissar. Von Herzen!«

Sie legte auf.

»Du musst nochmal weg?«, fragte Cornelia. Verschwitzt und mit Striemen von Erde im Gesicht kam sie aus dem Garten herein, in dem es, außer, sich an der Pracht der Pflanzen zu freuen, eigentlich gar nichts mehr zu tun gab.

»Ja. Zum alten Kunkel.«

Seine Frau schaute ihn wissend an. Frauen wissen immer alles, dachte Everding einmal mehr. Und seine Frau wusste am meisten von allen.

»Du bekommst, worauf du so lange gehofft hast, stimmt's?«

Er runzelte die Stirn. Was sollte er dazu sagen? Was er heute Abend erfahren würde, würde ihm keine Freude bereiten, so gern er den Tod von Gisela Kunkel und den Mord an dem jungen Loth auch als gelöste Fälle archivieren wollte, bevor er in Rente ging. Die Wahrheit konnte ein

Monster sein, das einen ein Leben lang mit ausgestrecktem Zeigefinger verfolgte. Und das nur, weil man sie herausgefunden hatte.

Everding schaute auf die Uhr. Von wegen Abendbrot. Das mussten die Herrschaften dann wohl verschieben. Er zog seine Jacke an, küsste seine Frau auf die Wange, wischte sich die Erdkrümel von den Lippen und ging.

Das Tor war nur angelehnt, er klingelte trotzdem. Als hätte sie an der Tür gewartet, bog Karin Loth eine Minute später um die Ecke und bat ihn herein.

»Ich bin zu früh dran«, sagte Everding entschuldigend.

»Das macht nichts. Dann essen Sie mit uns. Es gibt aber nur Schnittchen.«

»Dann eben Schnittchen«, sagte Everding und folgte Karin Loth in das Haus des alten Kunkel.

Harald Kunkel stellte seinen Teller zur Seite und erhob sich aus seinem Fernsehsessel. Es hätte Everding nicht gewundert, wenn er die Hand zum militärischen Gruß an die Stirn gelegt hätte. Dass hier mittlerweile wieder eine Frau den Haushalt führte, war nicht zu übersehen. Im Wohnzimmer sah es aus wie bei Karin Loth zu Hause. Wahrscheinlich würde auch gleich noch Kroatzbeerlikör gereicht, den Everding diesmal auf jeden Fall ablehnen würde.

»Was verschafft mir die Ehre, Herr Kommissar?«, fragte Kunkel munter drauflos. Er schien alles andere als genervt von dem späten Überraschungsbesuch.

Everding nahm Platz. Bekam einen Teller mit Käsestullen, Mett-Enden, Gewürzgurken und in Scheiben geschnittenem Ei vorgesetzt.

»Lassen Sie es sich schmecken«, sagte Karin Loth. »Möchten Sie ein Bier?«

Everding lehnte dankend ab. Bat stattdessen um ein Wasser.

»Also …«, begann er umständlich die gut vorbereitete Rede.

Karin Loth schaute den Kommissar verunsichert aus großen Augen an.

»Ich möchte Sie nur darauf vorbereiten, dass ich mich in Zukunft etwas öfter …« Everding zögerte und hielt eine Gewürzgurke in der Hand, die er eingehend betrachtete, als hätte er derlei Köstlichkeit noch nie im Leben angeboten bekommen. »Also, um es kurz zu machen …«

Karin Loths Gesichtsausdruck mäanderte von ängstlich zu flehend.

»Ich werde mich etwas öfter mit Ihrer Tochter treffen müssen, Herr Kunkel. Rein dienstlich natürlich«, fügte Everding noch hinzu. Was er sofort bereute, denn den schlafenden Hund in Harald Kunkel hatte er ganz bestimmt nicht wecken wollen. »Das hängt damit zusammen«, fuhr er schleunigst fort, »dass es in der Holländischen Gartenakademie, der Ihre Tochter als Direktorin vorsteht, Ereignisse gibt, die untersucht gehören.«

»Und warum sitzen Sie dann hier bei mir?«, fragte Harald Kunkel. Alle Freundlichkeit war gewichen.

»Ich habe Grund zu der Annahme, dass Ihre Tochter sowohl für den Tod Ihrer Frau als auch für den von Frieder Loth verantwortlich ist.«

Im offenstehenden Mund des alten Kunkel spannte sich ein Spuckefaden von der oberen Zahnreihe zur unteren. Während Kunkel regungslos und wie im Schock erstarrt den Worten des Ermittlers lauschte, wanderten seine Augen zu Karin Loth.

»Wie konntest du nur?«, brüllte Kunkel sie an.
Karin Loth vergrub ihr Gesicht in den Händen.

KAPITEL 65

Nichts war so kommunikativ wie ein Markt. Margrit erinnerte sich an die Nachmittage, die sie in der Londoner Portobello Road in Notting Hill verbracht hatte. Menschen saßen beim Kaffee, redeten, palaverten, sangen, stritten und versöhnten sich. Tauschten sich aus zwischen Haushaltswaren, Trödel, Gewürzen, Knöpfen, Puppen, Obst und Gemüse, Vintage-Kleidung, Büchern und Antiquitäten. Musik lag in der Luft. Dilettantisch gespielter Reggae und groovender Jazz. Egal welche Art von Musik gespielt wurde, die Klänge schmiegten sich in die Stimmung des Samstags. Margrit war einfach nur glücklich gewesen bei einem Glas Tullamore Dew und Essigchips.

Und nun strömten die ersten Besucher auf den Markt der Holländischen Gartenakademie. Verkaufsstände und kleine Hütten aus Holz waren aufgebaut wie ein Dorf mit Blumenkübeln auf Pflanztischen, mit Gemüsestiegen und Eimern voller Blumensträuße, Keramik in allen Variationen und einer aus Holzpaletten improvisierten Weinbar.

Ein Clown mit einem Raben auf der Schulter jonglierte mit Keulen. Er stellte sich dabei so ungeschickt an, dass den Kindern die Keulen auf den Kopf fielen. Weil alles nur Schaumstoff war und der Rabe seinem Herrchen dafür das Haar zerzauste, quiekten die Kleinen vor Vergnügen.

Holm hatte sich ins Zeug gelegt mit dem Programm. Schon Wochen vorher hatte er Flyer und ein Plakat gezeichnet. Dutzendfach ausgedruckt und in einer Nacht- und Nebelaktion vom Potsdamer Platz bis nach Neukölln in Kneipen und Gartenmärkten verteilt. Holm war Margrit ein verlässlicher Partner. Sie hatte immer ein Lächeln im Gesicht, wenn sie an ihn dachte. Er schien sich hier genauso verwirklichen zu können, wie sie selbst. Das abgedroschene Bild bekam in diesem Biotop einen ganz neuen Wert.

Es war 12 Uhr. Ein sonniger Samstag. Der Markt füllte sich allmählich. Peter Krause hatte sich freiwillig für den Wochenenddienst einteilen lassen. Zum ersten Mal in den zehn Jahren. Und nun sah Margrit auch den Grund dafür. Mit liebevoller Geste begleitete er seine vom Krebs gezeichnete Frau an den Ständen vorbei zur Weinbar. Bestellte ihr eine heiße Schokolade.

Als er Margrit entdeckte, winkte er sie heran. »Hallo, Frau Kunkel! Darf ich vorstellen?« Seine Frau reichte Margrit die ausgezehrte Hand. »Meine Frau!«, sagte Peter Krause voller Stolz, der beide Frauen zu meinen schien.

»Ich weiß«, sagte Margrit freundlich und drückte die Hand der Frau. »Wie geht es Ihnen?«

»Schlecht«, sagte sie lächelnd. Margrit wusste nicht, was sie sagen sollte. Diese oberflächliche Frage zu stellen, lag ihr eigentlich gar nicht. Sie fühlte sich ertappt. »Wie geht's« fragten sich Millionen Menschen gegenseitig in jeder Minute eines jeden Tages auf der ganzen Welt. Nur einen Bruchteil davon interessierte die Antwort.

»Aber nun bin ich ja hier und schaue mir Ihre Zauberpflanzen an. Peter hat mir übrigens viel von Ihnen erzählt, und zwar nur Gutes.«

Frau Krause lächelte so offen, dass Margrit gar nicht anders konnte, als sie ins Herz zu schließen. Neben diesem Toffel, der ihr Mann manchmal war, hatte Margrit nie im Leben ein so einnehmendes Wesen vermutet. Wussten manche Männer denn gar nicht, was sie hatten? Dieser hier müsste jeden Tag mit einem Freudenschrei aufwachen und nicht wie ein magenkranker Terrier in seinem Pförtnerhäuschen hocken.

»Es ist nett, dass Sie das sagen, aber auch Ihr lieber Mann bekommt von Zeit zu Zeit meine Launen mit. Ich nenne sie die Launen der Natur. In einem Botanischen Garten darf man sich die schon mal gönnen, oder?«

Verschmitzt schaute sie die beiden an und wollte schon einen Abschiedsgruß anhängen, als Frau Krause sie am Ärmel festhielt.

»Wenn Ihre Pflanzen zu schnell wachsen zum Beispiel?« Die Frau lächelte Margrit an. »Der Garten ist so anders, seit Sie hier arbeiten.« Mit einem Seitenblick auf ihren Mann, der verlegen auf den Boden schaute, fügte sie hinzu: »Ganz abgesehen davon, dass mein Mann so ganz anders ist, seit Sie hier arbeiten. Sie haben eine entspannte Atmosphäre geschaffen. Und ich bin überzeugt davon, dass das neben Ihrem respektvollen Umgang mit Ihren Mitarbeitern auch an Ihrem neuen Gartenkonzept liegt.«

Auf jeden Fall wusste sie, welchen Schalter sie bei Margrit drücken musste. Eine kluge Ehefrau.

»›Slow Gardening‹«, sagte Margrit, »weil Pflanzen die gleiche Freiheit verdienen, in der wir Menschen uns glauben.«

Frau Krause hörte ihr interessiert zu. Margrit redete munter weiter. »Was meinen Sie, was sich entwickelt, wenn Sie einem Strunk auf Ihrer Fensterbank ganz einfach seinen Lauf lassen? Er sucht sich seinen Weg und dankt es Ihnen mit Blüten und Früchten. Er sucht sich sogar seine Partner in der Natur oder einfach nur die nächste Mauer zum Festhalten. In Mexiko gibt es giftige Bäume, deren Nachbarn die Kumpels mit dem Gegengift sind. Das hat kein Mensch so arrangiert, sondern die Natur ganz allein. Wir haben einen ganzen Wald voller Giftbäume mit ihren heilenden Nachbarn aus Afrika, Lateinamerika und Südostasien. In unserem Tropenhaus …«

»Frau Kunkel«, unterbrach Frau Krause Margrits Redefluss, »es ist das Kakteenhaus, das mich fasziniert. Das mag seltsam klingen«, die Frau schaute Margrit eindringlich an, »aber ich fühle mich dort geborgen und könnte stundenlang diese opulente Mischung aus Gewächsen betrachten, die so anspruchslos sind und dabei eine Pracht entwickeln, bei der man gar nicht weiß, woher sie die Kraft dafür nehmen.«

Margrit hätte schwören können, dass die Frau aufblühte, während sie sprach.

»Nun ja«, lenkte Margrit ein, »Sukkulenten sind nicht zu zähmen, und über meine Ideen vom ›Slow Gardening‹ lachen die sich krumm. Diese Wesen haben eine eigene Zeitrechnung, wachsen unglaublich langsam und überleben uns alle.«

»Mich auf jeden Fall«, sagte Frau Krause und drückte dabei die Hand ihres Mannes. »Aber zuvor werde ich noch ein wenig Schönheit tanken im Schatten Ihrer Zauberpflanzen, liebe Frau Kunkel. Begleiten Sie mich?«

Peter Krause schaute hoffnungsvoll zu seiner Chefin. Es zog ihn zurück an die Weinbar, wo trotz des arbeitsfreien Samstags ein paar Kollegen eingetroffen waren und er seine Sorgen für einen Moment vergessen konnte.

»Gern«, sagte Margrit freundlich und hakte sich bei der Frau unter. Sie gingen hinüber zum Kakteenhaus.

Nach einigen Metern fühlte Margrit, wie die Frau an ihrem Arm immer schwerer wurde. »Warten Sie!«, sagte sie und suchte nach einer Bank. Ganz in der Nähe an der kleinen Holzbrücke entdeckte sie eine. »Setzen Sie sich.«

Frau Krause stand Schweiß auf der Stirn.

»Ich hole Ihnen Wasser.«

»Nein, lassen Sie«, sagte die Frau und kramte eine kleine Trinkflasche hervor. Sie legte eine Tablette auf ihre Zunge und trank die Flasche leer. »Es geht schon. Ist nur alles ein bisschen viel heute. Die Chemo macht mich kaputt.«

Margrit schüttelte angewidert den Kopf beim Gedanken an den chemischen Cocktail und die ungenutzten Möglichkeiten, die in der Natur heranwuchsen und vom Menschen nicht erkannt wurden. Oder nicht erkannt werden sollten. Verschwörungstheorien waren nicht ihre Sache, aber das Einmaleins der Zellfunktionen schon.

Während sie nebeneinander auf der Bank saßen, wanderte Margrits Blick unauffällig zu der kleinen Gruppe hochgewachsener San-Pedro-Kakteen. Sie standen zu eng beieinander, als dass ein Besucher auf die Idee gekommen wäre, zwischen den Pflanzen herumzulaufen. Margrit hatte dafür gesorgt, dass ihre Grabungsstätte nicht einzusehen war. Sie hatte die Stelle so wiederhergerichtet, wie sie sie vorgefunden hatte. Die Erde festgedrückt und die Hand als Strunk stehenlassen, der einer aus dem Boden ragenden Wurzel glich. Keinem Besucher war es gestattet, zwischen den Kakteen herumzulaufen. Und dass man nicht bis zum Boden schauen konnte, hatte Margrit von mehreren Seiten aus getestet.

»Da!«, rief Frau Krause plötzlich aufgeregt. »Da! Schauen Sie nur!«

Die Aufgeregtheit belebte die Frau. Ein Schuss Rot stieg in ihre Wangen, als sie dorthin zeigte, wo Margrits Blick eben noch mäandert war. »Das ist doch tatsächlich eine Krähe! Man glaubt sich in der mexikanischen Wüste, nicht wahr?«

Margrit traute ihren Augen nicht. Nur dass es keine Krähe war, sondern der Rabe vom Clown. Er sprang von einer Kaktusspitze zur nächsten und würde nicht lange brauchen, um den kleinen Strunk auf dem Boden zu entdecken und sich interessiert darüber herzumachen. Wie war dieses Tier hier hereingekommen?

Margrit schaute zum Glasdach hinauf. Was sie dort einsehen konnte, schien unversehrt zu sein. Nun wurden auch andere Besucher auf den Raben aufmerksam, der auf einem Kaktus saß und sein Gefieder putzte.

»Liebe Frau Krause, ich muss Sie kurz allein lassen und mich um unseren gefiederten Freund da drüben kümmern.«

Die Frau nickte aufgeregt. Es ging ihr schon besser.

Holm kam von der anderen Seite des Gewächshauses aus über die Brücke gelaufen. Er hielt einen Kescher in der Hand. Groß genug, den Raben einzufangen. Auf halber Strecke machte er halt. Sprang elegant über das Holzgeländer. Holm duckte sich und ging vorsichtig auf die Gruppe hochgewachsener Kakteen zu. Eine Menge Schaulustiger hatte sich auf der Brücke versammelt. Ein paar Kinder wollten sich den erwarteten Kampf mit dem Raben aus der Nähe anschauen.

Margrit lief auf die Grüppchen zu und zischte die Eltern an – obwohl sie viel lieber gebrüllt hätte –, sie sollten gefälligst ihre Kinder bei sich behalten. Dann ging sie weiter. Der Rabe blieb sitzen. Margrit wusste, dass sie sich verdächtig machen würde, wenn sie ihn verjagte. Sie musste Holm den Kescher abnehmen. Musste das Tier selbst von da oben runterholen und aus ihrer ganz persönlichen Gefahrenzone bringen.

»Holm!«, rief sie ihm zu. Er hatte sie natürlich längst bemerkt. Er ging weiter. Siegesgewiss den Kescher erhebend. Dachte wohl, er täte Margrit einen Gefallen und könnte sich nun einmal jenseits der Computer beweisen. Margrit erwischte ihn am Ärmel. Gerade noch rechtzeitig, bevor er das, was einer Wurzel ähnelte, am Fuße der Kakteen hätte erspähen können.

»Gib mir das!«, sagte sie barsch und griff nach dem Kescher.

Aber Holm schob sie lächelnd beiseite. »Ich muss mich nicht mal aufrichten, um dem Kerl meinen Kescher überzustülpen, also lass mich das machen.«

»Wie kommt der hier rein?«, fragte Margrit, um Zeit zu gewinnen. Der Rabe beobachtete sie interessiert von seinem Hochsitz aus.

»Keine Ahnung. Konnte ihn noch nicht fragen«, antwortete Holm und ging weiter.

Margrit schloss die Augen. Keine Minute würde es mehr dauern, und sie würde seinen Aufschrei hören.

»MENSCH OLAF, KOMM BEI PAPA, ABA FLOTTI FLOTTI!«, schrie plötzlich jemand hinter ihr.

Sie öffnete die Augen. Sah, wie der Rabe seine Schwingen öffnete und sanft über sie hinwegglitt, um auf dem Kopf eines grell geschminkten Clowns zu landen, der einen Meter hinter ihr stand. Alfred Hitchcock meets Stephen King, dachte Margrit, und dass dies eine wirklich ausgefallene Nummer im Kulturprogramm der Gartenakademie war.

Die Leute klatschten Beifall. Kinder hängten sich beim Clown an die Mantelzipfel und nahmen ihn bei den Händen. Eine fröhliche Kompanie marschierte hinaus ins Freie.

Mit dem Raben Schwein gehabt! Margrit musste feixen. Nun verdankte sie neben der Flora auch einer Spezies aus der Fauna die Rettung aus einer aussichtslosen Situation.

Sie hielt nach Frau Krause Ausschau, die wohl nach draußen gegangen war. Jetzt brauchte sie erstmal einen Schnaps, beschloss Margrit. Und ihren lieben Holm würde sie dazu einladen.

»Lieber Holm, wenn du das nächste Mal einen Clown …«

Sie brach mitten im Satz ab, als sie den sonst so behänden Mann mit schreckgeweiteten Augen neben den San-Pedro-Kakteen stehen sah.

KAPITEL 66

Die Bäume waren seltsam gebogen. Sie bewegten sich über ihm im flackernden Licht eines nahenden Gewitters. Seine Kehle brannte. Er konnte den eigenen Speichel nicht mehr schlucken. Ließ ihn seitlich aus dem Mundwinkel laufen. Bald mischte sich der Speichel mit Erbrochenem, an dem er zu ersticken drohte. Sein Körper war in einem Krampf erstarrt. Das Atmen fiel ihm schwer. Bei jedem Atemzug versuchte er, so viel Luft wie möglich in seine Lungen zu saugen. Seine Augen waren verklebt von Dreck und Schweiß. Die Hände auf dem Rücken gefesselt. All das könnte er noch für Stunden ertragen, wenn nicht dieses gleichmäßige Geräusch einer Schaufel wäre, die in stoischem Rhythmus in den Waldboden stieß. Plötzlich hörte es auf.

Es kam näher. Es war ein Wesen, von dem er nur die Umrisse wahrnahm. Ein unangenehmer Geruch umgab dieses tiefgrüne Ding, aus seinen krallenartigen Händen rieselte feine Erde auf sein Gesicht, verstopfte die Nasenlöcher und geriet ihm in Mund und Augen. Er spürte Tritte gegen seinen Körper. Rollte wie ein Teppich. Immer weiter in die Richtung, aus der gerade noch das Geräusch der Schaufel gekommen war. Ein letzter Tritt ließ ihn in ein Loch gleiten. Er landete auf der Seite. Drehte das Gesicht nach unten, um einen Luftraum zu schaffen für den Fall, dass ihm nun das bevorstand, was er befürchtete.

Deine besten Tage sind vorüber, sagte die Herbstzeitlose und entfaltete ihre Blüte in voller Pracht.

KAPITEL 67

Sie war tatsächlich noch im Dienst. »Frau Doktor Haselnuss?«

»Am Apparat.«

»Kommissar Everding hier. LKA Brandenburg. Sie werden sich wahrscheinlich nicht mehr an mich erinnern …«

»Oh doch, oh doch!«, ertönte es am anderen Ende der Leitung. Everding wusste nicht, ob die Überraschung echt oder einfach nur abschätzig war und hätte zu gern in ihre haselnussbraunen Augen geschaut, um eben das herauszufinden. Trotzdem hoffte er, die folgende Sache am Telefon klären zu können.

»Sie müssten doch längst in Rente sein, Herr Kommissar.« Was er aus Taktgefühl nicht angesprochen hatte, knallte sie ihm völlig hemmungslos an den Kopf.

»Demnächst, Frau Doktor, demnächst. Aber bevor ich mich mit Minigolf und auf Eisenbahnausstellungen vergnüge, möchte ich noch eine Sache zu Ende bringen. Den Fall Kunkel nämlich.«

Er vernahm ein Räuspern und das Geräusch des Tippens auf einer Tastatur.

»Ich wusste nicht, dass Gisela Kunkel ein Fall für Sie ist.«

»Es geht auch nicht um die Mutter, sondern mir geht es um die Tochter, genauer gesagt, um ihren psychischen Befund von damals.«

»Ich habe Ihnen bereits gesagt, was ich Ihnen sagen durfte, als Sie wegen der Patientenakten hier waren. Seitdem hat sich nichts an der Tatsache geändert, dass ich unter der ärztlichen Schweigepflicht stehe, zumal die Tochter …«, Everding vernahm wieder das Klicken, »Margrit im Gegensatz zu ihrer Mutter noch unter den Lebenden weilt, was ich doch stark hoffen will.«

»Jaja«, beeilte sich Everding zu sagen. Er versuchte, das Gespräch noch in die richtige Richtung zu lenken, ohne wieder in die Klinik fahren zu müssen. Er musste die Antwort bis zum Abend haben. Die Ärztin war seine letzte Hoffnung für die Lösung des Rätsels, das ihn umtrieb. »Dann beraten Sie mich doch mal ganz allgemein, ohne dass ein Name fällt.«

»Herr Everding, ich habe wirklich nicht die Zeit …«

»Sagen Sie mir etwas über Wahrnehmungsverschiebungen.«

»Na, wenn dem so ist«, sagte sie erleichtert, »dann kann ich Sie beruhigen. Denn – ohne Namen zu nennen – diese Art von Störung war bei keiner der Patientinnen zu beobachten.«

»Aber ich habe etwas beobachtet oder, besser gesagt, gefunden, das auf eine solche schließen lässt. Helfen Sie mir, Frau Doktor Haselnuss. Sie wären meine Rettung.«

»Wenn ich das meinem Mann erzähle. Der hält es für einen Polizistenwitz«, entgegnete die Frau. Lenkte aber schließlich ein. »Worum geht es denn genau?«

Everding umriss ihr mit einfachen Worten eine Geschichte, die so leicht nicht zu erzählen war.

»Ich kann es Ihnen nicht ersparen«, sagte Doktor Haselnuss, nachdem sie ihm aufmerksam zugehört hatte. »Dafür müssen Sie nun doch nochmal bei mir vorbeikommen.«

Na, dachte Everding, dann wird der Polizistenwitz zunächst die Dame zum Lachen bringen, bevor es an den unangenehmen Teil des Abends geht. Bis zu seiner Verabredung mit Margrit Kunkel hatte er immerhin noch zwei Stunden Zeit.

KAPITEL 68

»Warum Ihre Mutter?«

Margrit hatte gehört, dass Manfred sie etwas gefragt hatte. Er hatte undeutlich gesprochen. Es hatte beinah so geklungen, als habe er sie nach ihrer Mutter gefragt. Nach Gisela Kunkel. Gestorben fast auf den Tag genau vor 45 Jahren.

»Äh, wie bitte?«

Sie schenkte ihm ein Glas Wein ein. Die Lasagne im Ofen brauchte noch drei bis vier Minuten. Vielleicht war es ein viel zu einfaches Essen für diesen Abend, nach dem sie sich so lange gesehnt hatte wie früher nach jedem Brief von Steiner. Ein hausgemachter Eintopf aus exotischem Obst und heimischen Gemüsesorten. Mit Crème fraîche und Safran verfeinert. Und mit Kräutern und Blüten aus dem Garten dekoriert. Das war ihr Plan gewesen. Dann war ihr etwas dazwischengekommen. Aber wenigstens das Gehackte in der Lasagne hatte sie noch mit ihrer eigens kreierten Mischung aus Kräutern und Gewürzen des Gartens verfeinern können. Viel länger hatte sie sich mit der Frage der passenden Kleidung und ihrem Make-up befasst. Zwei Stunden lang hatte sie Kleider anprobiert und die Haare hochgesteckt. Die Haarnadeln dann wieder rausgefriemelt und schließlich alles zu einem dicken Zopf mit einer rosafarbenen Seidenblume geflochten.

Um Manfreds Ehe schien es nicht gut zu stehen, da er sich so schnell wieder mit Margrit verabredet hatte. Trotzdem war seine Frau zu beneiden um diesen Mann, den sie ja immer noch hatte, dachte Margrit zum wiederholten Male und daran, dass es doch langsam auffällig war, dass sich für jeden Topf ein Deckel fand und nur sie als ranzige Bratpfanne übrig blieb.

»Stört es Sie, wenn ich vor dem Essen schnell noch eine rauche?«

»Natürlich nicht«, sagte Manfred. »Sie sind hier zu Hause. Sie können rauchen, so viel Sie wollen.«

Er gab ihr Feuer.

»Warum Ihre Mutter?«, wiederholte er nun.

Margrit hatte also richtig gehört. Weder Forschheit noch Unsicherheit lagen in seiner Stimme. Manfred fragte wie aus purer Neugier. Nach ihrer Mutter.

»Ich verstehe Ihre Frage nicht«, antwortete Margrit wahrheitsgemäß.

Die hausgemachte Lasagne. Ihr geflochtener Zopf. Das teure Laura-Ashley-Kleid, das sie nur zu besonderen Anlässen trug, wie dieser einer hatte werden sollen. Alles wurde plötzlich zweitrangig. Der besondere Anlass schien auf eine Art besonders zu werden, die Margrit nicht gefiel.

»Warum haben Sie Ihre Mutter umgebracht?«

Das durfte er nicht zu ihr sagen. Niemand durfte das zu ihr sagen.

Margrit fühlte ihre Hände nicht mehr. Die Taubheit machte sich nach und nach im ganzen Körper breit. Was sie anfangs noch für schlichte Neugier gehalten hatte an einem Todesfall, der Manfred aus irgendwelchen Gründen nicht losließ, manifestierte sich nun als eine Bedrohung. Mechanisch stand sie auf. Jetzt war der Moment, den sie so lange vor sich hergeschoben hatte. Ihr Leben lang, wie es ihr schien. Sie zog eine Schublade auf und holte das Päckchen heraus. Sie legte die verkrustete Türklinke, an der noch dunkle Reste von Blut zu erkennen waren, vor Everding auf den Tisch.

»Damit hat mein Vater meine Mutter erschlagen.«

Everding schien ungerührt. Er musste sich doch entschuldigen bei ihr. Spätestens jetzt aufspringen und die Kollegen in Brandenburg anrufen. Damit sie den Vater festnahmen. Doch da waren nur diese zementharten Gesichtszüge. So hatte auch die Mutter mit ihr geredet. Schlecht hatte sie geredet über ihre Freundin Andrea. Andrea hatte alles verkörpert, was Margrit nicht sein durfte: die Kinder da draußen, der Wald und die Felder, die Reisen in ferne Länder.

»*Er* hat sie umgebracht, nicht ich!«

Margrits Ton hatte etwas Flehendes. Sie schämte sich für ihre Schwäche. Everding schien eine seltsame Wut in sich zu tragen. Ein Gefühl, das ihn umtrieb, das aber nicht zum Ausbruch kam.

»Den Trick mit der Klinke haben Sie aus Ihrer Kindheit mit hinüber in Ihr Erwachsenenleben gerettet. Sie war Ihr Schutzschild, die Metapher für eine große Lüge. Ihre Mutter ist auf diese Klinke gestürzt, ja. Aber Sie wissen, wer ihr schließlich das Kissen aufs Gesicht gedrückt hat! Und Ihr Vater weiß es auch, Margrit. Er hat seine Frau mit dem Kissen auf dem Gesicht im Schuppen gefunden! Aber da war es zu spät, um ihr noch helfen zu können. Er war es, der die Spuren für Sie beseitigt hat! Der Ihnen die Klinke als Relikt überlassen hat!«

So laut, wie er redete, musste er einer großen Enttäuschung Luft machen. Der größten Enttäuschung seines Lebens. Aber er konnte dieser Wut auf Margrit keinen freien Lauf lassen, solange ihm der Unglaube im Weg stand.

Everding musste völlig den Verstand verloren haben.

»Was fällt Ihnen ein?«, fragte Margrit. Erbost über seine Schamlosigkeit. »Sie haben doch keinen blassen Schimmer von meiner Kindheit!«

Margrit griff nach der Türklinke. Everding legte instinktiv die Hand auf die Waffe im Halfter an seinem Gürtel. Margrit hatte gar nicht bemerkt, dass er bewaffnet zu ihr gekommen war. Er war im Dienst. Das wurde ihr nun klar. Vorsichtig wie eine geladene Pistole legte sie die Klinke zurück auf den Tisch.

»Verlassen Sie mein Haus!«, sagte Margrit in einem ruhigen, aber sehr bestimmten Ton. Dabei konnte sie ihre Wut kaum bändigen.

Everding beobachtete sie wortlos. Mit einem Mal standen sie sich gegenüber wie zwei Boxer im Ring. Und er schien noch lange nicht fertig mit ihr zu sein.

Vielleicht waren es Versuchsballons, die er jetzt steigen ließ, vermutete Margrit. Es war ihr egal. Ihr war plötzlich alles egal. Sie war viel zu entschieden. Hatte sich ihr Leben eisern und unerschütterlich aufgebaut. Und würde es nun nicht denen opfern, die ihr ständig Stöcke in die Speichen geworfen hatten. Blitzschnell entwarf sie eine Taktik, mit der sie die Verdächtigungen dieses besessenen Ermittlers unglaubhaft machen konnte. Sie würde alles zugeben. Aber nur ihm gegenüber. Zu beweisen war ihr rein gar nichts. Danach würde sie diesen albernen Tagtraum einer Beziehung mit ihm so schnell wie möglich mit noch mehr Arbeit und Erfolgen wieder wettmachen. Everding würde verbittert an der Seite seiner Frau in Rente gehen. Er konnte ihr rein gar nichts. Nicht ihr. Nicht Margrit Kunkel.

In einer sehr langsamen Bewegung setzte sie sich wieder hin.

Everding nahm die Hand vom Halfter und setzte sich ihr gegenüber. Als hätte ihn Margrit darum gebeten, holte er zum nächsten Schlag aus.

»Warum Frieder Loth?«

Margrits Blick hielt seinem stand. »Ich werde es Ihnen erklären, Herr Kommissar.«

Sie nahm einen Schluck aus dem Weinglas. Der Abend fühlte sich plötzlich wieder zwanglos an und unbeschwert. Endlich konnte Margrit erzählen. Endlich hörte mal jemand zu. Sie war ruhig. Ganz ruhig. So ruhig, wie noch nie in der Langsamkeit ihres Lebens. All das Gewesene, Verrottende und von ihr Verschuldete bildete ein festes Fundament der Ruhe in ihr.

»Frieder war meine Liebe, die fürs ganze Leben. Und dann wollte er mich plötzlich nicht mehr. Er hätte sich mir gegenüber anders verhalten müssen. Nicht erst von Liebe reden. Das wäre für mich in Ordnung gewesen, denn es wunderte mich sowieso, wie er sich in eine wie mich verlieben konnte.«

Margrit griff wieder zum Weinglas und prostete Everding verschmitzt zu.

»Ist Ihr verstecktes Aufnahmegerät auch wirklich gut aufgeladen? Da könnte noch eine Menge kommen heute Abend.«

Everding schloss die Augen, als wollte er nicht mehr teilhaben an dem, was hier geschah. »Sie wissen selbst, dass Aufnahmen dieser Art vor Gericht nicht verwendet werden dürfen. Also mache ich mir gar nicht erst die Mühe«, sagte er in einem dienstlichen Ton.

Margrit lächelte kalt. Sie würde gleich erfahren, was er noch herausgefunden hatte.

»Na dann, fahren Sie fort«, ermunterte sie ihn, um alles so schnell wie möglich hinter sich zu bringen, die Tür hinter ihm schließen und sich den nächsten Schritt überlegen zu können.

»Warum Sascha Vollmer?«, fuhr Everding fort.

Damit hatte sie nicht gerechnet. Diese Frage traf Margrit völlig unvorbereitet.

»Vollmer?«, hakte sie nach, um Zeit zu gewinnen. »Vollmer ist nicht mehr an seinem Arbeitsplatz erschienen, seit Steiner gegangen ist.«

Everding nickte. »Konnte er ja auch nicht«. Er legte eine Zeichnung auf den Tisch. »Weil er da bereits unter der Erde lag. In Kakteenerde, um genau zu sein.«

An den filigran ausgearbeiteten Details erkannte Margrit sofort, dass sie von Holm Schieber stammte, an dem tatsächlich ein guter Illustrator verloren gegangen war. Die San-Pedro-Kakteen waren mit jedem Stachel präzise nachempfunden. In deren Mitte ein Erdloch, aus dem eine Hand ragte.

Filigran wie die Dürersche wies sie mahnend aus dem Boden. Margrit wusste um Holms Gabe, Pflanzen in all ihren feinen, funktionellen Bestandteilen zu zeichnen. Neu war ihr, dass er Menschen ebenso naturgetreu malen konnte. Sie erkannte sich schon an ihrer Strickjacke wieder, die immer etwas schief über ihren Schultern hing und am linken Ärmel ausfranste.

Everding faltete die Zeichnung wieder zusammen. Er schaute auf seine Armbanduhr. »Herr Schieber müsste gerade in der Dienststelle hier in Schöneberg eingetroffen sein. Die Kollegen nehmen seine Aussage auf. Die Zeichnung hatte er uns gemailt. Als kryptischen Hinweis zur Einstimmung auf die Aussage, die er jetzt gerade macht.«

Wenn sich Everding da mal nicht täuscht, dachte Margrit.

»Wo ist Steiner?«, fuhr Everding fort.

»Vollmer und Steiner!« Der Alkohol machte sich bemerkbar. Margrit hatte den ganzen Tag über noch nichts gegessen. »Statler und Waldorf aus der Muppet Show! Hielten sich für besonders schlau! Machten gemeinsame Sache! Gegen mich. Wollten meine Idee stehlen, entwickelten daraus gerade ein Patent und wollten das große Geld damit machen.«

»Sascha Vollmer war an keiner Patententwicklung beteiligt«, warf Everding ein.

»Sein Patentantrag war in Vorbereitung, es war nur noch eine Formsache zu erledigen«, entgegnete Margrit forsch. »Deshalb habe ich zugestimmt, mich mit Vollmer und Steiner zu treffen.«

Sie stand auf und ging zum Fenster. Hatte den Abend plötzlich wieder glasklar vor Augen. »Steiner rief mich überraschend zu Hause an. Der Mann, mit dem mich eine jahrelange Brieffreundschaft und eine große Chance verbanden, wollte mich nun auf den letzten Drücker noch persönlich kennenlernen. Ich war gerührt. Machte den Vorschlag mit dem Labor als Treffpunkt. Picknick und Wein. Ich sorgte für das Essen, die Männer für die Getränke.«

Sie blieb am Fenster stehen und zündete sich eine Zigarette an.

»Vor der Tür ein kleines Feuerchen. Vollmer war sichtlich enttäuscht, mich zu sehen. Steiner hatte ihn wohl bereits als Kronprinz installiert, und nun tauchte die böse Fee auf, die unerwünschte dreizehnte Fee. Wir haben geredet. Ich habe vorgegeben, beide an meiner Idee der Pflanzenkreuzung weiterarbeiten zu lassen, während ich mich um die Erneuerung der Gartenakademie kümmern wollte. Steiner plante, für einen Feldversuch nach Tunis zu fliegen und von dort aus später das Patent mit mir zusammen anzumelden.«

Seelenruhig griff Margrit unter Everdings argwöhnischem Blick zu ihrer Handtasche. Sie zog eine Quittung aus ihrem Portemonnaie und legte sie auf den Tisch.

»Zwei Guinness im Irish Pub am Flughafen Schönefeld. Die habe ich bezahlt. Eine Stunde später stieg Steiner in den Flieger nach Tunis. Sein E-Ticket müsste online noch abrufbar sein.«

Sie lehnte sich über den Tisch.

»Den Mord an meiner Mutter weise ich persönlich meinem Vater nach. Vollmer wurde von Steiner ermordet, weil er schneller gewesen war, als Steiner und ich zusammen. Steiner sonnt sich in Tunis.« Sie drehte ihr Gesicht in die Abendsonne, die in warmem Orange unterging. »Also überschätzen Sie mich maßlos, Herr Kommissar. Es tut mir leid, mich nun vor Ihnen ein wenig entzaubern zu müssen.«

Ungerührt zog Everding nun einen Brief in einer Plastiktüte aus der Innentasche seines Sakkos. »Hier verabredet sich Steiner mit Ihnen allein. Im »Osswald«. Für seine letzte Nacht in Berlin.«

Kalter Schweiß stand ihr auf der Stirn. Sie drückte die Zigarette aus und setzte sich. Everding hatte sie an einer ungeschützten Stelle getroffen.

»Was haben Sie denn noch so alles an Überraschungen dabei? Und woher haben Sie den?«, fragte Margrit und spürte, wie das Blut aus ihrem Kopf wich.

»Ich gebe zu, liebe Margrit, dass die Durchsuchung dieser Wohnung in Ihrer Abwesenheit keine offizielle war. Aber wenn wir immer nur machen würden, was erlaubt ist, dann wären Sie und ich uns außer zur Christmette in der Kirche wohl nie begegnet.«

Angeekelt verschränkte Margrit die Arme. Sie hatten sich hier breitgemacht. Hatten ihre Sachen mit ihren Fingern berührt. Und keiner aus der Belegschaft hatte etwas dagegen unternommen. Nicht die Albrecht. Nicht Koralle. Nicht mal Krause vom Einlass.

»Lange bevor Sie die Stelle von Steiner übernahmen, bereisten Sie die ›Holländischen Gartenakademien‹ weltweit. Hongkong, Paris, Venedig, Marrakesch, Nairobi. Ihr Kalender spricht Bände, aber keine Angst – ich habe nur darin geblättert. Alle Seiten sind noch drin. Ich überlasse es Ihnen, mich darüber aufzuklären, wie lange Sie Ihren Einstieg hier schon geplant hatten.«

Margrit schloss die Augen. Niemand würde den Grund ihrer Reisen in Zweifel ziehen. Sie war Einladungen an Universitäten und Forschungseinrichtungen gefolgt. Das war alles. Die jeweilige Gartenakademie vor Ort war eine glückliche Fügung gewesen. Hintergedanken sollten ihr erst einmal bewiesen werden.

»Jetzt erst nochmal zu diesem Brief von Steiner.«

Margrit hatte sich wieder gefangen. »Die Idee, bei mir um Asyl zu bitten, muss Steiner spontan gekommen sein. Er hatte kein Dach mehr über dem Kopf für seine letzte Nacht in Berlin. Also hat er bei mir auf dem Sofa geschlafen. Am nächsten Tag habe ich ihn zum Flughafen gebracht.«

Everding hielt ihr die Plastiktüte mit dem Brief vor das Gesicht. Ganz deutlich waren winzige Löcher im Papier zu erkennen. Hinterlassen von den Buchstaben »M« und »O«. »Den haben Sie selbst geschrieben. Auf seiner Schreibmaschine.«

Mit einer Kopfbewegung wies er auf die Reiseschreibmaschine im Regal.

»Sie wollten es wohl selbst glauben. Ihre Enttäuschung über diesen Mann war einfach zu groß.«

Er steckte die Tüte zurück in die Sakkotasche. »Sie mögen es, sich die Souvenirs ihrer eigens geschaffenen Realität aufzubewahren. Hilft Ihnen das, sich Ihrer eigenen Wahrheit rückzuversichern?«

Margrit vergrub den Kopf in den Händen. Wollte noch einmal Zeit gewinnen. Everding sollte ruhig rätseln, ob sie gerade aufgab oder neu überlegte.

Er wartete nicht lange mit der Frage, die alles entscheiden würde. »Wie haben Sie Ihre Opfer getötet?«

Das waren keine Opfer, dachte Margrit. Schmeckte wieder die vertraute Erde im Mund. Ihre Gesichtshaut spannte. Ihre Lippen wurden trocken. Fühlten sich spröde an. »Das war nicht ich«, sagte Margrit. »Das war die Herbstzeitlose«.

Als sie Everding in die Augen schaute, hielt er trotz des Schreckens, den sie dort sah, ihrem Blick stand.

»Den Salat mit Bärlauch, Rucola und Parmesan habe ich zusätzlich mit dem Extrakt der Herbstzeitlosen gewürzt.« Everding rückte instinktiv von ihr ab.

Sie wusste genau, was er sah. Vor seinen Augen wurde sie zu einer anderen. Er konnte nichts tun, als ihr dabei zuzuschauen. Wie ein Wanderer am Loch Ness, der das Monster erspähte und mit Angst und Neugier hadernd am Ufer stehen blieb.

Margrit redete stoisch weiter. »Die Vergiftungserscheinungen treten nach wenigen Stunden ein. In dieser Phase ist der Mensch benommen, und der stärkste Mann lässt sich Kabelbinder anlegen wie ein Baby die Windel. Es ist immer wieder seltsam, diesem Schauspiel zuzusehen. Starke Männer, plötzlich Kinder, angewiesen auf meine Hilfe. Aber ich konnte ihnen nicht helfen, keinem von ihnen. Ich konnte sie nur beruhigen und ihnen immer wieder sagen, dass es bald vorbei wäre.«

Sie hatte sich bereits in ihre selbstgeschaffene Welt zurückgezogen, was sie sonst nur tat, wenn sie allein war. Was sie immer getan hatte, seit sie ein Kind war. In der sie nun bleiben würde. Für immer.

»Wer sind ›sie‹?«, fragte Everding zögernd.

Margrit saß am Tisch. Schaute auf ihre Hände, bis auch Everdings Blick dorthin wanderte. Im Gegensatz zu Margrits rundlichem Körper waren ihre Hände fein und zartgliedrig wie die einer Klavierspielerin. Everding sollte ruhig sehen, was für ein Verlust für diese Welt sich hier gerade anbahnte, wenn er sie in Handschellen legte.

»*Sie* sind alle, nach denen Sie mich gefragt haben und noch fragen werden«, antwortete Margrit ruhig.

Everding setzte sich neben sie. Nahm ihre Hände in seine und gab damit dem Impuls nach, dem er damals in Margrits Wohnung über dem Kollwitzplatz an ihrem Tisch im Wohnzimmer noch widerstanden hatte.

»Wie ging es dann weiter, wenn die Männer benommen waren?«

Margrit ließ Everdings Berührung geschehen. Sie erwiderte sie nicht. Die Margrit, die er kannte, hätte auf seine Annäherung reagiert. Aber diese Margrit gab es nicht mehr.

»Weil der Tod erst nach ein bis zwei Tagen eintritt, kamen sie bereits vorher unter die Erde«, sagte sie immer noch ruhig, denn alles war jenseits ihres Einflusses geschehen, war eine Notwendigkeit gewesen, unaufhaltsam und evident wie ein Naturereignis.

»Sie wurden lebendig begraben?«, fragte Everding.

»Nein. Erst betäubt. Dann begraben.«

Everding lief aus dem Zimmer ins Bad. Sie hörte, wie er sich übergab. Sie folgte ihm, lehnte sich an den Türrahmen. Beobachtete ihn. Mit beiden Händen warf er sich kaltes Wasser ins Gesicht. Wieder und wieder. Blickte in den Spiegel und in sein Gesicht, das ihr innerhalb von Minuten um Jahre gealtert schien.

Aus der Küche waberten Rauchschwaden. Everding schob Margrit beiseite. Lief hinüber. Schaltete den Ofen aus und öffnete die Backröhre mit der verbrannten Lasagne. Erschöpft kam er zurück an den Tisch, wo Margrit geduldig wartete, bis er sich wieder gefangen hatte.

»Einer wurde nicht lebendig begraben.«

»Sagen Sie es mir, Margrit.«

»Nur Ihnen. Niemandem sonst.«

»Na gut. Nur mir.«

»Steiner ist nicht in Tunis. Steiner finden Sie dort, wo wir den Rindenmulch lagern. Er ist ein Teil der Holzspäne, mit denen wir im Herbst die Beete und Baumscheiben abdecken. Seine Seele wird nun für immer hier sein, bei den Pflanzen, in seiner Welt.«

Everding bewegte den Kopf hin und her wie ein Roboter. Er schien allmählich an seine Grenzen zu geraten.

»Woran denken Sie?«, fragte Margrit interessiert.

»An meine Frau«, sagte Everding. »An meine Jungs, die nur noch sporadisch, aber immer gern zu Hause vorbeischauen. Mir wird warm ums Herz beim Gedanken an meine Familie, den Garten, das Klappern der Topfdeckel, wenn meine Frau in der Küche hantiert, das Gekicher, wenn ihre Freundinnen zu Besuch sind. Und bald bin ich in Rente. Ich muss keinem Weckerklingeln und keinem Anruf mehr Folge leisten und werde mich nur noch mit dem befassen, was mir selber guttut und was mir Freude macht und was so weit entfernt ist von der Welt einer kleinen, armseligen, bedauernswerten Kreatur, wie Sie es sind, die Sie hier vor mir sitzen und sich noch immer verhalten, als ginge Sie das alles nichts an.«

Margrit lächelte verständnisvoll. Keine Trennung ging ohne Kränkung vonstatten.

Everding gelang es nach seinem Vortrag nur mühsam, sich wieder auf das Wesentliche zu konzentrieren. Er ruckelte an seiner Krawatte.

»Warum wurden Sie selbst dann nicht auch vergiftet, wenn Sie doch mitgegessen haben?«, fuhr er fort und wirkte dabei unendlich müde.

»Dank meiner Selbstversuche.«

Everding zog die Augenbrauen hoch. Was wohl heißen sollte, dass er nichts mit ihrer Äußerung anfangen konnte.

»Ich halte Selbstversuche für eine Verpflichtung gegenüber der Wissenschaft und Forschung. Indem ich regelmäßig kleinere Mengen der Herbstzeitlosen zu mir genommen habe, gewöhnte sich mein Organismus daran. Die weitaus höhere Konzentration lag im Dressing, das ich jedem Essen separat hinzugefügt habe.«

Everding nahm sich eine Zigarette aus Margrits Schachtel. Fast 30 Jahre hatte er durchgehalten. Und nun würde alles von vorn beginnen. Sie gab ihm Feuer.

Er betrachtete sie als skrupellose Mörderin. Das Einzige, was ihm noch so etwas wie Hochachtung für Margrit abzuringen schien, war wohl die Tatsache, dass ihr jeder Mensch, dem sie begegnet war, so gnadenlos auf den Leim gegangen war. Allen voran er selbst.

»Warum haben Sie begonnen, Vollmers Leiche freizulegen, die Sie selbst dort vergraben haben?«

Darauf war Margrit tatsächlich ein wenig stolz.

»Nach dem Umbau des Kakteenhauses blieb der Boden noch für einige Wochen locker, wie er es nie wieder sein würde. Vollmer dort zu vergraben, entsprach einem Traum, den ich einmal hatte, und von dem nur Steiner wusste. Ich hatte ihm davon geschrieben. Die Durchschläge meiner Briefe, alle handgeschrieben und mit Artikeln versehen, die Doktor Steiner immer sehr interessierten, haben Sie wahrscheinlich auch gefunden, als Sie unerlaubt in meinen Sachen herumschnüffelten, Herr Kommissar?«

»Habe ich. Sie haben Ihr Feld gut bestellt, das muss ich Ihnen lassen.«

»Sie reden mit einer Gärtnerin«, wagte Margrit zu scherzen. Ihre innere Abgeschiedenheit von dem Geschehen um sie herum gab ihr Sicherheit. Everding und seine Fragen konnten ihr hier nichts anhaben. »Ich habe schnell gemerkt, dass Steiner ein Typ war, bei dem man sich rückversichern muss.«

Everding schaute sie an, als wollte er von ihr lernen, wie ein einzelner Mensch auf derartige Ideen kommen und sie ungesehen umsetzen konnte.

»Mit dem Leichenfund im Kakteenhaus hätten Sie Steiner den Mord an Vollmer also problemlos anhängen können. Vollmer wurde Ihnen beiden zur Gefahr, Steiner hat ihn erledigt und die Leiche so entsorgt, wie Sie ihm suggeriert haben. Sie beide hätten sich fortan gegenseitig in der Hand gehabt. Wer von Ihnen beiden in Zukunft nicht mitgespielt hätte, konnte mit Vollmers Leiche erpresst werden.«

»Und wie Sie wissen«, sagte Margrit verschwörerisch, »ist Steiner in Tunis! Leider kann ich mit keiner Adresse dienen, denn seinen neuen Arbeitsplatz hütet er als sein Geheimnis. Das Gegenteil müssten Sie mir schon beweisen.«

»Da haben Sie recht, ebenso wie ich Ihnen die Plagiatsvorwürfe nachweisen muss, mit denen Sie Steiner aus dem Amt gekantet haben.«

Margrit nickte zustimmend. »Anonyme Anschuldigungen finden Gehör. Für einen bereits angebrochenen Ast braucht es oft nur noch einen Sturm, bis er fällt. Ich habe die Sache mit Steiner etwas beschleunigt.«

Ihre Geschichte war unglaublich. So wie ihre Experimente und Ansichten es waren, dachte Margrit, während Everding sich für die nächste Frage sammelte. Das war das Manko der Menschen, mit denen sie es zu tun hatte. Sie sahen nie das Offensichtliche. Gingen Umwege im Denken, statt ihre Probleme auf einfache Art zu lösen. Das galt für den Hunger in der Welt wie für die Widersacher im eigenen Leben. Für alles gab es ganz einfache, pragmatische Lösungen.

»Warum um alles in der Welt haben Sie Vollmers Leiche erst nächtelang selbst freigelegt, statt gleich die Polizei zu rufen? Ihr EDV-Mann sollte Ihnen sogar extra einen Zugang legen zu den Personalunterlagen der Gartenakademie, und nun scheint es mir so, als hätten Sie damit in einem Mord ermitteln wollen, den Sie selbst begangen haben.«

Margrit zeigte auf die Stelle an Everdings Sakko, wohin er Steiners Brief gesteckt hatte, den sie selbst geschrieben hatte.

»Es war das Gleiche wie mit diesem Brief. Ich wollte selbst noch eine Weile daran glauben.«

Everding nickte wie zur Bestätigung. Frau Doktor Haselnuss hatte ihm ein ziemlich präzises Bild über diese Form der Wahrnehmungsverschiebung und Selbsttäuschung gezeichnet. Ein Bild wie eine Blaupause von Margrit Kunkel.

Everdings Handy klingelte bereits zum wiederholten Mal. Nun ging er ran. Sein Gesicht wurde aschfahl.

»Was? Ich rufe gleich zurück!«

Margrit begann gerade, die ungenutzten Teller abzuräumen, als Everding sie grob am Ärmel packte.

»Ihr EDV-Mann. Holm Schieber! Wo ist Holm Schieber?«

Margrit zuckte mit den Schultern. Es war viel zu früh, ihm den Weg zu Holm zu zeigen.

»Er wollte heute eine Aussage machen auf dem Polizeirevier in Schöneberg. Dort kam er nie an, und erreichbar ist er auch nicht. Nochmal: WO IST HOLM SCHIEBER?«

Margrit schaute ihn unbeirrt an.

»Holm und ich sind heute Morgen zusammen zum Krummen Wald gefahren. Deshalb konnte ich uns heute nicht das Essen bereiten, das ich Ihnen versprochen hatte. Als ich nach Hause kam, waren die Zutaten verdorben. Ich war zu lange weg gewesen.«

Jetzt platzte Everding endgültig der Kragen. Er packte Margrit am Arm. Zerrte sie die Treppe hinunter zu seinem Wagen. Mit der anderen Hand am Telefon gab er den Kollegen im LKA Brandenburg Anweisung, sich sofort mit zwei Krankenwagen auf den Weg an die polnische Grenze zu machen.

»Ruft auch die dortige Wache an!«

Margrit saß auf dem Rücksitz seines Wagens. Schaute aus dem Fenster.

»Wir haben genug Zeit«, sagte sie. »Das Gift tötet ihn erst in ein bis zwei Tagen.«

Nun wird alles in Ordnung kommen, dachte Margrit. Man würde sich um sie kümmern.

KAPITEL 69

Holm Schieber hatte die Intensivstation verlassen. Er lag auf der Neurologischen im Schöneberger Krankenhaus. Die Kollegen hatten sein Bett mit Blumen und Fresskörben umstellt. Sein Krankenzimmer sah aus wie ein einziger Wallfahrtsort. Der beste Ort, um sich auszutauschen über die schier unglaublichen Verbrechen der so harmlos scheinenden Margrit Kunkel.

Everding wartete geduldig, bis Holm sich aufgerichtet hatte. Er rückte ihm das Kissen zurecht und reichte ihm ein Glas Wasser.

»Ich kann auch ein andermal wiederkommen, Herr Schieber. Wollte mich vor allem erkundigen, wie es Ihnen geht.«

Holm gelang ein Lächeln, das er ganz offensichtlich unter Schmerzen fabrizierte. Doch es kam von innen und zeigte, wie unglaublich ihm auch selbst noch war, seine eigene Beerdigung überlebt zu haben.

»Bleiben Sie, Herr Kommissar. So geerdet, wie ich jetzt bin, war ich noch nie.«

Das erste Lachen seit einer gefühlten Ewigkeit der Lähmung fühlte sich richtig gut an für den Kommissar.

»Was ist passiert?«, fragte Everding.

Holm dachte kurz nach. »Durch einen seltsamen Zwischenfall, den ich heute für eine Fügung halte, stieß ich mitten im Trubel unseres Markttages auf eine Leiche im Kakteenfeld oder besser auf das, was davon zu sehen war.«

Ungläubig den Kopf schüttelnd trank er mehrere Gläser Wasser nacheinander leer. Everding kam mit dem Einschenken kaum nach.

»Ich entdeckte eine verdorrte Hand, beugte mich nieder und buddelte um die Hand herum etwas Erde beiseite. Der Unterarm kam in dem Moment zum Vorschein, als Margrit neben mir auftauchte. Sie reagierte dermaßen überzeugend, dass ich ihr zu gern glaubte, der Leichenfund sei ihr genauso unheimlich wie mir. Ich hatte sie gern, die kleine Botanikerin.«

»Ich befürchte, das taten wir alle«, warf Everding ein. Er bedeutete Holm Schieber fortzufahren.

»Wir überlegten ernsthaft, die Leiche in einer nächtlichen Aktion auszugraben und woanders in Berlin zu entsorgen. Sollte sich dann die Polizei darum kümmern, falls sie je gefunden wurde.«

Holm hielt inne. »Sagen Sie mal, mache ich mich jetzt strafbar?«

Everding hatte zwar mit einer steilen Falte auf der Stirn den so leichtfertigen Ausführungen gelauscht, doch er winkte beschwichtigend ab. »Für kriminelle Gedanken wurde noch keiner verhaftet.«

»Gut. Wir hatten so viel Arbeit und Energie in diesen Garten gesteckt, der durfte nicht mit einer solchen Geschichte in Verbindung gebracht und geschlossen werden.«

Margrit schien ihn noch immer mental in der Mangel zu haben, stellte Everding fest. Holm Schieber redete wie sie.

»Warum kam es nicht mehr dazu?«

»Weil ich kraft meines Amtes eben auch die Wege verfolgen konnte, auf denen Margrit im Computer wandelte; sie, die doch angeblich von gar nichts eine Ahnung hatte, was sich jenseits ihrer analogen Welt befand.«

»Im Nichtwissen war sie die Klügste, das stimmt«, sagte Everding nachdenklich.

»Und so fand ich ziemlich schnell heraus, dass sie nach Vollmers Akten gesucht hatte. Vita, Adresse, Referenzen, Artikel, die er verfasst hatte. Alles an diesem jungen Mann hatte sie plötzlich interessiert, und ich merkte, wie ich richtiggehend eifersüchtig wurde.«

Holm Schieber schloss die Augen.

»Das Verrückte war, dass ich Margrit nichts von meinem Stalking wissen lassen durfte. Sie hätte mich als EDV-

Mann hochkant rausschmeißen müssen und das wohl auch getan. Ohne Empfehlungsschreiben, wenn Sie verstehen, was ich meine.«

Everding nickte.

»Dann wurden mir die Zusammenhänge noch klarer: Ich stieß auf einen regen E-Mailaustausch zwischen Steiner und Vollmer, in dem auch Versuchsreihen zur Sprache kamen, an denen unsere Gartendirektorin arbeitete. Ihr Name tauchte mehrfach auf in der Korrespondenz der beiden. Ich sprach Margrit ganz beiläufig auf Vollmer an. Sie tat ihn als einen von Steiners Lakaien ab, der nicht mehr zur Arbeit erschienen und ihr somit egal war. Aber etwas veränderte sich zwischen uns in diesem Moment.«

Er stöhnte, die Augen noch immer geschlossen.

»Alles in Ordnung?«, fragte Everding und stand auf.

»Jaja, kann gleich weitergehen«, entgegnete Holm Schieber und trank erneut zwei Gläser Wasser leer. »Vielleicht bin ich ja auch zur Wurzel geworden, so einen Durst wie ich plötzlich habe.« Er lachte unter Schmerzen. »Jedenfalls wollte ich mehr über diesen Vollmer erfahren. Krause erzählte geheimnistuerisch von Ihrem Besuch bei Margrit und davon, dass Sie sich auch bei ihm vorher noch nach Vollmer erkundigt hatten. Der Typ war also verschwunden. Und Sie verdächtigten Margrit, etwas damit zu tun zu haben.«

Everding schüttelte den Kopf. Warum hatte er den Wald vor lauter Bäumen nicht gesehen, und das in einem Botanischen Garten? Karin Loth und schließlich auch Harald Kunkel hatten sich nicht anders zu helfen gewusst, als den ewig schwelenden Verdacht zu Margrits Mutter und Frieder Loth in Margrits Richtung zu lenken.

»Meine Berliner Kollegen wollten, dass ich vorfühle, was in der Gartenakademie geschehen war. Schließlich kenne ich Margrit seit ihrer Kindheit.«

»Diese Frau hatte eine Kindheit?«, fragte Holm Schieber scherzend.

»Unglaublich, aber wahr«, pflichtete Everding ihm bei.

»Jedenfalls, Herr Kommissar, war mein Gedankenpuzzle nun komplett.«

»Von dem Sie uns eine Zeichnung schickten.«

Holm Schieber klopfte sich auf die Schulter und brachte damit den Ständer mit dem Infusionsbeutel bedrohlich ins Wanken.

»Der Nerd der Pflanzenmalerei, das bin ich. Und stolz darauf. Auf jeden Fall hat mir diese E-Mail das Leben gerettet.«

Everding schüttelte immer wieder ungläubig den Kopf.

»Als Margrit mich zu einem romantischen Dinner zu sich einlud, glaubte ich wirklich noch, sie wolle mich einweihen und entweder mit mir zur Polizei gehen oder versuchen, mit mir gemeinsame Sache zu machen. Aber alles, was sie tat, war, mir ein gehaltvolles Essen aufzutischen mit einem ganz speziellen Dressing am Salat. Der Rest ist Erdgeschichte.«

»Ihren Humor, lieber Holm, den konnte sie nicht vergraben. Das freut mich für Sie.« Everding drückte ihm fest die Hand. »Alles Gute!«

Draußen auf dem Flur warteten einige Mitarbeiter der Gartenakademie. Mit einem Kopfnicken deutete Everding ihnen an, dass sie wieder reingehen konnten.

Auf dem Parkplatz zündete er sich eine Zigarette an. Sehr zu Cornelias Bedauern war er wieder dabei.

Was ihn an dem Fall am meisten störte, war diese stoische Ruhe und Langsamkeit, mit der Margrit Kunkel getötet hatte. Und dass er, Everding, ihr trotz ihrer Langsamkeit immer einen Schritt hinterher gewesen war.

Er hatte sie in der U-Haft noch einmal offiziell verhört. Zu seiner Erleichterung hatte sie alles genauso haarklein ein zweites Mal erzählt. Immer noch seltsam entrückt mit diesem spitzen Gesichtsausdruck und wie nicht von dieser Welt.

Und auch diesmal war er wieder gefallen, dieser Satz: »Das war ich nicht. Es war die Herbstzeitlose.«

ENDE

WEM ICH WOFÜR DANKBAR BIN:

meiner Lektorin Christine Braun für eine erste, sehr konstruktive und sich schon sehr bald vertraut anfühlende Zusammenarbeit,

meiner Tochter Emma für ihre grenzenlose Gelassenheit gegenüber dem Satz ihrer Mutter: »Heute geht's leider nicht, mein Kind, ich muss an den Schreibtisch«,

meinem Wissensspeicher Dr. Manfred Lukaschewski, Kriminalrat a.D., für kluge Observierung und daraus entstandene Freundschaft,

meiner Freundin Nicole Sophie Victor für unerschrockenes Testlesen,

meinen treuen Seelen Matthias Kahle und Andreas Kelm für alles,

meiner Bookerin Dagmar Perschke für unerschütterliche Motivation und effektives Baggern in den Botanischen Gärten des Landes,

meiner Inspiration Alys Fowler für die Langsamkeit ihres Slow Gardenings,

meinen Pflanzen für ihre mir anvertrauten Geschichten in diesem Buch.

Das Neueste aus der Gmeiner-Bibliothek

Unser Lesermagazin

Bestellen Sie das kostenlose Krimi-Journal in Ihrer Buchhandlung oder unter www.gmeiner-verlag.de

Informieren Sie sich …

www … auf unserer Homepage:
www.gmeiner-verlag.de

@ … über unseren Newsletter:
Melden Sie sich für unseren Newsletter an unter www.gmeiner-verlag.de/newsletter

f … werden Sie Fan auf Facebook:
www.facebook.com/gmeiner.verlag

Mitmachen und gewinnen!

Schicken Sie uns Ihre Meinung zu unseren Büchern per Mail an gewinnspiel@gmeiner-verlag.de und nehmen Sie automatisch an unserem Jahresgewinnspiel mit »mörderisch guten« Preisen teil!